解 放

ナンシーの闘い

イモジェン・キーリー
雨海弘美 訳

集英社文庫

目次

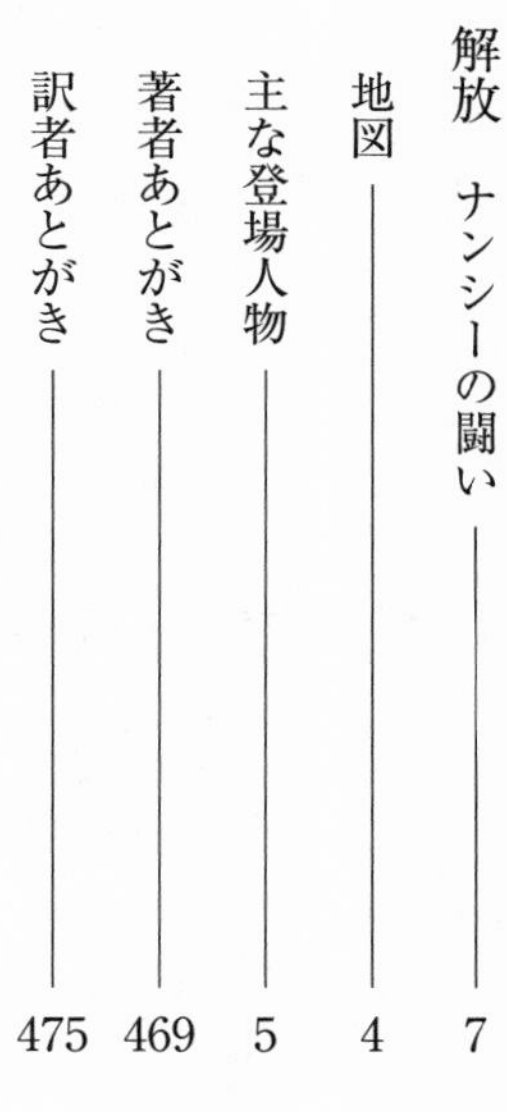

フランス　オーヴェルニュ地方
コスヌ・ダリエ
クルセ
モンリュソン
ゲシュタポ本部
ヴィシー
ドイツ占領下の
フランス政府所在地
クレルモン・フェラン
ガラビ鉄道橋
ムシェ山
ガスパールの野営地
オーリヤック
ショード・ゼーグ
フルニエの野営地
ノルマンディー
パリ
シャトールー
オーヴェルニュ
マルセイユ
ペルピニャン
ピレネー山脈

［主な登場人物］

ナンシー・ウェイク
………マルセイユのレジスタンス協力者。のちに英国特殊作戦執行部（ＳＯＥ）の大尉
アンリ・フィオッカ……………………………ナンシーの夫
クローデット………………………フィオッカ家のメイド
デニス・レイク（デンデン）
……………………………ＳＯＥの大尉。無線通信士
イアン・ギャロウ……………………………ＳＯＥの工作員
バックマスター……………………………ＳＯＥの大佐
マーシャル……………………ＳＯＥ工作員候補生。赤毛
ガスパール…オーヴェルニュ地方最大のマキのリーダー
タルディヴァ…………………………………マキのメンバー
フランク…………………………………ガスパールの部下
フルニエ……………ショード・ゼーグのマキのリーダー
マテオ……………………スペイン人、マキのメンバー
ロドリーゴ………………スペイン人、マキのメンバー
フアン……………………スペイン人、マキのメンバー
ジャン・クレール……フルニエの率いるマキのメンバー
ジュール………………フルニエの率いるマキのメンバー
ルネ………………ＳＯＥが派遣したバズーカ操作の教官
アンヌ……………………………クルセの町のカフェの娘
マルクス・フレドリク・ベーム………ゲシュタポの少佐
ヘラー………………………………………ベームの副官

解放

ナンシーの闘い

第一部

一九四三年一月　フランス・マルセイユ

1

ばかだった。こんなことを考えた私がばかだった。ちきしょう。
爆撃で吹き飛ばされた壁の残骸の陰にしゃがんで目を閉じ、ナンシーは深く息を吸った。建物が燃える異臭が喉を引っかき、煙で目はずきずきし、狭い場所に縮こまっているせいで筋肉が引き攣る。いまでは言葉もはっきり聞き取れるほど、ドイツ軍の斥候隊は近くに迫っていた。

「アウフ・デア・リンケン・ザイテ」。左へ。

ナンシーが身をよせている壁は、昨日まで誰かの家、誰かの住まいの一部だった。マルセイユの片隅の、いかがわしい住人たちが長年取っ組みあいのけんかをし、博打を打ち、その日その日をしのいできた界隈に無数にひしめく細長い家の一軒だった。

その狭くみすぼらしい廃墟に、ナンシーは二番目に上等なコートをまとい、三番目にいいハイヒールを履いて身を潜めていた。靴がきつくて痛い。吹き飛ばされた上階の隙間から雲ひとつない冬の青空が見えるが、いまいる部屋には出口がひとつしかない。斥候から逃れようと飛びこんだのだが、愚かなへまをしたものだ。仲間の兵士が丘の上へ上へと爆弾をしかけて旧市街から住民を追い立てるあいだ、斥候隊は瓦礫と化した町をわがもの顔でのし歩き、一軒一軒、検分していた。次はこの家だ。丘の上のほうから鈍い爆発音とともに石造りの建物ががらがらと崩れる音が響き、そこにぱん、ぱんと散発的に乾いた銃声が交じる。

「どぶねずみどもがまた這いだしたぞ、諸君」年齢を感じさせる声だった。上官だろう。

「どぶねずみより、はつかねずみがいいな」部下のひとりが軽口をたたくと、仲間がどっと沸いた。


戦争がはじまる前でさえ、裕福な友人のほとんどは、この界隈に足を向けようともしなかった。いわく、あそこは物騒。世界がちがう。けれどもナンシーはといえば、五年前、マルセイユにはじめて来たその日に急勾配の路地がつづく旧市街を発見し、そこに暮らす罪人や飲んべえや賭博師をすべてひっくるめて夢中になった。はちゃめちゃな色づかいと強烈な光と影に心をつかまれ、旧市街に入り浸った。足を踏み入れるべきでない場所に足を踏み入れるのは言うまでもなくナンシーの特技であり、この特技があればこそ、フランスでジャーナリストとして生きてこられたのだ。しかも彼女はオーストラリア人だ。フランスの女たちが体裁を気遣い決してやろうとしないことをやっても、目をつぶってもらえる。そういうわけでナンシーは五年来この町で不良少年たちと煙草を吸い、淑女らしからぬ言葉で彼らの雇い主とやりあいながら曲がりくねる道路や路地を闊歩した。マルセイユきっての実業家と婚約してからも、どこだろうと足の向くまま出かけていった。それが役に立った。戦争がはじまるとヴィシー政府の支配地域でさえ物資が不足するようになったが、そのころにはマルセイユの闇商人の半分と懇意(こんい)になっていたのだ。

「人気（ひとけ）はありません、大尉殿！」
「よろしい、次へ行くぞ」
やがてナチスが醜悪さと無差別暴力を手土産に乗りこんでくると、侵略されたといっても
フランス全土が占領されたわけではないとの幻想は砕け散った。ナチスは旧市街に潜伏する
工作員や密輸業者や泥棒をあぶり出そうと家屋を焼き払い、逃げない者は問答無用で撃ち殺
した。
そういうわけで壁のうしろにしゃがみ、迫る斥候隊の足音を聞きながら、ナンシーは渋々
過（あやま）ちを認めた。親衛隊（SS）が瓦礫と化した家々をしらみつぶしに回って生存者や逃亡者を探し
ていると知りながら、任務を実行したのは賢明ではなかった。革長靴を履いたサディストど
もが草の根わけても探し出したい真の標的は、「白ねずみ」の名で知られる抵抗運動（レジスタンス）の密使
にして逃がし屋なのだ。ナンシーがマルセイユの上流社会でぬくぬくと暮らす元ジャーナリ
ストのミス・ウェイクであり、「白ねずみ」であることを考えるなら、本当に、今日任務を
実行したのは最悪のへまだった。
だが選択の余地があっただろうか。重要でない任務はないが、これはなかでもとびきり重
要で、たとえドイツ軍がすぐ隣で世界を引き裂いていようとも、今日やるしかなかったのだ。
だからナンシーはアンリと暮らす瀟洒（しょうしゃ）な屋敷を決死の覚悟であとにすると、斥候隊の脇を
すり抜けて連絡員を探し出し、そわそわと落ちつきのないそのふざけた男を怒鳴りつけて約
束を守らせ、ようやく目当てのブツを入手した。それはいまナチス礼賛のたわごとが印刷さ

れたヴィシーの新聞紙に包まれ、しっかり脇に挟んである。千フランはとんでもないぼったくりだが、それだけの価値はじゅうぶんにある……生きて帰れればの話だが。

ここを出なければ。いますぐ。捕まって尋問されたら、たとえ下手な芝居――「兵隊さん、なんのご用？　ああ、美容院から帰ろうとして道をまちがえちゃったの。軍服がお似合いね。お母さまはきっと鼻が高いわね」――が通っても、次の約束に遅れてしまう。まったくこの二年間、何度赤い口紅を引き、レジスタンスに届ける秘密の報告書や無線の部品をハンドバッグの内張の裏に隠し、あるいは内ももにきつく巻きつけてドイツ兵に愛嬌を振りまき、ウインクをして検問をかわしたことか。だが今日だけは、今日の約束には、どうしたって遅れるわけにいかない。

斥候隊のうち二名がすでに玄関に入っていた。ちきしょう。こいつらをなんとか言いくるめて外に出せば、隙を突いて裏から逃走できる。それともふたりを撃ち殺して玄関から出ようか。

バッグに手を差し入れてリボルバーを取り出し、くちびるを舐めた。迷っている暇はない。やるべきことをやるのみ。顔を上げ、破壊された窓枠の端から表をのぞいて左右をうかがった。通りを挟んで東の建物は燃えながらも、まだ二階の一部がかろうじて残っている。爆薬をケチったのだろう。壁も天井もなくなった部屋のテーブルに、花瓶が載っていた。火事の炎が起こす微風に、薔薇が一輪揺れていた。よし。

ナンシーは拳銃のシリンダーを回して弾をすべて手のひらに空け、振りかぶって向かいの建物へと放った。兵士のひとりが気配に気づき、眉をひそめてくるりと振り向く。ナンシーはふたたび壁にぴたりと身をよせ、息を殺した。一秒。二秒。突然、パンと乾いた音がした。放った弾丸を、炎が舐めたのだ。さらにもう一発、パン。

「反撃！」

玄関にいた兵士ふたりが通りに飛び出し、燃える建物に向かって発砲した。軍服に染みついた火薬のにおいが、漂ってくる。ナンシーはするりと部屋を出て、家の奥へとダッシュした。斥候隊はなおも宙に向かって発砲している。裏口を押し開けて瓦礫の散らばる狭い庭を突っ切り、名もない路地の迷宮に飛び込むと、やがてボン・パスツール通りに出た。あたりは静まりかえって、人気（ひとけ）もない。ナンシーは歓声を上げるとと包みを小脇にしっかりと抱え、洒落た麦わら帽子をもう一方の手袋をはめた手で押さえて笑いを噛み殺し、気ままに自転車を乗りまわす子供のように広場へと坂道を駆け下りた。

別の斥候隊に出くわした。危ないところだ。兵士たちはナンシーに背を向けていた。あわてて近くの壁の陰に身を隠し、じりじりと坂道を上がる。向かいの二階の窓から猫がナンシーを見つめて、目をぱちくりした。

ナンシーは猫を見上げ、人差し指をくちびるに当てた。どちらかといえば犬のほうが好きなのだが、この距離から好みがばれるだろうか。東に目をやると六十センチ横で、人気のない道に路地が暗い口を開けていた。人がひとり歩くのもやっとの狭い路地には、得体の知れないゴミが積もっている。

妙に油でべたついた壁にコートが触れないように気をつけながら、ナンシーは身体を斜にして路地に滑りこんだ。足元の石畳もぬるぬるしている。悪臭で鼻が曲がりそうだ。真夏の魚市場の下水だって、これよりはましだ。口で息をすると、鼓動で耳が聞こえなくなった。すっかり汚れてしまったこの靴、メイドがどうにかきれいにしてくれるだろうか。きつくて痛いが、いまどき選り好みはできない。斥候隊の声がふたたび聞こえた。通りすがりの若者を捕まえたらしい。兵士の怒鳴り声と、若者の蚊の鳴くような返事に、ナンシーは耳をそばだてた。若者はおびえ、死にものぐるいになっている。

「こわがっているのを悟られちゃだめよ」歯を食いしばり、ナンシーは独りごちた。「そいつらを興奮させるだけだから」

「ひざまずけ！」

まずい。ナンシーは細長い青空を見上げて祈った。神は信じない。けれどもフランスの若者は信じているかもしれないし、銃を持ったドイツ兵も信じていないとはかぎらない。いまこの瞬間、この家の周囲で、いったい何人が息を潜めているのだろう。聞き耳を立てながら、恐怖ですくんでいるのだろう。その人たちも祈っているのだろうか。祈りは聞き届けられるのだろうか。わからない。

カシャ。ライフルに弾が装塡される音がした。叫び声とともに、こちらに走ってくる足音が聞こえた。逃げようとするなんて、ばかなことを。高い壁に銃声がこだました。撃たれたのだろう、すぐそばでヒッと声がした。横目で見た瞬間、石畳の急な坂道の中央に若者が両手を前に差し伸べ、路地の入口と平行に倒れた。顔がこちらを向いていた。なんてこと。まだ子供じゃないか。十八になるかならずの。見つめると、少年にもナンシーが見えているようだった。マルセイユの太陽の下で生まれた少年らしく、肌はなめらかなオリーブ色、瞳は深い茶色で、頬骨が高い。地元の労働者らしい麻の襟なしシャツは洗濯で薄くなっているものの、母の努力でまぶしいほどの白さを保っている。母親。この子のお母さんはいまどこに？　胸の下に血が溜まり、なまこ型の敷石のあいだをちょろちょろと流れていった。ナンシーに秘密を打ち明けるかのように、くちびるが動いた。突然、ドイツ兵の長靴がふたりの間に立ちはだかり、少年の顔が隠れた。兵士は広場を見下ろしなにやら叫んだが、ナンシーには聞き取れない。短く返事があった。

　兵士は肩からライフルを下ろすと、弾を装塡して構えた。兵士が半歩下がり、ナンシーの視界に少年の顔が戻った。世界が縮んで、この石畳の路地だけが残った。向かいの黄色い漆（しっ）喰（くい）壁に太陽の光が跳ね返り、瀕死の少年のくちびるが動く。パン！　血と脳味噌が、路地一面に飛び散った。身体がぴくりとしてから動かなくなり、瞳の光がかき消えた。

　怒りの炎が身体を貫くのを、ナンシーは感じた。法を法とも思わない人殺しのクズども。思わずバッグに手を入れ銃を握ったが、弾が残っていないことに気づいてよろめいた。

「ちぇっ、汚ねえな！」兵士が小声で毒づき、上着の端についた血をぬぐった。あんなに近くで撃つんじゃなかった。今度から気をつけよう。兵士はさっきまで猫がいた窓を見上げ、それから左右をうかがった。ナンシーにはもはや逃げ場がない。兵士にあと一瞬でも長居されたら見つかってしまう。できることはなにもない。兵士を撃ち殺せないなら、口八丁で逃げ切るしかない。いいわけとお愛想を考えておかなければ。おびえた小娘を演じるべきか。それとも相手が親衛隊だろうと誰だろうと容赦しない有閑マダムらしく、夫の財力と有力者の友人の名前をちらつかせて恫喝しようか。ときに攻撃は最大の防御なり。結局撃ち殺されるにしても、その前に怒鳴りつけてやれば少しはせいせいする。

広場から叫び声が聞こえ、兵士はそちらを振り向いた。ライフルを肩にかけ、怒りに震える白ねずみを物陰にひとり残して、坂道を下りていった。

飛び出すわけにはいかない。ナンシーは死んだ少年の顔を見つめて、五十数えた。一。ベルリン。数人の記者仲間と肩をよせあい、ヒトラーの演説を聞いた。ドイツ語はわからずとも、観衆の醜く、すさまじい熱狂は伝わった。仲間の顔をうかがった。みなナンシーと同じくパリを拠点とする特派員で、ちんちくりんのおかしな小男がなにを企んでいるのか自分の目で見ようとドイツに入っていた。全員が年齢も経験もずっと上だが、記者はひとり残らずナンシーと同じくらいおびえ、吐き気を堪えているようだった。二。ウィーン。突撃隊の褐色のシャツを着たちんぴらどもがユダヤ人が営む商店の窓をたたき割り、店主の髪をつかんで通りに引きずり出すと、近所の人々が見ている前で打ち据えた。顔を背ける人々。高笑いしながら拍手喝采する野次馬。三。ポーランド侵攻、宣戦布告。固唾を呑んで戦況を見守った数カ月。四。フランスの敗北が決定的になるなか、救急車に亡命者をぎゅう詰めに乗せて逃げたこと。五。逃げまどう女子供に機銃掃射を浴びせるドイツ兵。六。前線から戻り、祖国のあっけない敗北を恥じて悲嘆に暮れるアンリ。七。パリ陥落。

さまざまな光景が順繰りに脳裡をよぎり、ナンシーは拳を握った。あの日ウィーンで、ナチスを痛めつける機会があるなら迷わずつかむと誓ったのだ。以来見聞きしたことはことごとく、ナンシーに誓いを新たにさせた。ナチスへの憎しみがナンシーの糧だった。どんなに小さくとも、勝利は喜びだった。アドルフ・ヒトラーは人としてまともでないのだと信じ、いずれソ連という大岩に当たって砕けて終わると信じ、憎悪に満ちた邪悪な政権の終焉を一秒でも早められるのならばどんなことでもする覚悟だった。沈黙を守り、厄介ごとを避け、ヒトラーとその下劣な取り巻きどもが自滅するのを待つべきなのはわかっていたが、怒りのあまり恐怖を感じる余裕はなく、じっとしてはいられなかった。

五十。この若者。侵略者に占領され、焼き討ちにされたマルセイユの旧市街で虫けらのように撃ち殺された少年。瞳から消えた光。ナンシーは通りに歩み出ると、振り返らずに市場へと向かった。少年のことは、決して忘れない。噴水の柵につないであった自転車の鍵を外して籐のバスケットに包みを入れ、旧市街の外へと漕ぎ出した。

冷たい冬空のもと、宝石のようにきらめく地中海に出たところで手袋を外し、完璧にマニキュアを施した爪で包みの角に沿ってすっと新聞紙を切り裂いた。なかから出てきたのは、一九二八年もののクリュッグ。カンヌで出会った晩にアンリが注文してくれたシャンパンだった。ナンシーは切れ目を下にして包みをバスケットに納めると、開戦以来、アンリと暮らしている瀟洒な住宅街へと自転車を押した。目の前で人に死なれた衝撃は薄れつつあった。

顔を太陽に向け、ひんやりした風を肌に当てた。いまいましいナチスども。ドイツ軍は白ねずみの首に十万フランの賞金をかけているのだから、ナンシーも少しは役に立っているのだろう。十万フランといえば、闇市場で最高級のシャンパンが百本買える値段だ。賞金に乾杯といきたいが、まずは家に帰ってウェディングドレスに着替えなければ。

2

アンリ・フィオッカは更衣室の窓から、ナンシーが歩いてくるのを見守った。胸が高鳴り、驚嘆と不安と怒りがない交ぜになったいつもの感覚が湧き起こる。こともあろうに結婚式の当日に、任務とはいえふらふら出ていくとは。大方レジスタンス宛の手紙かフランスを一刻も早く出たい亡命者の偽造パスポートか、マルセイユ、カンヌ、トゥールーズの下部組織が使う無線機の部品でも届けてきたのだろう。命がけで汽車に乗り、怪しげな「友達の友達」に金や手紙を届けるのは日常茶飯事だった。まったくもって気に入らない。身内でさえ信用ならない世の中だというのに、レジスタンス組織の結びつきはゆるく変わりやすいから、見ず知らずの人間に命を預けることになる。アンリとて祖国は愛しているし、ドイツへの憎しみと燃えたぎる怒りはナンシーと変わらない。だから敵に一矢報いることができる人間には、誰だろうと資金や食事を提供する。それでもやはり、未来の妻をレジスタンスとわかちあわずに済むならと、神に祈らずにはいられない。ナンシーは恐れを忘れて生まれてきたようだが、アンリは恐れを知っている。ナンシーへの愛が教えてくれたのだ。

ナンシーの姿が屋内に消えると、アンリは窓ガラスに手を当て、彼女の名前をつぶやいた。彗星のごとく現れたのだ。あの娘はまばゆい光と魔法と混乱の尾を引いて、彗星のようにアンリの人生に飛びこんできた。出会った晩にたちまち、疑いの余地なく恋をした。それは絶壁から飛び下り、大海原の抱擁に身を委ねるような衝撃で、アンリにはナンシーがなにを求めているのかいまひとつわからなかった。年齢(とし)はずっと上だし、贅沢(ぜいたく)はいくらでもできるが日々の暮らしはナンシーとは比べようもないほど冴えない。金が目当てでないことは、一年でわかった。ナンシーはアンリの財産をさんざん浪費したが、ダンスや美食に夢中になるのと同じで、彼女の散財には子供のように無邪気な喜びが見て取れた。つらい子供時代をすごしたこと、十六歳でオーストラリアからアメリカに渡り、さらにロンドンへと逃れたことを、アンリは少しずつ聞き出した。不幸な生い立ちを大海原の向こう、世界の反対側に置き去りにしたいという強烈な願望が、獣のような快楽志向と獰猛(どうもう)なまでの自立心を生んだことを知った。そんなナンシーでもときには誰かの肩を借りたいのであり、その相手に自分が選ばれたのだとアンリが悟ったのは、さらに一年がすぎてからだった。

ナンシーが私を選んでくれた。

アンリは感無量だった。

今夜から、いよいよアンリはナンシーを妻と呼べるようになる。結婚したくらいでナンシーが、アンリの金を湯水のように使い、正気と思えない危険を冒してレジスタンスを助けるのをやめるわけがない。そんな幻想は抱いていない。けれども今日のこの日、今宵だけはナンシーの居場所を把握し、彼女は自分のものだと確信していられる。

「私からひとこと言いましょうか」背後から、鼻にかかった細い声がした。「自分の結婚式だというのに、髪のセットの時間に遅れるなんて、結婚する気があるのかしら」

アンリは背後を振り返った。姉のガブリエルがアンリのベッドに、老いた鶴よろしくちょこんと腰かけていた。くちびるが薄く、馬面だが、これでも若いころは美人だった。器量が悪くなったのは、ありあまる財力に恵まれながら、いつしか性格が陰気にひねくれたせいだとアンリは見ていた。どんなに断っても、姉が身仕度をするアンリについて部屋に上がってきたのは、結婚を思いとどまらせようという最後の悪あがきだった。

「言ってみるといいよ、姉さん。ほっといてくれと言い返されるのがおちだろうけど。それに僕とちがってナンシーは、姉さんと姉弟愛で結ばれているわけじゃない。遠慮なく姉さんを部屋から追い出すだろうね」

ガブリエルはあからさまな嫌味を聞き流し、蚊の羽音のように甲高く、あわれっぽい声でつづけた。「あの人のためを思って言っているの。あの人ったら、あと一時間で船に戻らなきゃならない休暇中の船乗りみたいな悪態をつくじゃないの。いったいどこで、あんな言葉を覚えてくるの、アンリ？　ぞっとするわ」

アンリはにんまりした。ナンシーがフランス語で罵詈雑言（ばりぞうごん）をまくしたてるのを耳にするのは、人生の大きな喜びのひとつだ。

「生まれつき語学の才能があるんだよ、姉さん」

「よく言うわ。持参金もない！　カトリックに改宗する気もない！　だいたいあの人、神様を信じているのかしら」

「いないだろうね」

鼻声がさらに甲高くなった。「どうしてなの、アンリ？　大事な家族を薄汚いオーストラリアの商売女に汚されて、よく平気でいられるわね？」

さすがに言葉がすぎる。姉弟愛にも限界はある。アンリは姉の肩をつかんで立ち上がらせると、扉のほうへと歩かせた。

「姉さん、今度僕の妻をそんなふうに言ったら、うちの敷居は二度とまたがせない。モンマルトルの場末の酒場でナンシーと一時間飲むために財産も事業も家族もすべて差し出せと言われたら、僕は迷わず差し出すよ。さあ、帰ってくれ」

言いすぎたと悟ったガブリエルは、泣き落としに出た。「アンリ、私はあなたのことを思って言っているの」アンリに面前で扉をばたんと閉められる前に、どうにかこれだけ言った。

ナンシーのレジスタンス支援がばれていなくてなによりだと、アンリは思った。知ったら最後ガブリエルは、ナンシーへの憎しみと賞金ほしさから手を血で汚すことになるのもかまわず、そそくさと秘密国家警察(ゲシュタポ)に密告しにいくだろう。

アンリは鏡に向かい、髪をなでつけた。戦争がはじまって若返ったようだと、友人知人には言われている。君たちよりも老化の速度が遅いだけだよ、と返すわけにはいかない。世界の反対側からやって来た家出娘のナンシーが生きる目的と希望を与えてくれたからだと説明したら、彼らなりに妻に忠実な友人たちは面白くないだろう。あのころはみな、敗北の衝撃に打ちのめされていた。ともにダンケルクから撤退したイギリス軍は、チャーチルその人の命により、フランス領アルジェリアのメルセルケビール沖でフランス艦隊にすさまじい爆撃を加えた。このときイギリスの爆弾で殺されたフランス人は、千人を超える。同胞たちは萎縮し、ドイツに祖国を乗っ取られたのだから仕方ないとあきらめの境地で、多くが家に引きこもった。だがちがう、とアンリは思う。フランスはきっとふたたび立ち上がる。ナンシーが、そう信じさせてくれた。彼女がいなければ、どんな生活を送っていただろう。アンリは身震いした。砂を嚙むような生活にちがいない。

ナンシーがリビエラ界隈の闇商人と片っ端から友達づきあいをしているのも大きい。おかげで食卓にはいつも新鮮な肉がどっさり上り、ふたりはコネも金もない友人たちと贅沢な食事をわかちあった。家でナンシーとふたりきりで食事をしたことは、もう一年くらいないのではないか。

ノックが聞こえた。

「なんの用だ？」姉が勇気を奮い起こして最後の悪あがきに戻ってきたのかと、ぶっきらぼうに返事をした。

ナンシーが猫のようにするりと入ってきた。帰って十分もしないというのにハート型の顔を縁取る髪は巻いて高く結い上げられ、ふっくらしたくちびるを彩るチェリーレッドの口紅が白粉をはたいた顔に映え、青いドレスは胸とヒップの豊かな曲線を際立たせている。

「これからは部屋をノックするたび、そんなつれない返事を返すの、アンリ？」

目をきらめかせて歩みよるアンリを、ナンシーは片手を挙げて制した。

「髪が乱れるからやめて。結婚の誓いを立てる支度ができました、と知らせに来たの。ガブリエルに説得されて、その気が失せてなければの話だけど」ナンシーはウィンクした。「でもさっき玄関ホールでハンカチに顔を埋めてメソメソしていたところを見ると、説得は失敗だったようね」

アンリはナンシーの腰に両手を置き、肌の上を滑るシルクの感触を確かめたが、キスはしないでおいた。

「ナンシー、よりにもよってこんな日によく出かけられたものだ。てんやわんやの騒ぎのなかで。式の当日なんだぞ？」

ナンシーは片手でアンリの頬に触れた。「ごめんなさい。怒らないで、私の熊さん。大事な任務があったの。少なくとも私にとってはとても大事な任務が。ほら、ちゃんと帰ってきたでしょ？」

「新しいビラを見ていないのか？　ゲシュタポは白ねずみに十万フランの賞金をかけたんだぞ？　ピュジェの監獄から囚人を逃がした君の活躍が、目に余ったらしい」

「苦労した甲斐はあったわ」薄い――そして、とんでもなく高価な――シルクにしわでもよったら大変と、ナンシーは腰に置かれたアンリの手をそっとどけた。「あの人たちだって脱獄すれば人の役に立てるでしょ。でもイギリスのパイロットは嫌なやつだった。銃殺隊のお世話になる危険を冒してまで助けてやったのに、あいつときたらやれ食べものがまずい、隠れ家が狭いって文句ばかり」

アンリは一歩退いた。妻にするなら美しく、上品でしとやかなフランスの女がいくらでもいるでしょうにと、ガブリエルは責め立てる。しっかり家計を管理し、家を守る女たち。けれどもナンシーがボクサーを思った瞬間、ほかの女は露と消えた。あの気性。毒舌。服従を拒む反骨心。ナンシーはボクサーのように、世界に真剣勝負を挑んでいた。大きな図体をした傷だらけのボクサーと、青いシルクをまとい紅を差した目の前の美女のイメージが頭のなかで衝突し、アンリは思わず噴き出した。その顔を、ナンシーが怪訝そうにうかがう。

「白ねずみなんてあだ名は君にふさわしくないな。君はライオンだからね。さてと、結婚するとしようか」

アンリがタキシードの肩をすくめると、ナンシーが歩みより、タイを直した。その温かい肌からシャネルがふわりと香る。

「ええ、ムッシュ・フィオッカ。そうしましょ」

オテル・デュ・ルーヴル・エ・ペでの祝宴は完全な勝利だった。アンリの身内が浴びせる冷たい視線でさえ、喜びあふれる宴の勝利を損なうことはできなかった。マダム・フィオッカはいったいどうやってこれほど贅沢な食材や酒を手に入れたのかと首を傾げる客がいたとしても、疑いは胸にしまい、みなまっすぐ美食の快楽へと飛びこんだ。

ナンシーは有頂天だった。パーティーが町の噂になることは確実だし、アンリも鼻が高そうだ。これでこそ、料理人や花屋や仕立屋と何時間も侃々諤々(かんかんがくがく)やりあった甲斐があったというもの。参ったか、マルセイユ。ナンシーは金箔張りの舞踏室で上座に着き、テーブルの下でそっとアンリの手の下に手を差し入れた。アンリが逆を向いたまま、経営する海運会社の幹部と冗談を交わしながら指先をぎゅっと握り親指で手のひらをなでると、ナンシーの身体に震えが走った。

「マダム・フィオッカ」横で声がした。ベルナール。ホテルの給仕長にして、最も近しい友人のひとりだ。ベルナールは一歩下がるとウェイターに銀のワインクーラーをナンシーのそばに置かせ、新郎新婦の前に新しいグラスを用意させた。ワインクーラーの氷からボトルを引き抜いてラベルをナンシーに見せ、彼女がうなずいたところでコルクに手をかけた。熟練の技でため息のような音とともにコルクを抜き、ふたりのグラスに注いだ。

アンリが振り返り、ラベルとヴィンテージを見るなり愉快そうに笑った。「こんなものをいったいどうやって手に入れたんだ、ナンシー？」

「言ったでしょ、熊さん。今日は大事な任務があるって」

アンリは首を振り、渋々笑みを浮かべてベルナールからグラスを受け取った。

ナンシーは立ち上がると、なみなみとシャンパンの入ったグラスをフォークでたたいた。視界の端でガブリエルが、感じの悪さでは引けを取らない舅（しゅうと）クロードの横でぴくりとするのが見えた。披露宴で花嫁が乾杯の音頭を取る？　なんて恥さらしな！

恥さらしだろうがなんだろうがかまうことはない。ナンシーは乾杯の音頭を取ると決めていた。

両手を振って、声を張り上げた。「みなさん、お静かに！」

指揮者の合図で楽団は演奏をやめ、客はくすくす笑いながらしーっ静かにと言いあった。

ナンシーはグラスを掲げた。

「ありがとうございます！　シドニーの父は出席が叶いませんでしたが、みなさんによろしくとのことです」想像に任せて、嘘を並べた。父の顔を見たのは五歳のときが最後だ。「母は招待しませんでした。でもみなさんが母をご存じなら、欠席は私からの贈り物とありがたく受け取ってくださるはず」片手に聖書を、もう一方の手には鞭代わりの棒を持ったケチな狭い家のケチな意地悪女。あんなやつはくたばればいい。「そういうわけですので、自分で乾杯の音頭を取ろうと思います。今宵、私は夫の幸福を祈って杯を上げます」歓声と口笛が静まるのを待って、ナンシーはつづけた。「これは一九二八年もののクリュッグ。まだフランスが自由だったころ、はじめて会った晩に夫が注文してくれたお酒です。しかし戦時下だろうとなかろうと、通りをナチスがのし歩いていようといまいと、私たちの心が自由であるかぎりフランスは自由だと、今宵私は声を大にして言いたい。アンリ、私は頑固でお金のかかる、妻にするには厄介な女よ。でもあなたは私の支えなの。ふたりでこの美酒にふさわしい人生を築いていきましょう。築いていく、と私は誓います」

アンリが立ち上がり、グラスを妻とチンとあわせた。見つめあった瞬間、世界はふたりだけのものだった。

「マダム・フィオッカ」アンリは言って、シャンパンをすすった。

客のひとりがうっとりとため息をつくと、感傷を嫌うナンシーですら目頭が熱くなった。だめ。祝宴に涙は似合わない。

「今夜は無礼講よ」ナンシーは宣言してシャンパンをひと息で飲み干し、とびきり大きな魅惑の笑みを振りまいた。

喝采、そして喜びと反骨の雄叫びが湧き起こる。それを合図に楽団は、「聖者が町にやってくる」をアップテンポで演奏しはじめた。ダンスフロアを空けようとテーブルを片づける給仕たちを、ナンシーの仲間のなかでも極めつけにいかがわしげな連中が待ってましたとばかり千鳥足で手伝った。

アンリがグラスを置いて、妻にキスをした。ガブリエルが麻のハンカチで涙をぬぐうのを目の端で捕らえたナンシーはこれ見よがしに熱いキスを返すと、ハリウッド女優よろしくアンリの腕のなかに倒れこんだ。マルセイユの波止場に、喝采が響きわたった。

3

ナチスに蹂躙(じゅうりん)された旧市街で目にしたものをフィリップとアントワンに報告できたのは、一時間後のことだった。

痩せ形だが、細い肩に鋼(はがね)の力を秘めた黒髪のアントワンは、密入国にかけては南仏で並ぶ者がいないほどの辣腕(らつわん)だった。ナンシーとは面識のないギャロウという名のスコットランド人、オレアリーと名乗るベルギー人、そしてナンシーと組んで、ナチスから逃れてきた人々を人里離れた隠れ家に住まわせ、案内人を手配してピレネー山脈から比較的安全なスペインへと逃がしていた。一方、アントワンよりも背が低く、四角い顔は日に焼け、タキシードでめかしこんでいるいまでさえ畑から帰ったばかりのように見えるフィリップは、書類偽造の達人だ。レジスタンスにツテのある幸運な人々はフィリップが来る日も来る日も地下の工房で作り出す本物そっくりな通行証や居住証明書、パスポートを手に、曲がりくねる線路を進む汽車や地元のバスに乗って人混みにまぎれた。あるいはイギリス行きの船に乗れる日まで、フランス各地の隠れ家を転々とした。

「いきなり撃ち殺したのよ」ナンシーが言った。「通りの真ん中で。法を守るふりすらしないで」とどめの一発、飛び散る血と脳味噌がまぶたをよぎり、ナンシーはシャンパンをあおった。近くでポンとシャンパンが開いたのに驚いてアントワンは身を縮め、それから肩をすくめた。

みな怒る気力も湧かないほど疲れているのだと気づいて、ナンシーはグラスを突き出した。怒りを失うわけにはいかない。

通りかかった給仕が仕草に目をとめ、グラスをシャンパンでしゅわしゅわと満たした。死んだ若者を思いながらその音に耳を澄ますと、自分の血が泡立つ音のようにも聞こえる。灰色。赤。黄色。空の青。あの一瞬一瞬をナンシーは肌で感じた。

「気がかりなことがある」アントワンが言った。「先月はちょうど人を移動させなければばってときに斥候が増え、案内人が三度も引き返す羽目になった。鳴りを潜めたほうがいいんじゃないか。しばらく作戦を中止して、様子を見るんだ。誰かが密告したか、うっかり口を滑らせたんだ」

ナンシーはアントワンの視線を感じた。「私じゃないわよ！　あなたがうちで食べるステーキの仕入れ先でさえ、私はしゃべらない。用心の塊なんだから」グラス越しにウィンクしてみせた。

「だがアントワンの不安もわかるぞ」フィリップがぼそりと言った。いつか爆発するんじゃないかと思っているかのように、フィリップはシャンパングラスを大きな両手でこわごわ持っている。「ナンシー、工作員狩りが専門のゲシュタポが新しくマルセイユに赴任したんだ。ベームという男だ。おれたちがパリで持っていた最強のネットワークを数週間で壊滅させた。

パリでは、ほとんど誰も生き残らなかった。しばらく東部戦線にいたそいつが、マルセイユに来た。狙いは白ねずみ。あんただ。用心したほうがいい」

用心。用心しろと、誰もが言う。礼儀正しくしなさい。椅子に腰かけるときは浅く座って膝をあわせ、両手は膝に重ねて、人の目をまっすぐに見てはいけません。冗談じゃない。

「やあねえ、心配しすぎよ。私は捕まらない。世間が知る私は、玉の輿に乗った浪費家の女。ショッピング中のマダム・フィオッカを見て白ねずみと気づく人がどこにいる？」

「ナンシー、笑いごとじゃないんだ」アントワンが言い返す。「レジスタンスは遊びじゃない。ゲシュタポに疑われないとしても、君のまわりの連中はどうだ。アンリが財産の半分を僕らの運動につぎこんで、誰も気づかないと思う？」

痛いところを突かれた。けれどもアンリは立派な大人だ。判断は自分で下せる。ナンシーは、そう自分に言い聞かせた。目立つことは慎めと何度アンリに注意されても、懲りずに協力を求めてきたのは確かだが……。

「いじめっ子を撃退するには、そいつの鼻にがつんと一発お見舞いするしかない。学校に通ったことがあるなら、誰だって知ってることよ」ふとナンシーの瞳に、暗く危険な光が宿った。肩に誰かが触れたので、振り返った。夫が立っていた。あれだけ飲んだあとで、この人はどうしてこれほどきりりと、落ちついた様子でいられるのだろう。それに引き替え、ほかの男たちはといえばひとり残らず赤ら顔でもたついている。夫を誇りに思う気持ちが、怒りを押しのけた。

「ナンシー、約束しただろう？　今日は仕事の話はなしだ」アンリに視線を向けられ、アントワンとフィリップが小学生のようにもじもじした。

「用心するように説得していたんですよ、フィオッカさん」アントワンが言った。

アンリはふたりにほほ笑みかけた。「せいぜいがんばってくれたまえ。私の説得より効き目があることを祈っているよ。奥さん、一曲お相手願えますか？」

ナンシーは夫の手を取ると肩越しに、うしろにいるアントワンとフィリップにひらひら手を振った。用心だなんて、ばかばかしい。アンリは英雄だし、自分の面倒は自分で見られる人だ。あと一発でもナチスの鼻にパンチをお見舞いできるなら、ここで手を緩めるつもりはない。

新婚夫婦がワルツを踊れるように、客が場所を空けた。アンリはダンスの名手だ。ナンシーはアンリのリードに任せ、つややかな木の床を滑るように踊った。アンリの腕に身体を預けると、それこそ空を飛んでいる心地になる。だが目を開けるとアンリはじっと彼女を見つめており、その視線にナンシーはひやりとした。

「私、なにか悪いことした？」

腰に置かれたアンリの手に、力が入った。「小言を言わねばならない。披露宴でレジスタンスの連中と話しこむわ、クリュッグを手に入れるために命を危険にさらすわ……」

ナンシーは目を見開いた。遊びの感覚が抜けていなかったのだ。戦争。危険な活動。やることなすこと極端な若妻にあきれ、頭を振る賢い夫との暮らし。ナンシーにとっては、すべてが最高のお楽しみだった。「あの人たちは友達よ。それにクリュッグはあなたのために調達したのよ、ダーリン」

「ナンシー、私に必要なのはシャンパンじゃない」そう言った夫の目は笑っていなかった。「君なんだ」

アンリはナンシーをぐっと引きよせた。表から夏の到来を告げるミストラルの最初のひと吹きのようなヒューという音が聞こえたかと思うと、あたりが引き攣るような鈍い爆発音がした。シャンデリアが揺れ、天井から漆喰の欠片が静かに降りそそぐ。アンリは妻の腰から手を離すと、彼女の手をつかんで高々と掲げた。「ベルナール、みなさん、さあもっとシャンパンを。フランス万歳！」

人々は勇気を奮い起こして歓声を上げた。楽団が軽快なダンス音楽をやりだすと、埃を蹴立ててダンスフロアを踊り回った。ナンシーは頭をそらして豪快に笑い、光とシャンパンとアンリの手の感触に恍惚とした。

四時間踊ったあとでも、アンリは抗議を受けつけなかった。花嫁を抱いて敷居をまたぐのは夫の務め。ナンシーを抱きあげて寝室に入り、厚い絨毯にそっと下ろした。

「アンリ」ナンシーが彼の胸に手を当てた。「お願いがあるの。あなたの力が必要なの」

アンリは顔をしかめた。これがナンシーのやり方なのだ。ここぞというタイミングを狙い定めては、危険で非常識な頼みごとを持ちかける。もっと金を出せ。アルプスの別荘を脱獄囚の隠れ家に使わせろ。事業を隠れ蓑に武器を密輸しろ。捕虜を密航させろ。ユダヤ人の一家がイギリスに渡れるように書類を用意しろ。今度はなにをねだられるのかと身構える夫の顔をナンシーはじっと見つめてにやりとし、くるりと背を向けた。

「チャックに手が届かないのよ……」

アンリはふっと笑うとゆっくり手を伸ばして小さな留め金を外し、むき出しの肌を指の関節でなぞりながら静かにチャックを下ろした。顔をよせ、妻のうなじに口づけた。

「自分がこういう人間であることを弁解するつもりはないの。妻になるのがどんな女なのか、あなたはわかっていたはず」ナンシーはアンリにもたれかかった。

「弁解など望んでいないよ、ナンシー」声が欲望で低くなり、言葉がくぐもった。アンリは両腕を妻の腰に回し、腹に手のひらを押しつけた。

触れられて、ナンシーは痛いほど夫がほしくなった。

「ごめんなさい。ほかの奥さんたちのようにおとなしくしていられなくて。あなたを苦しめるなんて想像しただけでもつらいけれど、ナチスの勝利を想像するのも同じくらいつらいの。あいつらに勝たせるわけにはいかない。だからレジスタンスの支援はやめるなんて嘘はつかない。やめたくてもやめられないのよ」

アンリはため息をつくと、妻をぐるりと自分のほうに振り向かせた。「ひとつだけ、用心すると約束してほしい。できるかい？」温かく、妻を包みこむような声に戻っていた。

ナンシーはうなずいた。

アンリは窓際の隅に設えた小さなソファーとテーブルにナンシーを導くと、隣に座らせた。

ナンシーは座ったまま身体をくねらせてスカートをたくしあげ、夫の膝にまたがった。両手を挙げてダイヤモンドの髪留めから髪を解き放つと肩紐を外し、シルクのドレスを腰に落とした。

「アンリ・フィオッカ。腹が立つほど愛してる」

アンリはナンシーの髪に両手を差し入れ、引きよせるとキスをした。熱く、キスをした。

4

マルクス・フレドリク・ベーム少佐は受話器を置いた。電話の相手は旧市街焼き討ちの最終報告書を翌朝提出すると知らせてきたのだが、作戦が成功したのは明らかだった。

ベームがマルセイユに着任するまで、旧市街の貧民窟で占領軍に犠牲者が出ない日はほぼ一日もなかった。不審者を追い旧市街に入った兵士は、生きて出られるだけで幸運だった。捜査の成果は上がらず、「幸運」な兵士も上階の窓から糞尿を浴びせられ、通りにたむろしている労働者に囃（はや）したてられるのがおちだった。ベームは部下の報告と苦情、フランス当局のいいわけに耳を傾けたのち、指令を下した。

立ち退きの公示が壁に張り出されると、住民の半数は家財道具をまとめて出ていった。残りのほとんどは逮捕され、収容所行きの汽車に詰めこまれた。外国から逃れてきたユダヤ人やユダヤ系フランス人が旧市街で多数発見されたのは、とりもなおさずベームの着任に先立つ数カ月間、新法の施行がずさんだったことを示す決定的な証拠だった。刃向かう者、逃げる者、隠れる者は撃ち殺した。マルセイユをものの三日で浄化したベームはヘラクレス級の英雄だった。

電話台の上にかけられたマホガニー枠の鏡を見ながら、ベームは髪をなでつけた。鏡に映った娘の部屋に目をやると、扉が開いている。ベームは足音をしのばせて部屋に近づき、なかをのぞいた。

電話の音で目を覚まさなかったようだ。ソニアは毛布の下でウサギのぬいぐるみを抱えて丸くなり、まだ夢のなかだった。青白い、やわらかな顔にはなにかに集中しているときの表情、夕食前の静かなひとときにダイニングテーブルで絵を描いたり、まるまるとした大きな字でベルリンの友達に手紙を書いたりしているときと同じ表情が浮かんでいる。子供の無垢(むく)の、いかにはかないことか。起こしてしまうのではとあやぶみながらもベームは部屋に足を踏み入れ、吐息のようにやわらかな娘の髪を耳のうしろになでつけ、額にキスをした。お前のことは私が守る、身も心も安全に暮らせるようにとささやきながら。

できるだけ音を立てないように扉を閉めて、居間に戻った。マルセイユに到着するなりベーム夫妻と娘のソニアは、ゲシュタポ本部のある楽園(パラディ)通りにほど近いこのこぎれいなアパルトマンに案内された。ポーランドで過酷な生活に耐えたあとでは、贅沢が身に染みた。快適な五部屋の家具つきアパルトマンを割り当てられたのは、パリで外国人のスパイ組織をたたき潰し東部戦線で移動虐殺部隊(アインザッツグルッペン)の規律を強化した功績を買われたからであり、またベーム自身が公言しているとおり、妻は党の有力者に近い。

暖炉の横に座り、やわらかい灯りの下でなにやら凝った刺繍(ししゅう)を刺している妻は、本人がまだ子供のようだ。夫に気づくと妻はすぐに立って食器棚に行き、彼のために酒を注いだ。ベームは暖炉の反対側にあるアームチェアに落ちつき、妻のほっそりした体つきと形のいい脚を愛でた。

「夜分に電話をかけてもうしわけないと、ヘラーが言っていたよ、エーファ。一家団欒の邪魔をしたのではないかと気遣っていた」

エーファは夫にウィスキーを渡しつつ、身を屈めてキスをした。「いい方ね。気にすることないのに。あなたもおわかりでしょう？」

ベームが最初に惹かれたのは、この声だった。低く、耳に心地よく、厚かましくはないのに堂々としている。ベームは妻の手を取り、細い指に軽くくちづけた。

「なにがおかしいの？」椅子に戻って裁縫箱を取りあげ、エーファは尋ねた。

「神は私に最高の相棒を与えたもうたと思ってね」と答え、ウィスキーを味わった。ウィスキーは、イギリスで博士号の取得を目指していたときに覚えた嗜みだ。味わうたび、ベームは学生寮や、夜更けまで同級生と交わした語らいに引き戻された。

「相棒って私？　それともヘラーさんのこと？」エーファがまつげの下から見上げた。

ベームは妻に向かってグラスを掲げた。「いまのケースでは君のことだ」

エーファは甘い言葉に気をよくしてうなずいたが、突然、なにか考えこむような顔をした。

「でもヘラーさんって優秀よね」

ベームは酒をすすり、部下を思った。小さな丸めがねをかけている以外は、至って健やかそうな若者だ。肌はなめらかで、脂肪がつきそうにない筋肉質な身体をしている。マルセイユに着任して以来ともに働いてきたが、いまのところは極めて有能。ヘラーはグルノーブルで法律を勉強していたときにフランス語を習得し、言うまでもなく、ナチスの大義を強く信奉していた。小さな丸めがねのおかげで学者のように見えて、そのじつ敵を尋問するとなると情け容赦なく、しかも独創性を発揮する。ベームは感服していた。あのやわらかな物腰の裏に、汲めども尽きぬ暴力の泉を秘めているとは——。一部の囚人が口を割ったのは拷問に耐えかねたというより、本の虫然とした細身の若者が壮絶な苦痛を引き起こすこと自体に打ちのめされたからだろう。

「そうだね。実に優秀だ」

エーファは糸をはさみで切り、刺繍を施していた布をばさばさと振った。小さな農家の庭にニワトリがいて、背景には木立や丘がある。その図柄に、ベームはヴュルツブルクの風景を思い出した。戦争が終わって、ケンブリッジに戻らないことにしたなら、ヴュルツブルクで妻子のためにこの刺繍のような質素な家を借りて住み、研究を完成させてもいい。

「ヘラーさんのために、なにかして差し上げたほうがいいかしら」妻が言った。「ゴットフリートおじさんに手紙を書いて、ひとことほめておくわ」刺繍に注がれた夫の視線に気づいた。「ソニアの新しい傑作よ。私はちょっと手直ししているだけ。額に入れてあなたにプレゼントするそうだから、ちゃんと驚いた顔をしてあげてね」

「わかった」

エーファは道具を片づけながら、ためらいがちな口調でつづけた。「実はゴットフリートおじさんから今日手紙が届いたの。スターリングラードの第六軍は全滅だそうよ。兵士たちの犠牲について書いてあるから、あなたも読むといいわ。心が震えるわよ」

ベームはウィスキーを飲み干した。まったく途方もない犠牲を強いられたものだ。空になったグラスを、脇のつややかなテーブルに置いた。しかし最後にはかならずやドイツが勝つ。共産主義を打ち負かすにはドイツと共闘するしかないと、いずれきっとイギリスも悟る。だだっ広く野蛮なソ連でどんな敗北を喫そうが、それは一時的なもの。ロシア人というのは忍耐力だけが取り柄の、救いようのない連中なのだ。

エーファがなおもベームを見ずに尋ねた。「私たちがあっちではなく、家族でフランスにいられて本当によかったと思うのは……まちがったことかしら」

ベームは愛があらためて湧き上がるのを感じた。「そんなことはない。自分が犠牲にならなくとも、兵士の犠牲を尊ぶことはできる」

「もう一杯いかが？」

そそられる。「いや、やめておくよ。仕事が溜まっているのでね。頭をはっきりさせておかなければならないんだ」

冗談めかして言ったが、本当だった。旧市街の「浄化」は幸先のいいスタートだったが、抵抗運動がマルセイユの町に深く広く根を張っているのをベームは知っていた。ロシア人に比べればまだ救いようがありそうなフランス人だが、その退廃と腐敗は疑うべくもない。ドイツ人が極東の叡智を吸収し、みずからの運命を完全に理解するための手引きとしたのに引き替え、フランス人は豪奢な東洋の幻影に酔い、みだらで騒がしい夢を見ながら内側から腐っていた。

「もうすぐ食事の支度ができるわ。それで、例のねずみを捕まえられると思う？」

桁外れな数の脱獄囚や亡命者をスペインに逃がし、ドイツ軍が南フランス一帯に打った網を食い破っていくつもの穴を開けた伝説のねずみ。

「どうかな。時間が教えてくれるだろう」

5

月が海を銀色に染めていた。作戦を決行する日時に関してナンシーにはほとんど発言権がないが、今夜は運に恵まれた。空は澄み、懐中電灯を振りまわさなくても月の光がちょうどいい具合に海岸への道を照らしてくれた。

アントワンがトゥールーズの連絡員から知らせを受けたのだ。脱獄囚を引き受けるべく、イギリスの潜水艦が沿岸を航行する。これこれしかじかの日、これこれしかじかの時刻に十五人まで収容できるボートで海岸に乗りつけるから、合図を待ち、応答せよ。

日時だけでなく、信憑性の問題もあった。知らせは本物なのか。途中でまちがって伝わったのではないか。決行の日時と場所、暗号は正しいのか。ナンシーが接触し、落ちあう場所と日時を指示した脱獄囚のなかに、口を割った者はいないか。

もうひとつ、ボートには十五人まで乗れるとイギリス側は伝えてきたが、少なめにサバを読んだと期待するしかない。ナンシーは闇にまぎれ、一刻も早くフランスから出たがっている二十人の男とともに海岸で待機した。大半はイギリス兵だったが、アメリカ人のパイロットもふたりいた。アイオワの農村育ちだというふたりはそばにいる者まで愉快な気分にさせるユーモアの持ち主で、ナンシーはすぐに好感を持った。イギリス人のうち三人は一週間前からモンペリエ近くの隠れ家に潜伏し、ヴィシー政権寄りと見てまちがいない隣人に気取られないように話すときは声を潜め、なるべく足音を立てずにじっとしていた。大方は北西部の仮収容所から逃れてきた者たちだった。ナンシーとフィリップとアントワンのもとに届いた電報には六人がそちらに向かうとあったが、仮収容所内で噂が広まり、われもわれもと脱出を求めたのだ。最後に迎えにいった男はマルセイユ市内の隠れ家に匿われていた。ベームとやらが赴任して以来、どの隠れ家も安全とは言えなくなっていた。この最後のひとりはグレゴリーという名の男だった。イギリス国籍だが母親がフランス人のグレゴリーを、英国軍は連合国軍寄りのフランス人に加勢させる目的で敵陣にパラシュート降下させたのだが、わずか二週間で町にいるところをゲシュタポに捕らえられた。マルセイユの連絡員が当局と通じていたのだ。

一カ月間監禁されたのち、グレゴリーは尋問中に死にものぐるいの手に打って出た。呆気にとられている見張りの前で、一階の窓をぶち破って逃げたのだ。どうにか市場の人混みにまぎれたグレゴリーに、人々は手を貸した。ある男は自分の帽子をやり、別の男は地元の農夫が着る青いコートをやり、さらに別の男は木靴を脱いで差し出した。グレゴリーを追って本部からあふれ出たゲシュタポの隊員は、足留めを食らった。屋台の店主たちが偶然通りでもたつき、商品を満載した手押し車をめぐってたまたまけんかが起きた。細々とマルセイユで活動をつづけていたレジスタンスのメンバーたちは知らせを受けてグレゴリーを匿い、ナンシーに預けた。

　こうしたいきさつを、グレゴリーは折れた歯のあいだからナンシーに話して聞かせた。通常ならばピレネー山脈のルートを使って逃がしただろうが、グレゴリーが山を越えられる見こみは万にひとつもなかった。右手の爪はすべて剝がれ、肋骨にはひびが入り、手首は折れていた。その身体で紫色のあざになっていないところは、二センチ四方もなかった。食べさせ、匿う以外になにができるだろうとナンシーが途方に暮れていたところに、イギリス海軍が捕虜を回収するとの知らせが届いたのだ。助かった。ナンシーは自分で隠れ家まで迎えにいくと、グレゴリーのあざだらけの顔をアンリのマフラーで隠し、その瘦せた身体をアンリのコートで大きく見せ、アンリの帽子の縁から外をうかがうグレゴリーと腕を組んでマルセイユの町を歩いた。バスで海岸に行き残りの捕虜と合流したところで、グレゴリーはナンシーに礼を言った。ぽつりと。心をこめて。それきり黙りこんだ。

　月明かりのなかで、ナンシーは何度も時計を見た。遅い。惨事を招くほどの遅れでも、決定的な遅れでもないが、イギリス海軍の潜水艦は約束よりも遅れていた。いつまでここで待てるだろう。潜水艦が来なかった場合、どうしたら二十人もの男たちを夜明け前に隠れ家まで連れ戻せるだろう。マルセイユ東部の海岸は険しい岩場になっており、暗闇で石灰岩が亡霊のように見えた。野生のセージと松に縁取られたこの小さな浜辺は、ボートをよせられる数少ない場所だった。なにかあったのでなければいいが。ナンシーは気を揉んだ。計画に変更がなければ今ごろ潜水艦は八百メートルほど沖合に到着し、男たちがふたたび銃を取って仲間と合流し戦地に戻れるようにジブラルタル海峡経由で連れ帰ろうと、闇のなかで静かに待機しているはずなのだ。

「遅いな」肩の横で、アントワンがぽつりと言った。

「もう来るわよ」ナンシーはきっぱりと返した。

闇のなかで人の気配がして、フィリップが現れた。「まだか？　遅いな」

まったく。

「向こうが先に合図するというのは本当なんだろうね、ナンシー？」アントワンが尋ねた。

「こっちが先に合図したほうがいいんじゃないか？」

「そんなにかりかりしないでよ、もう」ナンシーは小声で言い返した。「ドイツ軍がうようよしている海辺で懐中電灯を振りまわすなんて冗談じゃない。向こうが先に合図するの」

「メッセージが偽物だったら？」アントワンがささやいた。「ドイツ軍の罠だったら？　やつらは逃亡犯と僕らと、かの有名な白ねずみを楽勝で一網打尽にするだろうね。月夜のピクニックでも楽しんでいるみたいに海岸にじっとしているところを。だいたい、あんなタイミングで知らせが来るなんておかしいじゃないか！　話がうますぎると思わないか？」

ナンシーの心にも不安はよぎった。よぎらないわけがない。噂はみんな聞いていた。無線機を盗んだドイツ軍がなにくわぬ顔でロンドンの諜報機関とやり取りし、子供が果樹園のりんごを盗むように楽々とレジスタンスのメンバーや脱獄囚や物資をさらっていっているという噂を。

「これがドイツ軍の罠だったら」ナンシーはひとことひとこと正確に発音し、きっぱりと言った。「遅刻なんかしないわよ」

フィリップがフンと鼻を鳴らすのが聞こえたが、その顔にしぶしぶながら負けを認める笑みが浮かぶのが見えるようだった。

「だとしても、ナンシー」と、フィリップが言う。「締めつけが厳しくなっているのは否定できないよな？　おれも名前を知っているやつらが、もう何十人もしょっぴかれてる。おれたちのことを知る人間が捕まるのは、時間の問題だ。そうだろ？　関わる人間が増えすぎたんだ。アンリに紹介された工員のミカエル。あいつは気に食わんな。頭に血が上りやすい」

「フランス人がようやく重い腰を上げて団結し、ナチスに反撃しはじめたのが気に入らないっていうの？」ナンシーは言い返した。腹が立ってきた。「アンリの紹介ならまちがいないわよ」

「アンリは善人だが、浮き世離れしてる」フィリップがなおも言いつのる。「フランス人たるもの、ひとり残らずレジスタンス魂を秘めていると思いこんでいる。おれたちのなかにもファシストがいることを認めようとしない。アンリの金で丸めこんでる憲兵な、あいつらのなかの誰かがいずれ余計なことをしゃべるぞ。今夜もやつらに金を握らせ警備を頼んだのがまちがいだ。どんなに危険でも、自分たちでゲシュタポの斥候をかわすべきだった」

アントワンが舌打ちをしたが、フィリップの言うとおりだ。アントワンはふたりに相談せず、憲兵の買収を独断で決めた。憲兵を真の愛国者と見こんでのことだったが、そもそも真の愛国者なら金をちらつかせなくとも警備を買って出るのではないか。

「おい、ナンシー！」

ナンシーは闇に目を凝らした。見えた。百メートル沖合で、懐中電灯が光った。三回短く点滅し、四回目はやや長く光った。ナンシーも懐中電灯をつけ、闇に向けた。長めに二度点滅させて消し、待った。

永遠とも思える時が流れたのちに水面の揺れる音がし、それから波が穏やかに打ちよせる砂浜に木製ボートが引っ張り上げられる、じゃりじゃりという音がした。ナンシーはひとりでボートに近づいた。漕ぎ手がふたりに将校らしき男がひとり。全員がウールのズボンに、地元の漁師が身につけるカンバス地の作業服を着ている。

「パレードをはじめてもいい？」ナンシーは尋ねた。

「おふくろが風船をよこしたよ」将校が合言葉で応じた。「おっと、君はイギリス人？」

「オーストラリア。話せば長くなるわ」

将校はうなずいた。身の上話をしている暇はない。「荷物は？」

「二十個よ。ゲシュタポからの速達がひとつと、収容所から親戚が余計にいくつか送ってきた。全部引き受けてもらえる？」

将校はためらったのち、きっぱりと言った。「どうにかしよう。遅れてすまなかった。沿岸の警備が強化されてね。このルートは早晩使えなくなるだろう。潜水艦で逃亡者を迎えにくるには、リスクが高すぎる」

ナンシーは振り向き、浜を取り巻くようにして隠れていた男たちにこっちへと手を振った。

「ピレネー・ルートもやつらのせいで通行止めよ。とっとと戦争に勝ってくれない？」

「最善を尽くすよ」

高潮線の上の茂みから男たちが整然と出てきて漕ぎ手の手を借りボートに乗るのを、将校は満足そうに見守った。

「よくやってくれた」

ふたりずつボートに乗せていっては、いつまで経っても終わりそうにない。将校は五秒おきに時計に目を落とした。最後の三人がボートに乗れるように、漕ぎ手が男たちを詰めさせている。しんがりはグレゴリーで、すれちがいざまナンシーの手を力強く握った。海岸沿いの道路からひと筋の光、サーチライトがグレゴリーの姿を捕らえたのは、漕ぎ手がふたりがかりで船縁から彼を引っ張り上げているときのことだった。目がくらむほどまぶしい光が差したかと思うと、頭上からドイツ語で色めき立つ声が聞こえた。

「行くぞ」将校がきびきびと命じた。

漕ぎ手の片方がひらりと波打ち際に降り立つと将校と力をあわせて定員オーバーのボートを肩で押し、濡れた砂と砂利を大量に蹴りあげて、海へ、闇のなかへと押し出した。

漕ぎ手と将校がボートに身を躍らせる横で銃弾がひゅうと空を切り、海に落ちる。もっと強く漕げ、と将校が命じた。

サーチライトの端がナンシーを捕らえた。どうか追跡されませんようにと祈りながら、彼女は森へときびすを返した。ありがたいことに、まぶしい光線はそれ以上追ってこない。サーチライトが追っているのはボートだった。見れば闇のなかでアントワンが地面に仰向けになり、サーチライトに向かって発砲している。

まさか。あれは犬の鳴き声？　どうか犬を連れていませんように。

ナンシーはセージの茂みにしゃがみ、腰をひねってボートを振り返った。サーチライトはいまだボートを捕らえており、船尾で少なくともひとりが、不自然な格好でぐったりしている。これでは撃ってくれと頼んでいるようなものだ。

「がんばって、アントワン」彼を見つめたまま動けずに、ナンシーは歯を食いしばって檄を飛ばした。ここから走って崖の上の道路まで戻れるだろうか。斥候隊に背後から忍びより、サーチライトをリボルバーで撃ち抜けるだろうか。

アントワンがゆっくりと息を吐き、引き金を引いた。上方でガラスが砕け散り、明かりが消えた。

「やるじゃない！　さあ逃げるわよ」

その瞬間、上方からドイツ兵の怒鳴り声が聞こえた。駆け下りようとしているが、海までジグザグに走る小道を見つけられなければ痛い目を見る。足を滑らせれば崖を真っ逆さまだし、そこらじゅういばらだらけなのだ。みんな落ちて首の骨を折ればいい。

フィリップに腕をつかまれた。海岸沿いを東に走る小道に、敵の姿はない。三人は顔を伏せ、背中を屈めてダッシュした。血が躍り、心臓が早鐘を打つのがわかる。色仕掛けで検問所を通りぬけるより、こっちのほうがずっといい。頭を使わなくとも、足は勝手に道を見つけた。噂には聞いていたが、耳のそばをかすめる弾丸は、本当に子猫の鳴き声のような音を立てる。そう気づくと笑いがこみあげた。

斥候隊は最初から張っていたわけではなく、たまたま付近を偵察していたのだろう。罠ならば、全員すでに殺されているはず。斥候隊はなおも遠ざかるボートに向かい、いっせいに発砲していた。もうなにも見えないというのに、ばかなやつらだ。いばらやジュニパー、月桂樹をかきわけ追ってくるのはふたりくらいだろうと、ナンシーは当たりをつけた。と、いきなり頭上から懐中電灯の明かりがさっと三人を照らした。怒号、そして銃声。うっと息を飲む気配がして振り返ると、アントワンが脇腹を押さえて針のように細い小道に倒れた。一歩まちがえば、低い崖から海に転げ落ちてしまう。

「フィリップ、手を貸して！」闇に向かって叫ぶと、影が戻ってくるのが見えた。

「いたぞ！　こっちだ！　逃がすな！」

上の小道で叫んだ男に、仲間がなにやら返事をする。その声と懐中電灯に向かって、フィリップが引き金を引いた。こちらに居所を悟られないように懐中電灯の明かりが消え、男はふたたび仲間に加勢を求めた。興奮で浮き足立っているようにも聞こえる。

アントワンがナンシーを押しのけた。「逃げろ、ナンシー！」

「ばか言わないで」

ナンシーがしゃがんでアントワンの肩に腕をまわそうとする前で、フィリップは声がしたほうに向かって闇雲に発砲した。

「立たせるから手伝って」ナンシーはフィリップに頼んだが、アントワンに先を越された。上着から拳銃を、アンリの金で買った拳銃、ナンシーがみずから渡した拳銃を抜くと銃口をくわえ、いきなり引き金を引いたのだ。

一瞬の出来事に、ナンシーはなにが起きたのか理解できなかった。驚きのあまり悲鳴さえ上げられなかった。フィリップが吠え、ふたたび闇に向かって発砲した。上の道からさらに多くの懐中電灯が近づいてくる。フィリップはナンシーの腕をつかんで無理やり立たせ、小突くようにして先を歩かせながら背後の闇へと銃弾を二発放った。ナンシーはつまずいた。足が途方に暮れたかのように、急に言うことを聞かなくなった。なんてこと。あの銃は自分に向けるためのものじゃない。ナチ野郎を殺すために渡したのだ。ばかね。あとできつく言っておかなければ。

「歩くんだ、ナンシー」

歩き出しても、頭が粉々になったようで、考えがまとまらない。夜更けにこんなところにいるなんて。あの海軍将校、感じのいい人だった。絵に描いたようなイギリス人。アントワンを待たなくていいの？　フィリップに小突かれながら歩きつづけているうちにようやく思考の断片がつながり、ナンシーは状況を理解した。走り出した。追っ手の足音が消え、自分の荒い息しか聞こえなくなるまで、ひたすら走った。

フィリップとふたり、ねっとりとした夜の闇に包まれるまで走りつづけた。

6

翌日は起き上がることができなかった。アンリが帰ってくる夕刻になって、ようやく顔を洗い、身なりを整えた。服についた血に気づいたとしても、メイドのクローデットはなにも言わなかった。アンリを出迎えに居間に行こうとして玄関ホールのクローゼットを開けると、キャメルのコートは詰めものをしたハンガーにきちんとかかっていた。しみひとつないが、脇のアントワンの血で汚れていたはずの箇所に触れると、そこはかすかに湿り気を帯び、酢のにおいがした。

普段どおりの会話だった。アンリが一日の出来事や従業員のことを話し、ふたりでラジオに覆いかぶさるようにしてBBCの夕方のニュースを聞き、戦況を確かめた。ヒトラーはスターリングラードで第六軍を失い、連合国軍は北アフリカ戦線で勝利を収めていた。食卓についてやっと、ナンシーは昨夜の出来事を語りはじめた。

「助けられたはずなのに」話し終えると、皿を見つめた。

アンリがナンシーのグラスにワインをなみなみと注いだ。「なにか食べなさい」

ふたりは家にいるときはいまなおダイニングルームで夕食を取り、かならずいちばん上等な食器を使った。ベームが着任し旧市街が破壊されてからは、ふたりきりの食事が増えた。

レジスタンスに関わりのない友人は詮索がすぎ、関わりのある友人とはできるだけ互いに距離を取ろうとしていた。

ナンシーが闇で手に入れたひき肉で、クローデットがアッシパルマンティエもどきの料理をこしらえていた。無駄にするわけにはいかない。ナンシーは皿を見つめて思ったが、フォークでじゃがいもとひき肉を口に入れた瞬間、拳銃をくわえたアントワンの姿がよみがえった。アンリが見ていなければ、口に入れたものを皿に吐き出していただろう。堪えて、飲みくだした。

「アントワンにグレゴリーを会わせなければ……グレゴリーというのはゲシュタポに拷問されて……とにかく運が悪かった」ナンシーは言った。

アンリが自分のグラスを持ちあげた。妻をじろじろ見ないように気を遣っていた。それでもナンシーは、正気をなくしていないかどうか虫めがねで確認されている気がした。

「遺族は私が面倒を見る。心配はいらない」

「助かるわ、アンリ」

ナンシーはフォークを置き、片手で目を覆った。「助けられたはずなのに」

アンリはナンシーの空いているほうの手を取った。「ナンシー、そろそろフィリップの忠告に従ってはどうかね？　用心したらどうかね？」

ナンシーはアンリの手を振りほどいた。「いやよ！　言ったでしょ。昨日は運が悪かっただけ。誰かの密告で、ドイツ兵に待ち伏せされたわけじゃない！　月が出ていたから、脱獄囚を乗せたボートを、目ざといやつがたまたま見つけたのよ」アンリをじっと見た。「アンリ、あいつらはここにいるの。旧市街をめちゃめちゃに破壊したの。捕虜を労働収容所に送りこんでるの。ユダヤ人を一斉検挙してるの。フランスが独立国家だなんて幻想は消えたの。私たちは軍靴に踏みにじられてるの。だから戦うのをやめろなんて、言わないでちょうだい。あなただってやめられるわけがないんだから」ナンシーは猛然と料理をつついた。「現実に向きあわなきゃならないの。向きあって戦わなきゃならないの。ほかの人たちが私のかわりに戦うのを黙って見ているつもりはない」

アンリはテーブルに頬杖をついた。まともな石鹸を手に入れるのが至難の業となったいまでも、アンリは毎日朝と夕食前にひげを剃った。どこをどうしてナンシーは、これほど礼節を重んじる男と結婚することになったのか。運だ。分不相応な運に恵まれたからだ。

「もう勝てる見こみもないのに！　あいつらはなんで居座るのよ？」

アンリが笑うと、ナンシーもしぶしぶ頬を緩めた。

アンリが気遣わしげな顔をした。「手負いの獣は危険だぞ」

ナンシーはナイフとフォークをそろえて置き、夫の手を取った。「今夜はこのまま家にいる？」

アンリはうなずくと、妻の手を取り手のひらにくちづけた。毎朝隣で目覚め毎晩隣に身を横たえる男にいまなお痛いほどの愛を感じるとは、なんて不思議なんだろうと、ナンシーはしみじみ思った。

「私のために新しいカクテルを発明して。今夜はトランプであなたの財産を巻き上げ、ぶっ倒れるまで飲んでやる」

「せいぜいがんばるんだな、奥さん。お手並み拝見といこうか」

その晩ナンシーは酔いにすべてを忘れ、アンリへの負債をさらに増やして眠りについた。

7

ベーム少佐の執務室にはずらりと本が並んでいた。伍長は少佐本人よりも三日早くパラディ通りに届いた荷物を開け、なにかのまちがいだと思った。ゲシュタポ幹部に教養人が多いのは事実だ。大学教育を受けており、弁護士も少なくない。だがここまでの蔵書家はいない。誤配を報告しようとしたところで、伍長は三つ目の木箱に本の並べ方をタイプした指示書が貼りつけられているのを発見した。詳細な指示だった。なるほど、これはゲシュタポらしい。伍長は指示に——几帳面に——従った。

その朝、机につき、逮捕状や情報依頼書の山を小一時間かけて粛々と整理した少佐には、整頓された書棚のほかにも満足感にひたる理由があった。東方から朗報が届いたのだ。ハリコフで戦果が上がり、クワクフではユダヤ人隔離居住地の解体が決まった。ゲットーの解体は必要不可欠だが、過酷で野蛮な汚れ仕事だ。ポーランド赴任中はベーム自身、精神が荒むのをひしひしと感じた。下級兵士のなかには道義心を失い、酒に溺れるか上官があめ玉のように配る「ビタミン剤」で気分を高揚させるかしなければ一日の任務をこなせない輩も出た。しかしその後ベームは好ましからざる人間をより効率よく処理する手段があるとの噂に耳を傾け、なるほどこれなら部下が帝国の浄化という困難な職務を果たすのも少しは楽になると膝を打った。

救いようがない点では、スラブ人もユダヤ人と同じだった。可能なかぎりすみやかかつ効率的に全滅させるのが、人の道というものだろう。ハンマーとなってたたきのめさなければならないのが東欧だとしたら、ここフランスにふさわしいのは外科用のメスであり、ベームはメスだった。細く、極めて正確で、訓練の行き届いた刃だった。

ノックの音に顔を上げると、ヘラーがドアを開けた。

「なんだね？」

「少佐殿、ごらんに入れたいものがあります」

ヘラーが机に置いた粗悪な便箋に、ベームは目を落とした。「アンリ・フィオッカは儲けを労働者に分配せず、武器に回している。みんな知っている」すべて大文字なのは、素性を隠そうという下手な小細工だ。

ベームは便箋に触れなかった。「書いたのは？」

「ピエール・ガストンという男です。飲酒癖を理由に、先月フィオッカの工場を解雇されました」

ベームはため息をついた。まったくもって嘆かわしい。けちな私怨を晴らすためにゲシュタポを利用したがるフランス国民のいかに多いことか。しかし末尾の「みんな知っている」が引っかかる。これは見すごせない。

「そのガストンとやらは取り調べたのか」

ヘラーはうなずいた。頬が引き攣ったところを見ると不快な体験だったようだが、ヘラーが嫌悪を感じたのは暴力を振るうことではなく振るう相手だった。

「愚鈍な酔いどれでしたが、証言は一貫していました。工場では煽動的な発言が飛び交っているそうです。同僚が雇用主のレジスタンス支援を自慢げに話す場面にも、何度か遭遇したといいます」

ベームはヘラーを見つめた。まだなにか言いたいことがあるらしく、得意そうな顔をしている。

「それで？　早く言え」

「こうした場合にふさわしい対処として少佐殿に勧められたとおり、ガストンが密告した名前をこちらの記録と照合したところ、闇取引で告発されたミカエルという男が、ガストンが挙げた工場内の要注意人物のひとりでした。そこで秘密裡に身柄を拘束し、揺さぶりをかけると、男は実に協力的に取り調べに応じました。フィオッカが地域のレジスタンスに資金を提供しているのは、まちがいありません。より大がかりな組織の関係者ふたりの名前もミカエルが吐きました。どちらも白ねずみの手の者だということです。先週、マルセイユ東部の海岸から二十人の捕虜がボートで脱出した件も、フィオッカが資金を出したとか」

実に感心。このまま研鑽（けんさん）を積めば、ヘラーはかなり上まで昇りつめるだろう。千年帝国は、こうした男の努力の上に築かれるのだ。

「ミカエルの尋問記録は？」

猫が飼い主の足元にねずみを置くように、ヘラーは匿名の手紙の上にマニラ紙のフォルダーを丁寧に重ねた。今度はベームも書類を手に取ると、ときおりうなずきつつ目を通した。

「ミカエルとわれわれが通じていることは、誰も知らないのだな？」

「知りません。ミカエル本人がしゃべっていれば別ですが」

「よくやった、ヘラー」

ヘラーが頬を紅潮させた。「次のご指示を」

ベームはフォルダーを置くと、やさしい教師よろしくヘラーにほほ笑みかけた。「君なら次はどう動く？」

小さな丸めがねのうしろで、ヘラーは目を瞬いた。「そうですね、少佐殿、怪しい人物をすぐに逮捕しては手の内を明かすことになりますから、まずはフィオッカを捕らえ、逮捕が酔いどれの密告によるものだと知らせた上で、締めあげます」

「よろしい。ちょっと脚を伸ばしたい。車を回してもらいなさい。一緒にムッシュ・フィオッカを迎えに行くとしよう。ああそれから、帰ってくるまでに先週の捕虜脱出事件の報告書を届けさせておいてくれ。もう一度、目を通したい」

ベームが差し出した手に、ヘラーはフィオッカの逮捕状と差押令状を握らせた。ベームは芝居がかった仕草で令状に署名した。

8

朝の七時から、アンリは執務室で静かに仕事をしていた。十年ほど前に家業を継いで以来、金曜の朝は机に積み上がった書類仕事を片づけるのが習慣だった。いつもならば社屋の裏に建つ工場に男たちが出勤し、朝の静寂が電話やくぐもった足音や廊下を台車がガタガタと行く音にゆっくりと飲みこまれる前に相当量の仕事を片づけて秘書のマドモワゼル・ボワイエへの指示を書き、保管用の書類の写しをまとめ、弁護士や会計士への質問事項をリストにしていただろう。あたりが次第に騒々しくなるのは商売が順調に行われている印であり、アンリの心をなごませた。

海岸を西に東に飛びまわり、ホテルや工場や弁護士事務所で取引先と会合を重ねる日々のなかで、アンリは事業が滞りなく進むように小さなトラブルに端から対処し丸く収めるこの静かな金曜日の朝の習慣を律気に守った。ドイツ軍がフランスに侵攻してからというもの、ひと仕事終えたあとの昼食に妻が合流することはまれになったが、戦時中だからといって習慣を変える理由はない。

だからコーヒーがまだ冷めず、仕事も片づかないうちに秘書がドアをノックしたのは異例のことだった。アンリはどうぞ、と声をかけた。

「ムッシュ・フィオッカ」いつもは定規でも差しているのかと思うほどぴんと伸びた細い身体が、なぜか震えているように見えた。マドモワゼル・ボワイエは手を離したら崩れ落ちてしまうとばかりに、ドアの取っ手にしがみついていた。

アンリは老眼鏡を外し、安心させるようにほほ笑んだ。「どうしたんだね、マドモワゼル・ボワイエ？」

「あの……人が来てるんです」

アンリはすぐさま席を立ち、窓辺に行って息を飲んだ。黒い大型車が三台、会社の前に停まっていた。運転手のひとりは舗道に立っているが、一般の兵士とちがってだらけるわけでも一服するわけでもなく、手を軽く背中で組んで前方を見つめている。ゲシュタポだ。

マドモワゼル・ボワイエはなおも取っ手にしがみついていた。「カランさんが来て教えてくれたんです。あの人たちが工場に踏みこみ、工員を取り調べているって。倉庫の書類も調べているそうです。どうしましょう」

アンリは視線を車から外し、ジョリエット港を見わたした。蒸気船、波止場。その向こうに煙ったような青の地中海が、茫洋と広がっている。

「仕事に戻りなさい、マドモワゼル。いずれ私たちにも話を聞きにくるだろう」

アンリは机に戻り、若い秘書は部屋を出るとドアを閉めた。アンリは精査していた契約書を読み終えると原本と写しの両方に署名し、署名をしげしげと見た。これなら手が震えていたことを悟られまい。両方そろえて、マドモワゼル・ボワイエに渡す書類に重ねた。

それから納入業者がよこした、「昨今のあいにくの原料不足」に合わせて発注を調整してほしいとの手紙に目を落とした。社内のリズムが変わったのが、肌でわかった。鳴りつづける電話を取る者はなく、廊下の足音はせわしない。工場から流れてくる鈍いがちゃんがちゃん、しゅうしゅうという機械音は途切れがちになっていた。アンリは待った。手紙が読みたいのに、文字が目に入らない。ふたたびドアが開き、灰色がかった緑の軍服に親衛隊少佐の襟章をつけた長身のドイツ人が入ってきた。そのあとに副官が恭しげにつづく。ショックに口を小さくOの字に開けて立ち尽くしているマドモワゼル・ボワイエの姿が、ふたりの背後に見えた。

アンリはふたたび席を立った。「お手数をかけたね、マドモワゼル・ボワイエ」あたかも秘書が客を正式に引きあわせたかのように、ねぎらった。

少佐は背後を振り返ってはじめて女に気づいたような顔をし、アンリに笑顔で向きなおった。「ムッシュ・フィオッカ、ベームと申します」非のうちどころないフランス語で名乗ったが、手は差し出さない。「こちらはヘラー大尉。突然押しかけてもうしわけない」

「お気になさらず」アンリは軽く頭を下げた。「どうぞおかけください。どういったご用件でしょう？」

ベームは問いを無視して窓辺に行き、ついさっきまでアンリが見とれていた景色に見とれた。

「お気遣いはけっこうですよ、ムッシュ・フィオッカ。あなたもわざわざ腰を下ろすには及びません。いくつかうかがいたいことがありましてね。コートを取ってきてください。しばらくパラディ通りに滞在していただきましょう」

アンリは背筋を伸ばした。「なんなりとお聞きください。秘書にも簿記係にも話を聞いたらいい。しかしあいにく私は多忙で、あなた方のために午後を丸ごとつぶすわけにはいかないのです」

ベームはなおも景色を眺めていた。「もちろん、秘書と簿記係には話をうかがいますよ。だがフィオッカさん、あいにくあなたには、なんとしてでもご同行願わねばならないのです」

突然の出来事だった。何カ月も前からいまかいまかと覚悟をしていたことも、いざ現実となると突然の出来事に思えるのだから不思議なものだ。しかしここマルセイユでは、いまもアンリの名声と家名にはそれなりの重みがあるはずだ。アンリは踏みとどまった。

「本部で取り調べたいなら、なぜじきじきに迎えにきたのです？　人に話を聞きたいときは、令状を手にした与太者の集団を差し向けるのがゲシュタポの流儀だと理解していましたが？しかも普通は真夜中に」

無意味にして、ささやかな抵抗だった。アンリはゆっくりと息をした。法を使い、財力と影響力を使い、もしものときは身体を盾にして、この男どもから仲間とナンシーを守ってみせる。ベーム少佐に、アンリの嫌味に気を悪くした様子はなかった。少佐はおもむろに窓に背を向け机に近づいてくると、書類に目を落とし、礼儀正しくうなずいた。

「フィオッカさん、私もしばらく書類仕事に追われていましてね。脚を伸ばしたかったんです」ベームはアンリがその朝書いた手紙の一通を、机の反対側から読んでいた。「心理学の素養はおありかな、フィオッカさん？　私は心理学を学んだのです。戦前のケンブリッジで。そこで培った人間の行動と動機を理解する技能は商売でも役に立つにちがいないと、つねづね思っておりましてね。この厳しい時代に、これだけの成功を収めているんだ。あなたもきっとそうした技能を身につけておられるのでしょう。あなたとは話が尽きないはずだ」

ベームと目があった瞬間、アンリは血が冷たくなるのを感じ、法も財力も権力も盾になってくれないことを悟った。

9

ナンシーはハイヒールを大理石に響かせ、パラディ通りに建つ瀟洒な邸宅前の半円形の階段を上った。口にしようとしているセリフを頭のなかで繰り返し、怒りが膨張し爆発するに任せた。レジスタンスの支援をはじめて学んだことだが、さしものゲシュタポもフランス人主婦の正義の怒りの前ではたじたじになるのだ。

やつらはなにを知っているのか。なにをつかんだのか。アンリの銀行口座から金が流れ出ているとの噂を聞き、レジスタンスの資金力を見て、もしやと思い当たったのか。電話で逮捕を知らせてきたマドモワゼル・ボワイエは、数週間前に解雇された酔っ払いが復讐を誓い、よからぬ噂を広めていると小耳に挟んだらしい。会社の帳簿は「完璧です、奥様」と秘書はプライドをにじませたが、その声は震えていた。アンリはマルセイユで最も尊敬を集める高潔な実業家のひとりだ。解雇を逆恨みした酔っ払いの証言ひとつでアンリを拘束したのなら、邪悪なナチ野郎どもを恥じ入らせ、アンリを釈放させる望みはある。だがゲシュタポがそれ以上の情報をつかんでいたら？　最悪の事態だったら？　白ねずみの正体はナンシーだと知ったゲシュタポが、アンリをチーズとして罠に置いたのだとしたら？　上等だ。それでアンリを解放できるなら、腰にリボンを巻いて出頭してやる。だが確かなことがわかるまでは、怒りに燃える有閑マダムを演じよう。

　扉を開け放ち、ひたと正面を見つめて大理石の床を突き進んだ。玄関ホールの四方でベンチに座る人々が、ぼんやりと視界に入った。その全員が恐怖を露わにするか不安で青ざめるかしており、扉の両脇には兵士が立っていた。とはいえ、町の名士を夫に持つ裕福で傲慢で世間知らずな人妻は、下々の連中になど頓着しない。だからナンシーも無視した。ゲシュタポ本部よりも高級ホテルのフロントにふさわしい受付の前に来るころには、すっかり役に入りこんでいた。

　見てくれのいい金髪の受付係に、ナンシーはつかつかと歩みよった。若者は作業着を着た六十代のがっちりした男を小ばかにするような目で見ていた。労働者は不安な面持ちで、壊れものを扱うかのように一枚の写真を持っている。ひとりの青年が写った写真を無骨な両手でさも大事そうに扱う老人の仕草に、ナンシーは勢いを削がれた。行方不明なのだろうか。ドイツ軍に捕まり、労働収容所に送られた？　おそらくは反ファシストのビラを持っているところを捕らえられ、行方知れずになったのだろう。

　やめなさい、ナンシー。怒りで頭に血が上った有閑マダムは、そこらの労働者の息子の安否など気にかけない。だから余計なことを考えるんじゃない。

　高価な小さなハンドバッグをカウンターにたたきつけると、労働者の老人はおずおずと脇にどいた。

「主人を逮捕するなんて、いったいどういうつもりなの？」最大限に声を張り上げ詰めよった。「あなた方、完全にイカれてるの？　あきれてものが言えない。主人は市長の親友なのよ！　いますぐあの人を解放し、書面で謝罪をよこしなさい」

受付係はナンシーのほうに上げた視線を、すぐに書いていた書類に戻した。下手ではないがなまりの強いフランス語で、「入口で係員から番号札をもらってください、マダム」と言った。

入口からおそるおそるナンシーに近づいてきていた係員が、愛想笑いを浮かべて番号札を差し出す。ナンシーは汚らしいハンカチを差し出されたかのように、番号札を一瞥した。

「冗談じゃないわ！　私を誰だと思っているの？」

磨き上げられた紫檀（したん）のカウンターに両手をつき、ぐいと身を乗り出した。

「番号札を取っていただければ、いずれあなたの素性はわかります」受付係は書類を書く手をとめもせずに答えた。

ナンシーはその手からペンを引ったくり、うしろに放った。ペンは飛ぶように床の上を転がっていった。

「人と話すときはちゃんと相手の目を見なさい、この若造が！」受付係が目をあわせた。

「私はアンリ・フィオッカの妻よ。いますぐ夫を解放しなさい。もう一度、同じことを言わせようだなんて、ゆ、め、ゆ、め考えるんじゃないわよ」

実際のところ「若造」は自分よりも明らかに年上なのだが、かまうことはない。

「それは無理ですね。ご主人は取り調べ中……」

「取り調べですって？　取り調べ中だなんて、よくも図々しく言えたものね！」ナンシーはわめいた。

「マダム！」

「アンリ！」窓が震えるほどの大声で怒鳴った。

受付係がナンシーの背後に目をやると、すぐさま警備係が磨き上げた軍靴の音を響かせ近づいてくるのが聞こえた。派手にやりすぎた？　乗りかかった船だ。引きずり出されて階段から突き落とされたら、町じゅうを走りまわり、マルセイユの役人という役人に破れたストッキングと踏みにじられた美徳を見せつけてやる。ゲシュタポにとっては悪夢だろう。アンリを解放し、家に帰すしかなくなるだろう。よし。声をかぎりにわめこうと、ナンシーはぐっと深呼吸をした。

カウンターの右手の扉が開き、ひとりの将校がゆっくりと玄関ホールに出てきた。ナンシーは階級を覚えるのが大の苦手だが、この男が重要人物なのはひと目でわかる。背後に迫っていた警備係の足音がぴたりとやみ、カウンターのうしろで見てくれのいい受付係がはじかれたように席を立った。将校は手を振って警備係を下がらせ、受付係にうなずいてみせた。受付係はすみやかに腰を下ろすと目の前の小さな引き出しを開け、ペンを選びはじめた。

「ヒステリーを起こす必要はありませんよ、マダム・フィオッカ」将校はフランス語で言った。「私はベーム少佐。なんなりとお申しつけを」

ナンシーは目をぱちくりした。将校は四十がらみで、細身だ。胸くそ悪いナチスの軍服を着ていなければ、男前だろう。腹が立つ。こいつの登場で、調子が狂った。

「主人はどこ?」ナンシーは軽蔑の目で男を見た。

男は頭を下げた。「ご主人のところにお連れしましょう。さあこちらへ」

さっき出てきたばかりの扉を開け、ナンシーが通れるように押さえた。ナンシーはハンドバッグを取ると背筋を伸ばし、将校のあとにつづいた。せっかくの大芝居が台なしだ。ちっ。ベームは先に立って玄関ホールからどんどん離れ、廊下を大股で滑るように歩いていく。ナンシーは流行りの細身のスカートを穿き、しかも足元はハイヒールだからちょこまかとしか歩けない。将校のうしろから愛玩犬のようについていくしかない。主導権を奪いかえさなければ。

「ベーム少佐、よくも主人の顔に泥を塗ってくれたわね。そこらのこそ泥みたいに連行するなんて。市長がなんて言うかしら」

ベームは答えず、なんの変哲もない扉の前で足をとめると扉を開け、どうぞお先にと促した。

ナンシーは部屋に足を踏み入れた。清潔で、整頓された小さな部屋だった。ナチスに接収される前は執事や家政婦長の事務室だったのかもしれない。よろい戸は閉まっていたが、隙間から午後の光が差していた。薄緑色の壁には、海岸を描いた版画が黒い質素な額縁に収められて並んでいる。もとの家具は運び出され、中央に粗末な木のテーブルと、いまにも壊れそうな金属の折りたたみ椅子が二脚据えられていた。その一方には、窓に背を向けアンリが座っていた。

アンリが顔を上げ、やさしく悲しげにほほ笑んだ。老いていた。出会ってからはじめて、アンリが老いて見えた。ナンシーは心臓をわしづかみにされ、血を一滴残らず絞り出された気がした。だが背後の戸口にはベームが立っている。芝居をつづけなさい、ナンシー。

「ちょっとあなた、なんなのこのばかげた騒ぎは。ボワイエさんが今にも気絶しそうな声で工場から電話をかけてきたのよ。あなたがこともあろうに自分の会社から、怪物どもに引っ立てられたって。とんでもない恥だわ」

アンリが手のひらを上げてナンシーを制し、首を振った。「そう騒ぐんじゃない。弁護士たちがこちらに向かっているところだ。君も知ってのとおり彼らは辣腕ぞろいで、みなヴィシー政府と懇意にしている」

「罪状はなんなの？」よし。調子が戻ってきた。

「誤解があったのだろう。心配ないよ」ありきたりな言葉と軽い口調とは裏腹に、その目は丸呑みにしようとするかのように、ナンシーを真剣に見つめていた。ナンシーには、それがこわかった。

くるりと振り返り、部屋に入り扉を閉めたベームと向きあった。「夫の罪状はなんなの、少佐？」

ベームはまだナンシーの問いかけがつづいているかのようにうなずき、しばし待たせてから、分別と落ちつきのにじむ声で答えた。

「フィオッカ海運で陰謀が企てられているると、従業員のひとりから告発があったのです。多額の使途不明金があるようで」

ナンシーはつんとあごを上げた。「そのこと、、、なら、アンリは無関係よ」

ベームの顔に、そこはかとない好奇の色が浮かんだ。「ご主人の財務状況に詳しいようですな」

「そういうものの言い方は感心しないわね」アンリの高慢ちきでいけ好かない姉の口調を真似てナンシーは言い返し、生まれてはじめて義姉の存在に感謝した。

「われわれには使途不明金がレジスタンスに流れたと信じる理由が――」

「ばかばかしい」ナンシーは頭をひと振りした。

話をさえぎられたのが愉快だったかのように、ベームは小首を傾げてナンシーをしげしげと見た。

「妻が金について知っているのは、浪費の方法だけですよ」アンリがため息をついた。

ナンシーはベームから視線を離し、ふたたび夫を見た。その目をのぞきこんだ。

「君は家に帰りなさい」アンリがつづけた。「少佐と私とで紳士らしく片をつけるから」

アンリがその線で行きたいなら、あわせるしかない。アンリはナンシーに怒れる人妻ではなく、夫の商売のことなどなにも知らない軽薄でかわいい、浪費家のマダムを演じさせようとしていた。ナンシーはすねたようにくちびるを突き出した。

「あなたがそう言うなら仕方ないわね、アンリ」

咳払いが聞こえた。「マダム・フィオッカ、もうひとつ。マルセイユを離れないでください――あなたにも、うかがいたいことが出てくるかもしれませんので」

お引き取りをとベームが扉を開ける。だめだ。まだ帰るわけにはいかない。アンリを置いては帰れない。

「夫が無実の罪でゲシュタポに捕まったっていうのに、のんきに旅行に出かけるような女だと思っているの？　アンリ、あなたなしではどこにも行かないわ」

隙を捕らえて、アンリを見つめた。私の支え。私の避難所。私の夫。私のアンリ。アンリは温かく、励ますようににっこりした。「わかっているよ、君」

大丈夫だ。アンリは自分がしていることをちゃんとわかってやっている。気を揉みすぎたのだ。アンリには弁護士が十人以上ついているし、あれだけの資産があればゲシュタポの本部だろうとどこだろうと、賄賂の力で抜け出せる。ナンシーは扉に向かって歩き出した。

「ナンシー？」

振り返った。愛しい男。今夜はアンリのために料理をこしらえよう。口にあうかどうかはわからないけれど。セラーにはまだ上物のワインが残っている。

「心配いらないと、母に伝えてくれ」

だめ。それは言わないで。

それはふたりで決めた暗号だった……もしもの場合の暗号だった……いやだ。そんなの絶対にいやだ。ナンシーはパニックに襲われた。凍りついた。悲鳴を上げようか。洗いざらいしゃべろうか。ナチ野郎の顔につばを吐いてやろうか……けれども、妻がナチスの猿どもに引っ立てられていくのをまのあたりにしたら、アンリは死んでしまう。いままでさんざん面倒をかけてきて、さすがにそれはできない。暗号を口にしたのは、考えがあってのこと。でもいやだ、そんなの絶対にいや。悪い夢にちがいない。こんなことがあるわけない。声が喉で引っかかった。

「愛していると言っていたと、お母さまに伝えておくわ」

ドクン、ドクン、ドクン。心臓が三拍打つあいだ、ふたりは見つめあい、思いの丈を伝えようとした。ともに生きる人生を祝し、誓いを立て、誓いを守ろうとした。ドクン、ドクン、ドクン。

「マダム・フィオッカ？」ベームが待っていた。

ナンシーはその脇をすり抜け、廊下に出た。扉を閉めて、ベームがつづいた。玄関ホールに出るまでにベームがなにか言ったとしても、ナンシーの耳には届かなかった。

10

表玄関の鍵を開けると、メイドが待っていた。ボール紙でできた小さなスーツケースを床に置き、よそ行きのコートを着て玄関ホールの中央にぽつんと立っていた。

「奥様、私……」

ナンシーは手袋を外した。少女に視線を向けることができなかった。

「そうね、あなたは行かなければ、クローデット。サン・ジュリアンの実家に帰るの？」バッグから別の鍵を出し、小さな書き物机の引き出しを開けた。ここにアンリはいつも紙幣で膨らんだ、なめらかな革の財布を置いている。財布から二千フランほど札を抜いて、少女に差し出した。

クローデットは金を見つめて頭を振った。「いただけません、奥様。奥様を見捨てて出ていこうとしているのに」

「気遣いは無用よ」ナンシーはそっけなく言い返した。「取っておいて」

クローデットはナンシーの指のあいだからおずおずと金を抜き、小声で礼を言うと、コートの内ポケットにしまった。

「裏庭から出なさい。顔は伏せて」

「奥様、幸運を。お仕えできて、とても楽しかったです」

ナンシーはどうにかメイドに視線を向けた。アンリを裏切ったのが誰であれ、この子ではない。なにか言葉をかけるべきだろう。クローデットが死ぬまで忘れず、子供や孫に伝えることのできる気の利いた言葉を。彼女をよりよい人間にする助言を。励ましになる餞の言葉を。なにも見つからなかった。とにかく一杯やりたい。思えばナンシーが家を出たときは、誰も餞の言葉などかけてくれなかった。言葉が見つからないのはあいつらのせいだ。

「それはよかった。さあ、行きなさい」

クローデットはスーツケースを取りあげた。「お友達のフィリップさんが台所に来ています、奥様」

「わかったわ」

クローデットが裏口に向かうと、ナンシーはキャメルのコートを着て黒いエナメルのハンドバッグを肘からぶら下げたまま、ひとり玄関ホールに残された。テーブルには新鮮な花が活けられ、木の手すりは磨き上げられてつやつやと輝き、壁にはマルセイユの町と船を描いた油絵がかかっている。絵を意識したことはなかった。絵はアンリの趣味だった。客間に行き、食器棚を開けてデカンタを取り、重たいクリスタルのグラスになみなみとブランデーを注いだ。一気に飲み干すとグラスをもう一脚つかみ、デカンタと一緒に持って台所に向かった。

入っていくと、フィリップが席を立った。ナンシーはグラスとデカンタを清潔な木のテーブルに置くとふたつのグラスに酒を注いで腰を下ろし、肩を揺すってコートを脱ぎ、脚を組んだ。酒をあおった。フィリップはまだ立っている。

「ぼさっと立ってんじゃないわよ」と言って、デカンタに手を伸ばした。フィリップがたじろいだ。「なによ。女が酒を飲むのを見たことがないの？」

フィリップは慎重に腰を下ろしたが、それでも椅子が粘板岩の床にこすれ、悲鳴のような音を立てた。

「残念だよ、ナンシー」

ナンシーはがたがた震えだした。怒りか、それともやましさのせいか。自分がなにを感じているのかわからないが、なんにせよ、その感情のせいで筋肉が痙攣し、歯がグラスの縁にカチカチと当たった。「私のせいよ。用心しろとあれだけアンリに注意されていたのに、私はお金を出して、もっと出してとごり押しした」ということは、やましさのせいなのだ。

フィリップは両手でグラスを包み、頭を振った。「アンリが自分の意志で決めたことだ。その決断を、アンリから奪っちゃいけない」

「でも……」

「今度はあんたが決断を下す番だ」ナンシーにはフィリップが言おうとしていることがわかったが、聞きたくなかった。うるさい。黙って。黙れったら。手がひどく震え、グラスをくちびるに持っていくのもやっとだ。フィリップは黙らない。「あんたを町から出さなければ。いますぐ」

「アンリを放って——あいつらのところに残して出ていけるわけないでしょ！」グラスをテーブルにたたきつけると、引き出しのナイフやフォークがかちゃかちゃと鳴った。「本部の前で焼身自殺してやる。あいつらのケツに手榴弾を突っこんでやる。本部に押し入って受付の男を撃ち殺してやる。アンリだって、私を力尽くで町から追い出すことなんかできない」

弾が弾倉に収まるような音とともに、フィリップがグラスをテーブルに置いた。

「あんたが命知らずなのは知っているさ。それでも出ていくんだ。自分のためでないなら、アンリのために。やつらはあんたが苦しむ姿を、アンリに見せつけるだろう。あんたを容赦なく痛めつけるだろう。あんたを生け捕りにして、組織が全壊するまでアンリともども拷問にかけるだろう。アンリが限界まで口を割らないのはわかっている。だがあんたを救うためなら、彼はどんなことでもしゃべる。だからおれたちみなのために、町を出ろ」

そうすればフィリップが伝える真実から逃げられるかのように、ナンシーは目をつぶった。

「アンリには弁護士がついているのよ。ものすごくお金のかかる弁護士が何人も。だからきっと出してもらえる……」

フィリップは目を伏せ、静かに言った。「釈放されたらすぐにフランスから脱出させる。あんたの元に送り届ける。だがあんたにはいますぐ出ていってもらう」

ナンシーは目を瞬いて涙を払った。「絶対に再会させてくれるわね？」

「全力を尽くすと誓う。それで納得してもらえないか」

ナンシーはうなずいた。フィリップにそれ以上の約束ができないのは、わかっていた。

「ここは私にはじめてできた、本当の故郷だった」

フィリップは酒を飲み干した。「日暮れまでに支度してくれ、ナンシー。表玄関にも裏口にもすでにゲシュタポの見張りがついているが、どうにか注意をそらそう。表玄関から出て、トゥールーズ行きの最終バスに乗れ。あそこの隠れ家の場所は知ってるな？」

ひとことでも発したら涙があふれそうで、ナンシーはただうなずいた。

11

平時に出会っていたら、馬が合ったにちがいない。アンリ・フィオッカは明らかに洗練された文化人であり、新しい思想について意見交換のできる相手であり、ベームの経験ではそんな人物に出会えるのは滅多にないことだった。最初の尋問に、フィオッカはよく持ちこたえた。基本的な質問に淡々と答え、余計な口はきかず、特定の日付に関して尋ねても、記憶にないが関連書類を見せてもらえれば喜んで説明するとだけ答えてぼろを出さなかった。

だから、その冷静な知性も今後は役に立たないのだと思うと胸が痛んだ。

仕事が山積みだった。ヴィシー政権の弱腰と煮え切らない姿勢につけこみ、テロリスト、共産主義者、ユダヤ人が南仏一帯で暗躍をつづけていた。祖国が完膚無きまでにたたきのめされたショックでしばらくはおとなしくしていた一般市民も、不穏な動きを見せていた。アメリカ軍に望みを託し、猫いらずを撒き忘れた農家のねずみ達よろしくちょろちょろ出てきては悪さをした。なかでも質の悪いのが一匹いた。

名誉の印のごとく敵方の工作員にあだ名をつけることに、ベームは反対だった。彼にとって白ねずみはただの工作員Aであり、本部内でほかの名前を使うことは厳しく禁じた。ねずみの巣窟である旧市街を焼き討ちにしておびき出そうとしたのだが、むしろ活動の噂が増えた。捕虜や撃墜されたパイロットは隠れ家と隠れ家のあいだで忽然と行方をくらまし、どこかで偽造パスポートを入手し、スペインやイギリスや北アフリカでふたたび姿を現した。検出器を搭載したゲシュタポの車両がロンドンやアルジェに向けて発信された暗号を数十件検知したが、この男はなにを隠し持っていても――書類、手紙、無線の部品に果ては捕虜――検問所をすり抜けてしまうようだった。

最初は海岸と裏道を知り尽くした農民か漁師だと思っていた。だが、見こみちがいだったかもしれない。

ヘラーが机に置いていった捕虜脱出事件の報告書を、ベームはめくった。現場で死んだテロリストは、アントワン・コルベールなる弁護士と判明した。この男の父親が営む弁護士事務所は、長年マルセイユで富裕層の資産管理を請け負っている。ひょっとして偶然白ねずみを仕留めたのかと、ベームは胸を高鳴らせた。しかし事件から数日後には、コルベールの身内が姿を消した。リーダーを失い恐慌を来した組織にしては、仕事が速く、円滑すぎる。

白ねずみは生きているのだ。

再度、報告書に目を通した。ある目のいい兵卒が、険しく岩がちな海岸で不審な動きに気づき、斥候隊の隊長にサーチライトの照射を強く求めた。定員超えのボートをサーチライトで照らして逃亡者を撃ち殺したというが、死者の数がこんなに多いはずはない。ごまかしたのだろう。つづいて海岸で逃亡の手引きをした工作員の捜索。探していた一文を、ベームは見つけた。探していた情報は、コルベールを撃ち結果的に自殺させた兵士の証言のなかにあった。コルベールのそばに人影がふたつ見えた、懐中電灯の明かりが揺れていたので確かなことは言えないが、ひとりは女だったかもしれないと、兵士は述べていた。

女？　まさか。男に交じって戦う女などいない。女の無線通信士はいるし、女学生が壁にスローガンを描くこともあるだろう。だがレジスタンスも、女に銃を取らせるほど落ちぶれてはいるまい。とはいえベーム自身、パリでかなりの数の女通信士を取り調べた。なかには戦闘に女らしからぬ関心を示した者も、数人いた。そこで見方を変えることにした。白ねずみが女だとしたら？　この国の男は女の指図に、平気で従うのだろうか。常識では考えられないが、あり得なくはない。斥候が女ではなくもっぱら戦争に行ける年齢の男を探していたことを考えるなら、白ねずみが検問所や駅をやすやすと通れたのも、連絡員との会合から霧のように溶けて人混みに消えたのも、奇跡とは思えなくなる。

ベームは椅子にもたれて両手の指先をあわせ、宙を見つめていたが、やがてはたとひらめいて机の重たい受話器を取り上げた。

「ヘラー、来てくれ」

ヘラーがたちまち敬礼とともに現れた。「ハイル・ヒトラー！」

「マルセイユ市民の書類を調べろ。わずかでも噂が立った女をすべて洗い出せ。闇市場の常連はとくにだ。十歳未満の子供がいる女と、五十五歳以上の女は除外しろ。女たちの資料がそろったら、家族の資産の順に私の机に並べておけ」

ヘラーが丸めがねの奥で目を瞬いた。「承知しました、少佐殿。理由をお聞かせ願えますでしょうか」

ベームは喜んで仮説を説明し、ヘラーの知的な目が敬意に輝くのを得々として見つめた。

「裕福な女に的を絞るのはなぜです？」

いい質問だ。

「それはだな、何者であるにせよ、その女が堂々と自由に動きまわっているからだ。堂々としているのは無学な下層階級ならではの度胸ゆえ、自由に動きまわれるのは抜け道に通じているからだと思っていた。だがヘラー、女に自信と自由を与えるものはなんだ？」

ヘラーは間髪容れずに答えた。「財力です」

ベームはうなずいた。「資料をそろえてくれ」

「承知いたしました」だがヘラーは動かず、魚のように口をぱくぱくさせている。

「なんだ」

「資料はただちにそろえます。ですが少佐殿……いちばん上に来るのは、ほぼ確実にマダム・フィオッカのものかと」

ベームは顔をしかめた。あの女はどこから見ても甘やかされたフランスの人妻そのものだった。騒がしく、これ見よがしで、度胸がある。声が険しくなった。「マダム・フィオッカについて、いまわかることを教えてもらえないか」

ヘラーはきびきびと答えた。「オーストラリア出身。家出し、パリのハースト新聞社で記者をしていました。闇市場の常連で、友人知人に物資を融通し……」しばしためらった。

「よく旅をし、モーザックに収監されていた囚人をたびたび訪ねていました。彼が脱獄するまでの話ですが」

ベームがくちびるを結んだ。

ヘラーは上官の頭の上に視線を据えて、つづけた。「夫に頼んで、滞在先だという刑務所近くの宿に五万フランを送金させたこともあります。もちろん、モーザックの脱獄事件を受け、賄賂の疑いがあるとして地元警察に捜査させせましたが、マダム・フィオッカは酒場のつけを払うためだと説明し、守秘義務を踏みにじったとして郵便局に苦情を申し立てました。郵便局は書面を送り、正式に謝罪しています」

滅多に強い怒りを感じないベームが、全身の骨を白く燃え立つ怒りが駆けめぐるのを感じていた。「あの女はどこにいる?」

「尾行させています。ここからずっと。マダム・フィオッカはまっすぐ自宅に帰りました」

ベームは歯を食いしばった。「連れてこい。あの女をすぐに連れてこい」

ヘラーが敬礼をして退出し、扉を閉めるやいなや、ベームははじかれたように席を立って机に両手をついた。

うかつだった。マダム・フィオッカは本部に乗りこむなり居丈高に怒鳴り散らしたが、夫の前に出ると、とたんにすねた小娘のようになった。ベームはアンリに気を取られ、妻のほうは見ていなかった。

フィリップが帰ったら泣き崩れてしまうと思っていたが、予想は外れた。ナンシーはグラスを手に誰もいない屋敷を歩きまわり、記憶に焼きつけようとひと部屋ひと部屋のぞいた。最小限の家具を配した客間はエレガントで、低いコーヒーテーブルにはナンシーが戦前にパリから取りよせたファッション誌が並んでいた。ふたりで夜更けにナイトクラブから帰ると、アンリはよく雑誌に足を載せてナンシーをからかったっけ。

客間に比べ、アンリの書斎はずっとクラシックな内装だ。ナンシーが「熊のねぐら」と呼ぶこの部屋には本がずらりと並び、ナンシーが暖炉脇の赤い革のアームチェアからにっこりほほ笑むそばで、アンリはオークの机につき、仕立屋の請求書にため息をついたものだった。机にはナンシーの写真が飾られ、その横にアンリの母の写真立てがあった。ナンシーとアンリが出会う一年前に、老フィオッカ夫人はこの世を去っていた。母は君のことをとても気に入ったはずだ、というのがアンリの口癖だった。うれしいことを言ってくれるが、やはりアンリの仮説を検証する機会に恵まれなかったのはありがたい。ナンシーは写真立てのうしろを開けて、偽造パスポートと通行証を取り出した。アンリ用と自分用が一部ずつ。自分の書類をポケットに収め、アンリのパスポートはいずれ必要になるときのために丁寧に写真立てに戻した。

二階に上がりしばし踊り場にたたずんでから、寝室に入った。ベッドは整えられ、ドレッサーには化粧道具がきれいに並んでいた。美容液、薬、コールドクリーム、アイシャドウにチーク、背がシルバーのヘアブラシに象牙の取っ手がついた白粉用のブラシ。衣装部屋の扉に目をやった。入っても仕方ない。クローデットとちがって、スーツケースに荷物を詰められるわけではないのだ。持っていけるのは、持っているもののなかではいちばん大きいが、不審に思われるほど大きくはないハンドバッグひとつだった。ナンシーはブラウスを二枚重ねて着たが、スカートを二枚重ねるのは、さすがに危険が大きそうなのでやめた。温かくてショールのかわりにもなる大判のスカーフを巻き、キャメルのコートをまとい、そこそこ洒落てはいるが歩きやすい靴を履いた。もちろん、現金はいる。真珠貝の柄のペンナイフ、宝石類、フェイスクリーム、櫛と本物のパスポートをかき集めた。偽造パスポートはバッグの内張の裏に隠した。ほかにには？　結婚式の写真は？　だめだ。怪しまれるかもしれない。クリーニングを取ってきてくれとか、今夜は夕食に仕事相手が来るのを忘れないで、などとアンリが出勤前に書き残したメモは？　メモなら不審に思われないだろうし、ふたたび会える日までアンリが触れたものを取っておける。ドレッサーの引き出しを開けると、「ありったけの愛をこめて、アンリ」と署名の入ったメモが見つかった。

それをハンドバッグに忍ばせて玄関に戻り、暗がりで壁にもたれた。ステンドグラスと金属格子のはまった扉から、通りの向かいにでっぷりとしたゲシュタポの黒い車がとまっているのが見えた。フィリップはなにを企んでいるのだろう。空の光は消えかけ、トゥールーズ行きの最終バスはあと四十分で出発する。お願い急いで、とナンシーは念じた。焦りを静めようと、呼吸を数えた。一。二。オーストラリアからニューヨーク行きの船に乗ったはいいが突然手にした自由をもてあまし、ひとり途方に暮れていた十六歳のナンシーに、船に乗り合わせた男が教えてくれたトリックだ。ニューヨークに着いてからの最初の数週間を、ナンシーは思った。はじめてできた友達。はじめて暮らした部屋、はじめての仕事、はじめて知った密造酒の味。裁判所前の石段で洒落た身なりの女が悪びれもせず媚びもせず、黒いスーツを着た弁護士を質問攻めにしているのを見て、ジャーナリストになろうと決めたこと。なにしてるのよ、フィリップ。ナンシーは扉に手を置いた。走って逃げようか。一か八かで。逃げられるわけがない。

最初はひと筋の煙だった。錯覚だろうかと、ナンシーは目を瞬いた。次の瞬間、向かいの魚屋の二階で窓が勢いよく開き、夕闇に黒煙がもくもくと湧き出した。女将（おかみ）のマダム・ビソが飛び出し、店を指さしながらゲシュタポの車をばんばんたたく。車から、男がふたり降りた。ひとりがマダムにつづいて店に向かい、もうひとりは助手席側の開いたドアにもたれて炎を見上げた。ナンシーは玄関を開けて閉めると、ゲシュタポの男の背中に視線を据えて小道を門へと急いだ。心臓が喉元まで迫りあがった。門を抜けた。歩いてきたとき、門は開いていたのか閉まっていたのか。思い出しなさい！ついさっきのことでしょう？開いていた。アンリはいつもナンシーが門を開けっ放しにすると小言を言う。最後に家に入ったのは自分なのだから、門は開いていたはずだ。ちがう。クローデットが出ていくときに閉めたにちがいない。いや、クローデットが使ったのは裏口だ。ナンシーは門をなかば開いたままにして、魚屋に背を向けた。ゲシュタポが振り向き、通りを渡ってくるにちがいないと身構えたが、男はなおもぽかんと火事を見つめている。ナンシーは東へと足早に通りを歩いた。一歩一歩の足音が頭のなかで銃声のようにこだまし、背中をサーチライトで照らされている気がした。この通り、どこまでつづいているんだろう。ほんの少し歩調を速めたが我慢できずに走り出し、最初の角を右に曲がり次を左に曲がったところで足をとめ、追っ手が来ないかどうか確かめようと振り返った。エンジンの音に、心臓がとまった。大丈夫。あれはジープが大通りをガタガタ走る音。通りに人気はなかった。

フィオッカ邸に到着するなり、ヘラーは異常を察知した。魚屋の火事が消しとめられるところだった。マダム・フィオッカを監視させるために差し向けた男のひとりはいまも車のなかからフィオッカ邸の玄関をにらんでいたが、もうひとりは魚屋に手を貸し、残り火に水を撒いている。

消火を手伝っている男にはかまわず、ヘラーは車の窓を指の関節でたたいた。車に乗っていた男が血相を変え、窓を開けた。

「状況は、カウフマン？」ヘラーは尋ねた。

「屋内に動きは見られません」カウフマンが望みをかけるように答えた。「バウアーがあそこから裏口を見張っていますが、出た者はおりません。なにかあったのですか、大尉殿」

「出火時刻は？」

「一時間ほど前です。火の回りが早くて。全焼するんじゃないかと思ったくらいです」

「それでお前たちが火事を見物しているあいだ、誰が玄関を見張っていたんだ？」

カウフマンは目を見開き、押し黙った。「火事の様子を確かめようと……車を離れたのはほんの一分です。いや、一分もなかった」

ヘラーは目を閉じた。「向かいの建物が燃えさかっているというのに、マダム・フィオッカもメイドも様子を見にこない。不審に思わなかったのか」

カウフマンは目をぱちくりした。

ヘラーは胃の底で吐き気を感じた。フィオッカ邸へと歩きながら、背後のカウフマンに怒鳴った。「来い！　玄関をたたき壊すからバールを持ってこい」

手遅れだった。確かめるまでもなく、マダム・フィオッカは消えていた。

12

鉄道駅は危険が大きいが、バスの停留所はゲシュタポが真っ先に駆けつける場所ではない。それにバスを使うのは主にあまり豊かでない人々やフランス系のイタリア人だから、よもやマダム・フィオッカが乗っているとは思わないだろう。

切符を買ってバスの奥に進み、十枚ほどのショールにくるまり巻き毛のかわいらしい六歳くらいの孫娘を連れたよぼよぼの老婆の隣の窓際に席を取りながら、ナンシーは生まれたばかりの赤ん坊のように心細かった。

満席なのだから、もうすぐ出るにちがいない。腕時計を見ると、隣の老婆がその仕草に目をとめ、肩をすくめた。

「奥さん、今日はクロードじいさんがこの路線の運転手なんだ。時間どおりに来た例(ためし)がない。停留所のバーで最後のコニャックを引っかけているにちがいないよ。飲み終わったら、用足しにいくんだ」

「早くここを離れたいんです」ナンシーは小声で言った。

老婆がナンシーを値踏みするように眺めまわした。「いますぐってこと？　あんたひとりで？」ナンシーから外へと視線を移した。「またあいつらか」

老婆の視線を、ナンシーは追った。ＳＳの制服を着た男がふたり、発車を待つバスの列をちらちら見ながら、乗り場脇のゲートで切符売りの娘を尋問している。まずい。バスを降り、走って逃げることさえできない。バスは足の踏み場もないほどの混雑だ。隣で老婆が聞こえよがしに洟をすすった。

「ジュリー！」巻き毛の女の子が一、二と指を折って数を数える遊びをやめて、老婆を見上げた。「この奥さんの膝に乗って、バスが出るまで歌を歌ってあげな」

祖母の言いつけにうんざりしたのか、女の子はまたかというふうにため息をついたが、それでもおとなしくナンシーの膝によじ登るところどころ歌詞を変え、「ひばり」を小さな声で歌いはじめた。ちょっとどういうつもりと抗議しようとしたところでナンシーは、老婆がカムフラージュを提供してくれているのだと思い当たった。ゲシュタポが探しているのはひとり旅の女。親子連れには目をとめない。

ゲシュタポのふたりがバスに近づいてくるのを、視界の端で捕らえた。バス会社の制服を着た赤ら顔の太った男が息を切らし、その隣を歩いている。男と激しくやりあったのち、ゲシュタポは窓をのぞきながらバスの横を行ったり来たりした。ナンシーはジュリーの上に屈みこんだ。トントンと窓を鋭くたたく音に顔を上げ、目を瞬きながら子供の巻き毛越しに窓を見ると、ＳＳと目があった。今朝、本部の玄関ホールにいた男だろうか。ＳＳはナンシーを見て、戸惑い顔をした。

老婆が身を乗り出し、拳で窓をたたいて怒鳴った。「失せな！　娘は一晩じゅう子供の世話で眠れなかったんだ。それがやっと五分、うとうとできたのを起こしやがって。とっとと消えな！」

ドイツ人がどこまで話を理解できたかはわからない。だが言わんとすることはわかったようで、もごもご謝って立ち去った。ひと呼吸あってエンジンがかかり、バスは金属の車体をきしらせ出発した。

「もういいよ、ジュリー」老婆が言うと、少女はするりと膝から降りた。

「ありがとうございます。本当に助かりました」

ナンシーが財布を開けて抜きだした紙幣を、老婆は横目で見てふたたび洟をすすった。

「あんた、あいつらを痛い目に遭わせたんだろ？」

「ええ」

「これからも痛い目に遭わせるんだろ？」

「もちろん」

老婆はわけしり顔でうなずいた。「ならあんたに貸しはない。ひと眠りするから、孫を見てておくれ」

トゥールーズのアパルトマンを隠れ家に提供しているマリー・ディサールは、ナンシーを温かく迎えた。町の中心部の路地に建つアパルトマンは狭く、小さな部屋が四つあるだけで、うち三部屋には窓がなかった。この家とも家主とも、ナンシーは馴染みだった。六十代のマリーはコーヒーと煙草が食事代わりで、ミフーという名の大きな黒猫を飼い、鋼の神経の持ち主だった。気心の知れたふたりはラジオに覆いかぶさるようにしてBBCに耳をそばだて、それから聞いたばかりのニュースについて語りあった。マリーはアンリについて尋ねず、アンリはいまごろどうしているだろうなどと声に出して言ったりもしなかった。ナンシーはナンシーで、三年前に捕虜収容所に入れられたマリーの甥の消息は聞かなかった。ふたりの話題は戦況で、イギリス軍はいつになったら重い腰を上げてフランスに上陸するのだろうと言いあった。いつ上陸してもおかしくない。近いうちにきっと……。

マリーに別れを告げてペルピニャン行きの汽車に乗るのを、ナンシーは三度繰り返した。ペルピニャンに着くと町外れの小さなカフェに席を取って遠いピレネーの峰々を見つめ、湧いてきた雨雲にどうか散ってくれと念を送った。近く山越えがありそうなときは、連絡員のアルベールがアパルトマンの窓辺にゼラニウムの鉢を置くことになっている。三回とも、花はなかった。

三回ペルピニャンを訪ねたあとで、マルセイユからマリーの家に伝言が届いた。そばかすが散り、薄い色のまつげをしたマチルドと名乗る連絡係の少女が、アルベールがゲシュタポに捕まったと伝えにきた。さらに悪いことに、フィリップも捕らえられたという。

「いつの話？」ぬくぬくと暖かい隠れ家の台所で、肌がひやりと冷たくなった。「いったいどうして」

少女はできるだけ長持ちさせようとしているかのように、マリーが淹れたコーヒーをちびちびすすっていた。「マダムが町を出た次の日です」

マチルドはびっくりするほど目が大きく、無垢そのものの雰囲気を漂わせていた。この子を使いによこしたのはよくわかる。ドイツ兵がこの子を呼びとめじろじろ見ても、連絡員とは決して疑わないだろう。他人の思いこみこそが最強のカムフラージュ。それをナンシーは誰よりも知っていた。

よかった。つかのま不穏な疑念が頭をかすめたのだ。まさかアンリが口を……だがちがった。情報を提供したのがアンリだったなら、そんなに早くフィリップが逮捕されるわけがない。

「密告したのは誰？　なにがあったか知ってるの？」

「私、その場にいたんです」少女はナンシーの険しい表情に気づいた。「隣のテーブルから見ていたの。脱獄の詳しい手はずを伝えることになっていたんですけど、フィリップがなにか目にしたらしくて。近づいてよし、という合図を送ってこなかった。そこへ男が近づいていって、フィリップのテーブルについたんです。フランス人です。ミカエル、と呼ばれてました。ふたりで一分かそこら話をしていたかと思うと、うしろの席にいた男たちがいっせいに立ち上がり、フィリップに銃を突きつけ連れ去ったんです」

「ミカエルは連行しなかったのね？」ナンシーは急いで尋ねた。

「ええ。あの腐ったチビはにやにやしながら、ワインを最後まで飲んで帰った」吐き出すように、マチルドは言った。「あのカフェで働いている女の子は、私の友達なんです。ちゃんとしたフランスの女の子です。これからミカエルが店に来たら、毎回料理につばを吐いてやるって言ってます」

　ナンシーは頭を振った。感心はしないが、少しは気が晴れる。「ミカエルなら知ってる。夫の工場で働いていた男よ」

　マチルドは悲しげにうなずいた。

　マリーが灰皿で煙草を揉み消し、次の煙草に火をつけた。「ほかに逮捕者は？」

「アルベールだけです。同じ日に」

　マリーが満足そうに小さくうなずくのを、ナンシーは見逃さなかった。ほかに逮捕者が出ていないということはつまり、フィリップもアンリも口を割っていないのだ。胃がねじれるように痛み、爪を剝がれ骨を折られたグレゴリーの手がまぶたをよぎった。どうしよう。あいつらはアンリをどんな目に遭わせているんだろう。ナンシーは目をそらし、コーヒーを飲んだ。

　マリーが咳払いをした。「それで、脱獄計画はどうなっているの、マチルド？」

　少女はにっこりした。「予定どおり決行するそうです。今夜。私、それを伝えに来たの。マダム・フィオッカ、一緒に山を越えてスペインに行く人たちが今夜ここに来ますよ」

「アルベールがペルピニャンの連絡係で、アントワンは死んでしまった。誰が手引きをしてくれるの？」

　マチルドは目をこすり、あくびをしてから答えた。「町外れのカフェで引きあわせます」

「予備の連絡係は？」

少女は首を振った。「うちも人手不足で」

ミフーがその膝にどすんと跳び乗り、ご苦労さまですとでもいうふうにおーんと鳴いた。マチルドがなでると、猫は喉を鳴らした。

「ギャロウという名前のスコットランド人と組んだことがあるの」マリーが言った。「先月逃亡したけれど、一度一緒にペルピニャンに行った。ひとつ、住所を教えましょう。暗号も名前も提供できないけれど、住所なら。いざというときは、そこを頼ってちょうだい」マリーはごくりとコーヒーを飲むと、テーブルをせわしなく指先でたたいた。「フィリップが捕まったとなると、捕虜の偽造パスポートは別の人に頼まないと。フィリップほど腕がよくないのよね」

収容所から脱走してきたところを助けた捕虜たちの様子を、ナンシーは思い浮かべた。

「服も洗濯しないと。少なくとも暇つぶしにはなるわ」


午前二時半に、七人の男が到着した。こんな風体でよくトゥールーズの町を抜けられたものだと、ナンシーは呆気に取られた。衣服はボロボロにちぎれ、顔はやつれ、ひどくにおった。ナンシーはじめてマリーの喫煙癖をありがたいと思ったが、煙草の煙にもすさまじい悪臭は消せなかった。

看守のワインに薬をしこみ、金を握らせ、干し草を積んだトラックに隠れて逃亡し、最後の五キロは煙草の箱の裏に描いた地図を頼りに歩いた――。脱走の経緯をひとしきり聞いたところでナンシーは、脱いだ服をバスタブに入れ、身体を洗いなさいと男たちに命じた。やがてピンク色になるまで肌をこすった男たちがひとりずつ、シーツやブランケットを巻いた格好で風呂から出てきた。夜明けにサイレンが鳴り響いた。マリーの台所で無言で肩身をよせあう『ジュリアス・シーザー』の出演者たちを、憲兵と民兵団とドイツ軍が町をしらみつぶしにして探していた。

「すみませんが、マダム」表を斥候隊が行き来する気配に、長身のイギリス人パイロットが言った。「シーツ一枚でゲシュタポと対決するわけにはいきません。ズボンを返していただけませんか？」

「だめよ。悪いけど。ブルータス、洗濯が済むまではだめ」ナンシーは答えた。「それから乾かすのに最低でも一日はかかる――だって窓辺に干すわけにはいかないでしょ？」

「ブルータス？」パイロットは身体に巻いたシーツを見下ろした。「ああ。うん。確かにそんな感じですね」

シーツの合わせ目をあらためてぐっと握ると、男は小股でちょこちょこと台所に戻っていった。

汽車にはわかれて乗った。脱走してきた捕虜のうち、四人はフランス語をまずまず流暢に話せたが、三人はまったく話せない。ナンシーは彼らをグループにわけ、ペルピニャンで落ちあう場所と時間を指定し、警備の緩い検問所ならば役に立つかもしれないフランス風のうなずき方や肩のすくめ方、片言のフランス語を特訓した。偽造パスポートのほうは、じっと見られたらおしまいだ。

そしていま、ナンシーは混みあった二等コンパートメント車の席でハンドバッグを膝に載せ、山の天気が持ちますようにと祈っていた。連れはふたりのイギリス人だった。ズボンを返してくれと言ったパイロットと、もうひとりは赤毛のいけ好かない男。赤毛はマリーが出した食事を鼻で笑い、シャツのしみが取りきれていないとナンシーの洗濯に文句を言った。シャツで絞め殺さなかったのが不思議なくらいだ。一行が乗ったのは夕方の列車だった。到着するころペルピニャンの町は閑散としているだろうが、それでも外出禁止の開始時刻までには着ける。このまま幸運に恵まれれば。

幸運はつづかなかった。

13

田園風景に夕闇が迫り、あと三十分でペルピニャンというところで車掌がコンパートメントに顔を突き出した。

「降りろ」まっすぐにナンシーを見て、車掌は言った。「ドイツ軍が汽車をとめようとしている。全車両が捜索される」

礼を言う間も、なぜナンシーが警告を必要としていることを知っていたのか尋ねる間もなかった。車掌はすでに去っていた。

「ちきしょう。今度はなんだよ？」赤毛が英語で文句を垂れた。

コンパートメントに乗りあわせたフランス人の女が、悪魔の声を聞いたかのように十字を切った。

ナンシーは窓を押し下げた。

「パスポートは偽造とひと目で見破られる。逃げないと、夜明けまでに刑務所に逆戻りよ。その前に撃ち殺されなければの話だけど」

もうひとりのイギリス人――ブルータス――が目を細め、ナンシーの横の窓から外をうかがった。「二、三キロ向こうに丘がある。あの、頂上に雑木林のある丘だ。あそこで落ちあおう」

ズボンを穿いたその姿は、少し威厳が増して見えた。

ナンシーが右手を伸ばし、コンパートメントの外の取っ手をつかんだちょうどそのとき、汽車がブレーキをかけた勢いでガタンと揺れ、減速しはじめた。外扉が大きく開いて、ナンシーはぐっと前のめりになった。車輪の轟きがあたりを満たした。しかし奇跡でも起きたのか、ナンシーは外に放り出されずに宙で静止し、左手でドア枠をつかんだ。息を切らして、座りなおした。コンパートメントの隅に窮屈そうに座っていた老人が、咄嗟にコートの裾をつかんでくれたのだ。おかげで命拾いした。ナンシーは老人の視線を捕らえて目礼し、息を整えようとした。

完全にとまるまで待っている暇はない。迷っている暇もない。眼下の土堤を見れば、迷う暇がないのは幸運だった。よかった。ハイヒールでなくて。

「行くわよ!」連れのふたりに叫んで、ナンシーは飛びおりた。

うまく着地したと思った瞬間、小石に足を取られて土堤の急斜面を闇へと滑り落ちた。とうとう完全に停車した汽車の明かりに、あとから少し先で飛びおりたふたつの人影が浮かび上がった。前方で別のコンパートメントの扉が勢いよく開き、数人が次々に飛びおりるのが見えた。その戸口に別の人影が怒号とともに現れ、ライフルを構えた。ナンシーの頭上で熱い鉄の車輪がきしみながら冷えていき、銃声が突如、田園の静寂をパンと切り裂いた。

汽車から兵士がわらわらと降りてくる。ちきしょう。こうしてはいられない。土堤のふもとで低い石壁をよじ登って越えると、ぶどう畑が広がっていた。なんてありがたい。ぶどう畑なら畦道を走って逃げられるし、葉の陰に身を潜めることもできる。牧草地だったら、小麦みたいに刈られるところだ。

走るか、それともゆっくり行くか。陰から陰へとゆっくり移動すれば逃げおおせられるかもしれないが、捜索している兵士の数が多ければ、油断していると捕まってしまう。だが走れば目につく。ぶどうの木のあいだでためらっていると、はじめて聞く軽機関銃の銃声が響いた。

走ろう。

なるべく葉陰に身を潜めて、ぶどう畑を一目散に走った。ドイツ語の怒号と、犬が吠えるのが聞こえた。銃弾がナンシーを追いかけるようにして背後の乾いた地面にめりこみ、ぶどうの葉のあいだでぱらぱらと雨のような音を立て土を撥ねあげた。

東のほうでさらに怒鳴り声が響き、犬が興奮して吠えた。誰か捕まったのだ。ちきしょう。もっとスピードを上げなければ。上り坂になった。西で懐中電灯が光ったので、東に進路を変え、ぶどうの木のあいだに身体をねじこむようにして走り、ふたたび北に折れた。手足から出血しているのがわかった。ぶどうの木で引っかいたのか、撃たれたのか。どっちだろうとかまわない。走らなければ。あいつらは、捕らえた脱獄犯を撃ち殺すのだろうか。たぶんそうだろう。ナンシーを撃ち殺すのはまちがいない。脚に酸をかけられたような激痛が走ったが、とまって息をつくわけにはいかなかった。

走るのよ。斜面の上まで。

ぶどう畑を抜け、有刺鉄線と格闘して柵をよじ登り、転げ落ちた先は四角い草原で、さらに上へと斜面が広がっていた。地面に肘をついて振り返り、はじめてぶどう畑を見下ろした。丘畑の下のほう、土堤の近くで懐中電灯の明かりがいくつもホタルのように揺れていたが、丘を登ってくる気配はない。兵士たちの向こうの線路には、まだ汽車がとまっていた。

ひんやりと冷たい地面に横たわって息を切らし、しばし月を見上げた。身体を引きずるようにして立ち上がり、柵に沿って草原の端へと東に歩いた。柵が北に折れるとナンシーも倣い、右手に森を見ながらふたたび斜面を登った。

森や草原を歩くのを楽しいと思った例はなかった。ナンシーは骨の髄まで都会っ子だったから、友人たちが乙に澄まし、有無を言わさぬ口ぶりでフランスの田園風景を歩く喜びを語った日には、どうかしていると呆れた。食料やワインは田舎から来るけれど、田舎には店もカフェもないし、同じ景色を何時間も何週間も見つづけてなにが楽しいのだろう。いまもその考えを変える気にはなれなかった。

頂上に着いた。イギリス人が指さしたのはこの丘だろう。あたりは静まりかえっていた。小さな雑木林の端に座って、ふたたび丘を見下ろした。懐中電灯の明かりはまだぶどう畑の付近で揺れていたが、見ているうちに汽車のほうへと後退して消え、かわりに窓に明かりがついて汽車がようやく動きだした。汽車がペルピニャン方面に消えたところで、ナンシーは長々とため息をついた。

　ハンドバッグがないのに気づいたのは、そのときだった。胃の底からひやりと冷たいものが迫り上がり、喉が詰まった。パスポート。現金。宝石。婚約指輪。婚約指輪まで。フランスが占領されてからもずっとはめていたのだが、マリーのアパルトマンでは場違いに思えたのでバッグの内張の裏に忍ばせたのだ。それに、アンリのメモ！　慎重に選り抜き、最低限のものしか持たなかったのに、アンリの筆跡が残る小さなメモさえなくしてしまった。

　ドイツがフランスに侵攻して以来はじめて、ナンシーは涙に暮れた。寒い。もう歩けない。指輪。メモ。どうして落としたときに気づかなかったんだろう。ちきしょう。

　下生えが揺れる気配がして振り向くと、ブルータスと赤毛がおそるおそる近づいてくるのが見えた。赤毛は立ちどまったが、ブルータスは横に膝をついてハンカチを差し出した。

「マダム、怪我でもされたのですか？」

　ナンシーは首を振った。「いいえ。大丈夫。ごめんなさいね。つまらないことなの。バッグを落としたのよ。婚約指輪が入ったバッグを。パスポートや証明書も全部」

「探してきましょうか？」ブルータスは静かに言った。

「ばか言うな」赤毛が声を潜めて嚙みついた。「ドイツ軍は捜索部隊を残していくに決まってる。懐中電灯が消えたからって、全員引き上げたとはかぎらないんだ。バッグがほしいなら、その女が自分で探しにいけばいい」

　ブルータスは無視した。「喜んで探しにいきますよ」

ナンシーはためらってから、きっぱり頭を振った。「危険すぎる。先を急がないと」手の甲で涙をぬぐった。「思った以上に疲れていたの。それだけのこと。朝まで歩いて明るくなったら眠れる場所を探し、日暮れとともにペルピニャンに向かいましょう」

「食糧も水もないんだぞ！」赤毛が抗議した。

「刑務所のくさい飯がそんなに恋しいなら、ゲシュタポに出頭しなさいよ」ナンシーは言い返した。

ブルータスがぎこちない仕草でナンシーの肩を軽くたたいた。「移動するなら暗いうちです。大丈夫、ペルピニャンにはたどり着けますよ」

14

もう一度、扉をたたいた。

「お願い、どうか開けて……」

扉がごく細目に開き、ごつごつした石畳にひと筋明かりが落ちた。

「私はナンシー・フィオッカ。マリー・ディサールに言われてきました。マリーはギャロウと組んだことがあるんです。私はアントワンと。連れがふたりいて、山を越えなければならないんです」

あるのは希望だけだった。まともな人ならきっと扉を開けてくれるという希望と、その人物が名前にぴんときて助けてくれるにちがいないという希望だけだった。

ここまで二日かかったのだ。移動するのは夜と決め、日中は廃屋や生け垣の陰で身をよせあってすごした。毎日近くを、ときには数十センチしか離れていないところを斥候隊が通りすぎたが、気づかれることはなかった。夜明け前に畑に出る農夫とばったり鉢合わせたこともあった。驚きのあまり逃げることもできずに見つめていると、老人はおもむろに背中に担いだ荷物を下ろし、パンとチーズと、薄めたワインが入った水筒を差し出した。トゥールーズのアパルトマンを出てから三人が口にしたのは、それだけだった。

ペルピニャンの町外れまで来たところで、次の出方を相談した。当初の合流場所で協力者に会える確率を探るべく、まずは流暢にフランス語を操る赤毛がノアの箱船のカラスよろしく偵察に出たが、やがて口をへの字に結び、悪い知らせとともに帰ってきた。

カフェで聞いた話では、彼らの連絡係は姿を消していた。一緒に汽車に乗った男たちのうちの三人は、ふたたび捕らえられるか殺されるかしていた。連絡係は残るふたりの捕虜を連れてペルピニャンを脱出し、山に入った。そのふたりはゲシュタポがぶどう畑を捜索しているうちになにくわぬ顔で汽車に戻り、元の席に座ったのだという。ずる賢いやつらめ。赤毛は嫌味たっぷりに報告した。捕虜はナンシーたちが合流するのを待とうとしたが、連絡係が怖じ気づいた。ゲシュタポが来るのを待つ気はないと言って決断を迫り、捕虜は連絡係と町を出るほうを選んだ。

次はナンシーが箱船の鳩よろしく、うろ覚えの住所を頼りに安全なとまり木を探しに出る番だった。そこにいるのが誰であれ、どうか私の顔を見て事情を察してくれますように、話を信じてくれますようにと念じながら。

扉がもう少しだけ開いた。出てきたのは見知らぬ男で、見るからにおびえていたが、味方のようでもあった。

「早くなかへ」と、男は言った。

ナンシーはまた数えていた。今度は歩数を数えていた。標高の低い場所に慣れたドイツの軍用犬は空気の薄い高山では鼻が利かないため、ピレネーでも最も高い峰々が脱出ルートになっていたのだ。一、二……一……二。でこぼこの山道ではリズムがつかめない。ペルピニャンを出て、スペインとの国境から二十キロ圏内に広がる特別区まで乗った石炭用トラックが恋しいくらいだった。おかしなものだ。あのときは早く解放されたくてたまらなかったが、石炭袋の上に横たわり、別の石炭袋を身体の上に載せられた状態ででこぼこ道を揺られるのも、これに比べたら天国だ。

歩数を数えながら、物思いに耽った。バカンス。バカンスに行かなきゃ。そう思うと笑いがこぼれた。目に見えるようだった。次の角を曲がったら、ナンシーを保養地に連れていこうとアンリが車で待っている。すぐにその腕に飛びこんで、さんざんな目に遭ったのよと甘えよう。脱獄囚の服をバスタブでごしごし洗い、銃撃され、飢え、トラックの荷台に放りこまれたんだから。アンリはそれはかわいそうにご苦労だったねとねぎらい、愉快そうに笑い、埋めあわせに羽を伸ばさなくてはいけないねと言ってくれるだろう。

ナンシーは頭のなかで、アンリに事の次第を語った。ふんだんに誇張し面白おかしく脚色し、くちびるを突き出し悪態を連発しながら話して聞かせると、やがてアンリは笑いすぎて腹が痛い、もうやめてくれと降参した。

「なにがそんなに面白いんだ？」赤毛が言った。

面倒なので答えなかった。ブルータスがいないのが残念だった。ふたりが山越えに出立する前日に、ブルータスはペルピニャンから船で出国していた。着ていたボロよりはましな服をもらい、靴もまずまずの状態だった。赤毛とナンシーはペルピニャンにわずかに残ったレジスタンスのメンバーが、暖かい服を調達してくれるのを待つしかなかった。

ナンシーが答えないのを、赤毛は会話に誘っているのだとかんちがいした。そこで話す、というよりぼやきはじめた。こんなに速く歩けない。こんなルートはばかげている。レジスタンスの連中はどうしてもっと靴下を調達できなかったのか。二足じゃ足りない。

ナンシーは聞き流した。赤毛の不平に耳を閉ざし、歩数を数えながら、心の声に耳を澄ました。赤毛は気づきもしないようだ。

「休憩しましょう」ピラールが言った。

ピラールと彼女の父が案内役だった。ふたりとも無口で、なかなか歩みを緩めない。休憩も二時間ごとに十分だけだ。山道は曲がりくねり、蛇行しながら頂を越え、ナンシーは十分間の休憩中に周囲を見まわしては絶景に圧倒された。雪の峰に閉じこめられたおとぎ話の旅人か、巡礼者になった気分で、自然の威容を、果てしなく連なる山の頂が春の青みを帯びた大気に消えるさまを見わたした。ピラールはその頂を、ナンシーたちに片っ端から踏破させるつもりらしい。

ふたたび登りになった。ピラールだけに見える山道を、一行は歩いていった。これは山歩きではない。山登りだ。愚痴を言っても無駄なので、黙って歩いた。赤毛はなおもぺちゃくちゃしゃべりちらしている。どうしてもっと食料を持ってこないのか。雪が深くなってきたが、こんな寒いのにどうやって歩きつづけろというのか。その声が悲鳴に近くなった。

「もう歩けない。おれは歩かない」赤毛が山道で足をとめた。

無口なピラールが沈黙を破り、ナンシーのほうに向きなおると小声ですごんだ。「黙って歩けと、そいつに言って。山では音が遠くまで伝わるのを知らないの？」

「なんて言ってるんだ？」赤毛が鼻を鳴らした。「教えろよ」

教えた。それでも赤毛はびくともしない。

「今日はもう歩けない。誰になにを言われても、おれは歩かない」

終わりだった。心を温めてくれるアンリの幻は消え、歩数も忘れた。ナンシーを見るピラールと父親の視線は、明らかに「あんたがどうにかしろ」と訴えていた。だからそうした。力任せに肩を突くと赤毛はうしろによろけ、氷のように冷たい山の急流に膝まで浸かった。

「なんだよ？」転げるようにして雪道に戻りながら、わめいた。「いかれ女！」

赤毛はやりかえさなかった。やりかえしても、老人に殴り倒され尻餅をつくのがおちだと悟ったのだろう。ピラールがにやりとした。

「決めるのはあんたよ」ナンシーは冷静に言った。「でもここにいれば、三十分で凍死する。だから歩きな。口を閉じて」

「くそあま」悪態をつきながらも、赤毛は歩き出した。ナンシーはふたたび歩数を数えはじめた。


翌朝、国境に着いた。ピラールはフィゲラスの町へと降りる険しいが迷いようのない山道を指さすと、ナンシーと握手を交わして父親とともに無言できびすを返し、山に消えた。一時間後、スペインの斥候隊に発見されたナンシーは、こんなに素敵な人たちに出会ったのは生まれてはじめてだと感きわまり——気を失った。

15

ロンドンに着くと気持ちがざわついた。ロンドンは爆撃で傷つき、ナンシーが知っていた戦前の町とはがらりと様子が変わっていた。角を曲がると、そこにあったはずの家や集合住宅はなく、空き地が広がっていた。ロンドンはいまや、あるべきものが消えた町だった。人の変わりようにも驚いた。男はほとんどが軍服姿で、女は買い物籠を肘にかけて配給券を握りしめ、食料が手に入りますようにと祈りながら列に並んでいるとき以外は戦前よりもずっと足早に歩いた。路面電車を運転するのも切符にはさみを入れるのも、女だった。古い広告の上には、食料の節約を心がけ平静を保てと呼びかけるポスターが貼られていた。道行く人のほとんどに急ぎの用があるようで、約束にすでに五分遅れているような足どりだった。ナンシー以外はみな急いでいた。

公平に言うなら、書類の手続きに時間がかかったのだ。書類がなければ手も足も出ない。山からさまよい出たところを発見してくれたスペインの警察に、ナンシーはアメリカ人だと名乗った。おかげで赤毛と別れられてせいせいした。アメリカ大使館では自分はイギリス人だと告げ、イギリス大使館ではいら立ちと疑念を隠せずにいる職員に向かって、厳密にはオーストラリア人なのだが、ロンドンに預金があるのでロンドンに行ってその金を引き出したいのだと説明した。自分は白ねずみことナンシー・ウェイクであり、ゲシュタポに追われているとも打ち明けた。

アンリが雇ったロンドンの弁護士に、大使館員が電話をかけた。金のかかる電報が何度も交わされた末、弁護士は、いかにもその女性はマダム・フィオッカでしょうと認めた。いかにもマダム・フィオッカはイギリスの銀行に生活費としてかなりの蓄えがあります。船賃と、イギリスへの船旅にふさわしい衣服をそろえ、船に乗るまで飢え死にせずにいるための資金を用立てていただければ、いずれかならず政府にお返しいたします――。

弁護士のキャンベル氏は波止場でナンシーを出迎え、先に立って税関を通した。キャンベル氏にはアンリとロンドンを訪れたときに、一度会っていた。羽目板張りの弁護士事務所でふたりが仕事の話をするそばで、お茶を飲んだのだ。退屈し、早くウェストエンドの劇場やカフェやナイトクラブに行きたいとじりじりしたものだが、今から思えばあのときふたりがしていたのは、ナンシーの資産についての話だった。アンリはロンドンの銀行に口座を開き、相当な額を振りこんでいた。

「ご結婚される直前に、ご主人が手紙をよこしたのです」税関からロンドン行きの列車の一等車へと案内しながら、キャンベルが言った。

「どうやって?」逃避行のあとで頭が朦朧(もうろう)とし、座り心地のいい座席もよく気のつく給仕も現実とは思えなかった。キャンベルがスコッチを注文した。

「懇意にしていたスペイン人の密輸業者を介したのでしょう。密輸業者はブラジルに向かうところだったようです。手紙の消印はブラジルでしたから。切手がまるで足りず、こちらでずいぶん郵便料金を負担することになりました」キャンベルが視線をそらした。「残念ながら、ご主人の消息を聞いたのはそれが最後です」

給仕が置いた酒を、ナンシーはひと息に飲み干した。キャンベルは目をぱちくりさせたが、空いたグラスと自分の手つかずのグラスを交換し、給仕を呼んでおかわりを注文した。

「それはともかく、手紙の内容は極めて明確でした。アンリは仕事に関してとても几帳面な人だ。署名も日付もきちんと入っており、マダムが必要とされる際には口座にあるすべての預金を使えるようにし、力になってほしいとありました」給仕のいぶかしげな視線をあからさまに無視して、キャンベルはグラスを上げた。「もちろん、私どもは喜んで指示に従いますよ」

いい人だ。ナンシーは椅子の背にもたれてため息をついた。もうゲシュタポにつけ狙われることも、弾が飛んでくることもない。あとはアンリの消息さえわかれば、スペインに出国したという知らせさえ届けば天国だ。

こんなふうに先を読み、戦争になる前に財産の一部をイギリスに移しておいたのはいかにもアンリらしい。ナンシーはその日のことしか考えず、レジスタンスの活動に飛びこんだ。生きて明日を、翌週を迎えられれば御の字だった。けれどもアンリはいつでも計画を立てた。もしものときにナンシーがひとりで生きていけるように配慮するのも、計画のひとつだった。

二杯目は落ちついて飲もうとした。キャンベルがまだしゃべっていた。エドワード朝の弁護士を絵に描いたような男だ。襟の高いシャツ、白髪、クリーム色のチョッキに斜にかけた金時計の鎖。ナンシーはあらためて、弁護士を観察した。ほんの少しだが、服がだぶついている。縫い目を見ると、チョッキはすでに一度詰めたようだ。イギリスでは、金持ちでさえ痩せかけているのだ。ラジオでそんな話は聞かなかった。

話に身を入れようとした。

「……少なくとも三年はなに不自由なく暮らしていただける額ですな。もちろん、三年も戦争がつづくはずはありません！　マダムがジブラルタルに到着されたと聞き、僭越ながら郊外の小さな町になかなか風情のある小さな家を数軒見つくろっておきました。あそこなら爆撃もありませんし、戦争が終わるまで平和に暮らしていただけるでしょう」

は？　戦争が終わるまで平和に暮らす？　冗談じゃない。

「キャンベルさん、私、郊外の奥様方とお茶を飲みながらアンリが来るのを待つつもりはないんです」

弁護士は眉根をよせた。「しかし安全が第一ですよ、マダム・フィオッカ。それにすでに大変なご活躍をされたんです。神経が参っているにちがいない。せめて二、三カ月休養されては？」

ああもう、落ちついて飲んでなどいられない。ナンシーは残りのスコッチを一気に飲み干した。「思うに、私には神経ってものがないんです。それに、賭けてもいいけどお茶を飲むしかすることがない田舎暮らしが三週間もつづいたら、教区の牧師さんの前で自分の頭を撃ち抜き、レースのドイリーを台なしにするに決まってるわ」

　キャンベルはまじまじとナンシーの顔を見つめた。口角がぴくりと引き攣った。「なるほど。それは困りますな。ではどうでしょう。ピカデリーにフラットを持つ友人が、借り手を探しているのです。そちらのほうがお好みにあいますかな？」

「いますぐ借りにいってもいいかしら？」

16

腕時計に目を落とした。わざと待たせているのだ。書類をそろえるだけで二十四日かかったが、ナンシーは新しく得た自由に一日で飽きて、二十三日前からフランスに戻る算段に奔走していた。

アンリはまだ来ない。国を出たとの知らせもない。夫の到着に備えて、ナンシーはフラットを整えた。カップボードにはお気に入りのブランデーとシャンパンを用意した。室内履きと上等なシャツも調達した。どれももちろん闇で手に入れた品で、ぞっとするほどふっかけられたが、アンリにはすぐにくつろいでほしかった。再会が待ちきれなかった。部屋で四方の壁を見つめ、ただ待っているわけにはいかなかった。

いちばん上等なハイヒールを履き、それとなく身体の曲線を際立たせる仕立てのいいスーツをまとい、ピカデリーのフラットからきびきび歩いてカールトン・ガーデンズにある自由フランス軍の本部に到着したのは、朝の九時ちょうどだった。守衛に色目を使って待合室に通してもらったが、そこは待合室というより大理石の廊下に椅子がぽつんと一脚置かれているだけで、老眼鏡をかけたフランス人の老女がにらみを利かせていた。ナンシーには渋い顔をするくせに、でかでかと「お国のために尽くしております」と書いたような顔で書類を手に廊下をのし歩く軍服姿の男たちには愛想笑いを振りまく意地悪ばばあ(オールド・トラウト)だ。

ナンシーは時計に目を落とした。老女を見て、ふたたび時計に目を落とした。

「マダム……」と、老女に声をかけた。

こんなしわくちゃでのろまなばあさんを「トラウト」と呼んだら、鱒(トラウト)に悪い。老女は「あとにして」というふうに片手を挙げた。鱒というより、交通整理をしているカメだ。

「あなたの来訪は伝えてありますよ、マダム――」老眼鏡をかけ直して、メモに目を落とした。「――フィオッカ」

「ですが……」

「このあとに急ぎのご用事でもおありなの?」老女が目を見開いた。

ナンシーは腕を組み、肩を落とした。ない。急ぎの用事などひとつもない。それが悩みなのだ。一瞬の油断もならない危険と隣りあわせの日々を何カ月もすごしたのが嘘のように、いまのナンシーには行くべき場所も急ぎの用事もなかった。

「マダム・フィオッカ?」

ナンシーは顔を上げた。細い身体に中尉の軍服を着た、浅黒い肌の男が所在なさそうに立っていた。靴は大理石の床と同じくらいぴかぴかに磨き上げられている。ナンシーはうなずいた。

「どうぞこちらへ」

平時は掃除道具入れだったとおぼしき狭苦しい空間に、中尉は大きな骨董品の机と自分用に上等な椅子を一脚運びこんでいた。ナンシーが勧められた金属の折りたたみ椅子は、腰を下ろすときいきい鳴った。かつて清掃係がちりとりや雑巾を置いていた棚には、マニラ紙のフォルダーがぎっしり詰まっている。ナンシーは周囲を見まわした。

「紙不足だと思っていたわ」

男は応えず、机に広げた資料を読みつづけた。ナンシーについての資料を。

「私は目の前にいるんですけど」五分待って、ナンシーは言った。「私がフランスでしたことを知りたいなら、直接聞いてください」

男が目を上げた。「ええ、報告書にはあなたがフランスのために尽力したとありますよ。ゲシュタポにあだ名までつけられたとか。やつらも洒落たことをするものだ」

「洒落たこと？　あなたにはあれが洒落たことなの？」

男はにっこりした。限界だった。さんざん待たされ鬱積したいら立ちが爆発した。

「夫がゲシュタポに勾留されているのも、洒落たことだと言うの？　私がマルセイユで何回も自分と夫の命を危険にさらしたことも？　この三年、あなたが書類の整理をしているあいだに私がナチスの追跡をかわしたことも？　最後に戦場に出たのはいつよ？　こっちはつい先月撃ち殺されそうになったばかりなのよ？　そのフランスに、私は戻らなきゃならないの。いますぐ。だからさっさと私を登録してちょうだい。登録してくれたら、書類整理の邪魔はしませんから」

笑顔が凍りついた。「マダム、自由フランス軍に女性は入隊できません。生まれつき、ご婦人は戦闘に向いていない。これは科学的事実です」

　勘弁してほしい。「あなた、科学者もやってるの？　ご立派ね。いま言ったとおり、私はナチスがフランスに侵攻してきたときからずっと、あいつらと戦ってるの。だからおかしいのは科学のほう」

「しかしあなたにはご婦人特有の——」

「ご婦人特有の、なに？　ヴァギナがついていると言いたいの？　ヴァギナがついた人間は銃を握れないと？　隠れ家を運営できないと？　お金も人も弾薬も密輸できないと？　山を越えられないと？　ヴァギナのついた私はそういうことを全部やったのよ。しかもハイヒールを履いて」

　男は椅子の背にもたれると両手の指先をあわせて、目を伏せた。

「遺憾ですが、マダム、自由フランス軍は情緒が明らかに不安定な人物を採用し、活動を危険にさらすわけにはいかないのです。そんな口ぶりで、その……ご自身の……」

「ヴァギナ、ヴァギナ、ヴァギナ。ヴァギナは立派な科学用語でしょうが！」ナンシーはわめいた。

　衝撃で壁が崩れ落ちるとでも思ったのか、中尉はそわそわと周囲をうかがい、なだめにかかった。「それだけ人体の構造にお詳しいのですから、看護婦としてわが軍の勇敢な兵士を支えてはいかがですか？」

「勇敢な兵士とやらがいれば、いくらだって支えるわよ！」立ち上がった勢いで、折りたたみ椅子がうしろに倒れた。ナンシーは大理石の廊下につづくドアを開けた。中尉がたじろいだ。「それと、喜んであなたのタマをメスで切り取ってやる。あいにくすでに切除済みのようだけど」

天井の高い廊下に声が反響するのをせいせいした気分で聞き、ぴしゃりとドアを閉めた。カメがぽかんと口を開けて見つめていた。

「あいつのタマは鉛筆削りと一緒にそこの引き出しにしまっておいて!」ナンシーは言い捨てると憤然と表に出てカールトン・ガーデンズの角を曲がり、振り返りもせずセント・ジェームズ公園に入っていった。

一時間ばかりみじめな気持ちで戦時農園や高射砲の横を通り、公園内を小さな円を描くようにぐるぐる歩きまわると自宅まで半分ほどの距離にあるパブのレッド・ライオンに行き、軍服の男全員に一杯おごっていましがたの出来事を話して聞かせた。大成功だった。新しい客が来るたびに話をせがみ、ナンシーがそのたび尾ひれをつけて話を盛り上げるのを、女性のバーテンダーは笑いながら聞いていた。昼のかきいれどきになるころにはカメのような老女は凶悪なガーゴイルに変身し、中尉は手の汗ばんだ気弱な能なしと化して、まぶたをぴくぴく痙攣させていた。

「そしたらそいつ、ご婦人特有の……なんて言ったわけ!」ナンシーはグラスを掲げた。

「あんた、めっぽう酒に強いが、そのご婦人特有のなにに酒を溜めこんでるんじゃないか」

軍曹が言った。連れが差し出したマッチの炎が揺れるのに手こずりながら、煙草に火をつけようとしている。

「おれが偵察してやろうか」生意気そうな面構えのアメリカ兵が、調子に乗ってウィンクをした。

「ぼく、十九ってとこ？」ナンシーはマッチを吹き消すと自分のライターをつけ、しっかりした手つきで軍曹に差し出した。「旗竿をどこに立てたらいいかも知らないくせに」

男たちに囃したてられ背中をばんばんたたかれて、アメリカ兵はビールにむせた。ナンシーは手のひらのライターに目を落とした。ナンシーは煙草を吸わないが――パリで貧乏記者をしていたころ、一張羅のドレスに焼け焦げを作るのがこわくて吸えなかったせいもある――ライターはつねに持ち歩いていた。人と話すきっかけになるからだ。差し出された火に身を屈める仕草には、なにかがあった。話をしてもいい、心を開いてもいいという合図に思えた。そう話すとアンリは愉快そうに笑ってナンシーを魔女と呼び、明くる週、彼女の名前が刻印されたカルティエの金のライターを贈ってくれた。そのライターも、汽車から飛び降りて逃げたときに宝石やパスポートと一緒に落として、いまはもうない。

見知らぬ男たちの歓声のなかに、アンリの声が聞こえた。自由フランス軍の面接を、アンリはどう思うだろう。笑ってくれるにちがいない。笑いすぎてナンシーに引っぱたかれ、仲間にどうだうちの奥さんは手強いだろうと自慢するにちがいない。このいら立ちを、偏狭で愚かな男たちへの憤りをわかってくれるにちがいない。いまの彼女をさいなむ無力感と怒りを察してくれるにちがいない。

「それでどうしたんだっけ、ナンシー？　ジョージ、お前も聞けよ」軍曹が言った。「そいつは看護婦になれって言ったんだ。冗談じゃないよな？　そう言われたんだろ、ナンシー？」

ナンシーは男たちの顔を見まわし、そこにアンリを、アントワンを、フィリップを見た。ナンシーがどう出るのかいまひとつわからず、みなしんとしている。ナンシーは晴れやかな笑みを振りまいた。

「そうよ、そのとおり！　ミルドレッド？」

バーテンダーは拭いていたグラスを置いた。「ご注文は？」

「みんなにシャンパンを！　医療の道を志す私の門出に乾杯して！」

いま一度歓声が湧き起こった。

午後二時から六時のあいだパブは営業できないことになっていたが、誰も帰りたがらないので、地元の巡査を呼びこみ、これで温まっていってくださいよとブランデーを一杯おごると話は決まった。千鳥足で薄闇に転げ出るころ、ナンシーには無二の親友が二十人ほどもできていたが、心はさびしさで張り裂けそうだった。それでも家まで送るという申し出は、紳士的なものも下心が透けて見える誘いも断った。

ロンドンの湿っぽく冷たい夜気が顔をなでた。潮のにおいが肌を刺すマルセイユとちがい、ロンドンの空気は沼地のようにじっとりと湿って、石炭の煙が染みこみ、用心しないと骨の髄まで入ってくる。背後で人影がナンシーから目を離さないようにして、陰から陰へとあとをついてきていた。ナンシーは縁石につまずいてよろけ、体勢を立て直すと目の前の石畳に視線を据えてバッグを振りながら広場を突っ切り、スコットランド出身だという軍曹に教わった歌を大声で歌いつつ近道の路地をダッシュした。

迫る闇のなかでナンシーを見失うまいと、追跡者も足を速めた。路地に入ったところで立ちどまった。獲物が消えたのだ。次の瞬間、男は喉仏のすぐ下にひやりと冷たいナイフを感じて凍りついた。

「カールトン・ガーデンズからつけてきたわね？」ナンシーは声を潜めて尋ねた。「何者なの？」

「本当に酒に強いんだな」男は言った。スコットランドのなまりがある。「僕を油断させようと、わざとよろけたんだろ？」

皮膚が破れるか破れないかのぎりぎりの力で、ナンシーは刃を男の喉に押しつけた。「質問に答えなさい。なぜ朝からつけてきたの？」

「マダム・フィオッカ、僕は週のはじめからずっとあなたをつけていたんです」男は冷静に答えたかと思うと、ナンシーの右足を踏んだ。ナンシーの足を痛みが貫いたのと同時に男は彼女の腕をつかんで身体を屈め、背負い投げにした。ナンシーは無様に尻餅をつき、取り落としたナイフは路地を転がっていった。

「なにすんのよ、ストッキングが破れたじゃない！」口がきけるようになるとナンシーは息られた。

ナンシーはしばし男の影を見つめてから差し出された手を取り、ギャロウに引っ張りあげ

男は笑って手を差し伸べた。「すみません。イアン・ギャロウと申します」

を切らし、肘を地面について身体を起こした。

「あなたのこと知ってるわ」腰をさすりながら言った。「マリーと組んでいた人よね？　脱出できたのね？」

「ええ。間一髪でした。最後に聞いたところでは、マリーはまだ捕まっていませんが、組織のメンバーが大勢摘発されたそうです。いまも連絡が取れるメンバーは、数えるほどだ」言葉を切った。「兵士を川に突き落とした武勇伝は聞きましたよ。ピラールが何人かに話したらしい。たいしたものです。普段のピラールは貝みたいに無口なのだから」

「あいつが泣き言ばかり言うからよ」

ギャロウは煙草を一本抜いて、待った。ナンシーがライターを出さないので、マッチを擦って火をつけた。つかのま燃え上がった炎に、くぼんだ頬と長い鼻が浮かび上がった。

胸で希望がはじけるのを、ナンシーは感じた。「マルセイユからほかに知らせは？」

「ありますが、残念ながらご主人の消息はわかりません」

疲労と痛みとわびしさがどっと戻ってきた。オーストラリアを出て移り住んだニューヨークでしこたま密造酒を飲んだせいか、酔ってもすぐに醒める質だ。パブで酌み交わしたシャンパンの酔いも、和気あいあいとしたひとときの高揚も、瞬時に決着のついたギャロウとの

屈辱的な立ち回りがもたらした興奮も、すでに醒めていた。

「フィオッカさん」ギャロウがぽつりと言った。「戦場に出たいというのは本気ですか？」

「本気もなにも、戦えなかったら気が狂いそうなのよ」

ギャロウはポケットから小さな紙を抜いて、ナンシーに渡した。暗くて見えないが、名刺のようだ。

「明日、その住所に来てください。三時でいいですね？」そう言うとギャロウは帽子の縁に手をやり、影のなかに消えた。

17

名刺を頼りに向かった先は冴えないオフィスビルで、一階の自動車販売店は閉まっていた。集合住宅のように呼び鈴が並び、一番下の呼び鈴にだけ、シールが貼ってあった。シールには「押してください」と言わずもがなことが書いてある。

ナンシーは呼び鈴を押して待った。さらに待った。冗談じゃない。自由フランス軍のときと同じことの繰り返しだ。突然解錠を知らせるブザーが鳴って、ナンシーは扉を押し開けた。狭く、段差の小さな階段を上ると、広いロビーに出た。ここも二十年前は洒落たアールデコの建物だったのだろうが、いまはあちこちがくたびれている。建物内は静まりかえっていた。壁は薄い色あいのオーク張りで、エレベーターには「故障中」と張り紙がされ、ふんぞりかえった将校はいない。それがいい兆候なのかどうなのか、ナンシーには判断がつかなかった。とはいえ今回の受付係は若い女性で、ナンシーに気づくとどぎついほど明るい笑みを振りまいた。鮮やかな赤の口紅が、とてもいい。

「戦時公債をお求めでしょうか？」

ギャロウに渡された名刺を差し出すと、女はすぐに机上の目立たないブザーを押した。

「素敵な口紅ね」と、ナンシーは言った。「ここに来た用事については、私にもさっぱりわからないの」

「人生というのは得てしてそういうものです」背後で男の声がして振り返ると、壁に同化した秘密の扉が開き、ギャロウが立っていた。ギャロウは手を差し出した。

ナンシーはつんとあごを上げた。「もうしわけないけど、握手は遠慮させていただくわ、ギャロウさん。昨夜(ゆうべ)暴漢に襲われ、弱気になっているもので」

「それはなにより」ギャロウは優雅に一礼し、こちらへと事務室を手で示した。「今日はヴァギナ絡みの演説を聞かされずに済みそうだ」

受付嬢がぷっと噴き出し、笑いを咳でごまかそうとしたが、うまくいかなかった。

「お手数をかけたね、アトキンスさん」ギャロウは受付嬢に礼を言うと、ナンシーを部屋に招き入れた。

その部屋を突っ切って廊下に出ると、右に曲がってさらに廊下を行き、短い階段を上る。こんな複雑な構造になっているとは、建物に足を踏み入れたときは思いもしなかった。ギャロウがとあるドアをノックし、答えを待たずに開けてナンシーを通した。

部屋には窓がなく、四方の壁はフランスの地図で覆われていた。自由フランス軍の掃除道具入れよりは広いが、ドアに面して置かれた机は机というよりも架台式のテーブルで、椅子はどれも座ったらぺしゃんこに潰れそうな、金属とカンバス地の折りたたみ式だ。戦争がはじまって、まっとうな椅子はいったいどこに消えたのだろう。

部屋では長身で痩せ形の、もっさりと口ひげを生やした男が紅茶の茶碗を手に、ひとり机についていた。男と壁のあいだのワゴンにはティーポットと茶碗がもう一客、そして食欲をそそらないビスケットの皿が並んでいる。男は読んでいた書類から目を上げてナンシーを見たが、お座りくださいとは言わない。やにくさい部屋だった。

「ギャロウ、探してこいと言ったのは新人候補であって、よれよれの酔っ払いではないぞ」

ナンシーは目を瞬いた。

「まともな新人候補はあらかた戦死しました」ギャロウは言うと自分用に紅茶を注いだ。まったくイギリス人というのは、どうして朝から晩まで紅茶ばかり飲んでいられるんだろう。

「写真で見たほど器量もよくない」男が言って、書類をめくった。

「面白いことをおっしゃる方たちね！」ナンシーはにっこりほほ笑んだ。

「仕方ないから、秘書に採用してやるか」男がため息をつき、ギャロウに尋ねた。「その彼女は、まだ速記は覚えているのかね」

そう言って、また書類をめくる。ナンシーはいらいらした。書類にいら立った。だからハンドバッグからライターを取り出すと机に近づき、甘い笑みを顔に張りつけたまま身を乗り出して、書類に火をつけた。警戒心も露わに男が書類を三秒たっぷり見つめているうちに、火は燃え広がった。ようやく男が書類を床に放るとギャロウがそれを踏みつけ、背後のワゴンからティーポットを取り上げてまだくすぶっている紙に中身をかけた。茶葉が床にびちゃっと盛大に落ちるのを見て、ナンシーは溜飲（りゅういん）を下げた。

ふたりの男は焦げて水浸しになった書類を見つめ、長い沈黙がつづいた。ナンシーはライターをバッグにしまい、蓋を閉めた。

「こんなことははじめてだ」机の男が言い、立ち上がって手を差し出した。「マダム・フィオッカ、特殊作戦執行部(SOE)へようこそ。私はフランス部門を統率するバックマスター大佐」

「あなたが責任者なら、フランスの敗北は決まったようなものね。夫のアンリはゲシュタポに拘束されていますから、旧姓を使います。ナンシー・ウェイクよ」

「私たちのせいで、ウェイクさんは気を悪くされたようです」とギャロウが上司に言う。その声に笑いが潜んでいるのを、ナンシーは耳にした気がした。「ナンシー、どうぞかけて」

ためらったのち、ナンシーは座った。座らないわけにいくだろうか。

「ドイツと戦いたいそうだが」バックマスターは椅子に座りなおして言った。「本気かね？」

「ええ」

「よろしい」ポケットからパイプを出し、煙草を詰めた。「自由フランス軍とちがって、わが国は君にチャンスを与える。チャーチル首相は、ＳＯＥがヨーロッパを燃え立たせることをご所望でね。いまのちょっとした予行演習を見るかぎり、君なら適任だろう」

ナンシーは黙っていた。

「それで、フランスに渡ったのは二十歳……」

「ハースト社の新聞記者だったんです」

バックマスターはひらりと手を振った。「ああ、君の書いた文章はお粗末だが、フランスをあちこち旅をして回ったのは確かだ。その後夫君アンリ・フィオッカの財力にモノを言わせてマルセイユにレジスタンスのネットワークを築き上げ、白ねずみを名乗った」

書類が床で湿った紙くずとなっても、不都合はないらしい。バックマスターは事前にナンシーの経歴を、頭にたたきこんでいたのだ。そう思うと、気持ちがざわついた。

「私が名乗ったわけじゃない。ナチスが勝手にそう呼んだのよ」

「人を殺したことはあるかね、ミス・ウェイク？」バックマスターがさえぎった。

「ありません、でも——」

「殺し方を覚えてもらうよ、ミス・ウェイク。覚えてもらうことが山ほどある。フランスで、われわれがどう戦っていると思っているのかね？　ナチスをこっぴどく叱りつけているとでも？」バックマスターは不快なまでに悲しげな笑みを浮かべた。「もしもの話だが、君が訓練に耐え抜いたら……」

「簡単に耐えられると思ったら大まちがいですよ」ギャロウが割りこんだ。

「ああ、簡単じゃない」掛けあい漫才だろうか。「もしも最後まで訓練に耐えたら、君をフランスに派遣し、あるレジスタンス組織と共闘してもらう。現地で生き延びられる期間は知れているが、君は死ぬ前に自分の手をさんざん血で汚し、人が無残に死んでいくのをなすべもなく見守ることになる。さて、やはり秘書のほうがよいのではないかな？」

いまさらあとに引くと思っているのだろうか。ナンシーが恐怖にうち震え、戦いは男に任せて引き下がるとでも？　ナチスはナンシーの人生をめちゃくちゃにした。血を吐くような努力をしてつかみ、全身全霊で愛した人生を、アンリを、フランスを踏みにじった。なのに誰かがかわりに人生を取り戻してくれるのを、タイプでも打って待っていろというのか。ナンシーは旧市街の少年を思った。口に銃をくわえたアントワンを思った。

「フランスにいるほうがお役に立てると思います」

「誰の役に立てるというんだ？」それまでの親しげな口調が嘘のように、バックマスターが激昂した。机に拳をたたきつけた勢いで、茶碗がカタカタと揺れる。ナンシーは動じなかった。「私か？　英国か？　それとも旦那か？　これはおとぎ話に出てくる救出作戦じゃない。生死を賭けた残忍な戦いなんだ」

まったく。話が通じない相手というのも、世間にはいるものだ。

「そんなこと、偉そうに言われなくたってわかってるわよ。この嫌みなくそったれ」ナンシーはひとことひとこと区切って、冷静に返した。「戦場にいたんだから。私はフランスを知ってる。フランス人のこともドイツ人のこともわかっている。目の前で人に死なれ、手についた血をぬぐって作戦を続行するのがどんなにつらいかも知っている。そしてあなた方が新米秘書より現地で即戦力になる工作員を探していることも知っている。だからごたごた抜かしてないで訓練を受けさせなさい」

バックマスターは長いあいだナンシーを見ていた。ナンシーは自分の前にこの椅子に座り、自分と同じ言葉を口にしたであろう男女に、はじめて思いを馳せた。何人が死んで、何人が生き残り、何人が霧のなかに消えたのか。バックマスターは記録をつけているのだろうか。

バックマスターの口角がぴくりとした。気さくなバッキーおじさんのお帰りだ。

「よろしい、ナンシー。合格だ」それだけ言うとバックマスターは横のファイルの山から一冊抜いて、読みはじめた。

ギャロウが背筋を正した。「ではナンシー、書類を書いてもらおうか」

それで決まりだった。ナンシーはギャロウについて部屋を出ると、玄関の近くにある彼のオフィスに行った。ギャロウは机に積まれたいまいましいマニラ紙のフォルダーを一冊選ぶと、なかからタイプライターで打たれた書類を五、六枚抜いた。ペンを取り文面をよく確めもせずに言われるがまま署名するナンシーの前で、説明をつづけた。

「公式には、君は看護師として登録される。身分証などはピカデリーの自宅に郵送するよ。一週間以内にロンドンを発つことになるから、先の予定は入れないでくれ」

ギャロウはとんとんと机で書類をそろえると、ナンシーを殺風景な廊下に追い出した。目の前でドアが閉まる直前に、ナンシーはギャロウが受付のミス・アトキンスに小さく目配せするのに気づいた。頭には質問や気の利いた切り返しが千も二千も渦巻いていたはずが、自分がなにを言おうとしていたのか思い出せない。ドアがかちゃりと閉まった。ほかにどうしたものかわからず、ナンシーはほうけたように階段に向かって歩き出した。

「ナンシー？」

振り返るとミス・アトキンスがなにやら放ってよこしたので、キャッチした。口紅だった。

「エリザベス・アーデンのＶ・フォー・ヴィクトリーっていう色よ。ＳＯＥへようこそ」

第二部　一九四三年九月　スコットランド・インヴァネス州アリセグ

18

初日は最悪だった。待ちに待った訓練がはじまると期待しすぎたのだ。バックマスターとの面接を終えてからの数週間は拷問だった。郵便配達が来れば飛びつき、留守中に電話が鳴ったらどうしようと外出をためらいながら、ひたすら待つ日々だった。

やがて書類は届いた。どっさり届いた。ナンシーは指示に従って荷物を詰め、旅行許可証に必要事項を記入し、こちらも指示されたとおりに新しい連絡先を弁護士のキャンベルに伝え、部屋はこのまま借りておいてほしいと手紙で頼むとスコットランドに旅立った。

到着したところまではよかった。駅で出迎え、晩夏のスコットランドのなかなか日が落ちない夕暮れどきに訓練施設まで車で連れていってくれた教官は、信頼できそうな人物だった。湖畔の施設はもともと貴族の狩猟用別荘で、周囲では高い峰が青い霞のなかへと消え、空が一面ピンクと紫に染まる夕暮れは圧巻だった。決まり悪そうに横目で見ながら、女性の新兵は君ひとりだと告げる教官に、ナンシーは肩をすくめてみせた。パリで特派員をしていたころから、自分以外に女のいない環境には慣れていた。男のことはよくわかっていた。だから、ナンシー専用の宿舎に案内されるとみなと一緒でいいと抗議したが、これは聞き入れられなかった。女が男たちと同じ部屋で寝起きするなどとんでもないというわけだ。

翌朝六時に、運動着に着替えて最初の訓練に臨んだときも、まだナンシーの心は感謝に満ちていた。そのときだった。赤毛が見えたのは。赤毛もナンシーに気づいた。男たちがひとりかふたりナンシーと握手を交わし、にこやかにうなずいてみせたが、ランニングを先導する軍曹が目を離した隙に赤毛は自分のまわりに数人を集めて、みなで笑いながらナンシーを盗み見た。

赤毛が目をこすり、甘ったれた声を出した。「ハンドバッグを落としちゃったあ。お願い、取ってきてえ」えーんえーんと泣き真似をすると、男たちがどっと沸いた。

いけ好かない笑顔をぶっ飛ばし、山越えでめそめそ文句を垂れていたことをばらしてやる――。拳を固めたそのとき、軍曹が戻ってきた。かまわず殴るか。けれども赤毛を殴れば、訓練がはじまる前に放り出されるのは確実だ。バックマスターのもとに戻ってやっぱり秘書にしてくださいと泣きつくなんて、死んでもいやだ。ここは堪えるのよ、ナンシー。

「マーシャル君、用意はいいかな？」軍曹が言うと、赤毛はニヤリとして休めの姿勢を取った。なるほど、少なくともこれで、名前はわかった。

ランニングがきついのはわかっていたが、これほどきついとは想定外だった。あちこち飛び回り、自転車で無線のパーツや手紙を届けているうちに鍛えられたと思っていたが、ＳＯＥでは訓練生の半数が兵士で、すでに軍隊式のランニングを何年もやっているのだ。うしろから三分の一の集団に入ってついていくのが、やっとだった。一度もびりにはならなかったが、軍曹が自分の背後で落ちこぼれに浴びせる罵詈雑言は聞こえてきたので、かぎりなくびりに近いのは確かだった。軍曹はナンシーよりも八センチは背が低く、角張った不思議な体型をしていたが、町の大通りをそぞろ歩くように楽々丘を駆け上がる力を神に与えられていた。まったく、どれだけ肺活量があるんだか——。

走りはじめて二十分、いや三十分、それとも一時間が経ったころだったか。息が上がると、たちまち時間の感覚がなくなった。ナンシーはマーシャルに気づいた。最初は先頭グループで走っていたのがペースを落とし、どんどんほかの訓練生に抜かれている。まもなくマーシャルはナンシーと併走していた。ニヤリと笑ってみせるので、一瞬、謝るつもりなのかと期待した。うかつだった。

「あんた、ナンシーっていうんだ」マーシャルが言った。「調子どう?」

「上々よ」息が上がった状態では、そう返すのが精一杯だ。

「いやね、しんどいだろうと思ってさ……」マーシャルは息を切らしてもいないのだから、腹が立つ。「だってあんたには、ゆさゆさ揺れるデカい乳ってお荷物があるだろ」

マーシャルが声も潜めずに言うので、周囲の男たちがちらちら見て笑った。いまやマーシャルは苦悶の表情を浮かべて舌を突き出し、両手で架空の乳房を支えて揺らしている。

「くたばれ」ナンシーは毒づいた。独創性には欠けるが、ひと息で言える。

マーシャルが横に突き出した足につまずき、ナンシーはぬかるんだ地面に、大の字に伸びた。顔から泥に突っこみ、息ができない。顔を上げるとマーシャルが悠々と前のグループに戻り、先頭に立つのが見えた。うしろにいた走者が流れるようにナンシーを追い越していく。

「立て、ウェイク！」

軍曹が見下ろしていた。いらつくことに、その場で足踏みをしながら。

「私……」

「いいから立つんだ！」

ナンシーは地面をぐっと押して膝立ちになり、それから立ち上がった。泥で真っ黒に汚れたTシャツが身体にまとわりつき、髪は顔に張りつき、頬から血が出ているのがわかった。

軍曹はじろじろナンシーを見まわした。「その程度では死なん。走れ」

走った。もちろん、びりだった。どうあがいても遅れは取り戻せず、シャワーを浴びなければならなかったために、最初の講義にも遅れた。ナンシーは教官に遅刻を詫びて、空席を探した。マーシャルとその新たにできた取り巻きが、ニヤニヤ笑いながら見えない涙をぬぐった。

こうしてパターンができた。誰かが教練場でナンシーを偶然平均台から突き落とした。ロープネットをよじ登るナンシーの手を踏みつけた。嘲笑はナンシーの耳のなかでつねにざわめき、食堂から教練場、教室へとついてまわった。ナンシーは歯を食いしばって、耐えた。

三度目にしてやっと泥に這いつくばることなくランニングを終えたナンシーを軍曹が脇に

呼び、ポケットからひと巻きの包帯と安全ピン数本を出して渡した。

「去年、胸の大きな娘(こ)が訓練に参加した。その娘が、走るときは包帯を巻いていたんだ。ブラジャーよりしっかり支えてくれるらしい」

　軍曹は「ブラジャー」を口にすると耳まで真っ赤になったが、彼の言うとおりだった。包帯を巻くのは名案だった。


　戦前の調度品はあらかた運び出されていた。いまでは想像すら及ばないあのはるか遠い昔、壁のそこだけ四角く色のちがう部分には絵が飾られていたのだ。アンリならこの部屋を気に入って、革のアームチェアや古い本を詰めこむだろう。けれどもいまあるのはありきたりな金属の机とパイプ椅子、暗い灰色のファイルキャビネットが二台のみだった。それとこの男。男が汚らしいインクのしみがついた紙を掲げ、紙の縁からナンシーを見つめていた。薄いブルーの目、薄くなりかけた髪。ティモンズ医師だ。

「なにが見える？」

「インクのしみと、私をじろじろ見ている先生」ポケットに手を入れ、足をぐっと伸ばしてナンシーは答えた。楽な姿勢ではないが、この男の前では行儀のいい女学生のように背筋を伸ばして座る気になれない。精神科医(サイカエトリスト)。みんな陰では曲芸乗り(トリックサイクリスト)と呼んでいた。教官ですら、そう呼んでいた。

　医師は片手を紙から離して、なにやらノートに書きつけた。

「またインクの無駄遣い？」

ナンシーは窓の外を見た。運動着の男たちがドライブウェイを走らされている。ここにいるくらいなら、あの連中と土砂降りのなかを山の頂上まで走って登ったほうがました。

「これはテストなんだ、ナンシー」精神科医が言った。「心の健康は身体の健康と同等に重要だ。君の仕事では、それ以上に重要かもしれない。なにが見える？」

「ドラゴン」

ティモンズは冷ややかにほほ笑み、インクじみの紙を置いた。「そう答えたのは君の班で、三人目だ。もう少し想像力を使ってくれないか」

ナンシーは肩をすくめて足首を組んだ。

「よろしい。ならば、昔ながらのやり方で行こう。オーストラリアのことを話してくれ。生い立ちを」

ナンシーは目を瞬いた。戦地でぼろが出ないように偽の経歴を頭にたたきこんでおけと講義でさんざん言われたのに、この男の前でする身の上話は用意していなかった。不意打ちだ。一瞬で、ナンシーは実家に引き戻された。兄や姉は家を出て、母とふたりの暮らしだった。会話はなかった。母と話をした記憶はなかった。一方的に叱られた。醜い子だ。ばかな子だ。罪の権化だ。

「最高に幸せだったわ」

「友達は？」ティモンズがメモを取りながら聞いた。

「そりゃもうたくさん」ナンシーは答えた。学校からとぼとぼ家路をたどる道すがら、浴びた陽射しの熱さがよみがえった。下見板張りの粗末な家に近づくにつれ、足が重くなったものだ。家にはかならず母がいた。娘を愛と温もりで包むためではなく、聖句をちりばめた繰り言や非難を浴びせようと待ち構えていた。なにもかも全部お前が悪い。お前は神が与えたもうた天罰だ。こんな醜く、子供らしさの欠片もない反抗的な娘を押しつけられるなんて、私がいったいなにをしたというのでしょう――。

「ご両親は？」通学路のペットショップにいたコンゴウインコみたいに、ティモンズは小首を傾げていた。思えばあの鳥も、いつだって咎めるような目をしていた。

「この上なく愛しあっていたわ」上流階級のアクセントをできるかぎり真似て、ナンシーは答えた。

ティモンズはため息をついた。「ならばなぜ、君の父親は六人の子供を残して妻を捨てたんだ？　君は当時、五歳くらいだったね？　それからお父さんに会ったことはあるのか？」

「あの女が追い出したのよ」ナンシーは冷たく言い放った。「兄や姉が独立し、父は偏屈なガミガミ女に耐えられなくなった」

「つまり、すべてはお母さんのせいだと？」

訓練となんの関係があるのだろう。射撃の授業では、直感を信じ衝動に任せて撃てとたたきこまれた。このくそったれを撃ち殺してやりたい。指が引き金に触れるのを、ナンシーは感じた。

「もちろん、母のせいよ。父は王子様だった。楽しくてやさしくて、私を溺愛してくれた」

嘘ではなかった。父からそんな愛を感じたのは本当の話で、アンリに出会うまで正気でいられたのは、父の愛の記憶があったからだ。

ティモンズがまたペンを走らせた。「それでもお父さんは君を連れていかなかった」腹に拳を食らった気がした。「上の子供たちが独立するのは待ったのに、君のためには待たなかった。ちがうかね？」

バン。バン。二連発。砂色の頭が禿げかかった、いけ好かないチビ。ナンシーは黙っていた。

「君は十六歳で、伝説のクーデターに打って出た。パスポートを取って国を出るため、かかりつけの医師を丸めこんで十八歳と年齢を詐称した。男を手玉に取るなど朝飯前。ずいぶん商売っ気のあるお嬢さんだったようだ」

そんな話をどこでほじくり返してきたのか。家出がどうだというのだ。万事めでたしだったじゃないか。友達を作り、仕事を覚え、人生を謳歌し、おまけにアンリと結ばれた。

「いたぶられるとわかっていて、あの家に長居するなんてばかげてる」

ティモンズは頭のうしろで手を組むと、肘をうしろに引いて背中をストレッチした。喉と脇腹を無防備にさらして。ここで学んだ技を使えば、一瞬で始末できる。さっきのうんざりしたようなため息が、最後の息になるだろう。

「ならばどうして君はここにいる？」

「は？」

「君は男たちの半数に目の敵にされ、しつこいいじめを受けている。それでも音を上げない」

ナンシーは伸ばしていた脚を引っこめ、ティモンズのほうに身を乗り出した。

「腐れナチスに天誅を下してやりたいからよ。それだけのこと。見たのよ。オーストリアで。フランスでも。あいつらはクズよ。クズは殲滅しなきゃいけない。私が殲滅してやる」ティモンズのノートを指でたたいた。「腐れは余計だったわね。消して、愛国心がどうのとか威勢のいいことを書いておいて。話は以上。これでご満足？」

ティモンズがまっすぐに視線をあわせたので、ナンシーはたじろいだ。

「君がナチスを殲滅してくれるんだね、ナンシー？　それは、みんなさぞかし恩に着るだろうよ。しかし君はチームの一員、軍隊の一員、国家の一員だ」

ティモンズがふたたびため息をついた。本当にうっとうしい。

「君は優秀な工作員になるだろう。破壊工作やプロパガンダ作戦を担当するセクションDには、自分の頭でものを考えられる人材が必要だ。しかし、君は自分よりもずっと大きなものの一部だということを理解しなければいけない。ショックかもしれないが、戦争は君ごときの存在に頓着しないんだ」

勘弁してくれ。

「父が家を出たことを恨み、母に目障りな黒いヒキガエルみたいに思われていたことをいまも引きずっているせいで私がここにいると、先生は思っているわけ？」

ティモンズは横目でインクのしみを見た。「ヒキガエルに見えなくもないな。面白い」ノートにペンを走らせた。「ナンシー、聞いてくれ。君はつらい訓練に耐えなければいけない、フランスでほぼ確実に待ち受ける苦しみを受けとめなければならないと感じている。意識してはいないかもしれない。でもそんなふうに感じている。自分は苦しむのが当たり前。お母さんに言われたとおりの怪物なのだと思いこんでいる」

ポケットのなかで拳を握った。あごの筋肉が引き攣るのがわかった。「ＳＯＥはこんな仕事に給料を払ってるわけ？」

幼いころ、つらくてたまらないときは家のポーチの下に潜り、板の隙間から射す強烈な太陽の光を頼りに身体から痛みと怒りが流れ出してしまうまで『赤毛のアン』を読んだ。『赤毛のアン』はいまもお気に入りの小説だった。というより、心から好きだといえる小説はほかになかった。本を閉じると、激しい怒りも不安も自己嫌悪も全部ポーチの下に置いて這い出した。いつかきっと、ポーチの下に残したものが家を爆破してくれると思っていた。ドカン！　きれいさっぱり消えてなくなると思っていた。やがて十六歳になったとき、おばが突然小切手を送ってきた。家が爆発するまで待てないと心を決めたナンシーは、いやなものすべてをポーチの下に置き去りにした。だからティモンズが並べるごたくも、茶色い包み紙に包んでポーチの下に押しこむことにした。

ナンシーはくちびるを濡らすと、ロンドンのカクテルパーティーでバスの路線の話でもしていたかのように淡々と尋ねた。「ねえ先生、その椅子から立って戦おうと思ったことは一度もないの？」

ティモンズが片方の眉を上げた。「そうきたか。よろしい」ふたたびペンを走らせ、ふたたびため息をついた。

「ひとつだけ頼みを聞いてくれ。身勝手に暴走して他人の命を犠牲にするような真似は慎むよう、努力してほしい。いいね？　以上だ」

19

精神科医の部屋を——当然、頭をつんとそびやかして——出たものの、その朝はずっと心にぽっかり穴が開いたような気がしていた。講義ではドイツの戦車指揮官の階級章をまちがえ、気に入られていると思っていた教官に徹底的にやりこめられた。しかも教官は好機到来とばかり、まさにこうした過ちが命取りになるのだとクラス全体に言って聞かせた。君には失望した。クラスの全員が、君には失望した。こんな失態をふたたび犯すようなら、君と君の戦友には酷(むご)く緩慢な死が待っていることだろう——。ねちねち嫌味を言われながら、ナンシーは泣き出さずにいるのがやっとだった。

食事はひとりで取った。マーシャルが横に紙切れを落とした。拾いあげると、それはゲシュタポの帽子をかぶった将校の幼稚な絵で、矢印で将校を指し「ナチ！」と書いてあった。ちんけなくそったれのチビ。ナンシーが紙をくしゃくしゃに丸めてマーシャルに投げつけると、取り巻き連中が笑った。ひそひそ話、嘲笑、無遠慮な視線。マーシャルの蛇のような緑の目をくり抜いてやれたらどんなにいいだろう。ナンシーは彼らに背を向けた。とたんに頭にりんごの芯がぶつかって皿に落ち、得体の知れない冷えたグレイビーソースを跳ね散らかした。ここのソースはどれも水っぽくてまずい。はっと振り向いたが、マーシャルと楽しい仲間たちは早くも食堂を出ていくところだった。うしろのベンチに座っていた、長身でみなよりやや年上の男がナンシーに肩をすくめてみせた。

「彼らがりんごを投げるのは、いまだにイヴを恨んでいるからじゃないかな」男が差し出した手を、ナンシーは握った。「僕はデニス・レイク。友達にはデンデンと呼ばれてる」

嫌味も含み笑いも、頭から爪先までナンシーの身体を舐めまわす視線もなし。よし。

「一杯やらない、デンデン?」


施設に酒を持ちこむのは簡単だった。拍子抜けするほど簡単に、好きなだけ持ちこめた。訓練生を酔わせて口の軽い人間をあぶり出したい教官の策略だと気づいたのは、訓練開始から三週間が経ったころだった。上等だ。

デンデンを連れて宿舎に戻り、ロンドンを発つ前にカフェ・ロワイヤルのバーテンダーから仕入れた上等のフランス産ブランデーを取り出した。デンデンががらんとした部屋を見まわした。

「こうやって隔離されていると、プライバシーはそこそこ保てるね。男たちと同室にしたらやつらの自制心が利かなくなると、上は心配したんだろう」

「そんなところよ」ナンシーは浴室からコップをふたつ取ってきた。「一緒の部屋にしてくれって頼んだら、担当将校は耳まで真っ赤になってシャワーがどうのともごもご言ってた」

「自制心が利かなくなりそうなのは僕のほうだよ!」と言ってデンデンが天井を仰ぐので、

ナンシーは軽く眉根をよせた。針金のように身体の引き締まったいい男だが、六週間もハイランドの山中と教練場をさんざん行進させられ、走らされたあとだから、身体が引き締まっているのはみな同じだ。デンデンは愉快そうにナンシーをちらりと見て、言った。「お察しのとおり、僕はオカマだよ。ここの一部の連中が君と僕を毛嫌いするのは、僕らがどっちもペニス派だから。レディーのあそこのほうが君の趣味でなければの話だけど」

同性愛の男にはパリで何人も会っていた。ほとんどが一緒にいて楽しい人たちだった。しかも同性愛者は、ナンシーの母親が娘よりも忌み嫌う唯一の人間だ。

「レディーのあそこは自分のだけでけっこう。さあ、もっといい場所に行って飲みましょ」ドアのところで立ちどまり、ナンシーはくるりと振り向いた。「デンデン……なぜ、わざわざ打ち明けるの……だって、私は女であるという事実を隠せないけれど、あなたの場合は言わなきゃわからない」

「おっしゃるとおりだけど、どのみち軍靴に喉笛を潰されかけてる身だからね。ありのままの自分でいたいんだ。それに、ナチスは男らしさを礼賛するけど、ドイツ野郎の半数は僕と同じ筋金入りのオカマだよ」

ナンシーは噴き出し、何週間も笑っていなかったことに気づいた。それは笑っているうちに自分でも本物に思えてくる偽りの笑いではなく、腹から湧いて出る笑いだった。なんて気持ちがいいんだろう。

ふたりは教練場に出てしばしあっちがいいこっちはどうかと相談し、何度か道をまちがったのちロープネットを登っててっぺんの鉄棒に陣取り、念のためにロープに足を絡ませると、本腰を入れて飲みはじめた。

デンデンは物真似の天才だった。格闘術の心得を説くうちに口調が次第に熱く荒っぽくなる教官、鼻にかかったロンドンなまりに軽蔑と倦怠(けんたい)をにじませながら破壊工作を伝授する教官。そしてノーフォーク出身ならではの長い母音をときおり神経質そうに引き攣らせながら、ウサギや鴨を密猟する方法を教えるサンドリンガムの王室狩猟番。

「国王陛下はこの体たらくをどうお考えなのか」声色といい頭を振る仕草といい猟番に生き写しの演技は圧巻で、ナンシーは鉄棒から転げ落ちそうになった。

「あなた舞台に立つべきよ、デンデン!」

「立ってたよ」デンデンはブランデーをラッパ飲みした。せっかく持ってきたコップは、結局使わなかった。「まあ、正確には舞台じゃなくサーカスだけど。綱渡りとか、ピエロとか」

「冗談でしょ?」

デンデンはロープからするりと足を抜くと左手にブランデーの瓶を持ったまま鉄棒に立ち、両手を頭上に上げてバレリーナのようにその場でくるりと一回転した。さらに身体を前に倒して両手を前に伸ばし、片脚をうしろに上げた状態でポーズを取る。一秒、二秒、三秒。ナンシーが息を飲んで見守る前で、瓶に回転をつけ、高く放り上げた。ナンシーは思わずわっと叫んだが、気づけばなにごともなかったかのようにデンデンは隣に座っていて、くるくるまわりながら落ちてきた瓶をひとしずくのブランデーもこぼさずキャッチした。

ナンシーは歓声を上げ、拍手した。お辞儀をするデンデンの手から、ブランデーをもぎ取った。

「どうしてサーカスに？」と尋ねて、ブランデーをあおる。

「母に厄介払いされたんだ」銀色の月明かりに照らされた闇を、デンデンは見つめた。「僕が四歳になるころには、母は僕がほかの子とちがうことに気づいていた。だからサーカスが町にやってくると、待ってましたとばかりに『この子は異常だよ。あんたのところにぴったりだ』と言って団長に僕を押しつけた」

ナンシーはふたたび酒をあおった。

「母には心から感謝してる」デンデンがつづける。「サーカスではよくしてもらったからね。芸だけでなく、読み書きも教わった。手相見には歴史を、空中ブランコの芸人にはフランス語とスペイン語を習った。巡業で、よくフランスを回ったんだ。八歳のころから冬の半分はフランスですごしていたんだよ」

嫉妬で血が熱くなるのを、ナンシーは感じた。デンデンがその手から瓶を奪い返した。

「せっかく習ったフランス語も、今回は役に立ちそうにないけどね」瓶を返しながら、デンデンは言った。「SOEは僕をフランスには派遣しないと思う」

「どうして？」ナンシーはデンデンの顔をうかがった。

「僕は銃が嫌いなんだ。触りたくもない。でもそんなのたいしたハンデじゃないよ。自分で言うのもなんだけど、僕は無線機の扱いに関しては天才だからね。問題はティモンズさ。

『同性愛の病』を隠さない人間は、不適格だと言うんだ。だからきっと落とされる。猫の手も借りたい戦況だが変態はごめん。とっととオカマのたまり場に帰りな、ってね」ティモンズとの不快なやり取りが喉元まで迫り上がった。あの藪医者め。「デンデン、ちょっと羽目を外さない？」

　ここよりはるかに厳重な警備体制を突破するための訓練を受けている候補生がひしめく施設で管理を徹底したいなら、単純な作りの錠をふたつつけただけの部屋に書類を放置するわけがない。少なくとも、ナンシーは自分にそういいわけした。ティモンズの部屋に忍びこむと厚い遮光カーテンを引いて机のライトをつけ、デンデンとしばしくつろいだ。ファイルキャビネットには鍵がかかり、ティモンズにも机の引き出しに紙切れを挟んでおくだけの分別はあった。紙切れが落ちていれば、何者かが引き出しを荒したとわかる。デンデンはあとで元に戻せるように紙切れを拾い、ファイルを抜き出した。「実戦、戦略立案、爆発物取り扱いの成績は最高……あら、ピッキングも……」ナンシーはティモンズの椅子に陣取り、自分の成績表を読み上げて少々鼻を高くした。

　デンデンはキャビネットにもたれていた。「『無線通信士としてはまれに見る逸材だが――』ちぇっ。射撃は十段階で1だ」

「私なんて、降下訓練が2」打って変わってしょんぼりとした声で、ナンシーは返した。

「くそくらえだ」デンデンはナンシーの成績表と自分の成績表を机に並べて置き、机の右端にきれいに並んでいるペンを吟味した。「よし、これにしよう」と言って、一本を取った。

「デンデン？」

「ん？　僕は文書の偽造も習ってるんだ。これはちょっとした練習だよ」

デンデンがさっと手を動かすと射撃の「1」は「7」に変わり、ナンシーの降下訓練は「2」から「8」へと魔法のように格上げされた。

ナンシーが音を立てずに拍手すると、デンデンは照れ笑いを浮かべて成績表をめくった。

「おやおや。ティモンズ大先生がじきじきに講評を書いてるよ。『デニス・レイクの破廉恥な倒錯嗜好は部隊の団結を危険にさらすだろう』だって。ずいぶんじゃないか。僕がいればどんな男たちの心もひとつになるのに」

ナンシーは笑って自分の講評に目を落とすと息を潜め、目を瞬いて読み上げた。「『フランスに戻りたいというウェイクの決意の固さには尋常ならざるものがある……』」

「いいなあ、ティモンズ流のほめ言葉だよ」デンデンが言う。「ブランデー、まだ残ってる？」

「待って、デンデン。つづきがあるの。『しかしながら虚勢の陰には根深い自己不信が潜んでいる。夫が……夫が拘束されたことへの罪悪感……』」浮かれ気分が消えた。一瞬で吹き飛んだ。アンリはどこ？　アンリはいまなにを思っている？「……に幼少期に受けた心の傷が相まって、深刻な情緒不安定の要因となっている」

デンデンが肩に手を置いた。

「やめなよ。もうじゅうぶんだろ」じゅうぶんだった。それでもやめられなかった。ナンシーはデンデンの手を振り払った。

「『ウェイクは指揮官には不適格であり、その熱意があだとなって戦場で自分と部下を危険にさらす恐れがあると判断する』」

静まりかえった部屋の外の教練場で月影のもと、ふくろうが鳴いた。

「精神科医のたわ言だね」デンデンが断言した。「『試練に遭うほど人は強くなれる』って言うだろ。だいたい、僕らは部下を危険にさらすためにいるんじゃないか！　つらくてもナチスの工場に部下を送りこんで破壊工作を命じ、敵の部隊に奇襲をかけさせるのが僕らの仕事じゃないか！　敵の攻撃をかわしながら汽車を爆破して、危険がないはずがないだろ」

デンデンの言葉には説得力があり、やさしさもこもっていたが、効き目はなかった。ナンシーはSOEを追われてタイピスト部屋に送られ、毎日心を少しずつ蝕まれ、毎晩正体がなくなるまで酒に溺れることになる。その間ナチスはフランスを、友人たちを、アンリを思いのままに踏みにじるだろう。しかもティモンズの見立てがあながち的外れとは言えないのだから、やり切れない。悪さができないように、SOEはナンシーを放り出すべきなのかもしれない。ナンシーは目を瞬いた。

「デンデン、なにをするつもり？」

デンデンはキャビネットの上から携帯用のタイプライターを下ろして机に据えると、いちばん上の引き出しから白紙の成績表を一枚抜いた。

「ちょっとそこどいて。誰かうろうろしてないかどうか、廊下を見てきてよ。自分の物語はそろそろ自分で語ろう」

二十分後、ナンシーの気持ちはずっと軽くなっていた。ふと思いついた。

「デンデン？」書類を荒らしたことがばれないよう紙切れを引き出しに挟みながら、ナンシーは言った。「明日の晩って空いてる？」

20

かちゃかちゃと鍵の開く音がして、アンリはのっそり振り向いた。もはや一瞬たりとも、痛みから解放されることはなかった。日々何時間も鞭打たれ殴打されていては傷が癒える間もなく、疲労と早く楽にしてほしいという思いしか感じられなくなって、すでに数週間がすぎていた。希望は消えていた。激痛の白い閃光に身体を貫かれ、ときには愛も信念も自分も失いかけた。

ときおりベームの言葉にかつてのアンリ・フィオッカを、明るい陽射しのもとで美しい妻と贅沢な暮らしを楽しんだ、裕福で幸せな男を思い出すこともあった。いまとなってはかない夢だ。扉が勢いよく開いた。どうせまたねずみ面にめがねをかけた拷問係だろう。ボロ布と化した身体から毎回新たな苦痛の波を絞り出すその才能には、恐れ入るしかない。だが意外なことに、戸口に立っていたのはベームだった。

「ムッシュ・フィオッカ、面会ですよ」ベームが英語なまりが抜けないフランス語を慎重に口にした。

戦前にケンブリッジで心理学を学んだと言っていた。尋問の合間にときおり、彼の地で目にした名建築や出会った碩学（せきがく）について詩情豊かに語ったりもした。拷問の現場には決して同席しなかった。ベームが来るのは拷問が終わり、アンリの背中の皮膚が鞭で切り裂かれ垂れ下がってからだった。

面会？　ということはつまり、壁の外にはまだ世界が存在するのか。現実とは思えない。アンリはナンシーを思った。ナンシーが逮捕されたら？　ふたりを会わせるなどという酷い真似を、やつらはするだろうか。するだろう。アンリの見ている前で、ナンシーをなぶりものにするだろう。ベームは心理学を学んだのだ。妻に会わせればアンリが口を割ることくらい、見越している。ナンシーがベームの手に落ちたなら、手に落ちたという証拠を見せられたなら、そのときはレジスタンスのメンバーの名前を洗いざらい吐く。ナンシーがこの苦しみを舐める時間が一秒でも減るのなら、家でともに食卓を囲んだ逃亡者の名前も戦争が勃発してまもなく買った隠れ家の場所も、すべてしゃべる。しゃべったところで連中が、ナンシーを解放することはないだろう。解放するわけがない。ナンシーが白ねずみであることを、ナチスは知っている。ベームがはっきりそう言った。それでもベームが目の前にナンシーを突き出し、「拷問も強姦もせず、すみやかに撃ち殺してやるから、知っていることを吐け」と言うならば、アンリは取引に応じるだろう。

ベームが廊下から折りたたみ椅子を二脚運び入れ、寝台の横に据えた。

「これはもうしわけない。面会者はふたりだと伝えるべきでしたね」ベームが戸口を振り返った。「どうぞこちらへ……」

引きずるような足音とともに、父と姉がおそるおそるという感じで入ってきた。ガブリエルがひっと悲鳴を上げるとハンカチを鼻と口に当て、片手を差し伸べて近づいてきた。父は扉の横で口を開け、肩を震わせている。

「積もる話もあるでしょうから、私はこれで」ベームはにっこりほほ笑むと、出ていって扉を閉めた。

アンリは動けずにいた。話がしたいとも思えなかった。

ガブリエルが枕元によろよろ近づいてきたかと思うとくずおれ、泣き叫んだ。「あの女の仕業ね。ああ神様、どうかお慈悲を！」

父は崩れるようにどさりと椅子に座った。アンリはまだ見えているほうの目で、姉を観察した。ガブリエルはふたたび手を伸ばすと、熱いものにでも触れるかのようにさっとアンリの肩に触れた。自分が服を着ているのかいないのか、アンリにはわからなかった。拷問のときは、いつも丸裸にされる。終わると服を着せられるのだが、着せられないこともある。ずいぶん前からアンリは、服のことなどどうでもよくなっていた。

「知っていることを話すんだ、アンリ」かすれてはいるが、父の声だった。「ベームの話では、マルセイユのレジスタンスは壊滅状態だそうだ。ベームが知りたいのはナンシーのことだけだ。居場所に心当たりがあるか、なにを企んでいるのか、それをお前の口から聞きたいんだ」

「話せば、ここから出してもらえるのよ！」ガブリエルが悲鳴に近い声で言った。「家に連れて帰って手当をしていいって、ベームが言ってるの！　あんな女のために、どこまで苦しんだら気が済むの？」

アンリはくちびるを舐めた。ようやくわかった。家族はナンシーを責めているのだ。鞭に身体を切り裂かれ、指という指をへし折られ、手足の爪をすべて剝がれ、二目と見られないほど顔を腫らし、こうして朦朧と半死半生で横たわっているのはナンシーのせいだと思っているのだ。全部ナンシーがしたことだと思っているのだ。こんな連中が自分の身内だとは実に信じがたい。アンリをこんな目に遭わせたのはゲシュタポだ。権力欲のままに暴走して自国に毒を撒き、その毒でよその国をもむしばむ、妄想に憑かれた狂信者どもだ。恐怖と追従を使ってフランスを、アンリの栄えある祖国を軍靴で踏みにじるナチスドイツだ。

しかし、アンリにそうしたことを説いて聞かせる力はなかった。その役目は別の人々、あるいは神に委ねよう。

「放っておいてくれ」

ガブリエルが身体をひねって父を見た。半狂乱になっている。

「お父様！　言って聞かせてちょうだい！　あの売女は逃げたんだから、しゃべったってなにも変わらないって言ってやって」

「アンリ、家族のことも考えてくれ」父が言った。

ということは、ナンシーは本当に逃げおおせたのだ。逃げたとベームに言われたときは、半信半疑だった。ナンシーの話を、ナンシーの秘密を聞き出すための罠かもしれないと疑ってかかった。ナンシーの話がしたくて、アンリの心は張り裂けそうだった。ガブリエルに罠をしかける器量はない。姉に演技はできない。ナンシーは本当に自由の身なのだ。

痛みは消えていないが、アンリは別のなにかを感じていた。安らぎ、だろうか。そう、安らぎだ。信仰心が厚いほうではなく、ナンシーときたら「神」と聞いただけで目を吊り上げるが、アンリはいま苦痛を超えたところになにかの存在を、ときが来れば彼を迎え入れてくれる涼しく静かな場所があるのを感じていた。ときが来るのはそう遠い先ではなさそうだ。

「あなたたちには妻のスカートの裾に触れる資格すらない」と、アンリは言った。言えていたらいいのだが、最近はきちんと言葉を発するのがどんどんむずかしくなっていた。「帰ってくれ。ふたりとも。放っておいてくれ」

ガブリエルは泣き、父は激昂したり懇願したりしたが、アンリの心には届かなかった。はるかな高みからふたりを見下ろすアンリに彼らの言葉は遠く、意味を持たなかった。

目を閉じ、開けたときにはふたりは消えていた。かわりにベームが椅子に座り、アンリの顔を見つめていた。

「がっかりですよ!」ベームが膝に肘をついて、身を乗り出した。「がっかりというのは、あなたのご家族のことです。家族なら、少しはあなたの気持ちをぐらつかせることができるのではないかと期待したんです。家で待っているふかふかのベッドについて話してくださいと頼んだんです。ナンシーもきっとあなたがしゃべることを願っていると、説得してほしいとね。いまさらしゃべって、なんの障りがあると言うんです? 彼女は逃げおおせたのに?」

アンリのまぶたがひくついた。どんな小さな情報でもいい。ナンシーの消息を知りたい。

ベームは鼻にしわをよせた。「そう、まんまと逃げてロンドンに落ち延びた。素人破壊工作者と犯罪者の集団に拾われたそうです。表向きは看護助手だが、いかにもイギリス軍が手先として送りこんできそうな類の女だ。卑劣なテロリストどもめが」ベームは椅子の背にもたれ、脚を組んだ。「まさか、笑っておられるのかな、ムッシュ・フィオッカ？　その顔ではよくわからない。しかし私があなたならば、とても笑ってはいられないでしょう。捕らえた女工作員をわれわれがどうするか、ご存じですか？　みな最後にはどうかひと思いに撃ち殺してくれと、泣いて懇願するのですよ。私はこの目で何度も見て知っています」

ベームは寝台の上の殺風景な壁を見つめてつづけた。「フランスに潜入した工作員の活動期間は長くて二、三週間。わが軍に与えるダメージは、かすり傷とさえ呼べない。たちまち捕らえられて絞り上げられ、機密情報を吐き散らすことになる。あなたのナンシーもそうなるんだ」

最後のひとことは、妙に語気が荒かった。すさまじい悪意がにじんでいた。つかのま仮面にひびが入り、アンリは仮面の奥に隠れていた男の素顔を、さしたる興味もなく観察した。なるほど、ベームはナンシーが憎いのか。ナンシーの振る舞いが、ナンシーの人となりが、ナンシーが象徴するものすべてが憎いのか。心の赴くままに行動し、正しいと思うことをする女が憎いのか。

ナンシー。

ベームががっつくように身を乗り出した。

アンリはひとことひとこと絞り出すようにして、はっきり発音した。「君たちに捕らえることができればの話だと言ったんだ」

ベームが立ち上がった勢いで椅子がひっくり返り、ぺしゃんと潰れた。ああ愉快だ。アンリは噴き出した。

ベームは大股で出口に行き、廊下に向かって叫んだ。「ヘラー！　ムッシュ・フィオッカがお待ちかねだ！」

これもアンリにとっては愉快だったから、ベームが去ったのちヘラーの部下ふたりに寝台から抱え上げられ、廊下を地下室へと引っ立てられながらも、折れた歯のあいだからまだげらげら笑っていた。それを囚人たちが聞きつけたらしい。引きずられていくアンリの背後で、誰かが蚊の鳴くようなしゃがれ声で「ラ・マルセイエーズ」を歌いはじめ、ひとつ、またひとつと歌声が加わった。

ヘラーの顔が真っ赤になった。「黙れ！　貴様ら全員、黙れ！」

看板になった酒場を追い出された酔っ払いの放歌のように粗野で調子っぱずれで、誰にもとめることのできないその歌に、アンリはまたしても笑いを誘われた。地下の黄色い部屋に放りこまれるときもまだ、歌は聞こえていた。血染めのタイルに横たわり、アンリはなおも笑いながら、みすぼらしい天使たちの歌声に耳を澄ました。

21

ナンシーはベイカー街のSOE本部を再訪した。この部屋でバックマスターとやりあってからまだ半年しか経っていないのが信じられない。今回は椅子を勧められなかった。デンンは軍服の背中で手を組み、休めの姿勢を取っている。ナンシーは応急看護師部隊の制服を着て手を脇に下ろし、まっすぐ前を見つめていた。

「ウェイクは人望が厚い、まさに天性の指導者――」折りたたみ式簡易テーブルに置かれた真新しい書類を、バックマスターが読み上げた。まったくもう、机くらいちゃんとしたものを支給してやればいいのにと、ナンシーは心のなかであわれんだ。

「――と成績表に書いてある」バックマスターは、いつものように壁にもたれて立っているギャロウに目をやった。「おかしなものだ。ティモンズ医師を雇ったのは欠点を探してもらうためであって、ほめてもらうためではない。しかもウェイクとレイク――やれやれ、売れない漫才コンビみたいな組みあわせじゃないか――ウェイクとレイクが訓練の仕上げにスコットランドからボーリユーの施設に移る直前には、あの痛ましい事件があった」

「ああ」ギャロウはため息をついた。「非常に有望な候補生マーシャルが朝礼時、本部事務所前の旗竿に裸で縛りつけられている状態で発見された事件ですね。立ち直るのに、かなり時間がかかったようです」

「その報告書に、このふたりの名前が挙がったのだったね？」丁寧な口調でバックマスターが尋ねた。

ギャロウは眉を吊り上げた。「ええ、マーシャルの証言はずいぶん現実離れしたものだったと記憶しています。口説かれた末、頭を鈍器で一撃されたとか」

「それはまた、かわいそうに」

ナンシーは笑いを噛み殺した。旗竿に素っ裸で縛られたマーシャルの姿は、記憶のなかでまばゆい光を放っていた。しかも、あれは楽勝だった。マーシャルは酔いつぶれ、指でちょっと突いただけで倒れたのだ。たいして飲んでもいないのに。

ギャロウが煙草に火をつけた。「われわれは欺かれているのかもしれません」

バックマスターが席を立ち、机の端を回って近づいてくるのを見ながら、ギャロウは紫煙を吐いた。

「いいか、ギャロウ。ドイツ軍のスパイがSOEに潜入し、その男、あるいは女が密かに記録を漁り、優秀な候補生を襲った可能性はないか？」

まずい。ばれたのか。成績表に手を加えるのが名案に思えたのは、酒の勢いだ。ちょっとなに？　バックマスターが拳銃を抜いていた。まさか本気で……。

「いいか、一度だけ礼儀正しく尋ねる。ティモンズの部屋に侵入しようと言い出したのはどっちだ？」バックマスターに息がかかるほど迫られ、デンデンが目を瞬いた。「貴様か、レイク？」

　永遠とも思える一瞬のあいだ、男たちふたりはどちらも微動だにしなかった。バックマスターが拳銃でデンデンの顔を殴りつけた。目尻から頬骨にかけて、皮膚が裂けた。デンデンはよろめいてしゃがみ、すぐに立ち上がった。

「答えろ。ドイツ軍はオカマのスパイを送りこんだのか？」

　デンデンはバックマスターを見ようともせず、背中でふたたび手を組み、壁を見つめている。ナンシーは息を飲んだ。試されているのか。ボーリューではときおり寝ているところをたたき起こされ、寝ぼけた状態で偽の身の上話を問い糾された。相手は教官だとわかっていても、寝ぼけまなこで混乱し、パニックになる候補生もいた。教官が暴力に訴えることはなかった。態度は荒かったが、こんなふうではなかった。ふたりがスパイだと、バックマスターは本気で疑っているのか。

　背後にバックマスターが立つと、鳥肌が立った。バックマスターはすぐさまナンシーの正面にまわり、その額にリボルバーの銃口をぴたりと当てた。

「それとも女を送りこんだのか？」バックマスターが乱心した。なぜギャロウは割って入らない？　正気の沙汰ではない。

「言い出したのはどっちだ？　どっ、ちだ、と聞いているんだ」バックマスターが撃鉄を起こし、トリガーを絞りはじめた。「もう一度だけ聞く。言い出したのはどっちだ？」

　ナンシーはまっすぐにバックマスターを見つめ返した。カチリ。

世界は終わらなかった。ナンシーはまだ部屋にいた。弾はこめられていなかった。バックマスターはうなずくと、リボルバーをホルスターに収めた。

「お疲れさん」バックマスターは軽やかに言って、席に戻った。「さあ座って、ふたりとも」

ふざけんな、このくそったれめが。ナンシーは、自分が椅子に座ったのか崩れ落ちたのかわからなかった。ギャロウが近より、デンデンにハンカチを渡した。ナンシーにはデンデンが、ただ血をぬぐうというよりハンカチの隅々にまで念入りに血をなすりつけているように見えたが、本当のところはわからない。

「男の場合は黙秘もいい。男の工作員は戦略上の機密情報をたっぷり握っていると考え、ゲシュタポは生かしておくから、いずれ逃亡の機会もあるだろう。しかしミス・ウェイク、女性工作員の使い途と能力について、ナチスはわれわれほど進歩的ではないのだ。まあ、遅れている点ではフランスも同じだな。ナチスは君を捕らえたら即処刑するか、収容所に送るだろう。女の工作員は敵に取り入らねばならない。女らしい女を演じ、媚びへつらい、涙を武器にし、必要とあらば敵と寝るのだ。面子は捨てろ。なぜならやつらの銃弾は本物で、死んでしまったら、君は私にとってなんの使い途もないのでね」

ナンシーはうなずいたが、それはバックマスターがうなずくのを期待していたからだった。殺してやりたい男どもに媚びを売り、色仕掛けで検問所をすり抜けるくらいはなんでもないが、ものには限度がある。誰とでも寝る女スパイなんて、冗談じゃない。ナンシーの限度を超えている。

「では僕らは任務を仰せつかるのですか、大佐殿？」デンデンが尋ねながらギャロウにハンカチを返すと、ギャロウは悲しそうにハンカチを見つめた。

「いかにも。君たちは訓練中にチームを組んだようだから、まとめて派遣してやる。どちらも階級は大尉だが、レイク、君は無線通信士だからナンシーの部下ということになる。ギャロウ、地図を」

ギャロウがテーブルに地図を広げた。戦前、観光客が自動車旅行で使ったような地図だが、X印がちりばめられ、それぞれに番号が振ってあった。

「Xはいずれも SOEの活動拠点を表している」並々ならぬプライドをにじませ、バックマスターが説明した。「われわれは密かにパリに物資や人員を送り、カンヌでUボートを撃沈した。先週はあるチームが、トゥールーズで弾薬工場を爆破するという快挙を遂げた」

「私たちはどこに派遣されるのですか？」ナンシーは尋ねた。

「任地はオーヴェルニュ地方になる」バックマスターがナンシーの表情をうかがい、満足そうな顔をした。「ヴィシーに近いから、ドイツ兵がうようよしているぞ。気候は厳しく、始終雨が降り、地形は山がちで非常に険しい。つまりレジスタンス組織にはうってつけの環境だ。野放図に茂りなかなか根絶やしにできない地域特有の灌木（かんぼく）にちなんで、彼らは『マキ』を名乗っている。君には差し当たって、オーヴェルニュ地方最大のマキ組織に接触し、その支配権を確立してもらう。リーダーはガスパール少佐だ」

「こいつが隻眼の、いけ好かないうぬぼれ野郎でね」ギャロウが説明を加える。

「しかもＳＯＥを目の敵にしている」バックマスターが間髪容れずにつづけた。「ドイツ軍を駆逐した暁には、われわれがフランスを占領すると思いこんでいるんだ。やつにしてみれば、君と組むぐらいなら死んだほうがましだろう。一方で、物資の不足に悩まされているのも確かだ。それが君のニンジンになる」

「ぶら下げたニンジンに、相手が食いつかなかったら？」

「首根っこをつかんででも食いつかせろ。なにがなんでもガスパールを服従させるんだ。ガスパールの戦略にはずさんなところがある。剛気な男だが、しっかり導く者がいないことには部下を犬死にさせ、われわれが投じる資金も無駄になる。ガスパールを導くのが君の役目だ。オーヴェルニュはフランス全土に張りめぐらされた補給路の要衝だ。なるべく早く、ドイツ軍がオーヴェルニュを経由して兵士と武器を運べないようにしなければならない」

「つまり、補給路を断つんですね？」デンデンがスパニエル犬のような威勢のよさを取り戻して言った。

「そのとおり」バックマスターが答えた。「連合国軍の上陸作戦の成功は、ナチスが新たな戦線に兵力を投入するのを阻止できるか否かにかかっている。どこから攻め入るかナチスに悟られないようにわれわれは最大限の努力をしているが、攻め入った暁には、彼らは総力を挙げて反撃するだろう。従って、われわれはフランス全土でドイツの進軍を妨害しなければならない。その要（かなめ）がオーヴェルニュなのだ。鉄道橋を爆破し、通信網を破壊し、やつらを疑心暗鬼にしてくれれば、こちらとしては非常にありがたい」

ナンシーの身体を興奮が貫いた。フランスに戻れるのだ。ついに。

「出航はいつです？」と、彼女は尋ねた。

「一週間後だ」バックマスターが答えた。「それまではロンドンの隠れ家に潜伏し、眠っていても描けるようになるまで地域の地図に親しみ、主な標的の攻撃計画を頭にたたきこんでもらう。ああそれからウェイク、出航はしないぞ。なんのために降下訓練を受けさせたと思う？　レイク、君はライサンダー機でモンリュソンの町外れに飛べ。燃えつきて使いものにならなくなった無線通信士を拾う用事があるのでね。しばらくは、彼の無線を使ってくれ。ナンシー、君にはガスパールの拠点の近くにパラシュートで降りてもらう。工作員のサウスゲートが君を迎え、ガスパールのもとに連れていく手はずになっている。レイクが無線を持って合流するまで、ガスパールとうまくやってくれよ」バックマスターがまじまじとナンシーの顔を見た。「どうかしたのか、ウェイク大尉？」

ナンシーはつばを飲みこんだ。「なんでもありません、大佐殿。ただその私、飛行機から飛びおりるのが苦手なんです」

バックマスターは目を見開き、それからぱちくりした。「信じがたいな。降下訓練で、あれほど優秀な成績を収めたではないか」

22

アスター・クラブで一杯飲みすぎた。いや二杯か。途中でウィスキーに替えたのがまずかったのか。ダダダダダ。空中で機銃掃射をかわした勢いで、B－24機が横に大きく傾いだ。酸素マスクをつけたまま高度四千五百メートルで吐いたら？　いい結果になるわけがない。ナンシーは吐き気を飲み下してうめいた。エンジン音と大気を揺るがす爆発音はすさまじく、腹がごろごろ鳴るのを誰にも気づかれないのが救いだ。離陸前のスパム・サンドウィッチとコーヒー。あれが敗因だ。胃のなかで、サンドウィッチとコーヒーがぐるぐる回っていた。だいたいどうしてイギリス人は、サンドウィッチにスパムなど挟むのか。あんなものを喜んで食べるなんて、どうかしてる。そんなことをつらつら考えていると機体が急降下したのであわてて支柱をつかんだ。まちがいない。スパム・サンドの仕業だ。ふたたび、今度はもっと近くから攻撃され、飛行機は制御不能に陥ったかのようにがくんと降下した。耳鳴りがして、胸が苦しくなった。ずるりと前に滑ったナンシーは、リベットでとめた胴体に足を突っ張った。機体が急上昇した。エンジンが情けない音とともに息を吹きかえしたかと思うと、機体は右に急旋回した次の瞬間、機体に神が御自ら拳をたたきつけたかのような衝撃がガンと走り轟音（ごうおん）が耳をつんざいた。いまはだめ。殺すなら、せめてフランスに着いてからにして。お願いだから。腰をしたたか機体にぶつけ、身体を貫く激痛にナンシーはあえいだ。機体が体勢を立て直し、エンジン音も低くなった。爆撃機から離れたらしい。ナンシーは深呼吸をして、支柱を握っていた手をゆっくり離した。手が痙攣していた。結婚指輪のない手は、まだ見慣れなかった。パラシュートで降下するなら外したほうがいいと強く言われてそうしたのだが、アンリがはめてくれてから指輪を外したのははじめてだった。そこだけ白い皮膚が、傷痕のようだった。

通信係が様子を見にきて、腕時計をとんとんとたたく。降下地域（ドロップゾーン）まであと三十分。ナンシーはパラシュートのストラップをチェックし、ゲートルが緩んでいないかどうか確認した。キャメルのコートのポケットに手を入れると、指先がつるりとなめらかな金属に触れた。バックマスターがくれたコンパクトだ。ささやかだが、洒落た餞別の品をよこすなんて、かわいいところがある。つい一週間前、額に銃口を突きつけた男を思い出してしんみりした自分にあきれて頭を振った瞬間、Ｂ−24機は降下をはじめた。ナンシーは喉の奥にこみ上げたスパム味の嘔吐（おうと）を、無理やり飲み下した。飛行機から飛びおりたいと思える瞬間があるとすれば、いまがそのときだった。

背中を押してと頼むと、通信係はその言葉を額面どおりに受け取った。ガタガタ揺れる機内ですさまじい騒音に閉口し、開いた扉から合図の焚き火や懐中電灯の小さな灯りが見えないかと目を凝らした次の瞬間、ナンシーは冷たい大気のなかを落下していた。

パラシュートの傘が開き、肩と腰と太もものストラップがぐいと痛いほど引っ張られた。安堵、そして、静けさが訪れた。月明かりに照らされ、眼下に景色が広がった。尾根の起伏、空にシルエットを描く険しい山、焚き火……まずい。あんなに木がある。

地面が猛スピードで接近していた。コードを引っ張り、目で空き地を探した。よしもう少しだと思ったところで、突風に煽られて南に流され、ふたたび森の上空を漂った。だめだ、時間がない。

ナンシーは膝を抱えてあごを引き、梢に絡めとられて闇のなかへと引きずりこまれるのを感じた。重力が、このときとばかりに力を誇示した。もはやなすすべがなかった。木々のもろい枝がナンシーをつかみ、つつき、そうこうしているうちに傘が引っかかって完全に動けなくなった。

片方ずつ目を開いて見れば、ナンシーは釣り針に食いついた魚よろしく宙にぶらさがっていた。合図の焚き火のにおいがしたが、宙づりにされた状態で身体をひねっても、見えるのは暗闇だけだ。

「おおいパラシュート、こっちだ！」フランス語が聞こえた。

「くそっ」ナンシーは悪態をついた。第二の故郷の空気を吸ったとたんに頭がフランス語に切り替わるのだから、不思議なものだ。明かりが近づいてきた。敵か味方か。ナンシーはコートのポケットに手を入れ、ウェブリー・リボルバーのグリップを握った。ドイツ軍の斥候なら万事休すだが、せめてひとりは道連れにしてやる。だがさっき聞こえた男の声は、ずいぶんのんきそうだった。ドロップゾーンに居あわせたドイツ兵にしては……たるんでいるのでは？　それに、敵だか味方だかわからないが、近づいてくる男は、やけに足取りが軽い。

懐中電灯が木の下でとまり、低い笑い声が聞こえた。まちがいない。あれはフランス人の笑い声だ。

「おやおや、今年はきれいな実がなったもんだな」という声がした。ふざけるな。

「フランス人のたわごとはいいから、とっとと降ろして」ナンシーは拳銃から手を離した。

懐中電灯が、ナンシーの足から森の地面までの空間をさっと照らした。三メートルもない。ナンシーはため息をついて脱着装置のコードを引っ張り、着地した。足首は折れず、いばらの茂みに突っこむこともなかったのだから、ありがたいと思わなければ。

男がつかのま懐中電灯を自分の顔に向けた。そう歳は行っていない。鼻が長く頬骨の高い、フランス男らしいハンサムな顔立ちだ。男は手を伸ばして、ナンシーを立ち上がらせた。

「おれはタルディヴァ」

「ナンシー・ウェイクよ」タルディヴァの握手は力強く、手はひんやりとしていた。「サウスゲートも一緒なの？　迎えに来ると聞いたけど」

「ちょっと持ってて」タルディヴァは懐中電灯をナンシーに持たせると、下のほうの枝によじ登った。枝から枝へと身軽に登り、木に絡まったパラシュートを外そうとした。

「明かりをこっちに向けて」ロープの切れ端が残らないように注意し、布地を破らないように気をつけながら、タルディヴァはパラシュートをたぐってかき集めた。夜は静まりかえり、高地の薄い大気に土のにおいが漂った。腐りかけた去年の落ち葉を押し上げて、春が芽吹こうとしている。

「サウスゲートは先週ゲシュタポに捕まった」タルディヴァが言った。

「密告されたの？」

「いや、運が悪かった。偽造書類を持っていたところを逮捕されたんだ。合図の焚き火を消したら、ガスパールのところに連れていくよ。ここらのマキのリーダーだ」

「ええ、噂は聞いてる」

タルディヴァは片手でパラシュートを抱えてひらりと飛びおり、着地と当時に指先で地面に触れた。「噂って？」

明かりの端に浮かぶタルディヴァの顔を、ナンシーはじっと見た。バックマスターとギャロウのガスパール評を伝えるのは、やめておいたほうがよさそうだ。

「戦士としては優秀だけれど、傲慢」

タルディヴァはゆっくりうなずいた。「言い得て妙だ。大のイギリス嫌いなのは聞いた？」

「私はオーストラリアの出身よ」

タルディヴァが鼻を鳴らした。「ちがいがわかるとは思えないね、マダム」

ザックを開けて、パラシュートを押しこむ。ナンシーは彼に近づいた。

「ちょっと、パラシュートは埋めるのよ！　それから私のことは大尉と呼びなさい」

タルディヴァは手も休めずに言い返した。「また『フランス人のたわごと』だと言われるかもしれないが、大尉殿、おれは戦争がはじまるまで仕立屋だった。こんな上等のシルクを埋めたらバチが当たる。ドイツ軍が上等なものや美しいものを片っ端から没収しはじめる前の暮らしを思い出すために、これで妻にきれいな服を仕立ててやるよ」

やれやれ。フランスの土を踏んでまだ五分だというのに、もうトラブルだ。パラシュートは埋めること。パラシュートは確実に埋めること。訓練で、毎日耳にたこができるほど言い聞かされたのだ。だがサウスゲートが捕まり、ガスパールがバックマスターが言ったとおりのいけ好かない男ならば、味方は増やしておいたほうがいい。

「いいわ。ガスパールのところへはどうやって行くの？」

「歩いていくのさ。険しい山道を八キロくらい」

ナンシーはため息混じりに足首のゲートルを解きはじめた。下はシルクのストッキングとハイヒールだ。

タルディヴァが笑った。「驚いたな。それで飛びおりたのかい？」

ナンシーは背嚢から登山靴を出すと、腐葉土を丁寧に拭いてから上等な革のハイヒールをしまい、登山靴を履いてひもを結んだ。

「不格好な鉄兜に隠れて見えないけど、髪もちゃんとセットしてるのよ。それじゃ、行きましょうか」

行く手は真っ暗闇だった。タルディヴァがパラシュート降下の痕跡が残っていないことを確かめると、すぐに懐中電灯を消したのだ。最初は自分がもはや飛行機に乗っていないという事実になじめなかったナンシーも、しばらくすると足の下にフランスの大地を感じ、胸が高鳴った。ここは森の険しい山道で、パリやマルセイユとは大ちがいだが、それでもなぜか故郷に帰った気がした。白いタキシードを着て寝室の窓から振り返るアンリの姿が脳裡をよぎり、あまりの鮮明さに幽霊を見た気がした。

「地域の近況を教えて」ナンシーは声を潜めて尋ねた。

暗闇のなかでも、タルディヴァが肩をすくめたのがその口ぶりでわかった。

「士気は上がってる。ロシアに手を出したりしたら、どんな目に遭うか、おれたちフランス人は昔から知っているからね。ドイツ軍はやっと気づいたようだけど」

やはりあれが転機だったのだ。ラジオに覆いかぶさるようにしてニュースを聞いたときのことを、ナンシーは思い出した。アンリは興奮のあまり、ナンシーの手を握りしめた。フランスでは小さな子供でも、モスクワ遠征をしかけたナポレオンのあわれな末路を知っているが、ドイツでは誰もヒトラーに忠告しなかったらしい。ドイツがソ連に奇襲をかけた一九四一年のあの夏の日は、フランスがおそるおそる小さな希望を胸に抱いた日でもあった。あの日を境に、フランス全土で共産主義者が武器を取り、ようやく反撃を開始したのだ。

そしてスターリングラードでヒトラーは、第六軍を失った。

「今年に入って、ずいぶん人が増えたんだ」と、タルディヴァが言う。「ドイツの徴用を拒否した若いやつらが仲間に入った。ありがたいが、問題も増えた」

「どんな？」

「大所帯になった。最初は納屋や農家の廃屋にみなで潜伏できたが、最近は空き家を見つけるのも警察の目をかいくぐって移動しつづけるのもむずかしい」

「ほかには？」

「敵はナチスだけじゃない。仲間割れも深刻だ」タルディヴァはため息をついた。「革命までさかのぼる村や家同士の反目があってね。ゲシュタポを利用して敵に復讐するやつもいれば、マキを手先に使う連中もいる。全員が一丸となって侵略者に恨みを晴らそうとしているわけじゃない」

やれやれ。政治だ。駆け引きはナンシーの得意技ではない。

「ガスパールはそんなことを許しているの？」

「ガスパール自身が部下に命じて自分の敵を襲わせ、食料を略奪してる」タルディヴァは暗闇で立ちどまり、見えない手に導かれたかのようにふたたび歩き出した。道がいよいよ狭く険しくなった。

「私がいるあいだは許さない」ナンシーは断言した。つらい訓練も、無駄ではなかったらしい。こういうセリフは息を切らさずに言ったほうが、威厳がある。

樹木限界（高木が育たなくなる高度。高山帯がはじまる地点）に到達したところで夜が明けはじめ、曙光が闇を灰色と銀に染めた。

「食料や物資にはきちんと対価を払う」と、ナンシーは言った。「それに、レジスタンスは今やれっきとした軍事行動よ。規律に従ってもらう。私たちはドイツ軍じゃない。正義の側なのだから、それらしく行動しなければ」

タルディヴァがため息をついた。「仰せのままに、大尉殿」

ナンシーは日の出にくるりと背を向けた。パラシュートはくれてやるが、人をばかにした口調は断じて許さない。厳しく言って聞かせようと息を吸いこんだが、遅かった。ナンシーの背後でなにか動きを捕らえたらしく、タルディヴァの視線が上がった。振り返ろうとしたところで頭を一撃され、ナンシーは闇に包まれた。

23

死んではいなかった。最初に気づいたのは、それだった。死人は痛みを感じないが、ナンシーは激痛にさいなまれていた。目を開けた。小さな明かりが見え、藁とまぐさのにおいがした。頭に飼い葉袋をかぶせられているのだ。動こうとした。だめだ。椅子のようなものに座らされ、背もたれのうしろで手を縛られている。意識が戻ったのは、筋肉が苦痛に悲鳴を上げたからだった。足も縛られ、靴は盗まれた。絹のストッキングの下に感じられるのは、固い地面だった。顔を上げ、慎重に、ゆっくりと息を吸った。涼しい。木々を風が渡っている。ここはモンリュソンのゲシュタポ本部ではない。まだ山のなかに、田舎にいるのだ。家畜小屋か、農家の離れだろう。

がやがやと外から声が入ってきた。男たち。もちろん、女はいない。話をしているのはひとりだけで、残りは笑ったり、相づちを打ったりしている。

「おう、お客さんがお目覚めだ」フランス語が聞こえた。しゃがれ声だ。

よし。ナンシー。出番だ。

頭から飼い葉袋をむしり取られ、見上げると頭をつるつるに剃った丸顔の男が立っていた。眼帯をしている。

「これはまた、ずいぶんと器量のいい女を送りこんだもんだ！　やつらが今ごろ監獄でぶちのめしているばか野郎より、ずっと目の保養になる」アンリのことだろうか。まさか。しっかりしなさい。こいつが話しているのはサウスゲートのことだ。「乳を見せれば命拾いできると思ってるんだろ。おれたちがぺこぺこイギリスの言いなりになると思ったら大まちがいだ、この腐れまんこが」

ナンシーは男を上から下まで見まわした。背後で部下が数人、気まずそうにもぞもぞしている。

「そのとおりよ、ガスパール」努めて冷静な声を保った。「それで命拾いができると思うなら、あんたとファックしろとさえ言われたわ。でもあんたとヤるか青酸カリを選ぶか、正直迷うわね」

数人の男がにやりとした。イギリスが送りこむ女工作員にどんなイメージを抱いていたにせよ、その愛らしい口から流暢かつはすっぱなフランス語が飛び出すとは予想していなかったのだろう。ガスパール——この男がガスパールにまちがいない——がぴくりとした。チャンスだ。

「私の口利きひとつで、イギリス政府はあなた方を支援する。見返りを求めない、純粋な支援よ。武器、資金。国を取り戻すために必要なものは、すべて提供する」

「ふざけたことを。あんたらの狙いはフランスの国土だ。おれたちを意のままに操りたいだけだ」

「私のことは信用して大丈夫」

「あんたを信用するくらいなら悪魔と取り引きするさ。イギリスはドイツより質が悪い。この二枚舌の腐れまんこが」

ガスパールがぬっと顔を近づけると、汗と洗っていない服の饐えたにおいがした。ナンシーは口調に冷笑を忍びこませた。

「勘弁してよ！　バカのひとつ覚えみたいに。それを口にすると興奮するわけ？　しばらく本物とご無沙汰なんじゃないの？」ガスパールの背後で男たち数人が笑いを堪えた。「ちょっと私の股間から顔をどけて、話を聞きなさい。私は味方としてここに来た。武器や資金を提供するために。あなたたちの家族を助けるために、ロンドンの諜報機関に派遣されて来た。それだけじゃない。あんたの目の前にいるのはマルセイユの白ねずみ。フランスへの愛ならあんたたちの誰にも負けないいんだ……このくそったれめが」

いまにも拍手喝采が起きそうだった。ナンシーは手応えを感じていた。大丈夫。この男たちは操れる。目の端で彼らの反応をうかがううちに、口角が勝手にぴくりと動いた。まずい。一瞬目を離した隙に、ガスパールが椅子の足を蹴り、ナンシーは肩からどさりと地面に倒れた。息が詰まり、脇腹に痛みが生じた。

「嘘つきのクソアマ！　ああ、マルセイユの白ねずみのことなら知ってるぞ。仲間が殺されたってのに、年寄りの旦那の金を使ってちゃらちゃらしてたんだってな。あんたにめかしこんでドイツ野郎にちょっかいを出してもらうために金を払う人間など、オーヴェルニュにはひとりもいねえよ」

ナンシーは息をしようとした。「私の夫は英雄よ、このゲス野郎」罵ったが、息が切れて思うように声が出ない。ガスパールが自分の手のひらを見下ろし、しゃがんで手を突き出した。結婚指輪だった。

「ならなぜこいつが指でなく、バッグのなかにある？」

「返してよ」これではまるで、校庭でいじめられてめそめそしている子供だ。「パラシュートで飛び下りるときになにかに引っかかって指がもげたら困るから、仕方なく外したのよ」

ガスパールを蹴飛ばそうとしたが、先に気づかれ、ガスパールはさっとよけると同時にひっくり返った椅子を蹴った。ナンシーは後ろ手に縛られたまま、椅子ごと仰向けに転がった。両足を引き上げ、勢いをつけて起き上がろうとしたところで、ガスパールが馬乗りになった。腰に体重をかけられ、ナンシーは目を瞬いた。顔がぬるりとした。血だ。頭を殴られたときに切れたのだ。目に血が入って、染みた。目が見えない。

ガスパールが親指と人差し指で指輪をつまんで、ぬっと顔を近づけた。「いますぐ殺してやろうか。あんたを殺してバッグの内張に縫いこんであった札束をいただき、死体はこの下に埋めて、そんな女は来なかったと言ってやろうか。ずいぶん羽振りがいいじゃねえか。指輪はマルセイユに送り返してやるよ。あんたの旦那が生き延びられたら、もっときれいな女に贈れるようにさ」

ガスパールが重心を変え、ナンシーの腰に彼の太ももがめりこんだ。ナンシーは深呼吸をし、背後の男たちに聞こえるように声を張り上げた。

「私を殺したら、イギリス政府からあんたが受け取る金はそれが最後になるよ。あっちは私が無事に降下したことを知ってるんだ。タルディヴァと合流したときに、降下地点から合図を送ったからね。武器がほしいなら、バッグの小銭なんかよりまとまった金がほしいなら、あんたは私を受け入れるしかない。だからとっとと消えて、私に仕事をさせてくれない？あんたの手下が機関銃も軍用ブーツも吸いきれないほどの煙草もほしくないって言うなら、ほかを当たるからいい」

ガスパールが目を上げた。ナンシーには見えない誰かを見た。

「本当なのか。このアマは飛行機に合図したのか？」

ちっ。ここにはタルディヴァもいた。合図をしていないことを、彼は百も承知だ。あの木にぶら下がっていたときから片時も離れず一緒にいるのだから。

「おれが見つけたとき、ちょうど合図を送ってましたよ」タルディヴァがどちらの味方もするつもりはないと言いたげな、退屈そうな口調で答えた。

「このアマ！」ガスパールがうなった。彼が拳を振り上げるのが見えたが、ナンシーにはどうすることもできない。ふたたび痛みが炸裂し、闇に飲まれた。

目が覚めると、タルディヴァが見えた。まだ納屋にいるが、日はかげっていた。四方の壁に沿って木箱や壊れた家具が積んである。ここは壊れて役立たずになったものが、死を待つ場所。誰かが手足のロープを解き、毛布をかけてくれていた。タルディヴァだろう。ナンシーが目を開けたのに気づいて水筒を差し出すので、むさぼるように飲んだ。礼を言って、水筒を返した。タルディヴァはうなずくと、胸のポケットから結婚指輪を出し、ナンシーが差し伸べた手のひらにぽとりと落とした。

　結婚指輪を外す外さないをめぐって、子供に毛が生えたみたいな若い中尉と斧のような顔をした秘書を相手にひと悶着あったのだ。アンリが選んだのが地味なデザインで、刻印も入っていないのがありがたい。エメラルドがごってりついた婚約指輪は列車から逃げたときになくしてしまったが、このシンプルなゴールドの指輪は片時も外さずにはめていた。マルセイユの市役所で関節の上からするりと指輪をはめてくれたアンリの長くひんやりとした指の感触、愛のこもった愉快そうな目の表情が、いまも心に焼きついていた。ナンシーは指輪をはめた。結婚したのがまちがいだったのかもしれない。ふたりで暮らしはじめたころ、使用人には奥様と、友人知人にはマダム・フィオッカと呼ばれていたころは、戦争が終わるまで結婚は待とうと話していたのだが、結局待てなくなり、日取りを決めて披露宴を手配した。なぜって？　ＢＢＣのニュースでスターリングラードの壮絶な攻防戦を知り、その直前にナンシーが、トゥールーズから偽造書類を運んだ際に逮捕されかけたからだ。もはやふたりに待つ余裕はなかった。

「一晩泊めてくれそうな農家に案内するよ」タルディヴァが言った。「それと、クレルモン・フェランの無線通信士を知ってる。そいつがロンドンに連絡してくれると思う。脱出の手はずを整えるために」

ナンシーは頭を振った。「私はどこにも行かないわよ、タルディ」

「ここにいたら殺されるよ、ウェイク大尉。適当な話をでっち上げて。ええ、その女は確かに来ましたが、斥候隊にやられたんじゃないですかってね」

「ナンシーでいいわ。私の荷物はどこ？」

タルディヴァが背嚢のほうに頭を傾げた。ナンシーは立ち上がり、背嚢を取ってきた。なかは物色され、ぞんざいに詰めなおしてある。ハンドバッグも現金も取られていない。おかしい。ガスパールは行動に出る前に、作戦を練り直しているのか。背嚢からなかのものをすべて出して、詰めなおした。刺繍の入った寝間着が二枚、赤いサテンの枕、下着類、オーヴェルニュ地方のつましい主婦が着ていそうな服、汽車に乗るか地元の町に行く用事が持ち上がったときに履くハイヒール、ヘアブラシに化粧道具。身仕度に取りかかった。タルディヴァの水筒の水をハンカチに垂らして、血を拭いた。額の切り傷は大きいが浅く、髪の生え際に沿っていた。縫合するまでもない。

パラシュートを手に針仕事をしているタルディヴァに気づいたのは、バックマスターにもらったコンパクトを頼りにエリザベス・アーデンの口紅を塗っているときだった。

「奥さんの服を縫ってるの？」

タルディヴァがうなずいた。

「戦争のあいだずっと奥さんをほったらかしにして、気が咎めない？」

タルディヴァは目を上げずに答えた。「二十年で二回も大戦が起きたんだ。気が咎めない人間などいないよ」

ナンシーは顔を上げ、コンパクトを見て歯に口紅がついていないことを確かめた。これでよし。「ガスパールたちは、私をどうやって殺すつもりなのかしら」

「あんたが訓練を受けているのは知っている。だから上辺は愛想よくしておいて、寝首を掻くんじゃないかな」世間話をするような調子だ。

「この地域に別の組織はあるの？　マキの、別のリーダーと話せない？」

「ショード・ゼーグ近くの高地にフルニエって男がいる。谷の向こう側だ。ガスパールとは折りあいが悪い。メンバーは三十人きりで、しかも森で野営生活だ」

ナンシーは肩をぐるぐるまわした。腕の痛みは引かず、脇腹があざになりかけているのがわかる。めまいがし、頭のなかで脳がゆらゆら泳いでいるような感じがした。決めた。

「そのフルニエのところに連れていってくれる？」

「いまから？」聞き返しながらも、タルディヴァは道具を片づけはじめた。

「少しだけ待って。ここの主人とディナーをご一緒したいの」

百人ほどのマキが焚き火を囲み、まにあわせの鍋からなにやら異臭のするシチューをブリキの缶によそって食べていた。木箱に腰を下ろし、火に当たっているガスパールを、男たちが信者のように取り囲んでいる。ガスパールがナンシーの姿を認めると、やがて全員の目がナンシーに向けられた。

　ガスパールの足元に座っていた若者が立ち上がり、料理番からシチューを受け取るとナンシーのところに運んできた。二十五歳くらいだろうか。つぶらな茶色い瞳にたくましい身体をした、なかなかの美青年だ。若者は大げさなお辞儀とともに、料理を差し出した。

「無礼をお許しください、マダム。森の暮らしが長く、レディーのもてなし方を忘れてしまったのです」

　ガスパールがにやにやしながら、こちらを見ていた。

　若者がつづけた。「こんな水っぽいシチューはお口に合わないでしょうし、僕らの会話もお耳汚しでしょうが」

　皿は受け取らずに、にっこりした。エリザベス・アーデンの口紅を存分に生かして感謝の笑みを振りまきながら、やや上目遣いに若者を見た。

「あなたは……？」

「フランクと呼んでください、マダム」

「フランク！　やさしいのね」と言い、青年の腕に触れる。

「そこそこ悪くないワインを調達しましたから、まずい料理も少しは楽に飲みこめると思います。僕のテントでふたりで楽しみませんか？」

「本当にやさしいのね」ナンシーはささやくように言ってから、ほんのわずか声を荒らげた。

「そうやって私がうとうとしたところを首を絞めて殺し、金を盗む。そういう魂胆なの？」

フランクは目をぱちくりした。

「マダム、そんな……」

「イギリスの工作員が探しにきたら、森に迷いこんでオオカミに食われたとでも言うつもりなんでしょ。赤頭巾ちゃんじゃあるまいし。どこまでバカなの、あんたたち」やにわにブリキの皿をひったくり、中身を青年の頭にぶちまけて、皿を足元に放った。

青年は息を飲み、目をこすった。

「クソアマでけっこう。でもここにいるあいだはウェイク大尉と呼んでもらう。あんたたちが森で遊んでいるあいだに、苦労してつかんだ地位だから」ナンシーはガスパールのほうに向きなおった。「逃亡ルートはどうなってるの？　歩哨はどこ？　ガールスカウトのキャンプのほうがよっぽどちゃんとしてるわ。大の男をこれだけ集めておいて、家畜泥棒くらいしかすることはないの？　ドイツと戦いたいんじゃなかったの？」

男たちは敵意も露わに、無言でナンシーをにらみつけた。ナンシーが歩みよると、ガスパールは木箱に座ったまま、がっしりとしたあごでスープの肉を噛みながら見返した。

「高地に行くわ。ひと月以内にフルニエの男たちは半径八十キロ以内で最も多くの武器を手にし、最も高度な訓練を受けた戦闘部隊になる。あんたたちはいまもこれからもど素人の集まりよ」ナンシーはふたたび声を張り上げた。「ここで腹を空かせてぼさっとしているのに飽きたら、高地に来るといい。それまではマスでもかいてなさい」

　わずかに血の混じったつばをたっぷりガスパールのシチューに吐き捨て、せいせいしたところでナンシーは納屋の入口に戻って背嚢を担ぎ、振り返りもせず闇のなかへと山道を登りはじめた。樹木限界に達したところで足をとめ、若い樺の幹にもたれてひと息入れた。背中で樺の木が震えた。足音が聞こえた。ひとりの足音が。マッチの炎が上がり、見ればタルデイヴァが煙草に火をつけていた。

「高地はこっちじゃないよ、大尉」静かに彼が言う。

「あんな啖呵を切ったあとで、道を聞いたら台なしでしょ」安堵が声に忍びこむのをとめようとしながら、言い返す。

「確かに」

　ナンシーは顔がほころぶのを感じた。

「しょうがないな。二、三キロ遠回りしただけだ。準備は？」

「いつでもどうぞ」

24

エーファ・ベームは確信していた。ふっかけられたのだ。ソニアを連れてベルリンに帰ろうと荷造りをしているのだが、トランクふたつを売った女はフランス人特有の、あの木で鼻をくくるような態度だった。エーファがいかにも学校で習いましたというドイツ語なまりのフランス語を口にすると、マルセイユの住人は決まってああいう顔をする。ふっかけられたのだ。まちがいない。ソニアと故郷に帰ったら、さぞかしほっとするだろう。

そう思ったところで、やましさに胸がうずいた。農民と詐欺師だらけのフランスに夫をひとり残して帰るのだから、ほっとするのはいけないことだ。一週間前に辞令が下り、マルクスはオーヴェルニュ地方に転任が決まった。若者がドイツの徴用を嫌って続々と山に逃げこむのを、腐った政府が見て見ぬふりを決めこんでいる地域だ。

まったく、このトランクときたら、鍵もまともに閉まらない。錠をかちゃかちゃいじると爪が引っかかり、エーファは突然わっと泣きたくなった。

不公平なことばかり。

「おかあちゃま？」

身体をひねるとウサギのぬいぐるみを抱えたソニアが、ドアのところに所在なさそうに立っていた。

「どうしたの？」

「パンプキンも連れていくのよね？」ウサギをパンプキンと名づけたのはマルクスで、ソニアがその名を口にするたび、エーファの胸はふたりへの愛でいっぱいになった。エーファが腕を広げると、ソニアがよちよちやってきて首にかじりついた。レモンの石鹸と松のにおいがした。

「もちろんよ、おちびちゃん。パンプキンは大事にしないとね。今夜は一緒にねんねして、朝になったら車に乗せましょう。おうちまでずーっと、おかあちゃまとソニアと一緒にうしろの席に座っていくのよ」ソニアがなにかもごもごと言った。「なあに？」

「おとうちゃまと離れたくないの。ついていっちゃだめなの？」

エーファとて、ついていきたいのはやまやまだったが、ベルリンにいたほうが安全だ。少なくとも、安全だと思いたい。家族や友人から届く便りは暗くなる一方だった。ベルリンは爆撃され、ソ連からは悪い知らせしか届かず、同盟国は情けない体たらく。総統への信頼はいまも揺るぎないが、これほどの重責に耐えられる人間がこの世にいるのだろうか。さすがの総統でさえ押しつぶされてしまうのではと、エーファは心配だった。

「お願い。おとうちゃまがお仕事をするときは静かにしているから。邪魔しないから」

エーファは娘を再度抱きしめた。数日前、家で報告書を読んでいたマルクスに話しかけて邪魔をするなと怒られたのを、ソニアは覚えていたのだ。忘れられるわけがない。マルクスはソニアを溺愛していて、記憶にあるかぎり、それまで妻子に声を荒らげたことは一度もなかったのだ。

「ソニアちゃん、おとうちゃまだって私たちと一緒にいたいのよ。それは信じてあげて。この前怒ったときだって、悪いことをしたとそれは悔やんでいたの。ごめんなさいって、あなたに言ったでしょ？」

娘がこくんとうなずくのがわかった。ソニアにしがみつかれたまま、エーファは身体の向きを変えてトランクによりかかり、薄い色のぶ厚い絨毯の上で少し足を楽にした。こんな薄い色の絨毯を敷くなんて、フランス人というのは実用性というものをまるでわかっていない。

「ごめんなさいをしたわよね！　おとうちゃまはとっても偉い人で、総統からとっても大事なお仕事を言いつかったの。だからソニアとおかあちゃまは勇気を出しておうちに帰り、お仕事が終わるのを待つのよ」

「そのとおり」

顔を上げると、マルクスが扉にもたれてふたりを見ていた。ソニアがエーファから離れて父に駆けより、ぬいぐるみを放り出して脚に抱きついた。マルクスは娘を抱き上げ、妻に手を差し伸べて立ち上がらせた。夫がいないと、エーファはひどくさびしい思いをするだろう。

「お夕食は一緒に召し上がる？」エーファが聞いた。

マルクスは妻に、それから娘にキスをした。「そのために帰ってきたんじゃないか！　大事な仕事のために家を発つんだ。その前に妻とかわいい娘と食事をしないわけにはいかないよ」ソニアがくすくす笑う。「それと、新しい友達を紹介したい。一緒にベルリンに帰り、私がいないあいだソニアのいい遊び相手になってくれるはずだ」

マルクスのあとについてエーファは廊下に出た。扉の横にケージが置かれ、なかにジャーマンシェパードの子犬がいる。犬が尻尾を振って吠えた。

ソニアが父の腕から身を振りほどいてケージに近づき、扉を開けると、子犬はきゃんきゃん鳴きながら解放者を舐め、さらに尻尾を振って感謝を表した。

マルクスは妻の腰に手を回し、ふたりで娘と子犬を見守った。

「あなた、本気なの？　こんなときに子犬？」

「大丈夫、トイレのしつけはちゃんとできてる！」にわかにマルクスは顔を曇らせた。「番犬が産んだ仔だ。大事にしてくれ。知らない人間は警戒するように教えこむんだ」

エーファは夫の軍服に頬をすりよせ、深々と息を吸った。「任せて、あなた」

25

タルディヴァが無駄口をたたかずに歩くのが、ナンシーにはありがたかった。道は険しく、ここ数時間、彼女を突き動かしていたアドレナリンは薄れつつあった。吐き気がするほど頭が痛く、肩と脇腹のあざは一歩ごとに痛みを増すようだった。早くもしくじったのだ。ガスパールの組織をいっぱしの戦闘部隊に育て上げろとバックマスターに命じられたのに、ナンシーはフランスの地に降下して二十四時間も経たないうちにガスパールを見限った。パラシュートと引き替えにひとり味方を得たものの、いつまで行動をともにしてくれるかはわからない。だいたいフルニエになにを提供できる。現金は少しあるが、むしろ金があだとなって殺されるのがおちだ。デンデンはいったいどこにいるのだろう。

二時間ほど歩いただろうか。タルディヴァが急に立ちどまると、地衣類にこんもり覆われた低い石壁にもたれた。

「休もう」

動きをとめるのは動いているよりつらいくらいで、全身の筋肉が痙攣した。

「無線通信士の行方が知りたいの」ややあって、とうとうナンシーは打ち明けた。「モンリュソン郊外に降下し、ガスパールの野営地で落ちあうはずだった」

タルディヴァはしばらく黙っていたが、やがて洟をすすった。「そっちの方面にメッセージを送ることはできる。その通信士にあんたの行き先を伝えればいい」

ナンシーは横目で彼を見た。あたりは暗く、横顔の輪郭がうっすら見えるだけで表情はわからない。

「メッセージを送る？　どういうこと？」

「山間部にドイツのシンパはほとんどいないし、ガスパールの部隊はやることが雑でだらしないが、彼らに襲撃される危険があるという理由でナチスはもっぱら本道しか使わない。メッセージは農家から農家、女から女へと伝えられる。このあたりでは昔からそうしてきたんだ。あんたが来たことも来た理由も、あっという間に知れ渡るよ。だから見慣れない人間がいたらおれたちの行き先を伝えてくれと、頼んでおこう」タルディヴァがにやりとした。「ここらじゃ憲兵だってその通信士に伝言してくれる」

「頼もしいわね」立ち上がった拍子に身体がぐらりと揺れた。咄嗟にタルディヴァに肘をつかまれなければ、地面に倒れるところだった。

「今夜はここまでだ」タルディヴァが有無を言わせぬ口調で言った。「次の丘を越えたところに牛小屋がある。今夜はそこに泊まろう。メッセージの件は任せて」

「一刻も早くフルニエのところに行きたいの」

「フルニエに会うのは、いまにもぶっ倒れますって状態じゃないときのほうがいいと思うよ、大尉。第一印象は大事だろ？」

ナンシーは試しに片手を伸ばしてみた。月影の下でも、手が震えているのが見て取れる。タルディヴァの言うとおりだ。

「わかったわ」

目が覚めると、朝の冷気が肌を刺した。あと一分だけでも暖かくしていたいと、ナンシーは肩を揺すって毛布を首まで上げた。煙と、あたりに染みついた家畜のにおいがきつい。目を開けた。タルディヴァが一夜の宿に選んだのは、天井の低い石造りの家畜小屋だった。毛布の下で手をこすりあわせると、痛みがびりびりと腕を貫いた。マルセイユのベッドを思った。アイロンのかかった麻のシーツと絹の枕、ナンシーの目覚めを待つクロワッサンとコーヒー。クローデットがカーテンを引き雨戸を開けると、地中海の温もりと陽射しが寝室にあふれる。ナンシーが身体を起こし、ベッドでコーヒーを飲んでいるあいだにクローデットは風呂に湯を張り、その日の予定を尋ねて、指示を仰ぐ。アンリは毎朝ナンシーが目も覚まさないうちに出社するが、ナンシーはいつでも彼の身体がベッドに残したくぼみに手を置き、おはようと挨拶した。

それが今では汗と血と埃にまみれ、満身創痍(そうい)で牛小屋に転がっている。牛がいればいいのに、とすら思う。少しは暖かいだろうから。タルディヴァが薪の束を小脇に抱えて戸口に現れた。焚き火がつくまで寝たふりをしても罰は当たらないと判断したナンシーは、よし燃えてきたと思ったあたりで大げさなあくびとともに目を覚まし、赤いサテンの枕を頭の下から抜いて埃を払った。

タルディヴァがにやっと笑った。「おはよう、大尉」

「おはよう。なにか食べるものはあるかしら。昨晩ガスパールが食べていたまずそうな羊のシチューだって、いまならがつがついけそう。飢え死にしそうよ」

タルディヴァは火の前に脚を組んで座るとバッグを開け、なかからバゲットを半分と、夏の牧場の香りを放つ深い黄金色のカンタルチーズ、さらには――なんてすばらしい――ビールを二本取り出した。

「四十フラン。つけとくよ」尻を地面につけたままずるずる近づいてきたナンシーに、タルディヴァは言った。

「そんなのぼったくりじゃない！」

タルディヴァは肩をすくめて自分のぶんのバゲットをちぎり、ナイフでチーズを切りわけた。「必要なものにはそれなりの金を払う用意のある、羽振りのいいイギリス人工作員が地域に潜入していると、その筋の人間に知ってほしいんだろ？　朝飯に法外な金を払えば、いい宣伝になる」

一理ある。ナンシーはパンとチーズを受け取り、ビール瓶を太ももに立てかけてからうなずいた。

「あなたたちマキには警戒心ってものがないのね」

タルディヴァは肩をすくめた。「ここの連中はドイツ人にはなにもしゃべらない。しゃべれば、家畜が謎の病気にかかって朝までに死んじまうからね」

ナンシーはゆっくり嚙もうとした。パンもチーズも美味しく、とりわけみじめな一日をすごし、凍えて眠ったあとではありがたさが身に染みた。みすぼらしいなりの内側で、元の自分が目を覚まし、伸びをしている気がした。

「ナチスの本性を、あなたたちはわかってない」しばらくして、ナンシーは言った。「今までは高地のレジスタンスを放っておいたかもしれないけれど、これからはそうは行かなくなると思う。土地勘をつかんだら最後、あいつらは牙を剝く。牛に死なれると思えば人は口をつぐむけれど、息子の頭に銃を突きつけられたらなんでもしゃべるわ」

タルディヴァは嚙むのをやめてナンシーを見つめ、その言葉を反芻した。

「タルディ、私はただ、これからは人に話をするときは慎重に、とても慎重に考えてからにしたほうがいいと言いたいだけ。私たちがどこでなにをしているかを知らなければ、地元の人たちは脅迫されても噓をつく必要がない」

タルディヴァはまた肩をすくめたが、言いたいことは伝わったようだった。

「ずっとここで暮らしてきたの？」激しい空腹と渇きが落ちついたところで、尋ねた。

「まあそうだね。軍にいたときは別として。親父がオーリヤックで仕立屋をしてたんだ。仕事は親父にしこまれた。妻は農家の生まれで、結婚当初は毎年何週間か彼女の実家ですごしたよ。いい土地だ。守るために戦う価値はある」

彼が食事をするのを見つめながら、ナンシーはどんなに高級なロブスターやシャンパンもこのパンとチーズほど味わい深くはなかったと気づいた。けれどもどうしようもないほどの空腹を最後に経験したのは、ずっと前のことだ。夜も町の明かりがまぶしい洗練された都会のフランスだけでなく、このフランス、タルディヴァとその家族のフランス、農民と村人のフランスのために戦えるだろうか。戦えるかもしれない。ひょっとしたら。

遠くでオートバイの音がした。ナンシーが茂みを指さすと、タルディヴァはうなずいた。大急ぎで道端の石垣の裏にまわり、身を潜めた。ナンシーはもぞもぞ動いて、石垣が崩れたところから様子をうかがった。エンジン音がどんどん近く、大きくなる。オートバイが走りすぎたところでナンシーは立ち上がり、口笛を吹いた。オートバイが停車し、うしろに乗っていた男が振り向いた。男は手を振り、後部座席から飛びおりた。

「デンデン！　やっと会えた！」

ナンシーは走り出した。

「ナンシー！　なにそのみっともないなりは」

腕のなかに飛びこむと、ナンシーは目を閉じてデンデンのにおいを吸いこみ、きつく抱きしめた。デンデンは愉快そうに笑い、ナンシーの両肩に手を置いてぐっと腕を伸ばした。

「それで、あの石垣にこそこそ隠れている、素敵な彼は何者？」

「タルディヴァよ。私が木にぶら下がっているのを見つけてくれた人」

「それはまた運のいい男だね。洗いざらい話して。僕にわかるのは、ここらへんの保安対策がお笑い種だってことだけ。なにしろ羊のお尻みたいな顔をしたおばさんに道の真ん中で呼びとめられ、お仲間の工作員はフルニエのグループがいる高地を目指して山を登っていますよって言われたんだ。嘘の身の上話やもっともらしいいいわけを山ほど用意していた僕は、小川から釣り上げられた鱒みたいに口をぱくぱくするしかなかったね」

ナンシーは噴き出した。「わかる。バックマスターなら、そのおばさんを撃ち殺すわね。全部話すけど、その前に教えて。どうやってバイクに乗せてもらったの?」

男はUターンしようとバイクの向きを変えていた。すれちがいざま冷ややかに目礼した男にデンデンは手を振り、投げキッスを送った。男は顔をしかめ、アクセルをふかして走り去った。

「あらあら、照れちゃって」デンデンが言う。「友達作りに励んだのさ。その格好を見るかぎり、君よりはうまくいったらしい」

丘を下っていくオートバイを見送ってから、タルディヴァが近づいてきたので、ナンシーはふたりを引きあわせた。

「こちらこそ、どうぞよろしく。これ持ってくれる?」デンデンが問答無用で胸に押しつけた四角いカンバス地のバッグに、タルディヴァは驚きと不信のまなざしを向けた。「ムッシュ・タルディヴァ、それこそが無敵の無線。僕らの命がかかっているんだから、落としちゃだめだよ。さあ、先に行って。僕とナンシーは積もる話をしながらついていくから」

26

あちこちに排泄物が転がるガスパールの拠点が楽園に思えるほど高地の端の野営地はみじめな有り様だったが、十分経っても頭を殴られていないことを考えれば、それだけでも進歩だった。

手足がひょろりと長く、眉が太く、肩にライフルを担いだ四十代の男に、タルディヴァが手招きした。フルニエ。ナンシーが数えたところメンバーは三十人、木々の緑に隠れるようにして二棟のバラックが建っている。敵機が三十メートル上空を飛んでも、これなら見つからないだろう。これも進歩だった。

「次の通信はいつ？」なるべく口を動かさないようにして、ナンシーは尋ねた。

「十分後。でも次の飛行機に僕ら宛の支援物資は載ってないよ！　まずは、オオカミに食われたわけじゃありませんと伝えないことにはね。投下地点の座標も教えないと。明日の三時まで、ＳＯＥは僕のシグナルに周波数を合わせない」

「十分で無線を準備できる？　ここの人たちに見せたいのよ」

デンデンがナンシーを見てため息をついた。「十分後には準備万端整えて、ピッカピカに磨き上げておくよ」

ナンシーはつかつかとフルニエに歩みより、笑顔で手を差し出した。フルニエはその手を取ったが、表情は変えない。

「私はナンシー・ウェイク大尉。ガスパールとその仲間にほしいだけ武器をやれと、イギリス政府に言われてきたの。でもガスパールとはそりが合わなくてね。あなたがかわりにもらってくださる？」

フルニエが値踏みをするように、冷ややかな目でナンシーをじろじろ見た。「考えてやってもいい。それで、なにをくれるというんだ、ウェイク大尉さんよ？」軽蔑も露わに「大尉」を強調する。これではガスパールの野営地で浴びた罵詈雑言と変わらない。礼儀正しく「ありがとう」と言って申し出を受けてくれるレジスタンス組織を探し、ひとりとぼとぼとオーヴェルニュの山中を歩きまわる自分の姿が頭をよぎった。

歩きまわっている暇はない。

「喜んでご説明するわ」と、彼女は言った。

マキのメンバーが見守るなかデンデンは無線の受信機を組み立て、ナンシーはその隣で地面に腰を下ろして彼らを見ていた。多くは栄養失調で痩せ細り、武器の扱いもおぼつかない。そもそも武器自体が行き渡っていない。ほとんどの兵士は若い。ひどく若い。二十代前半だろうか。彼らを帝国の工場の労働力にしようとするナチスの徴用から逃げたり、森のなかでくすぶっていたり、身体を張ってナチスをフランスから駆逐したりするよりも、村で女の子を追いかけまわして年寄りに苦い顔をされるのが似合いの年ごろだ。ウィーンとベルリンで感じた激しい怒りの波が、あらためて喉にこみ上げた。世界はすでに壊れ、荒んでいるのだ。なぜナチスは毒をまき散らし、世界をさらに荒らすのか。ベルリンで目撃した集会。演壇から垂れ流される理由なき憎悪に熱狂し、金切り声を上げる民衆の憑かれたような顔。

「そろそろだよ」デンデンの声がした。

ナンシーは汗と熱気と喧噪でむせかえるベルリンの公会堂を抜け出し、オーヴェルニュの森の重苦しい平和のなかに戻った。「スイッチを入れて」

ざーという雑音を、突然、声が断ち切った。「こちらロンドン」声の主がフランス語で言うと、男たちははっと顔を上げ、フルニエが彼らのほうを見た。「フランス人がフランス人と話していますが、最初に私的なメッセージを。ジャンは長い口ひげを生やしている。保険会社で火事が起きている」マキたちが顔を見あわせた。「カエルがケロケロケロと三度鳴きます」笑いが起きた。

ナンシーはにやりとした。「でたらめを言ってるわけじゃないのよ。これは暗号。パラシュートによる物資投下が今夜確実に行われることを、フランスじゅうにいる私のような工員に伝えているの。缶詰の肉やジュースが届くわ。チョコレートや煙草も」

「煙草ってフランスの？」マキのひとりが聞いた。

「煙草を吸っていい歳には見えないけど、ええそうよぼく、煙草はフランス製」少年は真っ赤になった。「君をフランスの雨から守ってくれるフランス製のテントに、フランスのぬかるみを歩くフランス製のブーツももらえる」男たちはいまや満面の笑みをナンシーに向けていた。フルニエひとりをのぞいて。「なにより、イギリス政府は武器と計画と機密情報を提供できる。短機関銃、プラスティック爆薬、時限爆弾、手榴弾、リボルバー、敵の最も痛いところを突くための標的のリストと、そこに攻撃をしかけるための作戦を」

フルニエが煙草に火をつけ、口の端からか細い煙が立ちのぼった。「それを全部くれてやると？　寛大なるイギリスのご厚意で？」

これ以上嫌味をいわれたら、どうにかなりそうだ。まったくフランス男ってやつは、とナンシーはいらいらした。自分はそのひとりと結婚したわけだが、フランス男は得てして石頭で神経質で――。

「ええ無料よ、フルニエ」ナンシーは目を見て言った。「お金のことが知りたいなら。機関銃を一箱買うのに、これからは一番肥えたブタを売らなくて済むってわけ」

「金の話をしてるんじゃない。わかっているはずだ」

ナンシーはうなずいた。「イギリス政府への要請はすべて私を通して行われる。あなたたちに機関銃や煙草を送るためにイギリス人がどれだけの困窮に耐え、汗水垂らして働いているか、私はよく知っている。だから物資の無駄づかいは絶対に許さない。武器を扱えるようになるまで、私が訓練する。適切な安全対策を徹底し、怠ける人間は容赦しない。攻撃をしかけるときは、かならず私の承認を得てもらう。肝に銘じてちょうだい。これは個人的な意趣返しや復讐ではなく、連合国軍が上陸し、この国を解放するときのための備えなの。連合国軍の上陸に備えて、私たちは共闘する」

「おれたちはあんたにへいこらするメス犬じゃない」フルニエがうなるように言った。

「私もあなたのメス犬じゃない。手を組みましょう。取引は成立ね。それじゃ、必要なものを教えてちょうだい。あなたがたを……助けてあげるから」

男たちがいっせいにフルニエを見た。フルニエが渋い顔でうなずくと、一様に表情をやわらげた。フルニエが胸のポケットから小さな黒い手帳を取り出した。

「必要なものはここに書いてあるぞ……大尉」

階級を口にする様子はいかにも無念そうだが、これも進歩だ。それにナンシーはまだ気絶させられてもいなければ、椅子に縛りつけられてもいない。

「リストを一緒に検討しましょう」ナンシーは言い、身体をひねってデンデンを見た。「その魔法の箱は、とりあえず片づけていいわよ。お友達を作ってきて」

「やったね。君はおっかないママで、僕はフランスのかわいい男の子を甘やかすパパってわけか」デンデンの言葉に、ナンシーは顔をしかめた。「あれ、なにかまずいことを言った？ダーリン？」

「なんでもない。さっさと行って」

27

ナンシーのメッセージを見てバックマスターは眉を吊り上げた。普通の男なら心肺停止になりかねない衝撃を受けたのだと、ギャロウは理解した。

「少なくとも生存は確認できたのですから、大佐」

「ああ。いかにも。だがガスパールと組ませるために送りこんだのに、高地の有象無象と手を組むとは。サウスゲートも拘束された。こいつは痛い」

バックマスターはなおもメッセージを見つめている。

「お察しします。しかもナンシーは、こんな欲張ったリストを送りつけてきた。いくらなんでもわれわれが、フルニエのグループのような烏合(うごう)の衆にリストの物資を全部くれてやると、ナンシーも本気で考えてはいないでしょう。妥当な線に私が修正します」

ギャロウは解読済みのメッセージに手を伸ばしたが、バックマスターが小さく頭を振った。

「ギャロウ、前線からの要請にわれわれは難癖をつけない。よほどの理由がないかぎりはな。ウェイク大尉の要請は行きすぎかもしれないが、しかし新たに得た味方と、おそらくはガスパールに力を誇示したいのだろう。なにしろ人に強烈な印象を与えるのはウェイク大尉の得意技だ」

「ガスパールに、ですか？」

バックマスターは書類を置き、丁寧な手つきでパイプに煙草を詰めはじめた。

「サウスゲートが拘束される前に苦心して送ってきた報告書を、君も読んだだろう？　マキのあいだではどこのライバル組織になにがあったか、すべて筒抜けだ。だから要請どおりに物資を投下すれば……」手をとめ、パイプの柄で書類を指した。「翌朝までにガスパールとその仲間の耳に入る。だから頼まれたものは全部送ってやれ。大尉への差し入れも添えて」

ギャロウはうなずき、机のメッセージを回収して、こほんと咳払いをした。

「なんだね、ギャロウ？」

「スケジュールに関して、大尉を強烈に締め上げてもかまいませんか？」

バックマスターはパイプにマッチを近づけ、短く何度も息を吸っていい具合に煙草に火がつくのを待った。「いいとも。すみやかに鍛えるように伝えなさい。手段は問わない。六週間で、フルニエの部隊をいっぱしの戦闘部隊に鍛え上げろとね」

ギャロウはスキップとまでは行かないまでも、弾む足取りで執務室を出た。気持ちが逸る（はや）のは、フランスを脱出してからはじめてのことだった。上陸するのだ。いよいよ。「六週間」は、バックマスターが適当にでっち上げた数字ではない。ギャロウは窓の外を見た。眼下でベイカー街が目覚めようとしていた。砂嚢や空襲に備えてテープを貼った窓ガラスを見て、戦争が終わったらこの町はどんなふうに変わるのだろうと思いをめぐらした。街灯がつき、男は軍服ではなく背広を着て、ナンシーのような女たちは配給の列に並ぶのではなくデイナーパーティーの買い出しに出かけ、ヒトラーと彼が象徴する憎しみと悲惨はすべて過去の記憶となる。できることなら前線に戻りたいが、フランス語は下手ではないものの、どうしてもスコットランドなまりが抜けない。フランスでは一年間捕虜収容所で辛酸を舐めたのち、南で数カ月間、逃亡ルートを組織しレジスタンスを助けた。捕まらなかったのは運に恵まれ、役人たちが事情を知った上で目をつぶってくれたからだ。ドイツ軍が南仏に侵攻すると味方してくれる役人はどんどん減り、ギャロウの運は尽きた。それでもフランスに関する知識と語学力はセクションDで重宝されたし、ナンシーのような工作員が直面する試練もギャロウにはよくわかる。いよいよだ。もうすぐ連合国は作戦を実行に移し、密かに前線に潜入させていた工作員たちが行動を起こす。

「見てろよ」ギャロウはドライな笑みを浮かべて独りごちた。「さてと、差し入れって、なにを贈ればいいんだ？」

「独りごとですか？」ヴェラ・アトキンスがハンドバッグを肘にかけ、階段を上ってきた。

「独りごとは狂気のはじまりって言いますけど？」

「こんなところに就職したのが狂気のはじまりだと思っていたよ、ミス・アトキンス。ところで、折り入って相談があるんだ」

28

みじめな夜だった。勝利の美酒に酔う栄光の夜であるはずが、話にならないほどみじめだった。高地の端にあるドロップゾーンは物資の投下に最適だったから、ナンシーはわめいたりどやしつけたりしてどうにかフルニエと仲間の男たちに薪を積み上げさせ、狼煙（のろし）を上げた。懐中電灯を使って飛行機と合図を交わすと、まもなく月の明るい夜空に痛快なほどたくさんのパラシュートが現れた。これだけあればタルディヴァは、妻のドレスが七着は縫えるだろう。フルニエは目を見張っていた。ナンシーの期待どおりに驚き、感服し、少しばかり動揺していた。だから男たちが神の御子がお生まれになったと天使に告げられた羊飼いよろしく空を仰いでいるあいだに、フルニエがボスは自分だと証明しなくてはと決意を固めたのも、無理はなかった。

ナンシーは男たちを指揮してパラシュートを外させ、重いコンテナを二台の荷馬車に運ばせていた。フルニエは最後のパラシュートがしぼみつつあるドロップゾーンにぶらぶら歩いていくと、空き地の真ん中にあったコンテナを開けた。煙草のカートンを選り出して頭上で振ると一箱もぎり取り、なかから一本抜いて、火をつけた。ナンシーは飛んでいってとめようとしたが間にあわず、目の端で男たちの様子をうかがった。男たちはあちこちでコンテナを開け、中身を勝手に配っていた。ちきしょう。こうなったらとめるすべはない。ブランデーを見つけ、さっそくコルクを抜きにかかった輩もいる。

「ぶっ殺すよ、フルニエ」ナンシーが言うと、フルニエが振り返り、自分に向けられた銃口を見つめた。

別のマキ――先の内戦で人民戦線に加わり、フルニエのグループに参加したスペインの若者――がこれは面白そうだと近づいてきて、フルニエにブランデーを差し出した。フルニエはボトルを受け取るとぐっとあおり、それから煙草を吸った。深々と吸って、煙を吐いた。

「まあ、今なら幸せに死ねるな」

引き金にかけた指がうずいた。「ドイツ軍が敵機の飛来に気づかないと思ってるの？ あいつらはあんたみたいに鈍くない。一時間、せいぜい二時間で物資を運び出し、狼煙の跡を消さなければ皆殺しにされるのよ。なのにあんたは空き地の真ん中で煙草をすぱすぱ」

フルニエはふたたび煙草を吸うとナンシーの顔に向かって煙を吐き、あくびをした。「おたくがよこした友好の印を楽しんでなにが悪い」と言って、背を向けた。「よしお前ら、荷物を野営地に運びな」

勝負はついた。男たちはふたたびフルニエの指示に従った。ボーリューで教官に言われたことを、ナンシーは思い出した。引き金を引く覚悟がないかぎり、決して銃は抜くな。ちきしょう。ナンシーは拳銃をホルスターに収め、コンテナの下に手を差し入れた。コンテナは二メートル近い金属の筒で、すさまじく重い。スペイン人のひとりが困った顔をした。育ちがいいのだ。女がひとりで重い荷物と格闘しているのだから手を貸したいが、どっちについたらいいのかわからない。フルニエがうなずいてようやく、若者は反対側からコンテナを持ち上げた。ナンシーは心のなかで荒れ狂った。こいつらときたら。フルニエの号令で動く男たちを指をくわえて見ているよりは、こうして荷物を運んだほうが格好がつく。だが今回はフルニエの勝ちだ。一瞬でもぼろを出したら相手にされなくなるとびくついているナンシーから、フルニエは悠々と勝利をもぎ取っていった。

夜明け前、野営地の端でむっつり焚き火に当たっていたところへ、デンデンが小包を手に近づいてきた。デンデンの芝居がかった抜き足差し足を見て普段なら噴き出すところだが、今夜はそんな気分になれない。フルニエの男たちは森林限界のあたりに腰を下ろして酒を食らい、煙草を吸っていた。銃や爆発物や弾薬が安全な場所にしまわれたのが、せめてもの慰めだ。パラシュートはタルディヴァが持っていった。酔いに任せ、数人がこちらをちらちら見ていた。幼稚な忍び笑いは、ナンシーの噂をしている証拠だ。焚き火で温まった顔を上げると、デンデンと目があった。デンデンは芝居じみた歩き方をやめた。

「ベイカー街からお届け物だよ」

ナンシーは四角い包みを受け取った。厚い麻布でくるんでひもをかけ、「エレーヌへ」とナンシーのコードネームを記したポストカードが添えられている。デンデンが隣に腰を下ろし、コートの下からブランデーの瓶を出すと、ぐいっとひと口飲んでからナンシーに差し出した。ブランデーは高級品だったが、ナンシーの喉を焼き、身体が温まるよりも冷える気がした。

「プレゼントを開けて、酔っ払おう」デンデンが言う。

ナンシーはにこりともせず、しかし言われたとおりひもを切って、包みを開いた。ポストカードはポケットに突っこんだが——どのみちこう暗くては読めない——贈り物を目にしたとたんに、口元がほころんだ。コールドクリーム。パリ製の超高級品。マルセイユでアンリとナイトクラブで遊んだあと、夜更けに帰ってきて化粧を落とすのに使っていたのと同じ品だ。ふたを回して開け、鼻の先に近づけた。バラとラベンダーがほのかに香り、つかのまナンシーはマルセイユの寝室に戻っていた。化粧台の前から立ち、ぬくぬくと暖かくやわらかなベッドで愛と欲望のまなざしを向けているアンリに近づいていくと、シルクのガウンが衣ずれの音を立てる——。喉が詰まり、わっと泣き出しそうになった。

「思うんだけどさ」デンデンはそれとわからないほどだが、ろれつが怪しかった。「ここのがさつな田舎者を鍛えるために女とオカマを送りこむなんて、バックマスターもいかれてるよね」しゃっくりをした。「鍛えるのはやぶさかじゃないけど」

「あの人たちはああやってみんなで笑って、酔っ払って、一緒に戦い、ときには一緒に泣いたりもする。ずるいわよ」ナンシーは言った。「だって私にはそんなことできない。一瞬でも弱みを見せたら……」

ブランデーの瓶をつかんで、胃の底に渦巻く自己憐憫をまぎらわした。

「独り占めはだめ」デンデンが酒瓶をもぎ取った。

「あいつらは私を殺したいのか、私と寝たいのか、守りたいのか崇めたいのか決められないでいるのよ、デンデン」

「男と女ってそういうものでしょ？　男は君の身体が欲しい。でもその身体がこわくもある」ブランデーの瓶をナンシーに返した。「だから君は、どうにかしてあの子たちの姉さんか妹にならないと。ほかの役を演じても、決してうまくはいかないよ」

「役を演じる？」

「ダーリン、僕は舞台育ちだよ。人生っていうのは役目を演じること、仮面がすべてなんだ。人はみんな仮面の陰に隠れるのに忙しくて、他人の演技が自分と同じくらいへたくそだって気づきやしない。それを覚えておいて」

どいつもこいつも憎らしいと思いながら、ナンシーは立ち上がった。「ひと泳ぎしてくる」

「そうこなくっちゃ」デンデンの声は眠たげだった。「もうべろべろで倒れそう」デンデンは身体に上着を巻きつけ、地面に横たわった。「ありがとね、バックマスター。今夜はゆっくり眠れそうだ」

フルニエの野営地は寒くぬかるんでいて、さきほどまではまともな装備もそろっていなかったが、ひとつだけ大きな魅力があった。山道を十分ほど下ったところに、熱湯（ショード・ゼーグ）の地名の由来となった温泉が湧いているのだ。谷間に夜明けの光が忍びよるころ、ナンシーは戦闘服のゆるいズボンを脱いで、シャツのボタンを外した。下着を下ろしてまたぎ、ブラジャーを外した。いずれも縫い目のひとつひとつにいたるまでフランス製で、英語で書かれた洗濯表示のタグはＳＯＥの職員の手によりすべて切り取られている。そろそろと、温泉に入った。水面は冷たいが、すぐ下には湯が流れていた。

数カ月間の訓練で身体についた硬い筋肉を、湯がほぐした。ふっと笑いが漏れた。一九三九年九月、英仏がドイツに宣戦布告をしたとき、ナンシーはロンドンのサヴォイ・ホテルに滞在していた。バターソースに浸ったロブスターを食べシャンパンを飲んでついた贅肉を落とそうと、アンリとハンプシャー州のスパに向かう途中だったのだ。

いまの身体を見てアンリはナンシーとわかるだろうか。意外とこの体つきを気に入ってくれるかもしれない。乳房の張りは変わらないが腰は細くなり、腹はやわらかな枕のようだったのが嘘みたいに硬く平らになって、腕も締まった。フランスの主婦の格好をすればいかにも四年間食糧難に耐えてきた若い女の風情だが、服を脱げばアマゾネスだ。

湯に潜り、身体を委ねると、骨からゆっくり緊張がほぐれていくのがわかった。デンデンとのやり取りを振り返った。男たちを束ねるには、彼らの目にどう映ればいいんだろう。からかい、保護したくなる姉妹？　守らなければならない恋人？　崇めたてまつる女神？　女神はだめだ。もっと身近な存在でなければ。信頼しあえる関係にならなければ。となるとやっぱり恋人か。男たちのひとりを森に連れこんでみようか。フルニエの部隊からたくましいライオンに化けそうな青年を見つけて誘惑し、ボディガードになってもらおうか——。ナンシーはどれくらい息をとめていられるか試そうと、ふたたび湯に潜った。だめだ。そんなやり方ではひとりは味方にできても、ほかの全員にそっぽを向かれる。それにアンリ以外の男に触れられるのは、絶対にお断りだ。

水面に浮かび上がり、朝の空気で肺を満たした。夜は明けており、ナンシーは森に覆われた険しい山や雲が散ってゆく空、揺れる木の葉に見とれてから、服を置いた岩へとのんびり泳いでいった。そのときだった。風が届くはずのない茂みが揺れた。動物か。森にはイノシシがいるが、この近くで足跡は見ていない。あんなふうに茂みを揺すれるほど大きな動物は、ほかにいない。人をのぞいては。こんな森深くまで、ドイツの斥候が来たのか。近所の住人か。だが一・五キロ以内には農場も村落もない。

湯に浸かったままタオルの下に置いたリボルバーをつかみ、もう一方の手で水辺の大きな岩につかまると、気配がしたあたりに銃を向けた。

「出てきなさい！」草はそよとも揺れない。錯覚だろうか。二晩つづけてまともに眠れなかったせいで、幻を見たのか。焚き火のまわりで聞いた子供っぽい笑い声を思い出した瞬間、合点がいった。「このガキども。とっとと出てこないと撃つよ」

高く狙いを定めて、発砲した。弾はひゅんと音を立ててオークの若木にめりこんだ。

茂みから、若者が三人現れた。実戦経験を持つ貴重なスペインの三人組だった。こんな幼稚な真似をする連中だったとは残念だ。三人は両手を上げていた。

「ロドリーゴ、マテオ、ファン」名前をはっきりと発音して、呼びかけた。「バカじゃないの。スペイン内戦を生き延び、ファシストと戦うためにフランスの山奥まで来て、私に撃ち殺されるところだったのよ。いったいなんのために?」

銃口を三人に据えたまま、ゆっくり水から上がった。弱みを見せるわけにはいかない。三人は顔を真っ赤にしてナンシーの身体を見つめた。引き締まった腕、胸の膨らみ、股間の黒い茂みに視線をさ迷わせた。

むさぼるような視線を感じつつ、ナンシーは三人が見るに任せた。動かず無言で銃を向けていると、彼らが動揺するのがわかった。とうとうナンシーと目をあわせた三人の顔で、羞恥が燃え上がった。

「ごらんのとおり、私は女よ。女だから弱いと、あなたたちは思っているわけ? 私が血を見ただけで逃げ出すと? ファン!」一番年長の男に銃口を移した。「答えなさい」

「思ってません、セニョーラ」

岩のようにしっかりと、狙いを定めた。「マテオ、タオルを取ってきて」

マテオと呼ばれた若者は走ってナンシーの脇を通りすぎ、裸をちらりとも見ないようにしながらタオルをつかんでナンシーの空いているほうの手ににぎらせると、同胞のあいだに戻って両手を上げた。ナンシーは笑いを嚙み殺した。

「『思ってません、セニョーラ』」ナンシーは若者の言葉を繰り返した。「そのとおりよ。なぜなら私は大人の女。そうよね、ロドリーゴ?」

ロドリーゴは視線をナンシーの頭上二十センチの一点に据えていた。

「はい、セニョーラ」

「大人の女、というのがどんな意味だかわかる？　マテオ？」

マテオは首を振った。

「それはだね、私が人生の半分を、毎月血を流して生きてきたってことだよ、このうすらバカどもが」ナンシーはそろって雲を見上げている三人を、ひとりずつ見据えた。

撃鉄を下ろして拳銃を身体の横に下ろし、裸を隠そうともせずに髪を拭いた。三人はなおも両手を上げたままだ。

「それと、私に話しかけるときは階級で呼びなさい。私はウェイク大尉。わかった？」

「はい、大尉」声をそろえて三人が答えた。ナンシーはそちらを見ようともしないでつづけた。

「よろしい。じゃ、とっとと消えて」

はじかれたように三人は走り出し、野営地への山道を逃げていった。ナンシーは寒さに震えながら服を着た。

重い足取りで野営地に戻った。男たちの大半は地面に転がって睡眠を取り、残りの連中は朝食用にオーツ麦の粥を煮る湯を沸かしながら、残ったブランデーを飲み干している。スペインの三人組はほかの男たちから離れた場所に固まり、恥じいっているのか、浮かない顔をしていた。フルニエは残り火の前に腰を据え、ブランデーをラッパ飲みしていた。ナンシーに気づくと、頭から爪先まで舐めまわすように見つめた。

「ばっちり拝ませてやったそうじゃないか」

やろうと思ってしたことではなかった。考える間もなかった。ナンシーはダッシュしたかと思うとフルニエの横っ面を手の甲で張った。くちびるの端から煙草が吹っ飛び、瓶が焚火のなかに転がった。ナンシーよりもゆうに二十センチは上背のあるフルニエがよろよろ立ち上がり、拳を振り上げて……ためらった。その顔にナンシーがつばを吐く。フルニエはナンシーを殴り、彼女が横向きに倒れるのを見て立ち去ろうとした。だがふくらはぎをしたたか蹴られたからたまらない。フルニエは痛みに悲鳴を上げてナンシーに馬乗りになり、両手で頭をかばう彼女の脇腹に何度も拳を見舞った。ナンシーは声を上げない。

怒りの咆哮とともに立ち上がり、フルニエが歩き出した。ナンシーはくちびるから血が流れるのを感じたが、痛みはなかった。身体を起こし、まだくすぶっている吸い殻を拾うとフルニエに突進し、背中に体当たりした。不意を突かれたフルニエが、うっとうめいて前のめりに倒れる。ナンシーはその頬に火のついた吸い殻をめりこませ、喉に腕を巻きつけて締め上げた。フルニエはナンシーの腕をつかもうとしたがつかめず、彼女を振り落とそうともがく。その身体から力が抜けていくのを、ナンシーは感じた。

「大尉……」遠巻きにしていた地元の戦闘員がつぶやいた。命乞いのようにも聞こえた。

ナンシーはフルニエの喉から腕を離して立ち上がり、山道へと向かった。背後で悪態をつきながらむせるフルニエに、男たちが小声で話しかけ立ち上がらせようとするのが聞こえた。

笑っている男はもうひとりもいなかった。

男たちが見ていた。その顔にもはや薄ら笑いは浮かんでいないが、まなざしには親しみもなかった。フルニエとの一件があった翌日、ナンシーは夜明けとともに彼らを寝袋からたたき起こし、整列させた。物資投下の噂を聞きつけ、冬のあいだ山中に潜伏していたふたつのグループが合流していた。これでメンバーは四十人。足りない。ちっとも足りないが、訓練をはじめるにはじゅうぶんだ。スペインから来た三人組をのぞけば、全員が地元の青年だった。

29

フルニエは最前列の右端に立ち、男たちにどちらの側につけと促すわけでもなく、無言でナンシーを見つめていた。眼下の谷間には、幾千もの色あいの緑が織りなす森と牧場のパッチワークが広がっている。愛する大地は、もはや彼らの大地ではなかった。軍服を着たドイツ人がひとりでも国境のこちら側にいるあいだは――。彼らはそれを知っていた。家族も知っていた。ナンシーははっとした。男たちの頑なな心を開く鍵は、目の前にあったのだ。

言葉を慎重に選んで、手短に説明した。武器の扱いを学び、野営地からの逃亡ルートを決定し、射撃の訓練と運動を本格的に開始するまでは酒も煙草も禁止。だが見返りはある。

「フランスが解放される日は、すぐそこまで来ているの」声を張り上げ、はっきりと言った。

「連合国軍がいつ上陸してもいいように、私たちは準備を整えておかなければならない。イギリスの工作員、イギリスの武器、イギリスのカネに用はないというならけっこうよ。勝手に死んだらいい。ここでぼさっとしていれば、ナチスがよこす最初のＳＳ部隊に皆殺しにされるでしょうね。私はお宝を持って、よそを当たるわ。けれども軍事訓練を受けて得をするのはあなた方だけじゃない。あなた方が山に籠(こも)っているあいだ、奥さんや子供やお母さんは稼ぎ手を失い、苦労しているんじゃない？」

数人がうなずいた。

「一日訓練を受けるごとに、五十フランの手当をご家族に支払うわ。銃器取り扱いの講習は、一時間後にはじめます。家族に食べさせたいなら、来ることね」

自分の面子を守るために家族を飢えさせる人間がいるだろうか。ここにはいないはずだ。つづく一週間、男たちはナンシーに従った。従った、と言えないこともなかった。

戦略立案をざっと説明すると、彼らはナンシーの頭上を見つめてあくびをした。ブレン軽機関銃の組み立て方を実演したときは、こそこそ無駄話をした。走らせれば、ちりぢりになった。日曜日の午後は射撃の訓練で、ナンシーがダブルタップ（同じ標的に連続して二発の銃弾を撃ちこむ射撃法）をやって見せようとしたところ、突然、頭上二十センチのあたりを銃弾がかすめ、標的にしていた木に命中した。

ナンシーはかまわず標的を撃ち抜き、それから振り向いた。フルニエがライフルを小脇に抱えて立っていた。あの夜以来はじめて、フルニエはナンシーに笑いかけた。気持ちのいい笑顔ではなかった。

その晩、ナンシーは住所を聞いてまわり、差し当たって約束の金の半分を払うと告げた。男たちは声を潜めて悪態をついた。

「言葉遣いが悪いって、お母さまに言いつけようかしら」ショード・ゼーグ出身の若者にナンシーは言った。

若者はギョッとした。「勘弁してください、大尉殿」耳のうしろをかいて、にやりとする。

「おふくろがここまで乗りこんできて、ケツをしばくに決まってる」

ナンシーはうなずいて若者を放免し、森林限界の端の、いつもの草原に行くとタルディヴァはシルクのパラシュートでなにやら縫っており、デンデンはBBCを聞こうと無線を組み立てていた。ナンシーはデンデンの横にどさりと腰を下ろした。

「どうかな、ダーリン。こんなの全部ほっぽらかしてパリに出て、カクテルとお芝居を楽しむってのは？　ダンスホールにも連れていってあげるよ」

ナンシーは腹ばいになった。「あんたがハンサムなフランス男と出会った瞬間、私を捨てるとわかっていなければ、ほいほいついていくところよ」

「フランス男は大歓迎」デンデンがうっとりと言う。

「ねえ、デンデン、どうしたらちゃんと話を聞いてもらえるのかしら」

「自分の仕事をして、自分を大事にして、あいつらにどう思われようと気にしない。話を聞かずに殺されるのはあっちだから」

　腹の底にどす黒い怒りが渦巻くのを、ナンシーは感じた。「まさにそこなのよ。私の言うことを聞いてまじめに訓練しなければ、確実に死ぬ。そもそもこっちは劣勢なんだから。いまの体たらくでドイツと戦ったら、確実に全滅よ。手も足も出せずに殺される。ドイツ軍は憎いけど、訓練が行き届いているのは確かね。あの子たちなど……ひとたまりもなく皆殺しにされる」

「うん、そうだね、残念だけど」デンデンが言いながらダイヤルを回した。突然、スピーカーからきびきびとしたフランス語の演説が流れ出た。

「ドイツはわれわれの友人です。平和を築こうとするその努力を損なう裏切り者こそが、すべてのフランス国民の真の敵なのです」デンデンがダイヤルを回そうとするのを、ナンシーはとめた。「あなた方の口から食料をかすめ取り、共産主義者や狡猾なイギリスの言いなりになって同盟国を攻撃する浮浪者や犯罪者は真のフランス国民ではありません。覚えておいてください。あなたがわれわれの友人の耳に入れるそのひとことが、そうした輩をこの美しい国から一掃するのです。フランスの妻たちよ、母たちよ、フランスの娘たちよ、彼らは陰にこそこそ隠れて、あなた方に辛酸を舐めさせている。われわれにあなたを守らせてください。庇護させてください」

「薄汚いイタチ野郎ども」デンデンが音量を下げた。「でもこの野営地の連中は、プロパガンダで言われているとおりのぼんくらだ」

タルディヴァが針仕事から顔を上げた。「出すぎたことを言うようだけど、あんたたちは武器を調達しただけだ。彼らは戦いたくてレジスタンスに入った。なのにあんたたちは小学校の教師みたいに勉強を押しつける」

「訓練しないで戦場に出たって、なんの役にも立ちやしない」ナンシーはぴしゃりと言い返した。「それに戦ってもらうのは、連合国軍が上陸したあとよ。遠足じゃあるまいし、彼らを小競り合いに投入して兵力や武器を無駄にするわけにはいかない」

タルディヴァははさみでぷつりと糸を切ると、小さな仕草ひとつであり得ないほど多くの思いを伝えるフランス人ならではのやり方で肩をすくめた。「あんたたちは訓練を受けたんだろ？　訓練が実戦でどう生きるのか見せてやれば、やる気が出るんじゃないかな。フルニエはいいやつだし、戦前は軍隊にいたこともある。でも百人の兵士と戦場に出て、ちがう軍服を着た百人の兵士といっせいに撃ちあうような訓練しか、あいつは知らない」

「連合国軍が上陸したらどんな戦いが待っているか、それを先取りして見せてやれってこと？　食欲を刺激しろと？」

タルディヴァがにっこりした。「アミューズブーシュ、塩味の利いた戦闘オードブルってとこだ」

「危険が大きすぎるよ、ナンシー」デンデンが鼻息を荒くした。

「でもごく少人数なら……」ナンシーは身体を起こした。「デンデン、そのいまいましいプロパガンダはどこから発信されてるの？」

「近くだね。ショード・ゼーグと見た」

「明日、ショード・ゼーグまで家族に手当を払いに行くの。次の投下地点を見繕いがてら、発信元を探してみようかしら」デンデンは口をへの字に曲げたが、異議を唱えようとはしない。「タルディ、まだ住所を教えてもらってないわね。奥さんに手当を渡したいんだけど」

タルディヴァは頭を振った。「その必要はない」

「『はじめまして！　私がイギリスの工作員です』なんて自己紹介するへまはしないから。私だってその気になれば慎重に行動できるのよ」

タルディヴァはナンシーを見ようともしない。「そういう問題じゃないんだ、大尉殿。妻に不自由はさせてない」

「なるほどね」ナンシーはふたたび仰向けに寝ころんだ。飛行機からパラシュートで飛びおりて以来満足に眠っていないが、それでもフランスの大地を寝床にすることには慣れつつあった。寝ころんで無線から流れたプロパガンダを思い、タルディヴァの言う「オードブル」について考えていると、頭のなかで計画が形をなしていった。今夜はよく眠れそうだと、ナンシーは思った。

30

戦闘員の家族に手当をなかば配りおえるころには、心が晴れていた。森の小道で自転車を漕いでいると落ちついてものを考えられたし、女性と会って世間話をする機会ができたのは、それこそ天の恵みだった。

ショード・ゼーグへの道すがら、ナンシーはどの集落でも村でも、昔なじみのように歓迎された。行く先々で息子さん、あるいは旦那さまはレジスタンスの誇りです、自由を求める戦いになくてはならない勇敢な戦士ですと告げると、笑顔で抱きしめられた。女たちは辞去しようとするナンシーの腕に触れたり、手を取ったりして玄関に案内した。戦時中だからだ。平時だったら、地方の女は見知らぬ相手にこれほど気安く接しない。ナンシーはいなくなった男たちの代役、森に潜伏している夫や息子と女たちを結ぶ糸なのだ。そうとわかっていても、心はなごんだ。

高地の男たちについて、耳寄りな話を聞いた。ある男は肺が弱い。ある若者は隣町の娘に恋しているのだが、娘は農夫と結婚するのに及び腰。別の男は鳥(バード)が好き——バードと言っても女の子(バード)ではなく羽根の生えたほうだと、母親が説明した。名うての漁師もいた。ジャン・クレールは山を愛し、戦争がはじまる前は自動車整備工場で稼いだ金をあらかたアルプス登山に注ぎこんでいたという。ナンシーは紙幣を数えて腹を空かせた家族に握らせ、子供たちとゲームをやり、どうにか畑を守ろうと踏ん張っている老人や少年の機嫌を取った。

ショード・ゼーグに着くころには、ほとんどの男たちの情報をつかんだ手応えを感じていた。ショード・ゼーグの町では二家族を訪ねることになっており、二軒目で出迎えたのは、前日ナンシーに向かって悪態をついた若者の母だった。年老いた母親はマダム・ユベールと名乗ってそっけなく握手を交わすと、おぼつかない足取りでナンシーを台所に案内したが、世間話を交わすうちにみるみる十歳も若返った。

「町では用心してくださいよ、マダム・ウェイク」ティーカップの縁越しに鋭い目でナンシーを値踏みしながら、老女は忠告した。「ドイツ軍の監視が厳しくなっているようだから」

「なぜそう思うんです？」

「町長はコートにブラシを当てていないし、地元の憲兵は飲んだくれてばかり。ぴりぴりしてるんですよ。町を通る車、それも木炭でなくガソリンで走る車が増えて、乗っているのは知らない顔ばかり。軍服だって、見たことのないものよ。ぴりぴりした男どもに、ガソリンに、知らない顔ときたら、ゲシュタポに決まってるでしょうが」

「でもそんな話、ほかでは聞いてないわ」

マダムはわずらわしそうに手を振った。「ふん。それはほかの人たちが私みたいに日がな一日膝に編み物を置き、窓から広場を見ていないからですよ」

なるほど。「ご忠告ありがとうございます」ナンシーはマダム・ユベールのしわのよった穏やかな顔を見つめた。「ゲシュタポのことなんて、普通はみんな口に出すのもこわがるんです」

マダム・ユベールは肩をすくめた。「この歳になれば、こわいことなんかひとつもない。逆にうちの子は若すぎて、こわいもの知らずだけど。怖じ気づいているのはこの町の男どもよ。戦うほど若くはなく、すべてを失っても平気なほど貧しくはない小金持ちの男ども。そういう連中は広場のカフェでドイツ軍を悪し様に言っておいて、モンリュソンにこっそり行っちゃ、気心の知れたナチに告げ口してあれこれ便宜を図ってもらうの。たとえばピエール・フラングロドがそう。お母さんが生きていたら、恥ずかしくてたまらないでしょうね。ピエールはお母さんが遺した農地のひとつをドイツ軍に差し出したのよ。その土地にドイツ軍は送信所を建てて、あの……ゴミみたいな演説を私らの家に垂れ流してる。しかも土地はいい値で売れた。ピエールは魂と引き替えにドイツのカネを受け取ったのよ」

送信所なら、町に来る途中で見かけた。あれだと気づいたときには生つばが湧いたものだ。

「マダム・ユベール、聖人様のお導きにちがいないわ。私、あの送信所をどうにかしたいんです。あそこの土地についてはよくご存じ?」

さきほどの足取りが嘘のようにきびきびと紙と鉛筆を取ってくると、老女は不敵な笑みを浮かべて送信所と周辺の道を描いた。

「毎日、あそこの前を通っているのよ。町を出てすぐのところにあるの。いつも六人は見張りが立っている。鉄条網がめぐらされ、サーチライトはここと、ここ。電波が強いのは、自前の発電機があるからよ」

　磨き上げられたテーブルの上の地図を、ナンシーはしげしげと眺めた。「マダム・ユベール、あなたは神様からの贈り物よ」

　老女はまんざらでもない顔で、テーブルに置いたクロシェ編みのドイリーを整えた。「いとこのジョルジュを紹介しましょうか。ジョルジュは送信所の建設を手伝ったんだけど、本当はドイツ人が大嫌いでね。あの人なら信頼できる」

　ゲシュタポがうろうろしているときに新しい友達を作るべきではないが、ナンシーはこの老女が気に入った。実に気に入った。「ぜひ会わせて」

「それなら明日の午後、また来てちょうだい。呼んでおくから。高地に行ってマキに入りたいけど、この歳じゃそれもできないって、あの人、しょげてるの。助けになれたら、きっと元気が出る」

　ナンシーは質素でこざっぱりとした家を、あらためて見まわした。「息子さんの身になにかあったらって、本当にこわくないんですか？」

　マダム・ユベールの顔から笑みが消えた。「安全なところにいる息子を軽蔑するくらいなら、誇りに思える息子の身を案じていたい」そう言って、地図をとんとんとたたいた。「ピエールの母親は三十七の若さで死んだけど、それでよかったの。息子が卑怯者だと知らずに死ねたのだから」

　ナンシーは送信所の付近を偵察した。ジョルジュはこの上なく貴重な情報源だった。翌日ナンシーは町からの帰り道、自転車を漕ぎながら作戦を立てた。今夜さっそく決行しよう。野営地に戻って草地の隅にある荒れ果てた納屋に自転車をしまい、男たちを探すと、みな背中を丸めて食事をしていた。退屈そうだった。

「五人、志願者が要るの」

「なんのために？」ひとりが聞いた。

「レストランのメニュージャないのよ、ジャン・クレール。目的は手を挙げた五人にだけ教える」

沈黙が広がり、しまいには空気までもが黙りこんでいるように思えた。

「協力するよ」タルディヴァが挙手した。パラシュート泥棒に神のご加護を。

「おれたちも」スペインから来た三人組のひとり、マテオだった。「あなたにひどいことをしてしまったから」マテオが三人を代弁して言った。これは意外だった。池での一件以来、三人ともナンシーを避けていたのだ。それにナンシーはスペインまで出かけて、家族に手当を渡したわけでもない。ナンシーが差し出した手を、マテオは握った。ロドリーゴとファンも倣った。

ナンシーは眉を吊り上げた。「ドイツと戦いたいフ、フ、フ、フランス男はいないわけ？」効果てきめん。男たちがもぞもぞし、フルニエが真っ先に動いた。

「おれが行く。お手並み拝見といこうじゃないか、大尉さんよ」ナンシーはフルニエをしげしげと見た。「森のなかでは、わざと外したのね？」

「当たり前だ」ナンシーが差し出した手を、フルニエは病気でもうつされるんじゃないかとびくついているような顔で握った。その肩に、ナンシーは手を置いた。「昨日、妹さんから聞いたのよ。あなたなら空のツバメも撃ち落とせるって。狙撃手をお願いするわ」

五人を脇に呼んで手はずを説明し、マダム・ユベールの地図とジョルジュが書いた送信所の設計図を見せた。「全員、出発までに設計図を描けるようになっていること。描けない人は置いていく。ほかのちびっ子たちとお留守番してもらうことになるわよ。では一時間後に」

設計図を足元の草地にはらりと落とす。マテオが腰を屈めてそれを拾い、ナンシーは出発の準備をしようと立ち去った。

デンデンがぶらぶら近づいてきた。「僕も行こうか？」

ナンシーは頭を振った。「あなたみたいな貴重な人材になにかあったら困る」

「よかった。走ったり撃ったりは性にあわないんだ」大げさにぶるぶる震えてみせた。

「私になにかあったら……」ナンシーはつづけた。「ロンドンに知らせて、ガスパールのところに戻りなさい。あなたなら私よりうまくやれるはず」

「それはないと思うけど。がんばってみるよ」デンデンは両手をポケットに突っこんだまま、肩をこつんとナンシーにぶつけた。「死なないでくれたほうが、僕はうれしいけどね」

「あら、グッときちゃう」

ナンシーは立ち上がって時計を見た。五人を呼んで予行演習をする前に、なにか口に入れて二十分ほど横になろう。

「ねえナンシー、スペインの三人組が手を挙げると、どうしてわかったんだい？」デンデンが小首を傾げて見ていた。「タルディヴァが志願するのは確実だった。彼、僕らに懐いてるよね。へんなやつ。フルニエが残るわけがない。面目が丸つぶれだ。でもスペイン人は？」

ナンシーは肩をすくめた。「私に借りがあるからよ。なにが言いたいの？」

「君もちょっとした曲芸師なんじゃないかって、言いたいのさ。ここでいくらかでも軍隊の経験があるのは、あの五人だけだ。その五人を、君は偶然のように志願させた」

31

雨。雨。雨ばかり。気候の点で、オーヴェルニュはときおりフランスよりもイギリスに近い気がしたが、雨はほんの手はじめだった。日が傾くにつれて死火山の上空に火山灰の名残のような雷雲が湧き、夕焼け空に稲光が走った。やがて雨が松林の薄い土壌をごぼごぼと流れ、オークとブナが生える森の斜面を轟音を上げて落ちていった。

男たちは地図も設計図も頭にたたきこんでいた。爆発物の扱いに慣れているのはイギリスで訓練を受けたナンシーだけだったから、ＴＮＴ爆薬と信管を渡して基本を教えた。今夜ばかりは退屈そうな顔はない。爆発物に触れる機会のない狙撃手のフルニエさえもが、指をくわえて見ているわけにはいかないとばかりによってきて、ナンシーが信管の先端を潰して作動させる方法を説明し、爆薬を置く場所を指示するのに聞き入った。

野営地が見えない場所まで来た瞬間、空気が変わった。空気中に漂い、血管をめぐるその感覚に、最初ナンシーは戸惑った。この感覚はいったいなんだろう。ロンドン最後の夜が、脳裡をよぎった。シャンパンをがぶ飲みしてとことん羽目を外そうと晴れ着に身に包んで化粧をし、友達とピカデリーに繰り出した夜の記憶がよみがえった。わかった。高揚感だ。まわりの男たちもみな、気持ちが昂っていた。

空から日の光が完全に消えたころ、一行は静かに本道をそれて鬱蒼とした森にわけ入った。町外れの送信所に近づくほど人に遭遇する危険は増すが、この雨だ。ほとんどの人は外に出ないだろうと、ナンシーは踏んだ。

雨に濡れた髪の冷たいキスを首筋に感じたが、森の地面は滑りやすいがぬかるんではおらず、木の葉にたたきつける雨の音が足音を隠してくれた。世界は作物が育つすがすがしいにおいに満ちていた。木立の向こうに送信所の明かりが見えると、ナンシーは片手を挙げた。マダム・ユベールと話をしてから二度、前を自転車で偵察していた。二回とも地元の主婦を装って自転車のハンドルバーに手さげ袋をかけ、歩哨と笑みを交わした。

情報提供者のマダム・ユベールは、とびきり鋭い観察眼の持ち主だった。彼女が言ったとおり、歩哨は六人いた。二人がゲートを見張り、二人がそれぞれ付近を偵察し、二人が建物内に休めの姿勢で立っていた。電波塔——透かし模様に組んだ鉄骨が、針のように夜空に突き刺さっている——は三カ所がワイヤーロープで地面に固定され、コンクリートブロックの重石で補強してあった。一階建ての母屋は、大きく三つにわかれていた。発電室に送信室、それからガレージがついた裏手の事務所だ。

ナンシーたち六人は、送信所を見下ろした。

「用意はいい?」ナンシーが聞いた。

「ああ」「はい」五人は真剣に答えた。うんざりしたように天を仰ぐ者はいない。全員がリードにつながれた猟犬のように、いまにも飛び出しそうだ。

計画はシンプルだった。ナンシーが偵察して決めた場所、送信所から九十メートルほどの位置に狙撃手のフルニエがつき、任務遂行中の五人を援護すると同時に町の兵舎から敵方の援軍が来た場合はこれを迎え撃つ。順調にいけばフルニエは、座り心地がいいとはいえないオークの枝にじっと座って尻を濡らし、仲間が送信所を爆破するのをただ見守ることになる。順調にいけば六人はドイツ軍が異変に気づく前に森に消えている。だがそう簡単にはいくまい。ナンシーの頭には教官たちの教えがたたきこまれていた。なにごとも、順調にいくことはあり得ない。

マテオ、ロドリーゴ、ファンの三人は敷地の周囲を巡回している歩哨を仕留め、電波塔を固定しているコンクリートブロックに爆弾を置く。ナンシーとタルディヴァは音を立てずにゲートの歩哨を殺し、建物に忍びこんで爆弾をしかけるか、あるいは窓ガラスを割って発電室と送信室に手榴弾を投げ入れ、装置を爆破する。うまくいかないわけがない。

いや、うまくいくわけがない。だがナンシーはこのために訓練を受けた。この日を待っていた。ウィーンの町を鞭打たれて歩く名前も知らないユダヤ人を思った。マルセイユの旧市街で石畳に脳味噌をまき散らして死んだ少年を思った。これは彼らの弔い合戦だ。

「位置について、フルニエ」

フルニエがライフルを担いで闇に消えた。じりじりしながら待つこと五分、低い口笛が聞こえた。位置についたという合図だ。ナンシーは双眼鏡を構え、歩哨ふたりがゲートの前を通りすぎるのを見守った。足取りを見れば、胸の内はわかる。ふたりは雨具の襟を立て、雨具が濡れて張りついた肩をまるめ、ゲート両脇の小屋で雷雨から守られている同僚をうらやましそうにちらりと見た。退屈し、意気消沈してのろのろと歩く彼らの耳には、雨でなにも届かない。よし。ゲートの照明が当たらないところに、ふたりが出た。

「マテオ、行って」

スペインの三人組が闇に溶けた。

ナンシーは待った。五分、と言い聞かせてあった。三人組が五分でパトロール中のふたりを仕留め、金網を切断する。その後ナンシーとタルディヴァがゲート脇の歩哨を倒す。背後の山で炸裂した稲光が送信所をさっと照らすと、ナンシーの心臓は早鐘を打った。ごろごろと長く轟く雷鳴が、後方の山に跳ね返った。

「いまよ、タルディ」

タルディヴァはゲートの北、ナンシーは南に向かった。嵐が味方していた。雷が光るたびに濃い闇が、さらにねっとりと濃さを増すように思えた。頭を低くし目をひたとゲート脇の歩哨に据え、ナンシーは雷鳴の轟きにあわせて道を渡った。西で悲鳴が上がって、消えた。銃声は聞こえなかった。だがゲートの兵士たちには聞こえたらしい。そろってライフルを構えて、路上に踏み出した。ナンシーはあと一歩で明かりのなかという、闇の端まで来ていた。近くにいるほうの兵士の顔が、その青白い頬を伝う雨が、ヘルメットの下にのぞく金髪が雨に濡れ茶色っぽくなっているのが見えた。

「どうした？」兵士が闇のなかに呼びかけた。

返事はなく、雨音だけが聞こえた。兵士は瞬きしながら闇に目を凝らし、ナンシーはナイフを手に頭を屈めてすばやく彼の背後に迫った。

ゲートの北ではタルディヴァが闇から飛び出し、もうひとりの歩哨の首に腕を回して喉を掻き切った。ナンシーもダッシュしたが、虫の知らせでもあったのか、兵士がくるりと振り向いた。

ナンシーは兵士の暗いブルーの瞳を見つめ、つかのまためらってから飛びかかった。兵士がライフルの銃身でナイフの一撃をとめると、ナンシーの手首に衝撃が走った。ナンシーは左の拳を彼のあごにめりこませたが、兵士はバランスを崩した彼女を組み伏せて馬乗りになり、ナイフを握っている手をつかんで切っ先を喉に押しつけた。ナンシーはナイフが肌に食いこむのを感じ、敗北を悟った。稲妻が走り、その光に兵士の目が浮かび上がった。男はナンシーよりもおびえ、自分が女の喉にナイフを向けているのに気づいて動揺していた。

ふたたび雷鳴が轟く。ナンシーはフルニエのライフルの銃声が聞こえもしないうちに兵士の四肢が弛緩するのを感じたかと思うと、顔一面に血しぶきを浴びた。

死体を押しのけ立ち上がったところへ、タルディヴァが合流した。ふたりでゲートを通り、中腰で芝生を突っ切り母屋に向かうと、突然、中央玄関が開いたので壁に張りついた。

玄関で将校がホルスターに手をかけ、目を瞬いて闇を見つめた。稲光が走った。歩哨の死体を見て将校はつんのめり、すぐさま屋内に取って返した。

「敵襲だ！　援軍を呼べ！」

フルニエの位置からふたたび銃声がパンと、今回は嵐にかき消されずに響き、将校が玄関ホールで仰向けに倒れた。ナンシーはひらりと壁から離れるとその遺体をまたいで建物に入り、左手の発電室に向かった。

発電機は醜い代物だった。緑のペンキを塗った鉄の塊から筋肉のような太い鉄管が何本も突き出し、鼻歌でも歌うようにガタガタとリズムを刻んで揺れていた。扉を閉めると、胸が高鳴った。石油のにおいが鼻を突く。発電機のどこに爆発物をしかけるべきかは、訓練で教わった。ナンシーは四百五十グラムのTNT爆薬を三つ出すと最も破壊力を発揮しそうな場所に突っこみ、四分後に作動する信管を選んで先端を潰した。

雷と聞きちがえようのない爆発音が、響きわたった。粉砕され、噴き上げられたコンクリートが裏の壁にぱらぱらと当たる音、巨大な電波塔をぐらつかせ建物を揺さぶる重々しい金属のきしみが聞こえた。

部屋の外で誰かが怒鳴りつけるようにして電話で指示を出し、発砲している。ナンシーは顔を上げてドアを見ると、部屋の奥から椅子を引きずってきてドアの隙間に嚙ませてから、窓をたたき割った。

残り時間、あと三分。

割れた窓からすかさず銃弾が飛んできて、発電機に跳ね返った。咄嗟にしゃがんで頭をかばうと、銃弾が頭上の壁にめりこむのが聞こえた。

部屋の電気を消し、厚いウールのシャツの袖を引っ張って手をかばい、一か八かで窓から飛び出した瞬間、二発目の銃弾がひゅうと頭をかすめた。

外でふたたび爆発音と、あの金属のきしみが聞こえた。電波塔を固定している三個のコンクリートブロックのうち、ふたつが消えていた。稲光が走り、身体をひねって仰ぎ見ると、いまや一カ所しか固定されていない電波塔は傾き、建物の背面に倒れかかっている。こうしてはいられない。ナンシーは南に走った。マテオが逃走用に金網を切断しているはずだ。

残り時間、二分。

稲妻が光った。前方の金網にきれいに開いた穴を目指してダッシュしたところで、うしろからタックルされ地面に引き倒された。足をめちゃくちゃに蹴ってもがいた。歩哨だ。ほかの兵士よりも年かさでがっちりしていて、感触から全身を鍛え上げているのがわかる。

ナイフに手を伸ばしたが、手首をしたたか払われ、ナイフは飛んでいった。

あと一分。ちきしょう。

男はナンシーに馬乗りになって両手で首を絞めた。目を引っかこうとしても、男がのけぞるので手が届かない。首を絞める力が強くなる。視界に黒い点が散った。反撃しなさい、ナンシー。腹を殴ろうとしたが、ぶ厚いコートに阻まれた。

発電機にしかけた爆弾が炸裂し、地面を揺るがした。

男の手が緩み、爆発のあおりで前のめりになった。これなら手が届く。今度はためらわなかった。

ナンシーの手刀がまさに教科書どおりの急所を捕らえ、男の喉笛を潰した。悲鳴を上げる暇さえなく、男はごろごろと喉を鳴らして息を飲み、目に驚きと苦痛の色を浮かべた。ナンシーは男を押しのけた。また時限爆弾が爆発した。タルディヴァが通信室にしかけたものだ。粉々になった窓から煙が噴き出し、天井の残骸から炎がちろちろと出ているのが見えた。

背後でエンジンの音が聞こえ、はっと振り返ると古い装甲バスがナンシーをめがけて猛スピードで草地を突っ切ってくる。ナンシーは拳銃を抜いた。

「大尉！　早く！」スペイン語なまりのフランス語が聞こえた。

助手席側から手が差し伸べられた。運転席にタルディヴァの姿が見えた。迷う暇はない。マテオの手首をつかんでタイヤに足をかけ、引き上げてもらう。

ギアを上げてゲートを飛び出し北へと走るバスに、ばらばらと弾が当たった。タルディヴァがヘッドライトを一度つけて消し、アクセルを踏みこんだ。

すさまじい音とともに最後の爆弾が爆発し、ナンシーはバスの後部に走った。鉄骨がちぎれ、とうとう耐えきれなくなった電波塔がぐらりと傾いで燃えさかる送信所をたたき壊し、背後の道路にどうと倒れるのを窓から見届けた。

タルディヴァがぐっと速度を落としてふたたびヘッドライトをつけたところへ、フルニエが頭上にライフルを掲げ歓声を上げながら丘を駆け下りてきた。フルニエを乗せたバスはスピードを上げ、雷雲のなかへと消えた。

32

バスは逃走の際に銃弾を浴び、かなり損傷していた。きしんだりうめいたりしながら走っていたが、野営地近くの斜面のふもとでとうとう動かなくなった。一同はバスを道路から押し出し、木の枝を切ってきてカモフラージュすると、野営地へと山道を登った。嵐は過ぎ去り、雨がぽたぽた落ちる防水布(タープ)の下で、男たちが子供の身を案じる親のように心配そうに待っていた。

「帰ったぞ、お前ら！」フルニエが言った。「全員無事だ！」

歓声が上がった。雨も不安も、フルニエの威勢のよさが吹き飛ばした。デンデンが駆けより、絞め殺さんばかりにナンシーを抱きしめた。男たちは握手を交わし、肩をたたき、スペイン三人組の腕をたたいて髪をくしゃくしゃに乱した。みな楽しそうだ。やがてフルニエが隠してあったワインを一箱出してきて、森の端の雨がしたたるタープの下で襲撃の一部始終を話して聞かせ、さらにもう一度話して聞かせると、男たちは興奮に目を見開いて聞き入った。

ナンシーは酒を飲みながら、次第に熱を帯びていくフルニエの独演を見守った。べらぼうに話がうまい。

「照準器から、見えていたことは見えていたんだ。だが木がそこらじゅうに生えてるわ動きが激しいわで、おれにできることなどありゃしない」フルニエは暗闇に目を凝らし、目から雨をぬぐう仕草をした。「参ったな、と思ったさ。やっと好感を持ってやってもいいかなと思いはじめたところで、大尉さんは死んじまうんだ。あの太ったドイツ野郎に絞め殺されちまうんだ」笑いが起きるのを待つ。「そのときドカーンと音がした。大尉のすぐうしろで発電機が爆発した。ドイツ野郎がびくりとした瞬間、またドカーン！　大尉はコブラみたいに反撃に出た。右手でそいつの喉をパーンと一撃。やつはもう死んでいた」男たちが喝采した。「ばかでかいドイツのクソ野郎を一撃で倒したんだ。そいつの頭がもげて、ボールみたいに弾むんじゃないかと思ったね。ポン、ポン、ポーンと……」

さらに笑いが湧き起こる。フルニエは酒瓶を持ったまま両手を伸ばし、右を見て、左を見た。一同が身を乗り出すと、声を潜めてつづけた。

「あのときは、なんて凶暴な女だと思ったよ」と言って頬の火傷を指さし、ミュージックホールの芸人よろしくここぞとばかりに声を張り上げた。「だがドイツ野郎にしたことを考えれば、こいつは甘ーいキスだった！」

男たちはやんやの大喝采。みながいっせいに身体をひねってナンシーを見た。

フルニエはナンシーに瓶を掲げてみせた。

「だからお前ら、怠（はんごう）けるんじゃないぞ！　ウェイク大尉に乾杯！」

全員がコップや飯盒を上げると、ナンシーも半分空いたワインのボトルを掲げて応えた。

「そうだ、デンデン。これでＢＢＣが少しはよく聞こえるようになったんじゃない？」

「ああ、きっとそうだ！」

デンデンがさっそく無線機の電源を入れた。雑音のない明瞭な放送が聞こえた。しかも流れてきたのは新しいレジスタンス賛歌だ。男たちの半数が立ち上がるとふたりずつ腕を組んで、ぐるぐる回った。踊っているのか取っ組みあっているのか、定かではない。おそらく本人たちもわかっていないのだろう。

その様子を一分か二分眺めてから、ナンシーは頭を屈めてタープを出ると静かな森に入った。嵐が去ったあとの大気はひんやりとすがすがしく、頭上には三日月。ナンシーは両手を見下ろした。

「はじめて人を殺したんだろ？」やはり喧噪を抜け出してきたタルディヴァの声だった。

嘘をついても仕方ない。それにこの男には借りがある。この野営地に案内してくれたのも、ガスパールに嘘をついて助けてくれたのも、真っ先に任務に志願したのもタルディヴァだった。

「ええ。マルセイユに住んでいたころは、毎週月曜日に夫がネイルサロンに連れていってくれた。この手を見ても、もう私の手だとわからないでしょうね」

青白い月明かりに、タルディヴァが煙草の煙を吐いた。

「こわかった？」

しばし考えた。「いいえ。殺される、と思ったときもこわくはなかった。むしろうれしかった……やっと実戦に参加できて。あれは一瞬の出来事で、私は自分に腹を立てていたの。ナイフを落とした自分、最初の歩哨と対峙したときにためらった自分に。でも恐怖心はなかった。興奮してた」そう、それが探していた言葉だった。なんてことだろう。「私は興奮していたの。それって正常じゃないわよね？」

またもやタルディヴァはフランス人にしかできないやり方で肩をすくめた。「戦時中だからね。正常なことなんてひとつもないよ。正常でいたら殺されちまう。正常でいたらナチスに協力することになる。正常なんか誰の役にも立ちゃしない」勢いでしゃべりすぎたと思ったのか、深呼吸をした。「あんたの作戦はよくできていた。コンクリートブロックを吹き飛ばして建物内から兵士をおびき出し、最後の爆破で電波塔を道路になぎ倒す。いい作戦だった。あんたが仕事を楽しんでいるなら、おれたちは感謝しないと」

そうじゃない、と言いたかった。作戦を立てて実行するのは……最高だった。それはまちがいない。けれどもあの兵士を殺したことは……楽しくて殺したわけじゃないと、タルディヴァに言いたかった。死なずに済んだことはありがたいし、気持ちが昂ったのも確かだが、人を殺すのが楽しい人間がどこにいる？　ナンシーがこの世から抹殺したいと願っているあいつらだけだ。めまいがした。

「ナーンシー！」暗がりからデンデンが酒瓶を手に千鳥足で出てくると、ナンシーが口を開く間もなくタルディヴァは森に溶けて消えた。「ナンシーちゃーん！」

ナンシーはデンデンに歩みよった。「ここよ、ばかね。そんな大声を出すと、ナチスの大軍が押しよせるわよ」

デンデンがくすくす笑いながら、もつれる足で近づいてくる。

「圧勝だったね、ダーリン」と言って、腕をナンシーに巻きつけた。「ねえ、羽目を外したくない？」


デンデンを信じるしかなかった。両手にロープを巻きつけ野営地の西側の絶壁に立っているのは、「羽目を外す」を通り越して狂気の沙汰としか思えない。ロープの一端は六メートル離れた栗の木に結んである。

「このまま絶壁から仰向けで倒れろって言うのね？」ナンシーは念を押した。

デンデンは自分のロープを引っ張って、強度を確かめた。「ダーリン、神に誓って言うけど、絶壁に浮かぶのって楽しいんだよ。君がまだ知らないだけで」

ロープの結び目に自信を持ったところでナンシーの手を取り、崖の本当のきわに誘った。ロープには、まだかなりたるみがある。ほとんど月明かりのない闇のなかでも、デンデンはナンシーの表情に気づいたらしい。

「ナンシー・ウェイク、君が安酒場で安いシャンパンをガブ飲みしていたころ、僕は空中ブランコや綱渡りのロープをそれこそ何千回も張ったんだ。だから大丈夫。爪先が崖っぷちに来るまで後ずさりして、行けるところまでぐっと身体を反らしてごらん。最高にいい気分だから」

デンデンがやってみせた。ロープを握り、ブーツの爪先を絶壁の端に預けて、奈落の上に仰向けに浮かんだ。

そうまで言うなら、やってみるか。ナンシーは崖に背を向けると足を開いて立ち、身体を反らした。感じた。背中と頭を重力に引っ張られ、ぴんと張って動かないロープに腕を心地よく引かれるのを。腕のロープを少し緩めて、さらに身体を倒してのけぞると——足の裏から笑いが湧いて、全身を揺さぶった。奈落がふたりを引っ張り、髪は風になぶられ顔じゅうに張りつくが、奈落など屁でもない。ナンシー・ウェイク大尉は重力をも統べるのだ。

「言っておくけど、私は安いシャンパンなんか一度だって飲んだことないんだから。でもデンデン、さすがね。私に必要だったのは、まさにこれよ」

かたわらでデンデンがロープから片方の手を、崖から片方の足を離してゆらゆら揺れた。

「サーカスで学んだトリックさ。罪深い自分が憎くなるたび、男の子に熱を上げるたび——そんなの毎日なんだけどね——空中ブランコからぶら下がった。安全ネットなしで。すると崖っぷちにいる気がして、やっぱり生きてるってすばらしいと思えた」

「くたばりやがれ！　って宇宙を罵る感じね！」ナンシーはヒューと歓声を上げ、その声が谷間に響きわたり闇へと転げるように落ちていくのを聞いて、くすくす笑った。

「うん！　あいつらをたたきのめしてもやましく思うことないよ、ナンシー。たとえその手で殺すことになっても。こいつを使うんだ。崖っぷちで感じた生きてるって手応えを。男とヤるのが好きな僕に、それはいけないことだと世間は言う。世間は君に、戦場で暴れるのは男に任せて家でじっとしていろと言う。ふん。言わせたいやつには言わせとけ。怒りをバネにするんだ。そして、そうしたことで人になにを言われようと、絶対恥じちゃいけない」

「ありがと、デンデン」彼はわかってくれていた。ナンシーがナンシーであるのがどんなことなのか、理解していた。ナンシーも片方の手を離してみた。身体がぐらりと傾いだが、すぐにバランスを立て直すと、胸に喜びが湧いた。「でもそんなふうに話すと、ちょっとティモンズ先生みたい。自分で気づいてる？」

デンデンがわめいた。「君ってほんとにやな女！　こんな侮辱されたのは生まれてはじめてだ！」

静寂に、ふたりの笑い声が響きわたった。

33

疲れ果て、しかし意気揚々と野営地に引き上げてきてようやくうとうとできたと思ったところで、デンデンに起こされた。

「ナンシー、問題発生だ！　起きて！」

もたもたと服を着て、ブーツを履いた。二日酔いではないが――いいえ、二日酔いではなく睡眠不足であります、軍曹殿――目がおかしいのか、明かりがまぶしい。野営地は静まりかえっていた。不気味なくらい静かだった。いったいなにがあったのか。

「ナンシー！」

「いま行くって！」

テントから転げ出ると、デンデンはすでに森にわけ入り、温泉のほうへと手招きしている。ナンシーはホルスターに手をやってから、あとにつづいた。フルニエがスパイを捕まえて、取り調べを手伝ってほしいのか。それともデンデンはフルニエの取り調べをやめさせたいのか。山道を下りながら、酔いでぼんやりした頭をさまざまな憶測がめぐった。男たちの声が聞こえてきた。言葉は聞き取れないが、口調はわかる。緊張感はない。楽しげですらある。ならば、どうして……。

空き地に出たところで、ドイツ軍から盗んだバスが目に飛びこんだ。

「それはふもとにとめてきたはず。どうしてこんなところにあるの？」

フルニエ、スペインの三人組、タルディヴァとともに、男たちがほぼ勢ぞろいしていた。みなひどく汚れ、とびきり得意げな顔をしている。

「さっきみんなでここまで押してきたんです！」ジャン・クレールが勢いこんで言った。

フルニエが口から煙草を外した。「ひとりになれる場所があったらいいんじゃないかと思ったんだ、大尉。それで、ちょいと手を入れた」

フルニエが悪態に聞こえない口調で、ナンシーを「大尉」と呼んだのははじめてだった。少なくとも、しらふではじめてだった。

「ありがとう」と、心から言った。

ナンシーがなかに入るのを、一同は待ち構えていた。そして彼女がバスに足を踏み入れると、苦心の成果を見てまわる様子を窓から見守った。座席が数列取り外され、残った座席は生活空間を整えるのに使われていた。運転席のすぐうしろでは、座席が会議室のように木箱をUの字に取り囲んでいた。壁際に木箱をふたつ重ねて棚を作り、なんと誰かが摘んできた花を空き缶に差して飾っていた。奥には二列ぶんの座席をよせて、ベッドらしきものまで作ってある。ベッドの上には毛布が二枚たたんで置かれ、シルクでこしらえた長い寝間着が広げてあった。

「やるじゃない、あなたたち。すごいわ！」

男たちは歓声を上げ、またひとしきり背中をたたきあった。

「それじゃ——朝飯にしようか」デンデンが両手をこすりあわせて呼びかけた。「大尉が新居に落ちつけるように」

学校帰りの子供のようににやにや笑って小突きあいながら、男たちは野営地へと戻りはじめた。

「タルディ？」

呼びかけると、タルディヴァが最後尾のグループから抜け、伏し目がちに戻ってきた。ナンシーは寝間着を手に取った。

「パラシュートで作ったんでしょ？　素敵だけど、これは奥さんのものよ」

ナンシーが寝間着を身体に沿わせて、とろけるようなシルクの襞に手を走らせると、タルディヴァはつと上を向いた。そして仕事を評価されて喜ぶ職人らしく、にっこりした。

「おれが作るものは全部妻のものだよ、大尉。だが、あいつはもう着られない。四一年に死んだんだ。あんたにもらってほしいって、きっとあいつも思ってる」

ナンシーは喉が詰まるのを感じた。「大事にするわ」と返すのが精一杯だった。

木もれ日の光と影が、タルディヴァの顔に散った。「よろしくな、大尉」

ナンシーが言葉を返す間もなくタルディヴァはきびすを返すと、山道をずんずん登った。ナンシーは黙って見送った。これで、心はつかんだ。フルニエと男たちの心をつかんだ。これからはナンシーに従い、ナンシーの言葉に耳を傾けてくれるだろう。これで連合国軍が上陸を開始した暁には、鍛えられ規律の行き届いた戦闘員と破壊工作者の部隊をイギリス政府に役立ててもらえるはず――。

だが勝利に酔いしれていいはずが、勝利にはなおも暗い影がつきまとっていた。気づけばナンシーは寝間着を固く握りしめ、訓練されたとおりに身体が勝手に動きドイツ兵の喉笛を手刀で一撃した瞬間を思い出していた。たまらず目を閉じた。もういい。あれはやらなければならなかったこと。男たちとともに戦いたいなら、結果も引き受けなければならない。でも……ロンドンでナチスを殺せと叫ぶのが、いかに楽だったことか。自分の手でドイツ兵を殺すのがこんなにもきついとは、思ってもいなかった。ちくしょう。そもそもナチスが憎いのは、彼らが人の命をないがしろにするからだ。なのにいま、ナンシーはナチスの命をないがしろにしろと迫られていた。手にかけた兵士やフルニエの銃弾を食らいナンシーの顔に脳味噌をぶちまけて絶命した兵士が、もしかしたら自分でもよく理解していない流れに巻きこまれただけの、母も妻もいる平凡な男だったとしても、そんなことには頓着するなと求められていた。それができなければ？　ドイツ兵にお茶を勧めて理解を示す？　よその国を侵略して人を殺す悪い子は部屋で反省しなさいと、お仕置きする？　できるわけがない。ならばナンシーも彼らの残忍さを、少し引き受けるしかない。犠牲にするしかない……なにを？　魂の欠片を。

よし。取引は成立だ。

34

ベーム少佐がモンリュソンの新しい執務室で妻からの手紙を読んでいると、ノックの音がしてヘラーが入ってきた。

エーファは変わりなく、娘と子犬はベルリンの快適な新居の庭で遊んでいた。フランスを離れて故郷の人たちのなかで暮らせることをエーファは喜び、夫の仕事ぶりを妻にふさわしい言葉を連ねて讃え、任務を終えたあなたを迎えられる日が待ち遠しいと書いてきた。ベームの胸が羨望でちくりとした。モンリュソンでの任務には新鮮なやり甲斐を感じる。だがこの人間の気質は颯爽として動きの読めないマルセイユのテロリストよりも、東部戦線で見たスラブ系に近い。本当に愚鈍なのかそれとも愚鈍なふりをしているだけなのか、いまひとつ判断がつかない。山中を移動しつづけるマキについて問い糾しても、みな牛のような無表情を返すばかりなのだ。そんな話は知りませんねえ、旦那。役人どもは目をぱちくりし、お役に立てるならなんなりとと口では言うが、書類や報告書が出てくるのは、いらいらするほど遅かった。

ヘラーが机に置いたナイフを、ベームはつぶさに眺めた。

「ごらんになりたいかと思いまして、少佐殿。ショード・ゼーグで起きた電波塔爆破事件の現場に落ちていたものです」

ベームは手紙を置いた。「目撃者はいないのか」

ヘラーが頭を振った。「生存者はふたりいますが、犯人の顔は見ていません」

「TNTを使ったのだったな?」

「そのとおりです、少佐殿」

ベームはナイフを取り上げ、重さを確かめた。「ヘラー、これはフェアバーン・サイクス社製の戦闘ナイフだ。山中のごろつきどもを煽り組織するためにフランスに潜入させる工作員に、イギリスが支給しているナイフだ」

ベームはナイフで空を切り裂き、見えない敵を突くと、おもむろにうなずいた。よくできている。

「ヘラー、われわれの忍耐にも限りがあることを、フランス国民に知らしめるときが来たようだ」

35

ときおりふと、戦争を忘れる瞬間があった。つかのまではあるが、そうした瞬間は確かに存在した。疲れすぎて脳のスイッチが切れると不思議な光が見え、ナンシーは春の終わりの香りに鼻をくすぐられ、木もれ日に陶然としながら人気（ひとけ）のない田舎道で気ままに自転車を漕いだ。

　月が明るい夜はかならず物資の投下があり、高地に点在するマキの野営地――うち捨てられた納屋や森――には、毎日新たに若者たちがやってきた。ナンシーは彼らを訓練し、自分たちで新入りを訓練できるように導き、物資と武器を配給し、逃亡ルートを確立し、いざというときの合流地点を決め、メンバーが小規模な奇襲や窃盗や破壊工作の作戦を提案すればうなずいた。危険を鑑（かんが）みれば大がかりな作戦は実行できないが、経験上こうした実地訓練にメリットがあるのはわかっていたから、ここはロンドンにも、連合国軍の上陸前にナンシーが大きな失態を犯すわけはないと信じてもらうしかない。村の用事もあった。手当を配り、噂話に花を咲かせた。そして毎日誰かに連合国軍の上陸はいつですかと聞かれるたび、ナンシーはどうか本当にそうでありますようにと祈りながら「もうすぐよ」と答えた。だが上陸ははじまりでしかなく、正念場はそれから。いまは準備期間にすぎない。

カーブに差しかかったので速度を落とし、残念な気持ちで物思いから醒めた。そういえばタルディヴァが、マルヴァル川の南に投下地点に使えそうな農地があると話していた。見にいってみよう。候補地の近くで石垣のうしろに自転車を隠し、偵察をはじめた。確かになかなかよさそうだ。農地の所有者が目をつぶってくれるなら、投下地点に使えるだろう。歩測すると、およそ七百平方メートルで広さは完璧。近くに電線やケーブルの類もない。そこかしこに木は生えているが、接近してくる飛行機の信号灯をさえぎるほどではない。ここまではよし。だが農地の西からショード・ゼーグ方面へと、地面が険しく隆起しているのが気になる。飛行機の邪魔になるほど高くも急峻(きゅうしゅん)でもないが、上まで登って確かめなければ。ショード・ゼーグ側から楽に丘に登れる道があったらまずい。ドイツ軍は機影を認めると同時に山道を登り、物資を運んでいるナンシーたちに襲いかかるだろう。だがショード・ゼーグ側の斜面が鬱蒼とした森ならば、勝算はあるかもしれない。丘に人員を配置して、眼下の町に灯火信号が見えないか不審な動きがないか見張らせておくのだ。

ナンシーは斜面を登りはじめた。やがて汗が腰へとしたたり落ちるのが感じられた。物資の隠匿場所を増やしたほうがいいのだろうか。そうした場所にはすでに武器や弾薬を運びこみ、いくつかはアラジンの魔法の洞窟さながらだ。スペインの三人組を偵察に出し、森のなかによさそうな場所を見つけさせよう。彼らが考案した逃亡ルート沿いがいいかもしれない。地元の人間も知らない辺鄙な場所にいくつか隠し場所を設けるのも手だ。万が一ドイツ軍の攻撃で総崩れになっても、生き残った人間が武器と弾薬を回収にいけるように――。

地面が平らになったところで南に千歩進み、南にドイツ軍が簡単に登ってこられるルートがないことを確認すると、千歩戻ってそのまま北に歩きつづけ、やがて崖に出た。切り立った崖の下はショード・ゼーグの町だ。すばらしいことに北にも楽なルートはなく、崖からは町の中部が正面に見えた。ここに見張りを立たせれば、町で不審な動きがあっても、すぐに農地の物資回収班に合図を送ることができる。

眼下の動きが目を引いた。町の人々が普通に行き来しているのではない。なにかがおかしい。

双眼鏡を上げ、市場の中心に一塊になっている灰色の軍服の男たちにピントを合わせた。男たちが二手にわかれ、民間人の服装の男女が地べたに倒れているのが見えた。兵士が数人がかりでふたりを無理やり立たせると、女がもがいた拍子に重たげな腹の膨らみが見えた。男は激しく抵抗している。ナンシーの耳に聞こえるのは、周囲の森で木々がさらさらと揺れる音だけ。だが男が身体をくの字に曲げ、声のかぎりに叫んでいるのは、見ればわかった。ナンシーは固唾を呑んだ。ふたりとも知った顔だった。

男はガスパールの戦闘員だった。ナンシーが頭から飼い葉袋をむしり取られたときに、納屋にいた。女も知っていた。一週間ばかり前に町に行ったときに話しかけてきた、若い女だ。うちの人はフルニエの仲間じゃないからこんなことを頼めた義理ではないけれど、と妊娠中の女は言った。この子のためと思ってお恵みをいただけないでしょうか。赤ん坊を切り札にされてはどうしようもない。それに、部下の家族がナンシーに施しを受けたとなれば、ガス

集英社 新刊案内 1

2021.1.10 〜 2021.2.9 刊行

集英社出版四賞授賞式。写真左より河野啓さん、木崎みつ子さん、鈴村ふみさん

2020年度 集英社 出版四賞

◆第33回柴田錬三郎賞
『逆ソクラテス』伊坂幸太郎氏

◆第44回すばる文学賞
『コンジュジ』木崎みつ子氏

◆第33回小説すばる新人賞
『櫓太鼓がきこえる』鈴村ふみ氏

◆第18回開高健ノンフィクション賞
『デス・ゾーン 栗城史多のエベレスト劇場』河野 啓氏

タイトル・内容は一部変更になる場合があります。 表示価格は本体価格です。別途、消費税が加算されます。
各書籍の末尾についている数字はISBNコードで、それぞれの頭には978-4-がつきます。

www.shueisha.co.jp

1月20日発売

コンジュジ

【電子書籍版も同時配信】

第44回すばる文学賞受賞作

第164回芥川賞候補作

父は手首を切り、母は失踪した…。過酷な環境に生きるせれなは、苦しみのたび、「死せる偶像（スター）」を蘇らせる。一人の少女による自らの救済を描く、圧巻のデビュー作。

木崎みつ子

本体1,400円
08-771742-6

1月26日発売

累々（るいるい）

【電子書籍版も同時配信】

「もう誰かのための自分にはなりたくない」。結婚、セフレ、パパ活、トラウマ…。全て柔らかな嘘。デビュー作の衝撃を超える、たくらみに満ちた「恋愛」小説集。

松井玲奈

本体1,400円
08-771735-8

パールは確実にへそを曲げる。ナンシーは娘に五十フランとチョコレートバーを二本渡した。エリザベート、という名だった。夫のほうはリュックだ。

兵士たちは娘を十字標の台座に抱え上げ、十字架の前に立たせて後ろ手に縛った。ＳＳだ。リュックは磨き上げられた軍靴を履き少佐の軍帽をかぶった男の足元に這いつくばって懇願している。少佐が片手を上げた。兵士のひとりがライフルを肩から下ろし、銃剣をつけた。ナンシーの喉にひどく苦いものがこみ上げた。

ぽろりと声が出た。「うそ、うそ。まさかそんな……」

手を下ろした少佐に、兵士は銃剣を装着したライフルを渡した。少佐は縛られ動けない女の腹を銃剣で突き刺すのではなく、ぐるりと腹の膨らみに沿って切り裂いた。ナンシーは双眼鏡を取り落とし、横を向いて胃のなかのものをすべて草地に吐いた。

もう見たくない。手の甲で口をぬぐった。だが見ないわけにはいかない。誰かが、これを見届けなければならない。双眼鏡を目に当てた。女の身体は血に染まり、足元に紫色っぽいべちょっとした物体が落ちている。服は肩からはだけ、首の白さが際立つ。頭を右へ左へとがくがく動かしながら、娘はまだ生きていた。

「どうか死んで」ナンシーはささやいた。「お願いよ、お嬢さん、早く楽になって」

リュックは少佐の足元で両手を揉みあわせていた。少佐は拳銃を持ち、銃口を女の頭に向けている。なにか言っていた。

リュックが手を下ろした。少佐は耳を澄ましているようだ。

少佐の手がぴくりとした。一拍置いて、銃声が反響した。足元で小枝が折れるような小さな音だった。エリザベートがくりと前のめりになった。リュックは地面に膝をついたまま妻から目を離せないでいる。少佐は凍りついたように動かない若者の背後に回り、その頭を撃ち抜いた。

少佐が振り返り、丘を仰いだ。顔が見えた。

ベーム。

ベームがまっすぐにナンシーを見ていた。アンリを拘束したあの日、マルセイユのゲシュタポ本部から彼女を追い払ったときと同じ、感じのよい、しかし人を見下すような笑みを浮かべて見ていた。

双眼鏡を下ろし自転車に向かって斜面を下りはじめたところで膝が抜け、ナナカマドの木の下にへたりこんだ。息が切れ、胸が苦しく、頭がくらくらした。

堪えなさい。しっかりするの。落ちついて。余計なことを考えるんじゃない。ベームがここにいる意味など、いま考えてはだめ。リュックはベームになにを話したのか。妻への拷問を終わらせるのと引き替えに、なにを差し出したのか。

ナンシーははじかれたように立ち上がった。憤怒に、混じりけのない激しい怒りに背中を押されて斜面を駆けおり、畑を突っ切って自転車にまたがった。憤怒に突き動かされて山道を登り、山中に入った。憤怒に突き動かされて三十キロの道をひたすら漕ぎ、ムシェ山の中腹に来たところでガスパールの見張りに行く手を阻まれた。

「マダム・ウェイク、これはようこそ」見張りが言った。

「お愛想はいいからガスパールのところに連れていきな、このチビ。今すぐ！」

考える余裕があったなら、うまくいくわけがないことくらいわかっていただろう。フルニエの男たちがブレン軽機関銃やＴＮＴやプラスティック爆薬を手にし、クレルモン・フェランからオーリヤックまであちこちで予行演習を楽しんでいることは、確実にガスパールの耳に入っていた。ナンシーたちが電波塔を爆破したと聞いたときは、さぞかし無念だったにちがいない。おとなしく話を聞く気分ではないだろう。だが機嫌を取っている暇はない。

だから見たままを話した。

「ここを引き払うのよ」長くしつこい沈黙に、ナンシーの言葉は飲みこまれた。

ガスパールは焚き火の前で木箱に腰を下ろしていた。上空をときおり飛ぶ敵の偵察機に煙で居どころがばれないように、頭上にはタープが張ってあるが、警備はこの防水布と道沿いに配置した見張りのみらしい。周囲の空き地で少なくとも七十人の男たちが、日光浴をしていた。近隣の山中に、こうした男たちがあと二、三百人は潜伏しているはずだ。

ガスパールは、町に出てベーム少佐と和解の酒を酌み交わせと促されたかのような渋面だった。

「断る」

この偏屈で愚かなクソ野郎が――。深呼吸をしなさい、ナンシー。相手が理解できる言葉で説明するの。ゲシュタポにこの場所のことをしゃべった。やつらが知りたいことがほかにある？　ガスパール、残された時間は四時間。長くて五時間よ」ナンシーははっきりと、たたみかけるように話した。「ベームはこの地点に空襲を命じ、さらに地上部隊で追い打ちをかける。部隊はすでに出立したはず。ぐずぐずしている暇はない。逃亡ルートを確立しているなら――」

「断ると言ったはずだ」ガスパールはがっしりした両手でどんと膝を打った。「ナチスが来ると脅されるたびに山に逃げこむために、こいつらを集めたわけじゃない。それにリュックとは十年来のつきあいだ。あいつは裏切らない。死んでも裏切らない。昨日も今日も、おれたちが安泰なのは変わらん」

ナンシーは拳を固めた。「見ていないから、そんなことが言えるのよ！　あんたはナチスがあの娘にしたことを見ていない。一秒でも妻の苦しみを縮められるなら、リュックはなんだろうとしゃべったはず。私だってそうする。あいつらはエリザベートのお腹を銃剣で切り裂いたのよ」

ガスパールが立ち上がった。仁王立ちで、ふたりはにらみあった。

「ならば、嘘を教えたはずだ！」ナンシーの顔につばを飛ばして怒鳴った。「ドイツの野郎どもはここから何キロも離れた廃屋を攻撃し、弾も兵力も無駄にすることになるのがおちだ」

「そうとはかぎらない！　ベームの手にかかって口を割った男は何十人もいるのよ」

話は終わりだというふうに、ガスパールが手を振った。「くだらん。奥さん、リュックがしゃべったかもしれないと脅されたくらいで、拠点を捨てる気はない」

ナンシーはガスパールの腕をつかみ、声を荒らげないように気をつけながら食い下がった。「やってみたって損はないでしょ？　男たちをもっと山奥に散開させるの。ここにはひとりかふたり見張りを残して三日待ち、リュックがしゃべらなかったか嘘の情報を流したとわかったら戻ってくればいい」

ガスパールが軽蔑も露わにナンシーを見た。「フルニエの男どもがなぜあんたに従うのか理解に苦しむね、嬢ちゃん。ドイツ軍が来るって噂が流れるたびに逃げろ隠れろとあわてる男に、どうして戦士を束ねられる？　おれたちはウサギか？　ここにいるのは戦うためだ」

わめきちらしたい気持ちを抑えるだけで精一杯だった。「いまはまだそのときじゃないの！　連合国軍が上陸したら、私たちは総力を挙げてドイツ軍を後方から攻撃する。それまでは、必要とされるまでは、装備を調え、準備し、訓練し、なにがなんでも生き延びなきゃならないの！」

まずい手を打った。

「おれはロンドンでのうのうとしている帝国主義者どもの捨て駒じゃねえ！　祖国のためにどう戦うかは自分で決める。やつらの言いなりにはならねえ」周囲で男たちがそうだそうだとうなずいた。「ひとつかみの銃弾とチョコレートでほいほいイギリスの言うことを聞くと思ったら、大まちがいだ。山奥のウサギどものところに帰れ」

ガスパールは背を向けた。

「リュックは口を割ったのよ、ガスパール！」その背中に向かってナンシーは叫んだ。「ここは襲撃される！ 頼むから手を打って！」

ガスパールは歩きつづけた。

36

野営地に帰りつくなりナンシーはフルニエ、タルディヴァ、マテオとデンデンの四人をバスに呼び、一部始終を話して聞かせた。

「ほっとけ」フルニエが次の煙草に火をつけた。「それだけ説得してだめなら自業自得だ」

デンデンは頭を振った。「ガスパールひとりの問題なら、僕も同意見だ。あんなやつは、ベームとやらに取って食われりゃいい。だけどガスパールの指揮下で数百名が近くの山に潜伏している。彼らをベームの昼飯に差し出すわけにはいかない」

フルニエはふんと鼻を鳴らし、木箱に広げた地図の上に身を乗り出した。「それで？　おれたちになにをしろと？」

ナンシーはムシェ山の登頂ルートを指さした。不思議なものだ。ほんの数週間前まで地図に描かれたただの線にすぎなかったのに、いまでは地図を見ただけですべての道が、すべての家に住む人の顔が思い浮かぶ。感じのいい農民の名前も、対独協力者と噂される村人の名前もすべてそらで言える。

「こっちが自滅するようなリスクは冒せない。ドイツ軍は空爆を命じるだろうから、爆撃機やヘンシェル機には用心しなければならないけれど、地上部隊は？　相手が地上部隊なら、手はある。東側には楽な登頂ルートがないから、ドイツ軍はピノル、クラヴィエール、ポーラックに部隊を派遣し、そこからムシェ山を包囲するはずよ。その足を引っ張るの。日暮れまで持ちこたえられれば、ガスパールたちは完全包囲される前に、森に逃げこむかオーヴェールの村を抜けて逃げられる」

フルニエがムシェ山に北から登るルートを軽くたたいた。「この道ならよく知ってる。数カ所にトラップをしかけるか」

「いいわね」ナンシーはうなずいた。正面からぶつかるよりも妨害する——フルニエも、ようやくゲリラの思考をものにしたらしい。

「時間がないから、木炭自動車を使わせてもらうが」

木炭を燃やして走る自動車は部隊に三台しかないが、フルニエの言うとおりだ。ナンシーはしばしためらったのち、腹をくくった。

「了解。乗っていって。でも用が済んだら徒歩で戻ってくること。車は慎重にカモフラージュしてね。この先一週間は敵の部隊がうようよするから」

フルニエがうなずくまでナンシーはその目をじっと見据え、それからマテオに視線を移した。

「私たちはクラヴィエールからの道を行く。それからガスパールの部下を戦闘から助け出すのに案内役が必要だから、ル・ベセ方面のこと、ここのこと、ここに三人ずつ配置して」

男たちを見まわすと、全員がうなずいた。

「農家の人たちに用心するように知らせなさい。タルディヴァ、救護班を組織して。生存者の受け入れ準備も頼んでいい？　森に隠れ家を用意し、シャヴァニャックの町外れの農家に物資を運んでちょうだい。それと裏道の小規模な奇襲はあなたに一任するから、必要に応じて作戦を立てて。新入りに実戦を体験させてほしいんだけど、くれぐれも怪我はさせないで。デンデン、なにがあろうと通信は絶やさないでね。医療物資とプラスティック爆薬の補給をロンドンに要請して」

ナンシーは地図を丸めた。

デンデンがマグの紅茶を飲み干して言った。「了解。恩知らずのくそったれ救出作戦のはじまりはじまり」

マテオとナンシーはフアン、ロドリーゴら十二人を引き連れて谷を下り、クラヴィエールとムシェ山を結ぶ本道を目指した。山から三キロほどの地点に、ナンシーは期待をかけていた。道の両側に牧草地が広がり、大樹が点々とそびえるあたりだ。何度も時計に目を落とした。市場で起きた惨劇の噂が広まり、惨劇の意味するところを人々が悟る前に、ベームはガスパールの拠点を攻撃するよう軍に進言するだろう。そうした攻撃は準備にどれだけ時間がかかるのか。将校たちに指示を出し、車両や兵器をそろえるにはどれだけ時間がかかるのか。本道へと歩く時間の半分ほどをナンシーは頭のなかで計算しながらすごし、残りの半分はそんなことを考えても仕方がないと自分を戒めてすごした。

太陽が天頂に昇るころ、一行は道に出た。二十分後には最初の作戦を遂行する場所が見つかった。道路を塞ぐだけの高さのあるオークの木を目にしたナンシーは、駆けよってそのしわのよった樹皮にキスをし、プラスティック爆薬で倒すようマテオに命じた。それから道を見張り、町の人々に警告するように指示してふたりの斥候をクラヴィエール方面に派遣した。偵察に選んだふたりはまだ年若く、彼らが道の角を曲がって消えるまでマテオがその背中をじっと見つめているのにナンシーは気づいた。

「あの子たちのことが心配なの？」太い幹にプラスティック爆薬を丁寧に巻きつけているマテオに尋ね、背嚢からさらに爆薬を出して渡した。

「心配というより、あいつらを見ていると、おれはまだ二十三歳なのにじいさんみたいな気分になるんです」

「なぜ？」

マテオは爆薬に信管を差しこみ、銅の先端を潰して叫んだ。「伏せろ！」

一同は走って道端の側溝に飛びこみ、伏せた。

「なぜって」なにごともなかったかのように、マテオはつづけた。「おれは十六で銃を取り、それからずっと戦場にいるから」

「銃を取るより、女の子を引っかける年ごろなのにね」ナンシーが言うと、マテオはふんと鼻を鳴らした。「ナンパのコツなら、ジャン・クレールに聞くといいわよ。お母さんの話じゃ、ジャン・クレールはアルプスじゅうの村で女の子を泣かせたらしいから。しかも女の子を泣かせて得意顔だったんですって」

マテオがスペイン語で発した、おそらく上品とはいえない返答は突然の爆発音にかき消され、巨木がメリメリと音を立て、嵐のように葉を揺らしながら倒れた。大地が震えた。ナンシーは顔を上げた。完璧だ。オークは道を完全に塞いでいた。

ナンシーは側溝から道路に上がると背嚢を下ろし、貴重な対戦車手榴弾を取り出した。ドイツ軍はどれくらいの兵力で来るんだろう。そよ風に運ばれてきたかのように、凄惨な光景が脳裡に浮かんだ。廃屋になった古い農家の表で不意打ちを食らい、集中砲撃されるガスパールたち。土煙が立ち、砲弾がうなり、血しぶきが上がり男たちが逃げ惑う——。

ナンシーは顔に春の風を受けながら、送信所を襲撃したときのあの感じ、血のたぎりが戻ってきたことを悟った。感覚が研ぎ澄まされた。危うくも甘美なあの感覚が、戻ってきた。

「ジャン・クレール！　ぼさっと道を見てないで、ウェイク大尉がしていることを見ろ！」いきなりマテオに叱責されてジャン・クレールは飛び上がり、ナンシーは手榴弾を取り落としそうになった。「なにか動きがあったら、斥候が口笛を吹く。お前は大尉がなさっていることを見て学べ」

見て学ぶ。ごもっとも。ナンシーは倒した木の裏を探り、被害を最大化できそうな場所を見つけようとした。大木をどかすのに、ドイツ軍は装甲車を使うはずだ。先に手榴弾に気づかれなければの話だが——木が動き出したところで、ドカンと行きたい。腹ばいで木の下に潜ると、髪に木の葉が絡みついた。ホーキンス手榴弾は遠くまで投げられないが、使い勝手がいい。四百五十グラムの爆薬を内蔵し、抜群の破壊力を誇る。圧力で作動する化学点火装置を採用しているから、手榴弾としてだけでなく、こうしたトラップの地雷に最適だ。ねじれた枝葉の下で砂利道を腹ばいで進みながら手榴弾を押し出し、幹の裏にくぼみを探した。もう少し奥へ。左右をうかがって道端との距離を測り、自分が葉で隠れていることを確かめる。よし。この奥に押しこめば、爆発時に幹だけが衝撃を受け木をどけようとしている車両は無傷、という失態は避けられるだろう。

だがピンを外したところで枝がぴしりと折れる音がして、幹がナンシーのほうに転がった。指先でひったくるように手榴弾を回収した瞬間、いまさっき手榴弾を置いた場所に幹がどさりと落ちついた。

頭にかっと血が上り、指が引き攣る。私は死んだのだろうか。

「大丈夫ですか、大尉？」マテオの声がした。

「ぴんぴんしてる」歯を食いしばって答えてゆっくりと深呼吸をし、手榴弾を置きなおした。絡みあう枝のなかを這って後退すると、全身の神経が張りつめ悲鳴を上げた。

マテオの手を借りて立ち上がり、髪を指ですいて枝を振り落とした。あたりの田園風景がいやに静かに思えるのは、自分が神経質に耳を澄ましているせいか。斥候のひとりが走ってくるのが聞こえた。

ヒトラー本人に追われているかのように、少年は倒木を目指し全力疾走していた。

「木に地雷をしかけたわよ！」ナンシーが叫ぶと少年は砂利道で急停止し、いきなり立ち上がって襲いかかるんじゃないかという目で巨木をこわごわ見ながら迂回した。

「それで？」近づいてきた少年に、マテオがつっけんどんに尋ねる。

「二キロの地点まで迫っています。たぶん……ええと……千人くらい。たぶん、大砲も」少年は息を切らした。

マテオは煙草に火をつけた。「小僧、パーティーじゃないんだ。風船や花束を持ってくるわけがないだろう」

ナンシーがマテオを一瞥した。「じゃ、私たちも位置につきましょうか」


一同はファンを倒木近くの森に残し、一・五キロほど東に進んだところで二手にわかれた。ロドリーゴが小隊を率いて北の斜面に向かうと、マテオとナンシーは地元出身のジャン・クレール、ジュールとともに簡単なトリップワイヤーをしかけた。

「もっと時間があればいいのに」背嚢を探るナンシーに、マテオがつぶやいた。

ジャン・クレールとジュールがマテオとナンシーの表情をうかがう。ナンシーは応えなかった。

マテオは手榴弾をふたつとダクトテープを受け取り、片方の手榴弾を道端に生えている細い若木の幹に、腰の高さに貼りつけた。黙々と手を動かしている。ナンシーは道の反対側に生えている若木にひもを結んで端をマテオに渡し、彼がそれを手榴弾のピンに巻きつけるのを眺めた。マテオは手際よく作業を終えた。

「ジャン・クレール」ナンシーは命じた。「ジュールとふたりでもうひとつの手榴弾を持っていって、二十メートルほど先の木に同じように設置しなさい」

ジャン・クレールは手榴弾とひもとダクトテープを受け取り、ジュールと歩み去った。

ふたりが軍用トラックを迎え撃つのにちょうどいい高さに手榴弾をしかけるのを、ナンシーは見守った。設置した場所をわかっているナンシーでさえ、まだらな日陰が目くらましとなって、道に渡した灰色のひもは見えない。ジャン・クレールとジュールが張りつめた面持ちで戻ってきた。見ればふたりが握りしめているブレン軽機関銃には、くっきりと汗の跡がついている。

ナンシーは静かに語りかけた。「これまでの訓練で、準備はしっかりできている。君たちなら大丈夫。位置につきなさい」

ふたりは恐怖と興奮を飲みくだそうとするかのように喉仏を大きく上下させてうなずき、南の緩やかな斜面に向かって駆け出した。準備はしっかりできている？　気休めだ。五十人の男たちをナンシーがたかだか二、三週間、怒鳴りちらしただけでは、士官学校にはほど遠い。

「大尉の読みが外れたらことだな」農地と道路を隔てる低い石垣をまたいで、マテオが言った。

道路のこちら側には農地の外れに沿って用水路があるだけで、うまく身を隠せる場所がない。農地の向こうは森だ。

「なぜ？」ナンシーはマテオにつづいて石垣をまたいだ。

「ドイツ軍が攻めてこなかったら、ジャン・クレールが生まれてはじめてしかけたトラップを解除するのはおれですから」

冗談だとわかったが、笑う余裕はない。

「私の読みは外れない」と返し、先に斜面を登りはじめた。音が聞こえる前に空気の揺れを感じて、足をとめた。あとにしてきた道路から、爆発の衝撃が押しよせた。

37

ドイツ軍が車両部隊(コンボイ)を呼んで倒木をどけ、進軍してくるのを待つ二時間は、まさに蛇の生殺しだった。ナンシーは一刻も早く片をつけたかった。出撃し戦いたかったが、ドイツ軍が行く手にもっとトラップがないかと探しまわる一分一秒は、ガスパールが防御を固め、男たちを森に逃がすのに使える一分一秒でもあった。時計を見た。日没まで四時間。ドイツ軍が攻め入るのを日暮れまで食いとめれば、ガスパールの仲間のほとんどはムシェ山から脱出できるだろう。

用水路の壁にふたたび頭を預け、呼吸を数えはじめたところで、頭がぴくりと動いた。西からタタタタという機関銃の音が聞こえたのだ。数分後には、迫撃砲が鈍い音とともに着弾し、ライフルの銃声が響いた。作戦の第二幕がはじまったのだ。道路が通れるようになったら即コンボイに発砲して逃げろと、ナンシーはファアンに命じておいた。運がよければドイツ軍は、狙撃者を探してさらに一時間を無駄にすることになる。

二十分後、息せききって一同がいる用水路に滑りこんだファアンを、マテオが抱きしめた。ファアンの帰りをじりじりしながら待っていたマテオの胸中を、短いため息だけが露わにした。

「それで?」ナンシーが促した。

「斥候の報告どおりでした」ファンが答えた。「敵は歩兵が千人強と大砲。木をどけるのに呼んだ戦車のキャタピラが地雷で壊れて、修理に手間取ったんです。でもすごく統制が取れてる。そろそろ修理が終わるかなってところで、こいつをかましてやりました」ファンは機関銃を乱射する真似をした。「二分後には迫撃砲を向けられ、逃げ出しましたけど」悔しそうに、だが感じ入ったようにつづけた。「あれは武装親衛隊です。ここらであんな部隊を見たのははじめてです。ドイツ軍はガスパールの組織を潰すのに、精鋭部隊をよこしたんです」

ナンシーは声を潜めて思いきり毒づいた。泣き面に蜂だ。精鋭部隊。それも大人数の。野ニラ、銃のオイル、鼻につんと来る土壌のミネラルと汗のにおいがした。近くまで来ている。用水路のなかで身体をひねり、ジャン・クレールの腕に手を置いた。

「私たちの仕事はやつらの進軍をとめることじゃない。足を引っ張ればいいの。私たちを追いかけさせて、時間を浪費させるの。こっちはやつらにちょっかいを出して、煙みたいに消える。いい？」ジャン・クレールだけに聞こえるように小声で話した。

「はい」

十分がのろのろとすぎ、遠くからエンジン音が聞こえたところで声を張り上げた。「指示を待たずに発砲したら、私がこの手で撃ち殺す。わかった？」

「承知しました、大尉殿……」一同がもごもご答えた。

ディーゼルトラックの鈍いエンジン音が聞こえた。用水路を縁取る背の高い草をすかすようにして、ナンシーは道路をうかがった。先頭の軽戦車につづいて半装軌車が二台。ハーフトラックはそれぞれ榴弾砲を牽引している。ちくしょう。手榴弾では歯が立たない。軍用車両が谷間を揺らしながら目の前を通りすぎ、あとには四人ずつ並んで歩兵の大軍がつづいた。斜面の下、三十メートルと離れていない道を行く兵士たちは、目鼻立ちまではっきり見えた。少年ではない大人の男たち。栄養の行き届いた屈強な宇宙の覇者が、一糸乱れず行進していた。男たちはやがて緑色の蛇となり、西の谷間をするすると這っていった。ナンシーの谷間を登っていった。

軽機関銃を握りしめ、春の陽射しで温まった金属を指に感じて、ナンシーは祈った。神ではなく、あのふたつの手榴弾を作ったイギリスの誰かに向かって、火薬だけでなく奇跡も詰めてくれていますようにと祈った。そよ風が、大気の湿り気が、世界じゅうの幾千万もの小さなざわめきが手榴弾をハーフトラックの下に転がし、そこで爆発させてくれますように。爆発でハーフトラックのエンジンが破壊されますように。榴弾砲がガスパールの野営地の男たちに向けられることなく、無用の長物と化して路上に転がりますように。

最初の手榴弾が炸裂した。短くも獰猛な爆発音が谷間を震わし、ナンシーたちの背後で驚いた狩猟鳥の群れが飛び立った。三十秒後に二発目が爆発。一発目とは音がちがった。くぐもった爆発音が二度響いて、大気ではなく地面が揺れた。ナンシーは用水路の壁に身をよせ、煙が立ってはいないかと目を凝らした。よし。よし。一台目のハーフトラックのエンジンオイルからねっとりとした黒煙の柱が立ちのぼっていた。

隣でジャン・クレールが動く気配がした。

「まだよ、ジャン・クレール」

向かいの森からロドリーゴの部隊が現れ、ドイツ軍に機銃掃射を浴びせた。タタタという銃声を、切り立った谷間が三倍に増幅した。銃声、砂利を跳ね散らす銃弾の音に、切羽詰まった響きのドイツ語できびきびと下される指令と負傷者の悲鳴が入り混じったところへ破損したハーフトラックの燃料タンクが乾いた轟音を上げて爆発し、ガソリン臭が広がった。

武装親衛隊だけに反応は早い。敵は、すぐさま残された車両の背後に回って応戦態勢を取った。歩兵三人からなる四組のグループが道沿いの石垣に身を隠して迫撃砲を牧草地の端に据え、ロドリーゴがいる位置までの射距離を測りはじめる様子を見つめながら、ナンシーは機関銃の銃床を関節が白くなるほど握りしめ、喉の奥にアドレナリンの苦みを感じた。

「大尉」ジャン・クレールが絞り出すように言う。

「まだよ！」ナンシーは声を潜めて叱りつけた。

さらにきびきびとドイツ語で指示が飛び、胸にライフルを構えた兵士の小隊がいくつも、ロドリーゴの西側に出ようと北の斜面を駆け上がりはじめた。挟み撃ちにするつもりなのだ。

ひと暴れするときがきた。

「出撃！」

用水路でマテオとフアンがはじかれたように立ち、牧草地の外れ、ハーフトラックのうしろで銃を構える兵士たちに向かって手榴弾を放り、ナンシー、ジャン・クレールとジュールは迫撃砲隊を集中攻撃した。時間がじりじりと、一方で飛ぶようにすぎていった。ブレン軽機関銃から放たれ、迫撃砲を支えている伍長の厚い軍服を貫通し、背中に斜線を引くように一、二、三と肩甲骨、背骨、腎臓にめりこんだ銃弾のひとつひとつを、ナンシーはわが身で受けたように感じた。伍長が前のめりに倒れると迫撃砲の砲口が横にずれて砲弾が斜面を直撃し、石の交じった巨大な土煙が巻き上がった。

大地が揺れた。

「行って！　行って！　早く！」ナンシーは叫び、ドイツ軍が今度はどこから攻撃されているのかと右往左往しているうちに、マテオとファンにつづいて用水路を西へと中腰で急いだ。走りながらベルトから手榴弾を取って歯でピンを外し、アンダースローで牧草地の向こうに放る。手榴弾は石垣にぶつかって炸裂し、石の欠片が雨あられとドイツ軍に降りかかった。ロドリーゴの部隊は攻撃を停止し、ナンシーたちが走り出すと同時に森の奥へと溶けて消えた。振り向き、機関銃を連射するジュールの足元で迫撃砲が炸裂した。腕で目をかばい、よろよろ後ずさりしたジュールの上着をジャン・クレールがつかみ、用水路を引っ立てた。視力を失ったジュールは、ただただ悲鳴を上げている。用水路が深くなるにつれて身は隠しやすくなったが、地面はひどくぬかるんでいた。ぬかるみに足を取られて思うように歩けないナンシーの頭を銃弾がひゅんひゅん音を立ててかすめたが、一同はふたたび雑木林に逃げこんだ。木はまばらだが、ここを抜ければ森だ。

「木の陰に隠れて！」ナンシーは命じた。ジュールを抱え上げようとしているジャン・クレールをマテオが突き飛ばし、目が見えなくなった少年を肩に担いで走り出した。

「大尉！　西がまずい！」マテオが振り向いて叫んだ。

はっと振り返ると、ドイツ軍の一部隊が雑木林の端で石垣を越えようとしている。側面からナンシーたちを出しぬこうというのだ。

ナンシーは狙いを定めて機関銃を発射した。ファンが投げた最後の手榴弾が部隊を直撃し、靄のような血しぶきと土煙が上がった。

「行って！」ナンシーにどんと背中を押されて放心状態から醒めたジャン・クレールが、ファンとふたりで森へと走り出す。あとからナンシーもダッシュした。森に飛びこみ鬱蒼と茂る樹木のなかに身を隠すのと同時に、上空からドイツ軍の最初の爆撃隊がガスパールの野営地の方向に飛んでいくのが聞こえた。

38

ナンシーが部隊を引き連れて戻ると、デンデンはロンドンへの通信を終え、負傷者の手当を手伝っていた。

ジュールは茫然自失の体で血を流し、森のなかを一・五キロほどマテオに担がれて移動したがその後はまにあわせの眼帯を巻いてもらい、ジャン・クレールの肩を借りて、起伏の激しい山道をどうにか自分の足で野営地まで歩き通した。ナンシーは食事をして身体を休めなさいと男たちに言い渡し、ジュールを松の材木と防水布で作った野戦病院がわりのテントに連れていった。テントで手当の用意をしていたデンデンはジュールの怪我をひと目見て血相を変えたものの、すぐさま表情を取りつくろった。

デンデンがジュールを簡易ベッドにいざない、ナンシーはあとからついていった。

「フルニエからはまだなにも」ジュールを座らせながら、デンデンは肩越しに振り向いて報告した。ナンシーはうなずいた。フルニエが日没前に戻りそうにないのは、もとより承知だ。

「でもタルディヴァの斥候隊二隊が手榴弾と機関銃でコンボイを攪乱し、ポーラック・アン・マルジュリド近くの隘路で一時間立ち往生させた」

「相手は武装親衛隊？」デンデンがジュールの包帯を解くのを見ながら、ナンシーは尋ねた。

痛みにひるんだ若者の肩に、デンデンが手を置いた。

「まさか！　君たち、武装親衛隊に出くわしたの？」

「それも千人の大部隊だぜ、デニス！」ジュールが鼻高々で報告する。「やつらの戦車をウェイク大尉がぶっ壊した」

デンデンは鼻で笑い、ジュールの目の怪我をやさしく診察した。「そうだろうとも。爪やすりとキツいお説教でね。いいから、もうお黙り」

「あら、使ったのはホーキンス手榴弾とオークの木よ」ナンシーが言った。「ムシェ山の人たちの消息は？」

デンデンはジュールの目に水を垂らし、土や砂利を取り除いた。「詳しいことは不明。君の前では威勢のいい口をきいたかもしれないけど、ガスパールは防御策を講じたようだ。『苛烈な抵抗』って言葉が聞こえてきたよ」ジュールのあごを上げた。「うん、大丈夫だ。じきにまた、僕のハンサムな顔を拝めるようになる」

ジュールの緊張がほぐれた。

「ナンシー」デンデンが言った。「休みなよ。これ以上のことは夜までわからない。この子の面倒は僕が見るからさ」

言われてはじめて自分が骨の髄まで疲れていることに気づき、ナンシーはジュールの肩を揉んだ。「よくやってくれたわ、ジュール。あなたもジャン・クレールも」

そしてひと休みできる場所を探しにいった。すでに日没間近だった。

つづく二十四時間は報告に命令、攻撃をやめないドイツ軍を撹乱するための電撃作戦で嵐のようにすぎさった。午前二時にフルニエがバスに訪ねてくると、北側からの襲撃を成功させた顚末を四十分もかけてとうとうと語り、その後ふたりは瓶に半分残ったブランデーをやりながら翌日の計画を練った。

日暮れとともに退却したドイツ軍は夜が明けるなりふたたびムシェ山を登りはじめたから、ナンシーの部隊はトラップをしかけ森から散発的に機関銃で攻撃して、その行軍を妨害した。山頂でドイツ軍を待っていたのは死体と、まだくすぶっている野営地の焼け跡だけだった。午後の陽射しがやわらぎはじめたころ、タルディヴァが生き延びたガスパールをつれて野営地に向かっているとジャン・クレールが報告に来た。

ガスパールがナンシーに「会わせろ」ではなく「会わせてくれ」と頭を下げているというので、ナンシーはバスに通して丁重にもてなすよう指示した。そして待たせた。どのみちすぐに面会に応じる気はなかったが、負傷者の手当が終わらず、情報提供者の話を聞くのに手間取ったのだ。マキのあいだで忙しく立ち働く姿を、ナンシーはしかとガスパールの男たちに見せつけた。ナンシーの部下はガスパールの部下たちにそれ見たことかと言わんばかりの態度を取り、生きていられるのは「恩知らずのくそったれ救出作戦」のおかげなのだと恩着せがましく言い、彼らが飲んでいるブランデーも口に入れている食料もナンシーの施しであることを、言葉の端々ににおわせた。

とはいえ、ガスパールとその仲間たちが勇猛果敢に戦ったことは確かだから、ナンシーも彼らからその誇りを奪うつもりはなかった。ナンシーに急を知らされたのち、ガスパールはトラップをしかけて見張りの数を倍に増やし、町の方面に斥候を派遣して、人々に警告した。野営地も居心地のいい宿舎も貯蔵庫も爆撃でやられたが、男たちはすでに森で臨戦態勢を取っていた。脱出はなりゆき任せで時間もかかったが、それでも作戦を立てて部隊を編成した上で退却し、やがてナンシーが差し向けた案内係を見つけ、無事フルニエの野営地にたどり着いたというわけだった。もっとも全員が無事だったわけではない。死者は七十人、五十名が重傷を負い、この先少なくとも二、三週間は戦場に復帰できそうになかった。他方の武装親衛隊は二百人以上の死者を出し、今夜から明日にかけてドイツ軍は死体と負傷者を山から下ろすのに大忙しだろうと、斥候が報告した。

バスの横で待機していたタルディヴァが、ナンシーのあとから乗りこんだ。ガスパールはクッションのあいだにおさまりが悪そうな様子で座っていた。その横にタルディヴァが腰を下ろして椅子にもたれ、くちびるに曖昧な笑みを浮かべて、鷹揚な男らしさを発散させた。ナンシーは座らず、口もきかなかった。ヘアブラシを取り、棚にコンパクトを乗せて髪を整え、戦闘服のポケットから口紅を出して入念に塗った。こんな靴ではカフェ・ド・パリに入れてもらえないだろうが、顔のほうはいけそうだ。

完璧に準備が整ったところで、おもむろにガスパールの前に腰を下ろした。

「ねえガスパール、男と女の本当のちがいがなんだか、あなた、わかる？」ナンシーはにっこりした。「頼むから、おっぱいって答えはなしよ」

「うるせえ」

すごんだガスパールの側頭部を、タルディヴァが手の甲で殴る。ガスパールは鬼の形相でタルディヴァをにらんだが、殴り返しはしなかった。このやり取りからナンシーは、知りたいことすべてを知った。

「ほらね」穏やかに、ナンシーはつづけた。「男はもめごとを暴力で解決する。あなたがここに来たのは、ドイツ軍に暴力を振るわれたから。この野営地の男たちがあなたを一番高い木から吊し首にしたいのは、あなたが私に暴力を振るったから」

タルディヴァがそのとおりだと言うかわりに鼻を鳴らし、ガスパールが怪訝な顔をした。

「でもガスパール、あなたは運がいい。最近考えていたのよ。女ならどうするかしらって。私たち女は話をすること、口にしたくない思いをあえて口にすることでもめごとを解決する。あなたはいま、恐怖を感じてる。もちろん、怒りも。部下を誇りに思う気持ちも。でもその底にあるのは屈辱。あなたも私も、屈辱がどんなに不快な感情だかよく知ってる。いま感じているその不快な屈辱を、かつてあなたは私に味わわせた。私はあのまま虚勢を張って、誰かに殺されるまであなたの野営地にいることもできた。あるいは屈辱に殺されるまで。でもそんな死に方は、それこそ死にたくなるくらい恥ずかしくて愚か。そう思わない？」

ガスパールはくちびるを舐めてうなずいた。

「でしょ？　Ｄデイが目前に迫ったいま、私にはどれだけ戦闘員がいても足りないの。ロンドンからは、すでにいつどこを攻撃しろという指示が届いている。あなたのグループにもそうした任務を遂行してほしい。あなたが必要なのよ。私たちが組めばドイツ軍の前進をとめられる。連合国軍にフランスで足場を固め、ドイツ軍に攻勢をかけるチャンスを与えられる。それが私たちの役目。フランスを解放するために、私たちが、あなたと私が果たす役割。大規模な会戦も、英雄的な徹底抗戦もない。私たちの任務は頭を使い、正確に的を絞った破壊工作なの。なぜってこれは個人の問題じゃない。クソいまいましい戦争に勝たなきゃはじまらないからよ」

ガスパールは黙っている。いい兆候だ。一気にたたみかけて話をまとめよう。

「私を司令官と認めてくれるだけでいい。あなたが中佐なら、私は……大佐ってことになるかしら。私に従ってくれれば、武器も弾薬も必要なだけ用意する。半径三十キロ内の橋と線路を片っ端から全部吹き飛ばせるだけのプラスティック爆薬も、任務を遂行しながら王様みたいに飲み食いできるだけのお金も全部。どう？　私と手を結ばない？」

ガスパールが見つめた。なにが見えているのだろうと、ナンシーは思う。前日、野営地に息せききって押しかけたときのナンシーにガスパールが見たのは、フランスに降り立ったその日と同じナンシーだった。彼の祖国フランスをゲームの駒としか考えていないイギリスの小娘、戦争のイロハも知らないど素人だった。もはやそんな小娘でないことは、わかってもらえるはずだ。男を素手で殺し、ガスパールと同じような戦士たちの信頼と忠誠心を取りつけ、救出作戦を立案し遂行してガスパールのグループを救ったいまは。

「ああ、あんたと組むよ」

ガスパールは言い、それがナンシーは気に入らなかった。だからガスパールが見えているほうの目で彼女を見上げ、赤いくちびるの動きをしかと読めるように、立ち上がってその髪をわしづかみにし、乱暴に引っ張った。

「聞こえないよ、このくそったれ。もう一度、聞こえるように言いな」

戦意が消えた。「承知しました、大佐殿（モン・コロネル）」

ナンシーは手を離すとガスパールの髪をなでて整え、肩をたたいて席に戻った。ガスパールが部下を奮い立たせ、みずからも勇猛に戦ったという報告を思った。指令には従ってもらわねばならないが、戦意を完全に喪失されても困る。

「それじゃ、祝杯を上げましょうか？」

39

それは武装親衛隊の襲撃を生き延びたことを祝い、斃(たお)れた友に弔意を表し、フルニエ組とガスパール組の結束を固めるための宴だった。酒と食料はバックマスターとイングランド銀行持ちだ。武装親衛隊はクレルモン・フェランの兵舎に引き上げており、食料調達班の男たちは村々を回り法外な値段で酒やパン、ありったけのチーズを買い取ることで、武装親衛隊を差し向けたくらいでレジスタンスは排除できないというメッセージを暗に伝えた。ナンシーが渡した札束を手に意気揚々と村に乗りこんだ彼らは英雄として歓迎され、酒や食料の重みでふらつきながら野営地に帰ってきた。

ナンシーがバスでサテンの枕に頭を乗せて二時間ほど眠り、夕暮れどきに目を覚ますと、野営地の中心から笑いや話し声が聞こえてきた。だから髪をとかし、口紅を塗り、丘を登った。歓呼に迎えられた。オーストラリアから来た天使、ナンシー母ちゃん、神の声――モン・コロネル、モン・コロネル、モン・コロネルと呼ぶ声が四方八方から上がった。

戦いは語られるうちに尾ひれがついて、辛勝は圧倒的勝利に変わった。男たちは、ナンシーとガスパールが最初から共同戦線を張りナチスを罠にはめたかのような口ぶりだった。まあいい。そう思わせておいても害はない。ガスパールの男たちがナンシーを軍師か魔女か予言者のように思っているなら、そのほうがいい。

　いくつも並んだテーブルの端に行き、デンデンとタルディヴァのあいだに座った。ガスパールはテーブルの逆の端についている。誰かがナンシーの手にコップを押しつけた。ナンシーは立ち上がり静粛を求めた。

「存分に楽しんで。これが最後の晩餐になるかもしれないわよ」男たちが沸いた。「山を生きて下りられなかった男たちに乾杯！　フランスの息子たちに乾杯！」

　コップを上げるとみなが倣ったが、ナンシーがそのまま立っているので、ふたたびすぐに静まった。

「まもなく指令が下り、私たちは祖国を奪還するための本当の戦いに身を投じることになる。ある意味、私たちはひとつの家族ってことね」

「家族に乾杯！」

「でもね君たち、いくらガミガミうるさいからって、私はあなたたちのお母さんじゃない。だから私を今度ナンシー母ちゃんと呼んだら、この手で撃ち殺すからそのつもりで。勝利に！」

「乾杯！」

　酒がきついのでぎょっとした。乾杯の声が焚き火のまわりでさざなみのように広がり、誰かが歌を披露して、ふたたび乾杯の声が上がった。ずいぶん高く薪を積み上げたようだ。誰かが前に置いてくれた肉と野菜のシチューを口に入れると、驚くほどうまい。ナンシーの表情を見て、タルディヴァが笑った。

「タルディ、これ誰が作ったの？」

「あっちを見なよ」

焚き火の向こうの薄闇に目を凝らすと、調理場で数人が立ち働いていた。ひとりは真っ白なシェフコートを着ている。

「本物の料理人がうちの部隊に？」

「ガスパールのいとこだよ。今夜の宴にまともな料理を作ってやろうと、志願してレジスタンスに拉致された」

ナンシーは頭を振ってもうひとさじシチューを口に入れ、ゆっくりと味わった。

「なにもかもが動き出したんだ、ナンシー。民衆はもうおれたちの味方だ」

ナンシーはにやりとした。「あなたが村で鶏を盗むのをやめたおかげね」


食事のあとも酒宴はつづき、解放されたシェフと手伝いの数人も戦闘員たちと焚き火を囲んで車座になった。ナンシーが用を足しに森に入り、パルチザンの歌をハミングしながら戻ってくるころには様子が変わっていた。男たちが岩をたたいてリズムを取るなか、ガスパールが焚き火の前でシャツをはだけ、重たげなナイフを手にしていた。

「乱交でもはじめるつもり？」

誰の声だろう。ナンシーはあたりを見まわした。いぶかるまでもなくデンデンが、暗闇のなかで男たちをにらみつけていた。

焚き火のほうを振り返ると、ガスパールが裸の胸をナイフで一直線に切りつけた。たちまち傷口から玉のような血がにじみ、ガスパールが雄叫びを上げる。ひとりまたひとりと男が近づき、ガスパールの血を指先ですくっては自分の顔に塗りつけ雄叫びを上げるなか、岩をたたく音が次第次第に大きくなった。岩をたたいていない男たちは立ち上がり、足を大きく開いて大地を踏みならし、身体を揺らし、思い思いにときの声を上げて踊っていた。

「まったく野蛮で目も当てられない」デンデンは言い、ナンシーが歩き出すのを見て呼びとめた。「ちょっと？　なにするつもり？」

ナンシーは答えずまっすぐにガスパールの前に出ると、順番を待っていた男を草地に突き飛ばした。にやりとしたガスパールの胸の傷からにじみ出ている血に指をひたし、自分の顔に塗りつけた。ふたりは顔と顔、目と目をあわせて雄叫びを上げた。男たちが歓喜に沸き、石のオーケストラのリズムが速くなり音量を増した。ナンシーは一番近くにいた男の手から酒瓶をもぎ取ると、ふたたび暗い森に向かった。

デンデンが見ているのはわかったが、その不快と驚きが入り混じった表情は、見ないふりをした。

第三部　一九四四年六月

40

わだかまりは水に流された。月が満ちるにつれて、野営地周辺の高所からデンデンが次々と打電する要請に応え、ロンドンからの物資投下は増えていった。イギリス政府は無尽蔵に物資を送ってきたが、ナンシーたちはドイツ軍に見咎められる前にコンテナを回収して森に消えなければならない。そのため量には調整が必要だった。投下された銃はまずグリスを除去しなければならず、ガスパールの男たちは銃の組み立てと分解を学んだ。デンデンが爆発物の取り扱いを手ほどきし、タルディヴァは新しく送られてきた信管の性能を試して「不安定」と裁定を下した。Dデイの攻撃目標はイギリス軍により定期的に更新され、ナンシーはデンデンのすばやい指使いを頼りに標的の変更や追加をロンドンに提案した。

だが男たちは不満そうだった。とりわけSSの攻撃で死んだ仲間の敵（かたき）を討つのだと息巻くガスパールの男たちには、はけ口が必要だった。ただ待機させていたら、それだけでナンシーのほうが疲れ果ててしまう。

そこで定期的に奇襲部隊を組織し、あちこちの納屋や厩舎に隠してある木炭自動車で少人数のグループを移動させ、敵の斥候隊を襲わせた。木と木のあいだにワイヤーを渡して爆発物をしかけて敵を待ち伏せする戦術は、タルディヴァが教えた。最初の車両を吹き飛ばしたところに軽機関銃を連射して残りの兵を仕留め、果てしなく広がる森林に消えるのだ。作戦が成功するたびに男たちは意気揚々と野営地に引き上げ、ドイツ軍は田舎道を避けるようになった。

空気が変わった手応えを感じながら、ナンシーは眠れるときに眠った。

六月一日、マルセイユのベッドを夢に見ながら深い眠りをむさぼり二十分が経ったところで、デンデンに揺り起こされた。ナンシーは腹立ちまぎれに枕を投げつけたが、デンデンはうまくキャッチし、投げ返した。

「カッカするなよ！　知らせがきたんだ！」

「どうでもいい。眠いから、ドイツ軍にはおとといおいでと言ってやって」

頭の下に枕を挟んで目を閉じたが、デンデンが脇にしゃがみ、耳元でささやいた。

「秋の日のヴィオロンのため息の（レ・サングロ・ロン・デ・ヴィオロン・ドトンヌ）」

ナンシーははっと目を開け、身体を起こした。「本当なの？」

デンデンがうなずいた。

「ついに来るのね！　連合国軍が。二週間以内に？」

眠気が吹き飛んだ。ポール・ヴェルレーヌの詩の一節は、上陸作戦が近いことをレジスタンスに知らせる暗号。ナンシーにとっては八時間の熟睡と冷たいシャワーに匹敵する眠気覚ましだった。

デンデンが笑った。「僕としては上陸が近いことを教えるなら、君の暗号を使ってほしかったけどね。陰気な『秋の歌』より楽しいし。なんだっけ、君が作った暗号詩」

ナンシーは身体をもぞもぞさせて寝間着を脱ぎ、シャツをつかんだ。

「教えない。教えたら、暗号詩の意味がない」

「でもさ、ダーリン、ほかの工作員がキーツや、学校で習った高貴な行いがどうの自己犠牲がどうのってクズみたいな詩を選んでいるのに、まさか女の工作員が……ええと……思い出した……『彼女はたたずんでいた、月明かりのなかに。月光が夜着を透かし、照らし出したのは、ぴんと立った乳首……』」

「なんてこったたいへんだ！」ナンシーは髪をとかしながらデンデンのあとを引き取って暗誦を終えると、肩をすぼめて新しい革のジャケットを着た。フルニエが一週間前に皮革工場を襲撃し持ち帰った戦利品で、自分ではなかなか似合うと思っている。デンデンは笑い転げていた。

「ほっといてよ、デンデン。ただの戯れ歌じゃない！」

「わかってるよ。だけど、ＢＢＣフランス語放送のアナウンサーが読み上げているところを想像してみてよ」

想像した。確かに愉快だ。笑いがこみ上げ、気づけば涙が頬を伝っていた。二週間！　あと二週間で、連合国軍の軍靴がふたたびフランスの大地に降り立つ。主な攻撃目標を偵察し、必要な物資の在庫を確認し、医療体制を固め、使われていない家畜小屋をあと五棟は確保して病院の設備を整えなければ。

涙を拭き、鏡で化粧をチェックした。「行くわよデンデン。ひと暴れしましょ」

言うまでもなく、上陸地点を知る者はいなかった。奇襲が作戦の要なのだ。連合国軍が上陸したら、いよいよマキをはじめとするレジスタンス組織は小部隊にわかれ、複数の標的を系統立って攻撃し、ドイツ軍の動きを阻む。ナンシーは一日二十四時間動きまわって線路を破壊する地点をマキに示し、プラスティック爆薬を配った。線路だけではない。電信柱と高圧線を吹き飛ばし、軍需工場を操業不能にし、カンタル地方にあるすべての送信所をしょぼしょぼと電波を垂れ流す廃墟に変えるのだ。

結局、二週間どころか一週間も待たずに済んだ。六月五日の深夜には、「秋の歌」の第二節が放送された。ナンシー以下幹部のガスパール、フルニエ、タルディヴァは、夜明けに男たちを召集した。

高地にはおよそ百人からなる精鋭部隊がおり、ほかに五十人の若者が地域に点在するマキの拠点に指令を伝えるべく待機していた。半数はフルニエが盗んできた革の上着を着ており、残りは野良着に英国支給の軍用ブーツにベレー帽といううちぐはぐな出で立ちだった。ナンシーは森の端で切り株の上に立ち、彼らを見下ろした。垢じみたむさくるしい連中だが、全員がベルトにリボルバーを挟み、ブレン軽機関銃を肩にかけ、背嚢にはプラスティック爆薬が入っている。そして、全員が猛犬のように飛び出したい気持ちを必死で抑えていた。

「フランスの男たちよ！」ナンシーは呼びかけた。「待ちに待った日の到来よ。フランスの解放がはじまった。あなたがたは自分がすべきことをわかっている。それを首尾よく実行しなさい。祖国を奪い返し、ドイツ野郎どものタマに蹴りを入れてやりなさい。あいつらには自業自得よ」

男たちが狂ったようにどよめき、その余韻が静まらないうちに、それぞれの隊長に率いられて出動した。ナンシーはデンデンが差し出した手を取って、切り株から飛び下りた。

「ダーリン、チャーチルが乗り移ったのかと思ったよ！」

「モン・コロネル？」マテオだった。すでに完全装備でナンシーに背嚢を差し出している。ナンシーはそれを受け取り、背負った。

「本当に来ないの、デンデン？」

「遠慮しとく！」デンデンは両手を上げた。「鉄砲だらけのところは苦手でね。ママはおうちに残って、君たちを迎える準備をするよ」

そして大騒ぎしながら、ナンシーの持ち物をチェックした。「手榴弾は持った？　リボルバーは？　プラスティック爆薬は？　ロープはどう？　凶悪な兵隊さんは？」タルディヴァからスペインの三人組、ほかの男たちへと視線を移す。「よし。忘れ物はないね」と言って、にっこりした。「ナンシー、無茶は慎んで無事に帰ってきて」

ナンシーはデンデンに投げキッスを送り、男たちを率いて森にわけいった。

41

戦前に出版されたオーヴェルニュ地方のガイドブックは、こぞって読者に汽車の旅を勧めた。一等車でくつろぎながら、深い渓谷や松林に覆われた山、突如として目の前に出現する切り立った峰々を眺めるのはかけがえのない体験だと熱く説いた。なかでも見逃せないのが、天才建築家の名をほしいままにしたギュスターヴ・エッフェルの傑作、ガラビ鉄道橋だ。ガイドブックは恍惚と数字を並べた。橋脚から橋脚までの長さは百六十五メートル、トリュイエール川に優雅に、そしてなめらかにそびえる鉄骨のアーチは高さ百二十二メートル。これぞまさに驚異。橋は工学的技術の奇跡であると同時に、芸術品だった。

その芸術品を、ナンシーは吹き飛ばそうとしていた。

きょうび物見遊山で列車に乗る者はいない。線路は蛇のようにくねくねとフランスの心臓部を這って、ドイツ兵と武器を南北に運ぶ暗い色の動脈であり、図体の大きな鉄の軍用列車は兵士と紫煙を一杯に詰めて連合国軍の上陸が疑われる地点へとのろのろ向かっていた。連合国軍は具体的な上陸地点を伏せておくことにどうにか成功していたから、ドイツ軍は南北どちらを急襲すべきか様子見を迫られた。彼らが両岸で兵力を増強していることは、ナンシーの耳にも入っていた。

ナンシーがBBCフランス語放送の温もりのあるアナウンスで上陸地点を知ったのは、背嚢に荷物を詰めているときのことだった。ノルマンディー。結婚指輪を賭けてもいい、上陸地点はカレーだと思っていたが、予想は外れたらしい。はるか遠い大西洋岸の冷たい霧と波のなかで幾千もの部隊が砂と格闘し、かくして時間との戦いがはじまった。ドイツが数日以内に兵員と重火器をノルマンディーまで輸送すれば、連合国軍は海に退却を迫られかねない。だがレジスタンスが輸送を妨害し、阻止し、動脈を詰まらせ断ち切ることができるならば、ドイツの巨大軍事機構は立ち往生して弱体化し、連合国軍もノルマンディーの海岸に踏みとどまって内陸へと歩を進められる。

クレルモン・フェランからやや南に行ったところの兵站駅を爆破するため、フルニエが部隊を率いて出発した。ガスパールは南の海岸から北を目指す燃料輸送列車と、さらには燃料工場自体を爆破することになっていた。トリュイエール川にかかるエッフェルの鉄道橋を爆破するのが、ナンシーとタルディヴァ部隊の任務だった。

これはバックマスターに銃を突きつけられてから数日後に与えられた重大任務で、橋はバックマスターも認める難所だった。鉄骨をリベットでとめて織り糸のように複雑に組みあわせ絶妙なバランスを実現した橋は、複数の箇所で同時に不具合が出てもびくともしない構造になっている。それを、破壊しなければならないのだ。橋が不通になれば、ドイツ軍の輸送網は混乱を来す。ナンシーが指揮するほかの部隊が首尾よく標的——信号所、分岐器、急カーブ区間の線路——を破壊できれば、輸送網は破綻し、修理には何カ月もかかるだろう。

ロンドンで技術者たちが画質の粗い偵察写真や古い絵画、絵はがきや技術者のひとりが楽しい自動車旅行中に撮影した写真を吟味し、攻撃すべきはアーチの頂点と判断した。線路はアーチの上に載る形になっており、列車が橋を渡っているときに爆破するのが最も効果的だと結論した。列車の重量が余分にかかれば、橋をより確実に破壊できる。成功はまちがいない。ナンシーの脳裡にベイカー街で円卓を囲み、パイプを口から出して「まあ、一か八かやってみるしかない」と肩をすくめる男たちの姿が浮かんだ。

ロンドンで聞いたときは単純な任務に思えたが、フランスに降り立って一週間後、実際に橋を目にすると心は沈んだ。怪物だった。下から首を伸ばして橋を振り仰ぎ、薄いブルーの空にそびえる威容を目にしてはじめて、ナンシーはガイドブックに出ていた数字の重みを噛みしめた。

橋の両側はほぼ垂直に切り立った崖だから、アーチの下まで行くには藪だらけの斜面を転げるように下りて、巨大なコンクリートの土台をぐるりと回らなければならない。北側から攻めることもできるが、北岸の斜面は南に比べて緩やかだ。射撃の腕が確かな人間ならナンシーたちがアーチの下にたどり着く前に楽々仕留められるだろうし、橋を半分も登らないうちに撃ち落とされないともかぎらない。戦前に撮影された写真では両岸の土台に金属のはしごがかかっていたが、どちらもドイツ軍がブロートーチで焼き切っていた。

だが土台さえ登ればそこからは、長く細い鉄の通路がアーチの曲線に沿っててっぺんまで延びている。問題は、レース編みのような橋のデザインだ。大量の爆薬を背負ったマキがぞろぞろアーチを登っていたら、丸見えになる。

ドイツはこの鉄道橋が兵站の要所であることを理解し、厳重に監視していた。ナンシーはノートと酒のフラスクを手に春の雨に打たれながら、一度にときには数時間じっと様子をうかがっていたから、見張りの兵士の顔も記憶していた。つねに三人体制で警備に当たり、線路脇の細い通路を行ったり来たりしていた。列車が来るときは十分前に鐘が危険を知らせ、鐘が鳴ると、兵士たちは走って逃げた。橋の長さを考えれば走って逃げたほうがいい。さらに四人の警備兵が両岸を巡回していた。両端の岸に刑務所の監視塔に似た木造の監視所まで建て、重機関銃を据えていた。警備をどうしたらかいくぐれるのか。ナンシーとタルディヴァは夜中まで知恵を絞った。

問題は警備だけではなかった。汽車の時間が読めないのだ。連合国軍上陸の知らせが伝わったいま、汽車が時刻表どおりに走ることはまずないだろう。

陽動作戦で敵の目をくらまし、北岸で警備兵を待ち伏せして倒す。それからナンシー、フランク、ジャン・クレールの三人で斜面を下り、土台をよじ登ってアーチの階段を駆け上がり、汽車が橋に差しかかるのを見計らって爆弾をしかけ、急いで橋を下りる。計画はシンプルだった。

陽動作戦もシンプルに行くことにした。まずまずシンプルに。美しくアーチを描くガラビ橋の醜い妹とでもいおうか、川の上流三百五十メートルの地点に平たく冴えない道路橋がかかっていた。それを爆破する。爆破はロドリーゴのチームに任せ、ついでに河岸の警備兵も始末してもらう。タルディヴァ、フアン、マテオの三人はガラビ橋の上で三人の警備兵の気を引く。すみやかに終わらせなければならない。よほど運がよければドイツ兵が油断しているあいだに兵士を殺し爆弾をしかけて逃げられるかもしれないが、リスクは計り知れない。早いうちに見咎められれば、監視塔の兵士が汽車に急を知らせ、橋に差しかかる前に停止させるだろう。それでも爆弾は爆発するかもしれないが、肝心の橋は破壊できず、腹に拳を沈めるつもりがひっかき傷を残すだけで終わるかもしれない。ナンシーは、ひっかき傷で終わらせたい気分ではなかった。

42

サン・ジョルジュからの田舎道を、作業着姿の中年男がゆっくり自転車を漕いできた。前輪がひとまわりするごとにきいきい音を立てた。やがて頭上の土手から低い口笛が聞こえると、男は自転車を降りてパイプに火をつけ、待った。ナンシーとタルディヴァが木立から現れ、のんびり空中に煙の輪を浮かべている男に声をかけた。

男は無言で一枚の紙を渡すと自転車の向きを変えて、漕ぎ去った。もう少しいてくれたなら、ナンシーは抱きついてキスをしただろう。男は汽車の運転士だった。すべてのエンジン、受け持ち区間に敷かれたすべてのレールと枕木を三十年間愛してきた男は、いまその鉄道を破壊するため、レジスタンスに全面協力していた。協力するといっても、世間話は別だ。ナンシーは信頼できる男と踏んでいたが、約束を取りつけたのはBBCが「秋の歌」の最初の一節を放送した日だったから、きいきいと車輪の音が聞こえてくるまで、二節目が読まれた前夜の放送を彼が聞いたかどうかは確信できずにいた。

「時間はどれくらいある？」渡された紙を見つめるナンシーに、タルディヴァが尋ねた。

「四十分」

田舎道の先で森に隠れていた仲間を召集すると、ブナと松の木陰に隠れながら、どうにか敵に気づかれずにトリュイエール川の支流であるモンゴン川の細い急流を渡った。ＳＯＥの教練でさんざん走らされ、しごかれたことをナンシーは心から感謝した。登りはきつかった。簡単にぽきりと折れそうな細い木の枝をつかんで自分を引っ張り上げ、やがて一同は鉄道橋と道路橋の両方を見わたす谷間の狭い突端部分に出た。

ナンシーがコンパクトを取り出すと、タルディヴァが眉を吊り上げた。「モン・コロネル、大丈夫、今日もきれいだ」

「ばかね、タルディィ」ナンシーは澄まして言ったが、いーっと舌を突き出したのでは澄まし顔が台なしだった。太陽の位置を確かめるとコンパクトを開けて鏡の向きを変え、三度すばやく太陽の光を反射させた。はるか眼下の川から、合図がピカッと返ってきた。ナンシーはふたたび鏡に太陽を反射させた。タルディヴァが時計を見た。

「爆破は二十分後か」タルディヴァ今度は二回だ。

「そういうこと。それじゃ、行きましょうか。手はずは頭に入ってる?」

ジャン・クレールが天を仰いだ。「夢のなかでだって橋の絵が描けるし、つばを飲みこむたびに鉄の味がするくらいだよ、モン・コロネル」背嚢を軽くたたいた。「さっさと吹き飛ばそう」

くちびるが笑みの形に引き攣り、指先がうずくのをナンシーは感じた。これが生きるってことだ、と思う。生きるというのは、こういうことだ。

「了解」

タルディヴァ、マテオ、ファンが先に行き、八分後にナンシーとフランクとジャン・クレールがつづいた。木立に身を隠しながら土手の上方を進み、川面と自分たちのあいだにある川沿いのくねくねした道をパトロールしているドイツ兵を見下ろした。いよいよ木立がなくなる。ここからコンクリートの土台を目指して、切り立った斜面を百メートル駆け下りるのだ。

「用意はいい？」

フランクとジャン・クレールが土台を見据えてうなずいた。フランクは拳を握ったり開いたりしている。

ナンシーは時計を見た。「行くわよ！」

道路橋のほうからドンと鈍い爆発音につづいて甲高い爆発音が響き、川の中央で粉塵(ふんじん)交じりの巨大な噴煙が上がった。フランクとジャン・クレールが走り出した。ナンシーが我慢できずに横を見ると、川沿いの道の西端で爆発音の方向を振り返った斥候隊に森から機銃掃射が浴びせられた。ドイツ兵がばたばたと倒れた。

ナンシーはダッシュした。

早くも高さ六メートルの土台を登りきったジャン・クレールが、橋脚にロープを結んでふたりのために下ろしている。あの子は山登りが大の得意なんですと母親が言っていたが、本当にそのとおりだ。配水管を登るねずみも真っ青。この身軽さなら、親も自慢したくなるだろう。フランクはよく寝室の窓から抜け出し、夜の闇にまぎれて屋根づたいにモンリュソンの恋人に会いに行ったと、母親と妹が話していた。ガスパールの組織が合流して以来、フランクは初日に殺そうとしたことを償おうと、ナンシーにひどく丁重に接していた。ジャン・クレールもフランクもすっかり爆発物に慣れ、死を呼ぶ爆薬を慎重に、しかし自信を持って扱った。だから橋の爆破班に入れたのだ。

ナンシーがロープで体重を支えて土台を駆け上がると、フランクがあとにつづいた。ジャン・クレールがロープを回収して背嚢にしまい、ナンシーは時間を確かめた。

「残り十五分」

道路橋の方向からパンパンとライフルの銃声が響いた。ドイツ兵の注意を引きつけておくのは、ロドリーゴの部隊の役目だ。

ナンシー、フランク、ジャン・クレールは鉄の通路を上りはじめた。上を見ては、だめ。下、も見てはだめ。鉄骨の隙間から見る世界は、現実離れした形をしていた。空も川も土手も森もゆがんだダイヤモンド型に切り取られていた。手すりの一本もつけてくれたらいいのに、とナンシーは恨めしく思った。設計したのはフランス随一と謳われた技術者なのだ。手すりをつけることとくらい考えたはずだが、人生はそう甘くない。

まもなく橋の上の見張りも監視塔の兵士も、道路橋の残骸から目をそらすだろう。ナンシーは階段を駆け上がるリズムにあわせて考えた。南岸の上から、ナンシーたちは見えない。南岸の下にいる兵士は……死んでいることを願うしかない。北岸の上からはもうすぐ死角に入るが、北岸の下の兵士は死んでいないし、ナンシーたちの姿も見える。どうか道路橋に気を取られていて。彼らが振り返って鉄橋を見る前にアーチを上りきれば、見つからずに済むかもしれない。爽快だった。筋肉の痛みも、訓練を実戦に生かす興奮も。背嚢に入れたプラスティック爆薬のずしりとした重みさえもが、心地よかった。

あとひと息。ナンシーが再度時計に目を落としたちょうどそのとき、頭上の線路で警報が響いた。あと十分で汽車が来る。急がなければ。三人はアーチの頂上へとラストスパートをかけた。脚が悲鳴を上げ、背後からジャン・クレールの荒い息が聞こえた。

上りきった。鉄骨を見上げ、爆弾をしかけるのによさそうな継ぎ目を探した。線路の幅に沿って三カ所にそれぞれ二キロの爆薬をしこんだ爆弾をしかけ、アーチに載った線路を熱いナイフのように切り裂くのだ。

よし。あそこだ。

持ち場に散った。ふたりの若者はナンシーを通路に残し、継ぎ目に向かって猿のように身軽に鉄骨を歩いてゆく。慣れたなめらかな身のこなしで、計画を確認する必要もない。ふたりも警報を聞き、その意味するところを十二分に理解していた。

ナンシーはプラスティック爆薬に導火線をつないだ。ジャン・クレールは早くも爆薬をしかけ、バランスを取りながら鉄骨の上を、まるで空中を散歩するかのように軽やかに歩いている。ナンシーが放ったひと巻きの導火線をキャッチすると、自分の爆薬につないでからフランクに投げた。フランクも導火線を爆薬に接続し、終わると、振り向いてにやりとした。

「残り六分」ナンシーは言った。

次は起爆装置だ。フランクがジャン・クレールの横を通ってナンシーのいる通路に戻り、圧力スイッチを受け取るとよいしょと線路の真下まで身体を引き上げた。

「ジャン・クレール、戻りなさい」

「モン・コロネル、爆弾が固定されているかどうか確認しないと」

フランクが手を伸ばして、圧力スイッチをはめこんだ。電車の重量でスイッチが入り、起爆する仕組みだ。六分あれば、簡単に逃げられる。なんだ楽勝だと思った瞬間……。

銃弾が鉄骨に跳ね返って火花が顔に降りかかり、ナンシーは一瞬目が見えなくなって横向きに倒れた。悲鳴とともに通路に倒れたフランクのベルトをつかんで、引き戻した。圧力スイッチが鉄骨で跳ね、虚空へと飛び出す。フランクが咄嗟に伸ばした手はスイッチをかすめただけで、起爆装置はくるくると螺旋を描きながら川に落ちて消えた。この高さからでは、水音さえ聞こえない。

「モン・コロネル……」ジャン・クレールの声がした。様子がおかしい。

ナンシーが彼のほうに身体をひねった瞬間、ふたたびぱらぱらと銃声が響き、周囲に着弾した。ジャン・クレールはV字型の横木に崩れ落ち、片手で支柱をつかんでいた。シャツが血に染まり、太ももにも被弾している。

ナンシーは通路を離れると、ジャン・クレールの顔から目を離さず、四つんばいで幅三十センチの鉄骨を急いだ。

「ジャン・クレール、降りるわよ」

「圧力スイッチは？」ジャン・クレールは肩で息をした。ひとこと発するのも苦しそうだ。

「落ちたわ。忘れて。この橋はナチスにくれてやる。手を伸ばしなさい」

ジャン・クレールは頭を振った。ナンシーをひたと見つめた。「手榴弾をください、モン・コロネル」

「だめよ」

しようとしていることはわかった。手榴弾くらいで橋はびくともしない。だがここで、この場所で使えば、爆薬を起爆することは可能だ。

「モン・コロネル、お願いだから」

ジャン・クレールはそれきり黙りこんだ。ナンシーはベルトから手榴弾を抜くと、彼の手のひらに載せて握らせた。

「安全ピンを」

ナンシーは安全ピンを抜いて、ジャン・クレールの指の関節をなでた。

「フランスのために」とナンシーが言うと、ジャン・クレールは目を半ば開いて無理やり笑顔を作った。

「自由のために」ささやくように、彼は返した。

「ナンシー！」フランクが手を伸ばしてわめく。

フランクはじりじり後退してきたナンシーのベルトをつかんで最後の一メートルを引きず

ると、小突くようにして通路を歩かせた。

時計を見るまでもなかった。列車が猛スピードで接近するのが大地の震えでわかった。頭上では見張りの兵士たちが切羽詰まった様子で危ない、来るぞと叫んでいたが、その叫びも迫りくる列車の鉄の轟きに飲まれて消えた。ナンシーは走った。先頭を走る機関車の重みで橋が震え、見上げれば、橋は火花と金属音が織りなす悪夢と化していた。

フランクに怒鳴られ、懸垂降下地点に来たことに気づいた。間にあわない。フランクはすでにロープを固定し、降下をはじめている。ベルトにロープを通したところで河岸からふたたび銃撃されたナンシーは宙に身を躍らせ、線路を見上げた。列車は早くも対岸に着くところだ。

懸垂下降はスピードが出すぎ、一方でスピードが足りず、熱いロープが指を裂いた。作戦は失敗だ。爆弾が炸裂する前に、列車は橋を渡りきってしまう。

すべてが一瞬の出来事だった。水面にたたきつけられ、ロープを外そうともがくうちに流れにもまれて身体がひっくり返り、上方で爆弾が炸裂した。ドカン、ドカン。ドカン、ドカン。手榴弾、中央の爆弾、西側の爆弾、東側の爆弾。世界は騒音と水を残して消えた。耳が聞こえず、目も見えず、ぐるぐると流れにもてあそばれた。岩や木の根が脚を引っ張り、熱と光の波が押しよせた。肺が痛い。突然手首をつかまれて引き上げられ、ナンシーはぶるりと震えて大きく息をした。

タルディヴァに引きずられるようにして岸に着いた。ナンシーは彼を押しのけ、ふらふらと立ち上がった。マテオがフランクを水から引き上げるのが見えた。四人は押し黙り、橋を見上げて立ち尽くした。

煙が散りはじめると、エッフェルの美しい鉄橋に裂け目が見えた。橋全体がうめき、揺れていたが、汽車はまだ橋の上にいる。なぜ走り去っていないのか。視界を曇らせる水を払おうと、目をこすった。信じられなかった。爆発は最後尾の車両の下で起きていた。いま最後尾の車両はねじ切れた鉄のあいだで宙づりになり、汽車全体をぐいぐい川へと引きずり下ろそうとしていた。

キーンという耳鳴りが治まり、聴力が戻った。金属のきしみのあいだから、ほかの音が聞こえてきた。悲鳴。最後尾の車両で兵士たちが叫んでいた。目を見張り動けずにいるナンシーの視線の先で、前の車両の男たちが必死で最後尾を切り離そうとし、彼らがしていることに気づいた最後尾の男たちが宙づりのまま、どうかやめてくれ助けてくれと懇願していた。突

機関車のうしろでは兵士たちが窓を割って這い出し、半狂乱で橋を北へと走っている。突き飛ばされたのか足を滑らせたのか、ひとりが厚手のロングコートをはためかせ、腕を振りまわしながら川へと落ちた。列車がふたたびうしろに引っ張られると橋が揺れ、さらに多くの男たちが虚空に落下した。

ついに虚空が勝利した。最後尾の車両がゆっくりと、しかし最後はあっけなく列車全体を道連れに後退すると、鉄橋は邪魔者を振り払おうとするかのようにきしみ、ねじれた。汽車は百二十メートル下の川に転落した。

エッフェルの傑作は崩落こそ免れたもののたるんでねじれ、線路が裂けて、アーチはゆがんだ。手負いの獣のように、橋がうめいた。

誰かが呼んでいた。「ナンシー！　おい！」

タルディヴァが肩を揺さぶっていた。

「退却！」ナンシーの号令で一同が合流地点を目指し森に逃げこむと同時に、対岸に固定された機関銃が連射され、弾丸が足元の小石を跳ね散らした。

43

フルニエは高地に野戦病院を二棟設け、さらに六軒の隠れ家で看護師や、医療の心得のある教師や司祭が負傷者の介護に手を尽くしていた。

ロドリーゴの部隊の戦闘員が脛(すね)を撃たれたのを見て取ると、タルディヴァはナンシーに若者を高地の病院に連れていって、君も診てもらえと強く勧めた。ずぶ濡れの服からしたたる水に赤い血が混じっているのを目にするまで、ナンシーは二の腕を撃ち抜かれたことに気づいてさえいなかった。タルディヴァはナンシーの腕に包帯を巻きながら、その日作戦を遂行した部隊には自分が話を聞いてあとで報告すると約束した。

血を失い青ざめた若者は、ナンシーが運転する車の窓にもたれてうとうとしていた。木炭自動車はいらいらするほどのろいが、上り坂では俄然威力を発揮する。野営地から五キロのあたりで軽機関銃を胸に下げたマキの男が、くわえ煙草で行く手を阻んだ。男は銃を構えて近づいてきたが、ナンシーに気づくと銃を下ろし、煙草を砂利道で揉み消した。

「ナンシー大佐！　負傷者が二名いる。一緒に乗せていってくれないか」

「いいわよ」

男が腕を振ると、森から男たちがふたりの少年を抱えてわらわらと出てきた。ひとりは意識がなく、ひとりは意識はあるが痛みのあまり譫言をつぶやいている。後部座席に座らせると、譫言をつぶやいている少年が悲鳴を上げた。

「あなたたちは西で線路を爆破したのよね？　なにがあったの？」

行く手を阻んだ男が肩をすくめた。「なにも。運が悪かっただけさ。線路を吹っ飛ばすのは楽勝だったが、帰りに斥候隊に出くわした」

線路を爆破したことに気をよくし、油断していたのだろう。

だがそれは言わなかった。「うしろに乗って。病院に着くまで、この子たちを生かしておいてちょうだい」

男は斥候隊を仕留めに行きたそうな様子だったが、それでも車に乗りこむと、上着をたたんで悲鳴を上げている少年の頭の下に差し入れた。道端に残されたほかの男たちは、野営地へと戻っていった。


野戦病院は負傷者でごったがえしていた。医師がふたりと看護師三人が治療に当たり、凄惨な光景に耐えられる者たちが手を貸していた。病院の表で少年たちがナンシーに群がり、われ先にと手柄をまくしたてた。橋を燃やした。電信柱と電線を破壊した。なかは忙しくて、誰も彼らの話を聞いてはくれない。

ナンシーは傷を消毒した上で包帯を巻いてもらい、それから治療を手伝った。医師が肩から弾を摘出するあいだ、泣いている少年の身体を押さえていた。モルヒネの投与を受けられるのは、腹を撃たれたか重度の火傷を負った患者だけだった。歳の行ったマキの男――四十代の農夫――は、ナンシーを妻だと思いこんだ。淡々と収穫の話をしてナンシーの手を握り、「もう行かないと」と言って事切れた。

高地の病院を出るころには、日が暮れていた。はるか眼下の谷間で、教会の鐘が鳴った。ガスパールとデンデンとタルディヴァがいくつも並んだ新しい墓の前で頭(こうべ)を垂れ、ショード・ゼーグから来た司祭が墓の前に立ち、疲れた声で祈りを唱えた。

ナンシーは少し離れたところで祈りが終わるのを待ってから、近づいた。ガスパールは脚に包帯を巻き、薄茶色をした羊飼いの杖にすがっている。住む人のいなくなった農家から失敬してきたにちがいない。眼帯に杖まで加わり、その風貌はいっそう海賊めいていた。海賊めいた、というより海賊そのものだ。

「モン・コロネル、勝利の鐘が鳴ってるぜ」近づいてくるナンシーに、ガスパールは言った。

「フランスは起(た)つ」

「これが勝利？」ナンシーは墓を見つめた。後部座席で悲鳴を上げていた少年は腹を撃たれており、助からなかった。高地まで一・五キロのあたりで、声も上げなくなった。ようやく病院に着くと少年の頭に上着の枕をあてがった男はすすり泣きながら車を飛び降り、ナンシーのほうを見ようともせずにうなだれ、森にずんずん入っていった。

「みんな危険を知った上でレジスタンスに参加したんだ」デンデンが言った。

「銃も取らないオカマがずいぶん勇ましいことを言うじゃねえか」ガスパールが吐き捨てた。

「無線が僕の武器だ」デンデンが肩をそびやかして言い返した。

またこれだ。ナンシーがガスパールと行動をともにするようになってからというもの、デンデンはことあるごとにガスパールに突っかかって神経を逆なでした。フルニエはふたりの口論を面白そうに見物し、タルディヴァは無関心だった。

ナンシーは震える手で、顔に張りついた髪をどけた。「今日は勘弁して。ここではやめてちょうだい」と言い捨て、歩み去った。

44

惨事の翌日、ベームがガラビ橋の残骸に歩み出すと、事情を聞かれていた見張りの兵士たちはどうしたものかわからず、あたふたとあとを追った。

自分をもっと早く派遣していれば、こんなことにはならなかった。上がいままでオーヴェルニュにベームを送らずにいたのは、唾棄(だき)すべき反逆行為と言っても過言ではない失態だった。この地域の首長の半数とかなりの数の憲兵がマキと結託しているのは、何カ月も前から明らかだった。雪が追跡を助け、木が葉を落として上空からマキの貧弱な野営地をさらす冬のあいだにベームが派遣されていれば、こんな事態は避けられていた。いまごろ総統は軍を意のままに動かし、連合国軍は大敗を喫して大西洋に押し戻され、どうか対ソ戦で共闘させてほしいとドイツに懇願していたはずなのだ。

ベームはくるりと向きなおり、最も近くにいた兵士に尋ねた。「女を見た、と言ったな？」

「ほんの一瞬です、少佐殿！　女は川へと懸垂下降しているところでした」

「人相を説明したまえ」

若者は困った顔をした。「そうおっしゃられても……現場は混乱していて、ちょうど汽車が……」

ねじれた汽車の骸がいまも浮かぶ百二十メートル下の川面を、ベームと若者は見下ろした。兵士の死体が汽車の残骸に引っかかり、ゆらゆらと水草のように揺れている。

ベームはため息をついた。「痛ましい記憶を頭が封じようとするのはわかる。記憶をよみがえらせる方法があるのだが、やってみるか？」

兵士がほっとしたように、顔を輝かせた。「ぜひとも、少佐殿！」

ベームは顔に息がかかるほど、兵士に近づいた。「よろしい」

そしてやにわに襟首をつかむとねじ切れた鉄橋の端に引っ立てて行って、宙に突き出した。もろい鉄の棒に必死で足場を確保しようと、兵士の軍靴がカンカン音を立てる。

「この手を離しはしない。さあ、感じるんだ。頼むから、感じてくれ」兵士はいまにも嘔吐しそうな顔だ。「ユダヤ人のフロイトの理論によれば、抑圧された記憶はそのときの感情を再現することでよみがえるという。さあ、思い出せ」

うなずいた兵士を、ベームは橋の上に引き戻した。兵士は左右前後によろけたのち、バランスを取り戻した。その横にベームが立つ。

「目を閉じて、襲撃の現場に戻れ。なにが見える？」

兵士はさきほどよりもずっと役に立った。やはりあの女だ。疑う余地はない。ムシェ山への攻撃を、マキを率いて妨害した女がいるとの噂を聞いて、もしやとは思ったのだ。まちがいない。オーヴェルニュでドイツ軍に降りかかる災いの中心にいるのは、マダム・フィオッカ——白ねずみだ。神の摂理というのは、実に不思議なもの。ほかの工作員であれば時間が必要だったろう。獲物について調べ、隠れ家を探り、習慣や弱点を洗い出すのに、いくら時間があっても足りなかっただろう。だがナンシー・ウェイクのことならわかっている。まだ巻き返しは図れる。

ベームは車に戻ろうと歩き出した。めがねを拭きながら車で待っていたヘラーは、ぞくりとした。上官は満面に笑みを湛えていた。

45

破壊工作の炎は消えるどころか燃え上がった。ロンドンから続々と攻撃の指令が届き、レジスタンス組織はノルマンディーで戦力の増強を試みるドイツ軍の攪乱作戦を展開した。ドイツ軍を苦しめ、妨害し、疲弊させ、士気を挫こうと戦った。物資の投下はいっそう増え、奇襲が頻繁になり、ドイツ軍の追撃をかわしながらオーヴェルニュ地方を転々とするマキの小規模な集団にも物資は途切れることなく届いた。

一日また一日と流血の日々は流れるようにすぎ、ナンシーは物資の投下を待ちながら野原でうとうとし、あるいはスペインの若者の運転で山道をガタガタ進む車のなかで軽機関銃を膝に置いたまま仮眠を取った。連合国軍がフランスに確立した足場を死守できるよう援護するのがレジスタンスの仕事だった。ロンドンから指示された標的を破壊したあとは、独自にターゲットを決めた。鉄道員と結託して機関車や線路を吹き飛ばし、装甲車が通れる幅のある道路を片っ端から陥没させ、敵が安全性の低い小型車両に乗るしかなくなったところで奇襲をかけ、炎上する車と負傷者の悲鳴を路上に残して森に消えた。銃が火花を散らしているかぎり、ナンシーは生きていた。生きて、完全に覚醒していた。しかし危険が目の前から去った瞬間に身体のスイッチは切れ、戦闘と戦闘のあいだの時間をナンシーは朦朧とやりすごした。

民間人を標的にした報復の噂は、もちろん聞こえていた。ナンシーがイギリスにたどり着くずっと前から、秘密工作の報復に人質を射殺するナチスの悪癖は広く知られていた。最初のうちこそ獄中の政治犯や伝令や共産主義者を処刑する体だったが、もはやそうした規律や規制、司法は形すら残っていなかった。それでもフランス人は、親衛隊がフランスで蛮行を繰り広げるとは思っていなかった。ナチスがラインハルト・ハイドリヒSS大将暗殺の報復にチェコのふたつの村で男も女も子供も皆殺しにしたとの噂が伝わったあとでさえ、甘く見ていた。ナチスがそんな暴虐を働くのは東部戦線だからだと、高をくくっていた。

誤算だった。敵が山中や谷間に消えたときに覚えるやり場のない怒りを、ナチスは土地と家族に縛られ逃げることのできない村人に向けた。

「あれは……」ナンシーは瞬きし、顔を上げた。

ヴェトリーヌ・サン・ルーの勝手知ったる道をトラックで走っているときだった。この地域の農家から、組織はときおり食料を仕入れていた。前方の曲がり角のあたりから、ぎざぎざの黒煙が上っていた。ナンシーは目をこすり、窓の外に目を凝らした。

「迂回します？」マテオが尋ねた。

ナンシーは再度、煙に目を凝らした。「あれがボワイエ農場なら、火が出てからずいぶん経っていそうだし、迂回したら貴重な二時間と大量の燃料が無駄になる。このまま行って」

角を曲がる前から、最初の死体が目に入った。ボワイエ家の小作人——ときおり裏の納屋でチーズを売ってくれる老人だった。重たげな枝が道に涼しい陰を作る栗の木に、ドイツ軍は老人を吊していた。ナンシーは口が干上がるのを感じた。マテオはスピードを落として角を曲がった。

死体はさらにふたつあった。ボワイエ夫妻も殺されていた。一九一八年に片方の腕をなくしたため徴用を免除されたボワイエは、家畜を食わせ貯蔵庫を食料で一杯にしておくために大隊並みの働きをしていた。夫婦は干し草納屋の屋根裏の扉に並んで吊され、子供たちが遺体を下ろそうとしていた。

十二歳くらいの少女が屋根裏に上がってペンナイフをのこぎりのように当ててロープを切ろうとし、その下で弟とおぼしき少年が遺体を抱きとめようと腕を大きく広げている。納屋のうしろでは、家がまだくすぶっていた。

「車をとめて」ナンシーは言った。

「とめたってなにもしてやれませんよ」マテオが言い返した。

「とめろと言ってるの。ジュールと一緒に死体を下ろすのを手伝いなさい」

その口調から、逆らっても無駄だとマテオは理解した。だからトラックをとめて降りた。彼が荷台の若者たちに指示を出す声が、ナンシーの耳にぼんやりと届いた。

男ふたりがそれぞれ夫と妻の脚を抱え、別のふたりが屋根裏に上がってロープをのこぎりで切断した。熟れた果実のように、死体がどさりと落ちた。ナンシーはアンリに連れられて見にいった、ボルドーのぶどうの収穫を思った。皮に埃をかぶり、汁気をたっぷり含んだ紫色の房が、待ち受ける籠にぼたぼたと落ちていったのを思い出した。

幼い姉弟は泣きながら男たちのまわりをぐるぐる回った。男のひとりが抱きとめた女の死体を抱えて庭を突っ切ると、少女が母のスカートに取りすがった。埋葬している時間はなかったから、マテオは夫婦を薪の山の下に横たえるように命じた。夫婦の目を閉じ、首の縄を外してやった。少女は両親の骸のあいだに座って泣きじゃくりながら、母に触れ、父に触れ、ふたりの手を取っては放し、取っては放した。

ナンシーはトラックから降りると上着のポケットから封筒を出し、紙幣をひとつかみ抜いて数えた。人の親ひとりの値段はいくらなのか。父と母と家の値段は？　有り金をはたいたところで足りるわけがない。これでは数週間ぶんの食費にしかならない。お金は少年に渡せばいいのか。あの子はどこにいったのだろう。

そう思った瞬間少年が憎悪の叫びを上げ、姉が縄を切るのに使っていた小さなナイフを突き出し突進してきた。いつの間にナイフを手にしたのか。少年はわめいた。お前のせいだ。死ね。ナンシーは呆然と少年を見つめた。動けなかった。マテオが遺体から振り向き銃を構えたが、ジュールに先を越された。ジュールは座っていた門柱から飛び下りると、少年を銃床で一撃した。少年はオーツ麦の袋のように崩れ落ち、ナイフが庭の乾いた地面に転がった。ジュールはしゃがんで少年の具合を確認し、立ち上がった。

「死にはしません」

ナンシーはなおも動けずにいた。ジュールがその手から紙幣を取り、小走りで少女のところに行って差し出したが、少女はぽかんとしていた。なぜ金を差し出されているのかわからないのだ。少女は恐怖で動転していた。さっきのおそろしい出来事がまた起きたらどうしよう。門の横に弟が倒れていることすら、気づいていないようだった。ジュールは少女のエプロンに金を押しこんで、きびすを返した。

男たちはトラックの荷台に、ナンシーは助手席に戻って、農家は谷間に消えた。

野営地のバスに戻り、その晩の物資投下の場所と時刻を男たちに淡々と告げたナンシーに、マテオが一枚の紙を渡した。

「ボワイエの上着にピンでとめられていました」それだけ言うとライフルを取り、ナンシーがひとりでじっくり紙と向きあえるようにほかの幹部とともに頭を屈めてバスを降りた。

ナンシーは紙を広げた。人相書きのビラだった。なかなか似ている。「異常かつ残忍極まりないイギリスの間諜ナンシー・ウェイク、またの名をマダム・フィオッカ、またの名を白ねずみ」に賞金がかけられていた。百万フラン。それだけあれば、あの少年は新しい農場が買える。少年が賞金ほしさに襲いかかったわけではないと知りつつ、ナンシーはふと、かわいそうに私の腹を刺して殺していれば金がもらえたのにとあわれんだ。なにを考えてるの。いいいいしっかりしなさい。ナンシーを捕らえるためだけに夫を吊し、妻を吊し、老いた小作人まで殺せるのだとしたら、ナチスはアンリをどんな目に遭わせているのか。ゲシュタポから逃れてきたときのグレゴリーの様子を思い出し、喉に苦いものがこみ上げた。

バスの扉が勢いよく開いた。デンデンだった。

「ナンシー！　今夜の回収班はもう選んだ？　お宝が雨あられと降ってくるよ」

ナンシーは黙ってビラを差し出した。デンデンは目を通して眉を吊り上げた。

「百万フラン！　こりゃすごい！　でも、あんまり得意になるなよ」

ナンシーはテーブルのコップをつかむと、棚にあった透明な瓶から中身を確かめもせずになみなみと注いだ。ブランデーの一種らしい。喉が焼けた。

「笑いごとじゃない。腐れナチどもに素性を知られたのよ。アンリが死ぬも生きるもあいつら次第。腹いせにいたぶられるのは、私の夫なのよ」

デンデンは両手を挙げた。「ごめん！　冗談のつもりだったんだ」

ナンシーはもう一杯酒を注いで、飲み干した。目を閉じると、栗の木に吊され揺れる老人の骸が見えた。あの人を、誰が下ろしてやるんだろう。

「でしょうね。どうせあんたには、戦争もなにもかも冗談なんでしょ？」コップに向かって陰気に語りかけた。目の端で、デンデンの顔が真っ赤になるのが見えた。

「なんだって？」

「ガスパールの言いぶんにも一理あるわ」酒瓶を手にデンデンの向かいの席にどさりと座り、酒をあおった。「私が数百人の命を預かってるっていうのに、あんたときたらぶらぶらしてばかり。なんなのよ、夏休みじゃあるまいし」

デンデンが両手を挙げた。「八つ当たりかよ！」

「穴と見れば手当たり次第にナニを突っこんで……」デンデンの目尻が引き攣った。傷ついた証拠だ。わかっている。訓練中に何度も見た。上等だ。

「いいさ、ナンシー。そうやって罪悪感をオカマに押しつけりゃいい」

「私たちは戦場に出て命までも犠牲に……」手のひらに縄を感じた。自分の手が夫婦の首に縄を巻いているのが見えた。屋根裏からふたりを蹴り出し、縄が伸びぎいぎいきしむ音を聞いて高笑いする自分の姿が見えた。

「ああいいさ。自己嫌悪も膿も全部ぶちまけたらいい……」

「なのに、あんたときたら銃を取ろうともしない。腰抜けだもんね」

ナンシーはふたたび酒をラッパ飲みして、自分の言葉がデンデンの急所に突き刺さるのをとくと眺めた。

「謝れ」顔を蒼白にして、デンデンが立ち上がった。

その顔を見ても、謝る気にはなれない。「謝ってくださいい大佐殿、でしょ？」

デンデンはしばし待ってから、氷のような声で伝えた。

「ロンドンからの指令です、大佐殿。明日の晩、マキを訓練する教官とバズーカを回収してください。場所はクルセ。会合はカフェ・デ・ザミにて。教官は金髪、コードネームはルネ。時間を聞くと、彼は『ブランデーを買うために時計は売った』と答えます」

ナンシーはデンデンを見つめた。憎まれているのがわかった。当然だ。

「下がってよろしい」

デンデンは敬礼をして、ナンシーと酒瓶に背を向けた。

安らかな眠りは訪れず、うとうとしかけたところでベームが夢に現れた。市場で見たときと同じ顔をしていた。爆発の記憶、炎の記憶のなかにその顔がちらついた。やがてベームの笑みが温かくやさしくなると、炎がナンシーを取り巻き、耳元で母がささやいた。気づけばナンシーは、サン・マール近くの野原の端にうずくまっていた。信じられないことに、物資投下の最中に居眠りしていたのだ。空からすでにコンテナが降っていた。空いっぱいにパラシュートが見えた。

地面に手をついて立ち上がると、タルディヴァが振り向いた。

「モン・コロネル」と、静かに声をかけてくる。「休めるときに休んだほうがいい。物資はこいつらが回収するから。任せておけば大丈夫だ」

ナンシーは首を振った。「私の仕事よ、タルディ」

「みんなの責任、みんなの仕事だよ」

最後の部分は聞こえなかった。ナンシーは野原をずんずん歩き出していた。

コンテナのひとつには、黒いチョークで大きな×印が描かれていた。ナンシー宛の差し入れだ。なるほどバックマスターはこの小包が入っていることをデンデンに伝えていたのだろう。だから今夜の物資投下についてデンデンはあんなに浮かれていたのだ。はじめて受け取った差し入れを、ナンシーは思い出した。ヴェラ・アトキンズからのコールドクリームが入った小包は、それこそクリスマスの贈り物のようにうれしかった。とはいえ、ナンシーが探しているのはバックマスターからのプレゼントではなかった。コンテナが積みこまれるやいなや、ナンシーはトラックによじ登ってコンテナの留め金を外した。男たちが「ルール違反だ」と文句を言ったが、言わせておいた。×印はコンテナにナンシー宛の小包が入っていることを示すだけでなくそのおおよその位置も示していたから、プラスチック爆薬のあいだから引っぱり出すのは数分で足りた。トラックから飛び降りて車体の運転席側にもたれ、中身を検めた。フェイスクリームが一瓶と、オーデコロン。コロンは消毒薬になるから取っておいて、クリームのほうは最初に行き会う村の女にあげよう。やっと、目当ての手紙が出てきた。

まことに遺憾ながら、マルセイユに残されたご友人の消息はいまもって不明、とそこにはあった。タイプ書きで。ベイカー街でパチパチとタイプを打つヴェラ・アトキンスの姿がまぶたに浮かんだ。そばではこざっぱりとしみひとつない軍服姿の将校が行き来しながら、フランスで失った工作員について情報を交換していることだろう。死んだ者、燃えつきた者、収容所に送られた者、地下牢にぶちこまれた者。バックマスターの力強い筆跡が目に入った。いいいい勇気を。終わりは近い。

ふざけるな。あの男が見た戦争は、工作員の候補生がロープをよじ登る教練場どまりだ。だいたいアンリの消息をつかむ努力を、本当にしているのか。しているわけがない。ナンシーを黙らせておくために、調査はしていると嘘をついているのだ。ナチスの変態どもに顔をズタズタに切り裂かれるまで、あるいは納屋から吊されるまでおとなしく働かせておくために適当なことを言っているのだ。だがベームは知っている。ベームはアンリの消息を知っている。

46

突然、道の真ん中に少年が飛び出した。ナンシーは急ブレーキを踏んで大きくハンドルを切った。轢かれて死ぬところじゃないか、ばか。少年が運転席に向かって歩いてくるのを見てマテオは引き金に指をかけたが、少年は気づかぬ様子でなにやらまくしたてた。

「マダム・ナンシー！」

見覚えのある顔だった。この界隈の家の戸口から、よくナンシーを見つめていた。父親はDデイにフルニエが指揮した線路爆破作戦で、命を落としていた。若くして夫を亡くした少年の母を弔問したのを、ナンシーは覚えていた。あのときは一週間で十人の遺族にあなたの愛する夫は、息子は、きょうだいはフランスのために戦い命を捧げたのですとお悔やみを言ったのだ。

「大丈夫よ、マテオ」ナンシーは小声で言った。「どうしたの、君？」

「クルセには民兵団がいるよ。民兵団が町を封鎖したんだ」夕陽に少年の青い顔が浮かび上がった。「クルセに行っちゃだめだ」

民兵団。いまいましさにかけてはナチスと互角だ。ヴィシー政権とナチスに制服と武器を支給され、レジスタンスの闘士を狩るフランスのファシストども。

「お母さんは元気？　ほしいものはある？」

　少年は頭を振って、けなげに言った。「ないよ。あなたに知らせたら、死んだ父ちゃんが喜ぶと思ったんだ」

　ナンシーは笑顔を向けた。作り笑いなのは自覚していた。それは一年前、まだ血を見ていないころの自分が小さな男の子に向けたであろう笑顔に似せた偽りの笑みだったが、まずまず本物に近かった。

「君みたいな息子を持って、お父さんも鼻が高いわね。知らせてくれてありがとう」

「それでも行くの、マダム？」少年は道路をきょろきょろ見まわした。

「ええ。町の人たちに姿を見せなければ」

　エンジンをかけ、少年を道端に残して走り去った。

　マテオが咳払いした。「だけどナンシー……教官を拾うのは別の日でもいいのでは？」

　ナンシーはアクセルを踏みこんだ。鼓動はゆっくりと落ちついている。「だけどマテオ、一杯やらなきゃやってらんないの」


　広場は閑散としていた。広場のカフェも閉まっていたが、ルネとやらとの密会に指定された店は路地を入ったところにあり、明かりがついていた。路地は人気がなく、老人がひとり夕暮れどきの冷えこみに肩をまるめて歩いているきりだった。そのカフェのよろい戸から漏れる明かりに照らされたナンシーとマテオの顔を、老人は横目でちらりと見た。ナンシーは店の扉を押し開けた。今夜は商売繁盛といかないらしく、客は四人きり。全員が民兵団のメンバーだ。カウンターのうしろには店主と若い娘。ルネらしき人物はまだ来ていない。

ナンシーは中央のテーブルについた。こんな店で働いていい歳には見えない痩せた娘が、そわそわとあたりをうかがいながら近づいてきた。

「コニャックを」ナンシーは言った。「ボトルで」

娘が返事もせずに立ち去ったところで、マテオがつぶやいた。「まずい」

「なにが？」

「カウンターの上を見て」

ナンシーは言われたほうに目をやった。指名手配のポスターが、梁(はり)に釘でとめられていた。

マテオが身を乗り出した。「出よう、ナンシー。手遅れにならないうちに」

娘がボトルを手に戻り、最初の一杯を注いだ。

「悪いわね、マテオ。でもどうしても一杯やらないと」

一気に飲み干すと、すかさず娘がグラスを満たした。

「お嬢さん、お名前は？」

「アンヌです」蚊の鳴くような声で少女が答えた。髪は脂じみているが几帳面に耳のうしろにとかしつけられ、袖口は清潔だ。

ナンシーはにっこりした。「『赤毛のアン』みたいね！　大好きな本なの。読んだ？」

マテオが左右をうかがった。四人の客がじろじろ見ていた。

少女は首を振った。

「あら、失礼」ナンシーはマテオを肘でつつき、テーブルの下で構えた銃を見せた。「自己紹介がまだだった。私はナンシー・ウェイク。あのお尋ね者よ」

少女は振り返って、ポスターに目をぱちくりさせ、それからふたたびナンシーに向きなおった。「どっさり賞金をかけられているんですね、マダム」

言われてみれば確かにそうだというふうに、ナンシーはうなずいた。

「ええ。ねえ、アンヌ、なぜゲシュタポが私みたいな人間に莫大な賞金をかけるのかわかる？　ドイツ人の尻をたたくためじゃないわよ。あいつらは金なんかちらつかせなくても、私を撃ち殺すかゲシュタポに突き出す。賞金はフランス人のためにかけてあるの。卑怯なフランス人のために。立ち上がってわが身を守るより、ナチのブーツについたクソを舐めたい連中のために。口では国を愛していると言いながら、あいつは犯罪者だユダヤ人だアカだと言って平気で同胞を裏切る連中のために。賢い手よね。賞金のせいで、友達もご近所さんも信じられなくなる。私の夫は――卑怯な従業員に密告されたの。でも悪いことばかりじゃない。せっかく賞金をせしめたって、ナチスに協力する連中には使う暇がない。なぜならヴィシー政権の政治家も民兵団のちんぴらも、私たちがひとり残らず探し出し、その汚い首に縄を巻いて吊してやるから」

客のひとりが立ち上がり、拳銃に手を伸ばした。ナンシーはくるりと振り向きざま、教えられたとおりに直感に任せて二発撃った。グラスもろともテーブルをひっくり返し、男は仰向けに倒れた。アンヌは悲鳴も上げず、飛んでいってカウンターに隠れた。

ふたり目の民兵は、ごそごそ拳銃をホルスターから抜こうとしているあいだに仕留めた。

三人目はナイフを手に向かってきた。民兵団に入るのは卑怯者とごろつきだけで、卑怯者のナイフ使いときたら、お粗末で目も当てられない。突進してきた男の勢いを利用して木の床に組み伏せ、ナイフをもぎ取って首に突き立てた。流れるようになめらかな動きで。ダンスを踊るように。昔のナンシーはダンスの名手だったのだ。星空の下で、何度アンリと踊ったことか。

身体の下で男が咳きこみ、ナンシーの顔に夏の雨のような血しぶきを散らして動かなくなった。

一秒、二秒、三秒。外に向かってダッシュした四人目は、マテオが仕留めた。男は扉の前に大の字に倒れた。人間が三秒で肉塊に変わった。これが戦争の教え。人はみな肉の塊にすぎない。ナンシーはグラスを取って飲み干した。上物だ。

酒代に迷惑料を少し上乗せしようと紙幣を数えていると、ギイと音を立てて扉が開き、黒い上着を着たブロンドの、ひょろりと背の高い男が入ってきた。床に転がった死体、割れたガラス、拳銃を構えたマテオ、血まみれの手で金を数えているナンシーを見て、男は豪快に長々と笑った。

「こりゃ、暗号を言いあうより手っ取り早い！　おれはルネ。お楽しみはここらへんにして、ブツを取りにこないか？」

ナンシーとマテオは男のあとについて、裏口から闇のなかに出た。

ヘラーは礼を言って電話を切るとベームの執務室に直行し、ノックをして返事は待たずに扉を開けた。ベームはデスクライトの丸い明かりのなかで、机に山積みになった報告書にてきぱきと目を通していた。窃盗、奇襲、ドイツへの抵抗を呼びかけるビラに、壁に描かれた総統の粗悪な似顔絵。報告書は日に日に増えていた。

「マダム・フィオッカがクルセで目撃されました」ベームが顔を上げた瞬間、ヘラーは言った。

「いつのことだ?」

「ついさきほど。十分前に男とふたりでカフェに入ったそうです」ベームが長いコートを取るのを、ヘラーは困惑して見つめた。

「車を回してくれ。数人にあとから別の車でついてくるよう指示し、兵舎から三部隊を召集してほしい。クルセに通じるすべての道に、一・五キロごとに検問所を設置してもらいたい。一時間以内に」

「クルセに向かうのですか? これから?」

ヘラーは上官の顔がつかのま、押し殺したいら立ちにゆがむのを見たが、ふたたび口を開いたベームの声は冷静だった。

「飛ばせばクルセには二十分で着く。用事があって、マダム・フィオッカがあの町に行ったのはまちがいない。いまからクルセに行く。自分の頭で決断を下し行動するのを恐れる男たちのせいで、今回の戦争では膨大な時間が無駄になった。私はそんな連中のひとりに数えられるつもりはない」

47

　マテオは激怒していた。小型トラックの運転席に座ったナンシーに、その怒りが横から波となって押しよせた。カフェでの一件が気に入らないのだ。お茶会でだらしなく背中を丸めて座っている子供を見た行儀にうるさい老女のように、非難がましい陰気な視線を送ってくる。なにがそんなに気に入らないのか。民兵団を憎む気持ちはマテオも同じはず。その憎き民兵がこの世から四人減り、しかも彼らは家族の目の前で吊し首にされるのでもゲシュタポの地下牢で発狂するまで拷問されるのでもなく、楽に死んでいったのだ。

　腹立ちのあまりナンシーは、ルネがクルセから西へ、ブナと栗の雑木林のなかをがたがたのトラックで先導する道もろくに目に入らなかった。着いた先は二階建ての牛小屋だった。

　黙ってマテオとトラックを降り、ルネについてなかに入った。ひんやりと乾いた空気に、革と新しい藁のにおいがした。ルネは筋交いに打たれた釘にランプを下げ、両手をこすりあわせた。地面の藁を蹴ってどけると隠し扉を引っ張って開け、その間ずっとしゃべりどおしだった。緊張をまぎらわし相手の機嫌を取るためにしゃべり散らしているふうではなく、低い声で楽しげに話した。マテオはカフェでの出来事が気に入らなかったようだが、ルネは愉快だったらしい。

「サウスゲートは二月にこいつらを投下させたんだ。でもDデイまで隠しておけと言われてね。上陸の知らせを聞いてからというもの、知らせたくてうずうずしていたんだが、肝心のサウスゲートが雲隠れして、指示をよこさない。かわいそうなルネ君！　おもちゃがこんなにあるのに、誰も遊んでくれないんだ」

「サウスゲートは三月にクレルモン・フェランでゲシュタポに捕まったわ」

ルネは言葉を切った。「それは残念。いいやつなのに」と言って、くすくす笑う。「ウェイク大尉、あんたほど血の気は多くないけどな」

釘からランプを外し、床下に掘った穴を照らした。粗い麻布に包まれた筒状の物体が十二本。ナンシーが最後にバズーカを見たのはハンプシャー州の教練場で泥まみれになっていたときだったが、馬の下で眠る物騒でずしりと重たそうな物体は、ひと目でそれとわかった。

「弾薬はどれくらいあるの？」

「大隊をひとつまるごと吹き飛ばすにはじゅうぶんさ」ナンシーの視線に気づいたのだろう。ルネは肩をすくめた。「一門当たり五十発」

「運ぼう」マテオがぶっきらぼうに言い、三人は穴倉からバズーカを一門ずつ運び出して、扉の脇に積み上げた。

ヘラーが選んだ運転手は腕利きで、二十キロ離れたクルセに二十分足らずで到着した。猛スピードで飛ばす車のなかでヘラーは懐中電灯と格闘しながら、村々とその住人たちに関する報告書をベームに読んで聞かせた。件のカフェに足を踏み入れると、テーブルに転がった瓶から、殺された民兵の血の海にブランデーの残りがまだぽたぽたとしたたっていた。女について、殺しについて、女に会いにきた男について、店主がしどろもどろで語った。

三十分後、検問所の設置が終了したことをヘラーが伝えると、ベームはナンシーが残した殺戮の現場をあとに広場へと向かった。不思議なめぐりあわせが重なるものだ。ベームはナンシーに対し、あわれみに近い気持ちを抱いていた。どうにか彼女に接触し、物の道理をわからせてやれないものだろうか。十軒ほどのよろい戸のうしろで明かりが揺らめいた。ヘラーがあとから広場に出ると、ベームは星空を見上げていた。

「拡声機を用意してくれ」

「少々時間がかかりますが、少佐殿」

ベームは無言でうなずいた。物思いに沈んだ顔を、なおも夜空に向けていた。

麻布にくるまれ、藁と土のにおいを漂わせている状態でも、バズーカには胸を高鳴らせる力があった。ナンシーはにっこりした。これなら一発で、装甲車を空中三メートルまで吹き飛ばせる。運がよければ戦車を足留めできるし、破壊することも可能。兵士がふたりがかりで操作しなければならず、きちんと訓練しないことには互いを吹き飛ばしかねないが、バズーカはいわば肩に担いで運べる大砲だ。

ドアがぎいと開いたので、ナンシーは振り返った。

カフェにいた娘だった。ルネが反射的に銃を向けたが、ナンシーが片手を挙げて制したので、発砲はしなかった。ナンシーは足を踏み出した。少女は震えていた。

「アンヌ？　つけてきたの？　ばかな子ね。殺されたかもしれないのに」

アンヌは両手を突き出した。「お願いです、マダム、私を一緒に連れていってください！　料理も掃除もします。どうかママンのところに追い返さないで」

ナンシーはため息をついた。「ばかなこと言わないの。家に帰りなさい」

「レジスタンスの力になりたいんです。うちはみんな民兵団なの。あんな人たち大嫌い。あなたが来たときに父と兄も店に居あわせたらよかったのにって思うくらいなんです」

ナンシーはルネを見た。

「その子のことはなにも知らない。それを言うなら、おれはこのあたりのこともわからない。牛小屋を倉庫代わりに使っているだけなんだ。虫の好かない村だよ。ファシストだらけの。ナチスに突き出すユダヤ人が村にひとりもいないとわかって、みんながっかりしたって噂だ。それでももしやと、戸棚のなかまで探したらしい」

「村から出る道だって教えられます」アンヌが急いで言った。「すぐ北におじの農場があって、そこから村の外に道が通じてるんです。広場にはもうドイツ兵がうようよしていて、道路に検問所を作ってる」

「あなたが羽目を外したせいだ」マテオがナンシーをにらみつけ、戸口から外をうかがった。「すぐに出なければ。村から明かりが上ってくる」

いんです」

その気持ちなら痛いほどわかる。「わかった。とっととトラックに荷物を積んで」

そこへ村のほうからキーンと耳障りな音が響き、全員が凍りついた。

「なんだいまのは？」マテオが言う。「早く出よう」

ナンシーがその腕に手を置いた。「待つのよ」

広場から声が轟いた。わずかになまりのあるフランス語が聞こえた瞬間、ナンシーはそれが誰だか理解した。パラディ通りのゲシュタポ本部で会った将校。町の広場で公開処刑を指揮した男だ。

「マダム・フィオッカ？　ナンシー？　そこにいるのはわかっている。ベーム少佐だ」男は返事を待つかのようにしばし言葉を切ってから、つづけた。「カフェの一件は醜悪だった。よほど捕まりたいようだな。よくあることだ。あなたは罪の意識にさいなまれ、正気を失っているのだ。部下の気持ちが思いやられる。あなたがみなを破滅へと追い立てているのを、彼らは理解しているのかな？　アンリを破滅に追いやったように？」

聞こえた。ベームの声を骨の髄で感じた。ナンシーはあたりを見まわした。少女はすでにトラックの助手席に乗りこんでいる。ルネは荷台に積んだばかりの弾薬の箱に手を置き、耳をそばだてている。マテオは肩を落として地面を見つめ、ナンシーを見ようともしない。

「マダム・フィオッカ。アンリは生きている」

　全身が闇へと引っ張られるのを感じたナンシーの肘を、マテオがつかんで支えた。ナンシーは駆け出したいのを堪えて、耳を澄ました。

「アンリは生きている。投降するんだ、マダム・フィオッカ。そうすればアンリの釈放を指示しよう。簡単なことだ。知ってのとおり、私はモンリュソンにいる。投降しなさい」

　カチッと音がして声が途切れると同時に、ナンシーは足を踏み出した。マテオが肘をつかむ手に、ぐっと力を入れた。

「モン・コロネル！」マテオに怒鳴られ、ナンシーは身震いした。

「アンリって誰？」ルネがのんきに尋ねる。

「夫よ。私の夫」

「ここを出るんだ、ナンシー」マテオが急き立てる。「さあ」

　マテオはナンシーを囚人のように小突いて車に乗せ、ルネが荷台に乗ったのを気配で確認すると同時にブレーキから足を離し、暗闇のなかへと疾走した。

48

アンリが生きている。助けられるかもしれないと思っただけで、胸が高鳴り、はじけそうになった。マルセイユで昔馴染みの友人や、あのいけ好かない父親と姉に温かく迎えられるアンリの姿を思い浮かべると、喜びで息が詰まった。私の命を差し出すから、アンリを助けて――。心のなかでずっと、そう乞うていたことに、ようやくナンシーは気づいた。乞うても空しいだけだと、無意識のうちに思っていたのかもしれない。ナンシーは戦争を早く終わらせることに心血を注ぎ、アンリにはどうかそれまで生き延びてと念じていた。だが自力でアンリを救えるならば、そのほうがずっといい。どこをどう走ったのか、気づけばトラックは野営地につづく山道をじりじりと慎重に進んでいた。おかしい。男たちが迎えに出てこない。ナンシーたちがバズーカを回収しに出かけたことを、彼らは知っている。いつもなら、新しいお宝が到着するとなると、みなサンタクロースを待つ子供のように浮かれるのに。調理の煙も見えない。ファンが野原を走ってくるのが見えた。その様子に、ナンシーは悪い予感が的中したことを知った。

車を降りた。「ここで待っていなさい」肩越しに、アンヌに言い聞かせた。「トラックから出ないで。ルネとマテオ以外の人間とは口をきかないで」

マテオが先に走っていってファンを迎え、ふたりでナンシーのほうに引き返してきた。

「なにがあったの?」

「モン・コロネル、レイク大尉が戦闘員といる現場をガスパールが押さえたんです」ファンが説明した。「フルニエとタルディヴァは下の野営地に出かけていて、ガスパールは――」

「なんてこと」

ナンシーは大股で山道を登った。ほとんどの男たちは遠巻きにしていたが、二十人ほどがゴミや汚物を捨てる穴を囲んで笑ったり小突きあったりしている。上官が近づいてくるのに気づいた数人が、仲間に注意を促すこともせず、すっと脇にどいた。男たちのひとりはペニスを握り、穴に向かって放尿している。

ようやく気配に気づいた放尿男が、穴からなかば振り返った。脂じみた顔は愉快そうに上気したままだった。そのあごに、ナンシーはしたたか拳をめりこませた。男は自分のズボンに小便を振りまき、地面に転がった。

「ガスパールはどこ?」

男たちが後ずさりすると、ようやく穴のなかが見えた。排泄物や動物の骨が積み重なった穴の隅で、デンデンが縮こまっていた。両手で顔を覆っているが、首と頬にあざができ、青くなりつつある。突き落とされる前に暴行されたのだ。誰かを撃ち殺したい衝動に、ナンシーは必死で抗った。

「モン・コロネル!」ガスパールがひとり散歩にでも行っていたかのように颯爽と、短い指に煙草を挟んで森から出てきた。

「レイク大尉を穴から引き上げなさい」

ガスパールは肩をすくめた。「若い戦闘員を辱めた変態野郎だぞ」

「合意の上だったんでしょ？」

ガスパールの顔にいら立ちがよぎる。「こいつらは、胸くそ悪い変態の餌食になるために志願したわけじゃない」

ナンシーは穏やかに、しかしきっぱりと言った。「あなたたちが武器と弾薬を手にし、情報を得ているのは、そこにいるイギリス人将校のおかげなのよ。そこの高度な訓練を受けたイギリス人将校がいなければ、あんたなんか近所の農家から羊を盗んで地元の対独協力者とかくれんぼをしているちんぴらにすぎない。わかったら、さっさと大尉を穴から出しなさい」

一秒、二秒、三秒。ガスパールはナンシーをねめつけてから、おもむろに片手を挙げた。男がふたり穴の縁にしゃがみ、デンデンに手を差し伸べた。

「あんたたちじゃない」ナンシーは胸の機関銃に手を伸ばしつつ、なおも穏やかにつづけた。「あなたよ、中佐。あなたが穴に下りて、手を貸しなさい」

木々を風が渡る音がする。ナンシーは、背後でマテオが小さく咳払いするのを聞いた。

ガスパールは目を瞬いた。穴の縁にしゃがみ、手で地面を押して飛び下りた。汚物と骨がぐしゃりと潰れた。ナンシーはガスパールが顔から汚物に突っこむのではないかと思ったが、どうやら堪えた。ガスパールは悪臭を放つどろどろの汚泥のなかを三歩進んで、手を伸ばした。

デンデンがその手をつかんで立ち上がる。全身汚物にまみれ、鼻から血を流し、目の上が切れている。ひとことも発しない。

穴のそばにいた男たちが腹ばいになり、悪臭を鼻に入れるまいと顔をしかめながら手を伸ばした。ガスパールが抱え上げたデンデンの身体を、彼らは勢いをつけて引き上げ、草地に転がした。デンデンは立ち上がって、よろめいた。そばの若者が咄嗟にその腕をつかんで支える。体勢を整えたデンデンは若者の手を軽くたたいて身体を離し、まっすぐ前を見てのろのろと森のなかに消えた。

ナンシーはガスパールが穴から引き上げられるのを待たずにデンデンのテントに直行すると、背嚢を漁ってシャツと下着を出し、タオルをつかんであとを追った。

デンデンは水浴場でナンシーを待っており、姿を認めたところでシャツのボタンを外した。

「ガスパールのやつ、ただじゃおかない」清潔な着替えを岩に置き、汚物まみれのシャツを引っ張って脱がせながらナンシーは息巻いた。

「たいしたことじゃない」

「あんな違反行為は絶対に許さない」

「たいしたことじゃない、と言ってるだろ」デンデンがすごんだ。ナンシーはさらに食い下がろうとして、息を吞んだ。デンデンの背中は傷痕で覆われていた。鞭で打たれた、太い縄のような傷が背中一面に這っていた。

「その背中……」

デンデンは屈んで靴ひもをほどき、ブーツを脱いだ。「フランスは今回が初めてじゃないことは話したよね。三九年にも、僕はこの国にいた。サーカス団で巡業し最後に行きついたパリで、レジスタンスの連絡係になった。三年近く持ちこたえたよ。通信士が戦死したときに、戦場で無線機の使い方を覚えた。やつらが暗号を解読し拘束した工作員のひとりが、僕だった」

「やつらってゲシュタポのこと？」

デンデンはズボンを脱いで、岩からそろそろと水に入った。体つきはナンシーと変わらないほど細く締まり、肘から手首にかけて真っ黒に日焼けしている。ナンシーが岸に足を組んで座って見ていると、デンデンは一旦頭を水に沈めてから浮き上がり、顔に張りついた髪を払った。

「ほかに誰がいる？　六カ月間拘束され、それから収容所に送られたが、数人の仲間と一緒に汽車から飛び降りた。ブルターニュの海岸に落ち延び、そこで親切な漁師に助けられたってわけさ」

「なぜ話してくれなかったの？」あごに手を当て、ナンシーは尋ねた。

デンデンはぬるい湯をすくって肌にかけ、髪を洗った。

「背中の傷を見せなくたって、僕が腰抜けのオカマじゃないってことは証明できるからね」

ナンシーはたじろいだ。デンデンを腰抜けとあざけったのは彼女だった。占領下のパリで三年間持ちこたえた男を。捕まればどんな目に遭うか、誰よりもよく知っている男を。大切な友を。

「デンデン、私……そんなつもりじゃ……」

「いや、そんなつもりだった」デンデンは水を胸にこすりつけ、それから鼻の血をこすり落とした。「オカマは腰抜けだとみんな思ってる。悲しいかな、そのとおりかも。だからそもそも工作員なんかになったんだ」大きく腕を広げ、水面に仰向けに浮かんだ様子は、洗礼を受けるキリストを思わせた。「君は進んだ女を気取ってるけど、いまでもお母さんの娘だよ。お母さんにたたきこまれた辛気くさい聖書の教えから逃れられずに、僕らみんなを断罪する」

水から上がったデンデンに、ナンシーはタオルを渡した。デンデンは腰にタオルを巻いて、ナンシーの横に腰を下ろした。

「そうかもしれない。自分で自分を断罪するくらいだから。それですごくみじめな気分になるのに」

デンデンは冷たい岩に寝そべり、空を見上げた。

「現場を押さえられたときに一緒にいた人のって、ジュールなの？」

「他人の秘密はばらさない」

民兵団のこと、べームのこと、これからしようとしていることを話そうと深呼吸をしていたナンシーはそっけない返事に出鼻をくじかれ、言葉は喉に引っこんだ。汚物の穴から助け出し、謝罪もしようとした。もうデンデンに借りはない。いや、ある。借りがあるのはわかっている。けれども借りをどう返したらいいのか、ナンシーにはわからなかった。

49

デンデンの一件はそれきり封印され、アンヌの到来に不満がある者がいたとしても不満は口にされなかった。朝からナンシーが後任として派遣される工作員とデンデンに残す引き継ぎ事項をまとめていると、タルディヴァが飛んできた。

ノックもせずにバスに押し入るので、ナンシーはノートをサテンの枕の下に隠し、黙って攻撃を待った。

「本気じゃないとマテオは言うが、本気なんだ。そうだろ？」

タルディヴァは顔を真っ赤にして怒鳴った。こんなタルディヴァは見たことがない。つかみかかるように詰めよるので、狭いバスの空気を全部吸い取られそうだ。ナンシーは思わず腰の銃に手をかけた。

「そのベームとかいう男はあんたを騙してるんだ！」

「タルディ」ナンシーは静かに言った。「そうしなければならないの。アンリが生きている望みがほんの少しでもあるならば、私は自分の命と引き替えにアンリを救う。愛しているの。アンリだって、きっと同じようにするわ」

タルディヴァが壁を平手で打ち、世界がぐらりと傾いた。「ふざけるな！　あんたがフランスに来たのは旦那のためじゃない。おれたちのためだ。自分でそう言ったじゃないか。誓ったじゃないか」

冷たい怒りが骨を貫くのを、ナンシーは感じた。「あなたたちにはさんざん尽くしたでしょ！　いい加減にしてよ、タルディ。落ちつきなさいよ。これからも物資は投下される。いくらだってパラシュートは降ってくる。ドレスはほかの女に縫ってあげなさい」

タルディヴァは一瞬、殴られたかのようにのけぞったが、すぐにまた詰めよった。「組織には、あんたがいなくちゃだめなんだ。男ひとりを救うくらいで、あんたにいなくなられるわけにはいかない」

ナンシーがやにわに席を蹴って立ったので、タルディヴァは驚き後ずさった。「アンリには私十人ぶんの価値があるのよ！　いいえ、百人ぶんの。タルディ、あんたにはわからない。あんたはアンリを知らない。アンリのことも私のことも知らない。いざとなったら……私はここのみんなのために死ぬつもりよ。でもアンリのためなら千回死んでもいい」まくしたてているうちにタルディの顔から怒りが薄れて消え、悲しみと戸惑いが残った。「タルディ、あなただって奥さんのためなら同じことをする。否定したってだめ」

ナンシーは拳銃から手を離し、一歩下がった。

「そうかもしれない」険しい声で、タルディヴァが返した。「だがモン・コロネル、あんたはおれなんかよりずっとできた人間だと思ってた」

そう言い残して出ていった。ナンシーは椅子に崩れ落ちて頭を抱え、そしてフランスに戻ってはじめて自分が震えていることに気づいた。

翌朝目覚めると、アンヌのために床に敷いた毛布はきれいに畳んで片づけられていた。少女をほったらかしにしたことに胸が痛んだが、面倒はタルディヴァとマテオが見てくれるだろう。ナンシーは肘をついて身体を起こし、窓の外を見た。静かだ。昨日はあれきりタルディヴァを見かけず、ほかにナンシーに指図しようとバスを訪れる者もいなかった。ということは、マテオはベームが持ちかけた取引をフルニエとデンデンに伝えず、タルディヴァもナンシーの決意を自分の胸に収めているのだろう。よし。そのほうが楽にことが運ぶ。

男たちをグループにわけてバズーカの扱いを訓練し、ルネに頼んで古参の戦闘員にはその戦略的な使い方を教えてもらおう。そして全員が忙しくなったところでベームの申し出を知らない若手――ジュールが適役だろう――を呼んで、モンリュソン付近に投下地点を探しにいくと伝え、ここを出る。

マテオの機嫌が気になった。カフェでの殺戮は許してくれたのか。いや、「許す」という表現はちがうかもしれない。許してもらうには、まず自分が過ちを犯したと認めなければならないわけで、ナンシーはまちがったことはしていない。いずれマテオは折りあいをつけるだろう。ガスパールのこともある。デンデンの一件の恨みを晴らそうと、機会を狙っているにちがいない。ナンシーが消えたという知らせが野営地に広まったら、それ見たことかと得意になるだろう。ナンシーにはどうしようもない。だがいまならフルニエが、ガスパールを抑えられるはずだ。

　ともかく、ニンジンはぶら下げておける。大規模な戦闘が迫れば、意識はそちらに行く。昨夜、デンデンがロンドンから指令を受けたのだ。マルセイユに上陸するイギリス軍のために六十キロ南でドイツ軍と一戦交え、敵の部隊を撤退させて道を開けておけという。バズーカがあって助かった。そろそろ餌を撒くとしよう。戦略に関しては、この地域に詳しいフルニエに相談する。バズーカの扱いを教える者は、ガスパールに選ばせる。これでガスパールの傷ついたエゴも、少しは癒えるだろう。

　ナンシーはすばやく身仕度を整え、森で用を足すと、野営地への道を上っていった。

　なにごと……？　タルディヴァがアンヌの腕をつかみ、もう一方の手を振り上げていた。タルディヴァはナンシーに気づくと手を離し、アンヌを地面に突き飛ばした。

　アンヌは彼の前で縮こまっている。

「モン・コロネル、このばかなガキときたら、テントから煙が漏れるのもかまわず火を焚いていやがった。何時間も煙で信号を送っていたんだ」

「子供を脅すのはやめて、火を消しなさい」

「パンを焼いたんです、マダム」指さすほうを見れば、草地に広げたナプキンに丸いパンが十二個載っている。「昨夜かまどがあるのに気づいて、お礼の印に特別な朝ご飯を作ろうと思って」

愚かな子だ。将校に感謝の気持ちを示すために大事な物資を無駄遣いするとは。次はバースデーケーキでも焼くつもりか。そうはいってもあわれな身の上なのは確かだ。家を出て最初の数日間のこと、見ず知らずの人たちのやさしさを、ナンシーは思い出した。

「わかった。二度とやらないで」

アンヌはワンピースのスカートでパンをくるみ、逃げるようにバスのほうに走っていった。タルディヴァが盛んに毒づきながら、火を踏んで消した。

「敵機が見えたの？」

タルディヴァは首を振った。「いや。だが今日は快晴だ。おれたちには見えない距離や高度からでも、煙に気づくかもしれない」

ナンシーはポケットに両手を突っこんだ。「見張りの強化を指示して。それとフルニエ、マテオ、ガスパールに声をかけて、なるべく早くバスに集まって。昨夜、ロンドンから指令が下った」

タルディヴァが去りがたそうな素振りを見せた。「やっぱり行くのか」

「ええ。私がここの位置をばらすのが心配？」口調に嫌味が混じるのを、抑えられない。

タルディヴァが傷ついた顔をした。「そんな心配はしていない。ベームの話が嘘で、あんたがおれたちとの約束を無意味に破ることになるのが心配なんだ」

ナンシーは顔を背けた。アンヌの失態を聞いたら最後、マテオはカフェでの出来事を水に流してくれないだろう。さらにナンシーが消えたと知ったら、亀裂は十倍深くなる。だがもうじゅうぶんだ。申し開きをするのは。仲裁者、母親、聞き役、子守の仕事はあと一時間で終了。あとのことは残った者たちに任せる。ナンシーはバスに向かって歩き出した。

「マダム、ごめんなさい」アンヌが子犬のように、隣をちょこちょこ走った。

ナンシーは彼女を見下ろした。はかなげな子だ。年齢は？　十八にもなっていないだろう。ナンシーが家を出たときよりも一歳ほど上か。あのころはナンシーもまちがいをさんざん犯した。この子は戦時下で家を出たわけだから、もっと苦労するはずだ。

「私が悪かったわ、アンヌ。昨夜のうちに警備のルールを説明しておくんだった。パン、美味しそうに焼けたじゃない」

アンヌがにっこりした。

「幹部で会議をするのよ。パンを出したら、みんなあなたのことを許すかも」

50

計画に、誰も異論がないのは明らかだった。ガスパールは奇襲の天才だし、プラスティック爆薬の扱いをものにしたフルニエはDデイ以来、小さな橋を十二基と軍需工場を二カ所爆破しており、なにより彼らは敵と正々堂々と一戦交える機会を歓迎した。

それでもナンシーへの怒りは冷めない。アンヌのこととデンデンの一件に執着し、険しい表情を崩さない。まったく小学生じゃあるまいしと、ナンシーは呆れた。そこへアンヌがパンを運んできた。食料品店でくすねたバターもつけて。神々しいまでに香ばしい香りが漂い、みながいっせいに手を伸ばした。マテオはバターを塗る手間も惜しんでひと口かじるや、天を仰いだ。どんな恨みもこれで忘れてくれるだろう。まったく男どもときたら……。

ナンシーはパンを味わって食べようと、丁寧にバターを塗った。タルディヴァがパンの皿を露骨に無視して、地図を指さした。

「ここにいいルートが見つかったら、信頼できる追跡者をおれが調達する。このあたりなら、高い位置から敵を狙い撃ちできる。道路を戦場に変えてやる」

いいアイデアだ。ナンシーはパンをテーブルに置いた。「人員はどれくらい必要かしら」

マテオがうなった。異議があるのかと、ナンシーは彼を見た。マテオは喉に手をやり、顔はどす黒い赤に染まっている。

「ちょっとマテオ、むせたの？　ガツガツするからよ。ガスパール、背中をたたいて水を飲ませなさい」

ガスパールは笑ってマテオの背中を平手で打った。咳がひどくなり、口の端によだれが溜まった。マテオは喉をかきむしり、さらに咳きこんだ。地図に血が飛び散った。

「おい！」叫んで水の入ったコップをつかみ、無理やり飲ませようとしたガスパールをマテオは押しのけてよろよろ立ち上がり、バスを降りたところで倒れ伏した。

「毒だ！」フルニエがあとを追い、マテオの横に膝をついた。

山道にばたばたと足音が轟いてファン、ロドリーゴら数人が銃を構えて駆けつけ、草地でのたうちまわるマテオを目のあたりにした。マテオの身体が痙攣した。

「横向きに寝かせて」ナンシーはそばにしゃがんで頭の下に手を差し入れた。

マテオが恐怖に満ちた目で見あげた。口からナンシーの手首へと、血がたらたら流れ落ちた。髪をなで、目をあわせようとしたが、マテオはあっちへこっちへと視線をさ迷わせ、ナンシーを認識しているかどうかもわからない。ナンシーは穏やかに、はっきりとその名を呼びつづけた。

マテオの身体がふたたび痙攣したかと思うと硬直し、首の筋肉が縄のように浮き出して、喉からごぼごぼと湿ったあえぎ声が漏れた。目が光を失った。あり得ない。あり得ないが、現実だった。

ナンシーは立ち上がった。男たちの背後から、アンヌが様子をうかがっていた。ナンシーはダッシュした。少女はくるりと向きを変えると森に走り出し、谷を見下ろす西の突端へと山道を駆け上った。ナンシーはなにも考えず、ただ追いかけた。泣き叫びながら走る少女との距離を、着々と縮めた。心臓は早鐘を打ったが、結果は見えている。少女に逃げ場はない。

アンヌは木々のあいだをひた走って突端に出ると、絶壁の際で腕を振りまわして急停止した。雑草の茂る地面に仰向けに倒れ、くるりと横向きに転がったところで行く手を阻むナンシーを見た。少女は腹ばいで絶壁へと後ずさりした。

「アンヌ、大丈夫、なにもしないから」

ナンシーが一歩踏み出すと、アンヌはずるずる絶壁に向かう。その顔が、なんと恐怖に満ちていることか。まるで追い詰められた獣だ。ナンシーはぐっと深呼吸をした。

「好きでしたことじゃないんでしょ？　命令されて、仕方なくやったのよね？」

アンヌは目を瞬いた。ナンシーには、彼女が小さくうなずいたように見えた。

「わかるわ……あなたの気持ちはわかる。さあ、そんなところにいないで戻ってきなさい。話をしましょう。ふたりきりで。なにもしないから」

アンヌは血走った目で、そわそわとあたりを見まわした。

「アンヌ、ほかの者にも手出しはさせない。約束する」

ナンシーが片手を差し伸べてにじりよると、アンヌはやっとその手を取った。

覆いをかぶせた焚き火のなかで、毒入りのパンが燃えていた。男たちは道を開け、ナンシーがアンヌをバスへと引っ立てていくのを見守った。通りすぎざま、ナンシーはタルディヴァと目があった。そのまなざしは問いを投げかけていたが、ナンシーはまだ答えを知らなかった。

テーブルには、血しぶきの飛んだ地図が広げられていた。ナンシーは地図をそのままにしておいた。

「全部話して」

少女は熱でもあるかのように、がたがた震えていた。

「さあ、アンヌ。私の心にいる天使が話せばわかると言っているの。だから、洗いざらい話して」

「ゲシュタポの人に言われたんです……私の務めだって。私は特別な子だって」

ベームだ。聞くまでもない。

「いつ？」

件の将校が座席のうしろからひょっこり現れるかのように、アンヌはあたりをうかがった。

「いつ言われたの？　昨夜？」

「あなたと入れちがいに店に来たんです。あなたが友達に連れられて牛小屋に行ったあとで。お友達がブテルさんの牛小屋を借りているのは、村じゃみんな知ってる。ゲシュタポが来たとき、私はまだ泣いていたわ。アンヌと名乗ってあなたと言葉を交わしたことを話すと、あの人はすごく興味を持ったみたいで、やさしくしてくれた。ドイツはいまよりいい世界を創ろうとがんばっているのよ。なのにユダヤ人と外国人が邪魔ばかりして。あの人は言ったわ。あんたみたいな女が悪いんだって。あんたみたいな連中がいるから、ドイツ軍はやりたくもないことをやっているんだって。農家を焼き払うとかそういうことを。あんたたちがいなくなれば村は平和になるって、あの人は言った。ほかにもいろいろ話してくれたわ。それから、食べものに入れる毒をくれて、あなたのあとを追わせた」

カフェに入る前に、目をつけられていたのだ。通りですれちがった男の姿が脳裡をよぎった。

「家族を守ってくれるって言ったのよ！　だから家族のために勇気を出せって。私のこともきっと守るって！」

怒りに血がたぎるのがわかった。この子の身の上に昔の自分を重ねていたのに。

「ナチスにあんたは守れない。アンヌ、それができるのは私だけよ」アンヌ。アン。「その男に本のことも話したの？」アンヌは戸惑い顔で首を振った。ということは、ベームはすでにナンシーの愛読書を知っていたのだ。「家がいやで逃げ出したと言えと命じたのはベーム？」

アンヌがうなずいた。

「あの男がなぜ私のことを知っているかわかる？」ややあって、ナンシーはうなるように言った。「私の夫を拷問して聞き出したんだよ、このナチスかぶれのクソアマ」

言うが早いかバスから引きずり出そうとアンヌの腕をつかんだ。アンヌは泣き叫び、金切り声を上げ、古びた座席やドアにしがみついて抵抗した。けれどもアンヌはか弱く、ナンシーには腕力がある。

「なにもしないって言ったじゃない!」タルディヴァの足元に突き転がされ、アンヌはわめいた。

タルディヴァがその右腕をつかんで立たせ、ロドリーゴが左腕をつかんだ。

「なら、私もあんたと同じ嘘つきってこと」ナンシーは吐き捨てた。

過去の小さな秘密をしゃべらせるとは、ベームはアンリにいったいなにをしたのだろう。母親との確執に愛読書。家のポーチの下に隠れ、床板の隙間から射す日の光を頼りに本を読んだときの乾いた暑さを、ナンシーは感じた。頭上から聞こえる母の足音に息を潜めたことを思い出した。

拳銃を抜き、ファンに渡した。「マテオの敵を取りなさい」

ファンは頭を振った。「まだ子供ですよ」

アンヌが自分を捕らえている男たちのあいだでくずおれた。「放して。ごめんなさい、許して……二度とあなたの前には現れないから……」

「タルディ?」

「できない」

「いいわ」

ナンシーは銃口を上げた。アンヌがきっと頭を上げて、ナンシーの目を見据えた。

「死んだわよ。あんたの旦那。ベーム少佐が副官に言っているのを聞いちゃった。使える男だから、もっと生かしておきたかったって」

ナンシーが引き金を引きはじめると、少女の顔が憎悪にゆがんだ。「ハイル、ヒト――」

二度発砲した。タルディヴァの腕のなかで少女の身体が痙攣し、ロドリーゴとタルディヴァが手を離すと、地面にどさりと倒れた。ナンシーは拳銃をホルスターに収め、後始末を男たちに任せて森へと入っていった。


まっすぐ崖に向かい、絶壁の際でへなへなと崩れ落ちた。手が震えた。ひと息つかせて。お願いだから。けれども心がそれを許さない。アンリは死んでいた。タルディヴァの言ったとおり、ベームは嘘をついていたのだ。マテオの喉に血がごぼごぼと湧き上がるのが聞こえた。アンヌの細い手首を掌中に感じ、憤怒に満ちた最後のまなざしを見た。

平和は戻らない。ナンシーの人生には戻らない。バックマスターのような手合いは、戦闘が終われば平和が来ると思っている。ドイツ軍が退却し、フランスが解放され、礼のひとつも言ってくれればそれで一件落着。勇気を。終わりは近い。愚かだ。あいつらはみんなそろって愚かだ。色や味が変わるだけで、地獄に終わりはないのに。

デンデンがナンシーを誘い、絶壁に身を乗り出すのに使ったロープがそのままになっていた。ドイツ軍が片腕の農夫とその妻を吊すのに使ったのと同じような、ごく普通のロープだ。

ナンシーは身体を起こし、ロープを拾った。端はまだしっかりと木に固定されている。心が落ちついた。平和だった。天国でも地獄でもない静寂、考えることも思い出すこともしなくていい場所に、ナンシーはいた。

ロープで輪を作った。

愛はなく憎しみもない。嫌がらせもプロパガンダもなく、憎悪と復讐に燃える子供もいない。激しい怒りはなく、罪悪感もない。アンリもいない。

ロープを腰に巻いた。

ひどい顔をしているにちがいない。そう直感するといてもたってもいられなくなり、ポケットからコンパクトを出してパチンと開き、鏡を見た。瞳をのぞき、口の端をぬぐった。とたんに怒りと嫌悪の波にさらわれ、ナンシーは「拷問と餓死だけは避けられるといいね」とでも言いたげなバックマスターの餞別を力任せに放り、そのあとを追って奈落に身を躍らせ……

ロープに引き戻された。

足元でぼろぼろと崖の土が崩れて腰のロープがぴんと張り、ナンシーはパラシュートで空に飛び出すときのように両手を差し伸べた。結び目が緩んだ勢いで、身体がぐっと三センチ前に出る。笑いがこみ上げた。ロープがもつだろうか。神様、そこにいるの？　ぐずぐずすることないでしょ。ほら見てのとおり、私はここにいる。死を引きよせる才能もろともオーヴェルニュの澄んだ大気に消えれば肉は樹木を養い、罪は朽ち果てるだろうか。

だがロープは切れなかった。ナンシーは谷間を見下ろし、見まわした。ベームを思った。いかにも自分のいる世界にご満悦そうな、あの妙に気になる薄笑い。あいつはいまごろモンリュソンで机につき、書類に署名をしている。あの捕虜は殺せ。あの村は焼き討ちにしろ。その男たちは母親ですら息子とわからない顔になるまで痛めつけてから、悪臭を放つ家畜用の貨物列車に放りこんでドイツの収容所に送れ。あの男は地獄にいない。なぜそんなことがまかり通るのか。ナンシーは体重を移動させ、両手を高く挙げた。

私は奈落の女。ベームが地獄にいないなら、地獄を運んでいってやるまでだ。

51

もちろん、タルディヴァは猛反対した。アンヌに夫の死を突きつけられたつらさはいかばかりかと、慰め、哀悼（あいとう）の意を表したいと思っていたのだが、ナンシーは目的がちがうだけで行き先は変わらないと言う。タルディヴァは自殺行為だ、愚行だ、武器と人命を無駄にするのはやめてくれと言い捨てて立ち去った。

「モン・コロネル、おれたちは行きます」ロドリーゴが言った。「おれもファンも。やられっぱなしでいられるか」

「だからだめだと言うんだ！」デンデンがテーブルを拳でたたくと、汚らしいコップがカタカタと揺れた。アンヌが運んできたコップが。「復讐以外のなにものでもない。これはマテオの弔い合戦。君の旦那の敵討ちだ」

「なにが悪いっていうの？」ナンシーは箱を開け、手榴弾を連ねたベルトをファンとロドリーゴに渡した。

「君の任務はここにいる全員が対象だ」デンデンが答えた。「ナチスに殺されたすべての人々、ナチスが奪おうとしているすべての命が対象だ。そのために訓練を受けたんじゃないか」

ルネが耳を掻いた。「ナチスをぶっ殺せるなら、目的なんかどうでもいいね。おれも行く」

デンデンが食い下がった。「ベームの思う壺だぞ、ナンシー」

「しつこいわよ！」ナンシーはデンデンをにらみつけた。「ご心配には及ばない。来たくなければ来ないでいい。でもあいつらを無罪放免にする気はない。そんなこと、私にはできない」ファンのほうに向きなおった。「出発は一時間後。ルネ、あなたもよ」

「おもちゃを持っていってても？」ルネが目を瞬いた。

「いいわよ」

「そう来なくっちゃ！　行くぞ、みんな。志願者を募ろう」

ルネが跳ねるようにして野営地を横切るのを、デンデンは窓から見守った。

「あいつはいかれてる。わかってるのか、ナンシー？」

ナンシーは肩をすくめた。「いまどきいかれていない人間なんかいない。ロンドンからの最新の指令はわかってるわね、デンデン」と言ってから、前日、アンリを救えるかもしれないと小さな希望を抱いたあのはかないひとときにしたためた手帳を渡した。「戦闘員の家族への支払額。投下地点候補の座標と、武器の隠し場所。暗号。私が戻らなくても、この手帳があれば大丈夫」

デンデンは尻ポケットに手帳をしまうと、のろのろ立ち上がった。前日にできたあざのせいで、動きが老人のようにぎこちない。「だろうね。でもちゃんと戻ってきて」

デンデンが出ていくとナンシーは赤いサテンの枕を手に取り、爪切りを使って裏の縫い目を解き、なかの詰めものを探った。バスの薄闇のなかで十錠ほどの錠剤が、真珠のようにぼんやりと光って見えた。青酸カリ。ゲシュタポに捕らえられたときの「保険」として、本来はシャツの端に一錠ずつ縫いこんでおくのが決まりだ。もちろん、捕まったらこれを飲んで死ねとはっきり言われたわけではない。薬はとても丁重に、選択肢のひとつとして見せられただけだ。拷問に耐えられない？　犯されるのも殴られるのも、もう勘弁してほしい？　同胞を裏切った恥を抱えて生きるのが苦しい？　同胞を裏切る危険を回避したい？　そんなあなたはバックマスター先生の謹製薬で、お悩みを一挙解決。

ボーリューの訓練施設で聞いた話では、実際に薬を飲む者はいないらしい。ただすべてを終わりにする選択肢が掌中にあると、苦難に耐えるのが少しばかり楽になるのだという。そういうものなのか。だがナンシーにとって死は決して安らぎにはならない。だからなにがあろうと、自殺を選ばないことはわかっていた。背嚢に手を入れ、半分中身が残ったオーデコロンを取り出した。これもＳＯＥからの陣中見舞い。ナンシーはアトマイザーを外して薬を入れると、死の丸薬が溶け、美しく高価な香りを猛毒に変えるのを眺めた。

潮目は確実に変わりつつあった。モンリュソンのマダムはたった千フランと結婚指輪ひとつで、ナンシーをゲシュタポ本部に連れていくと請けあった。裏通りに建つ、静かな小さな家の台所で話をつけた。自分があっさり指輪を渡したことに、ナンシーは驚いた。いまとなってはガラクタだ。ナンシーがほしいのは細い金の指輪ではなく、アンリなのだから。

「書類もお願いね」マダムが言った。

「マダム・ジュリエット、書類って？」ナンシーは取り引きにはドレスも含まれると言い張り、マダムに借りたドレスを着て、全身が映る鏡をうっとり見ているところだった。紺のコットン製のロング丈で、巧みに裁断され、ちょうどナンシーの曲線に沿うサイズだ。これなら通りで人目を引くほどではなく、さりげなく身体の線を際立たせてくれる。

「これに署名して。本名で」

鏡に背を向けると、マダム・ジュリエットは忙しそうになにやら紙に書いている。

「それは？」

マダムは椅子に座ったまま、すっと背筋を伸ばした。「ことが終わったら、私は町を出てクレルモンの妹の家に身をよせる。ドイツは負けるわ。負けたら私は、ドイツに協力したと後ろ指を指される。この紙には、私がレジスタンスの強力な味方だったと書いてあるの」

ナンシーはマダムを見つめた。身ぎれいで、肉づきもいい。ドイツ軍がモンリュソンを占領したその日から、顧客に食料を融通してもらってきたのだろう。面白い。フルニエの部下が言うにはDデイ以来、男たちが防虫剤のにおいをさせながら続々とレジスタンスに志願し、去年は取りつく島もなかった農夫がいまでは何時間も歩いて作物を届けにきた。レジスタンスに協力すれば報復されるが、村人たちはドイツ軍が敗退することを知っているのだ。ドイツ軍がいなくなれば、過去の清算を求められる。

ナンシーはペンを取ると訓練中にたたきこまれた規則を破り、本名でサインした。ジュリエットの震えるようなため息が聞こえた。ナンシー・フィオッカ。旧姓ウェイク。

「守衛の詰め所まで連れていってあげる」マダムが言った。「今日はうちの娘は誰も働いていないけど、売春を斡旋しているのは私だけじゃない。よその娘が将校の相手をしているかもしれない」

「運が悪かったと思ってもらうしかない」ナンシーはペンを返した。マダム・ジュリエットには目をつぶるが、この町の対独協力者が全員手荒な扱いを免れるとはかぎらない。「署名したわよ。さあ、連れていって」

52

先を歩くジュリエットが正面玄関を素通りし、脇道に入った。ゲシュタポが拠点として接収したホテルは鉄道駅近くにある人通りの多い広場に面しており、毎朝、ＳＳの制服に黒い革のコートを着た将校たちが町の議員を会議や打ちあわせのために招き入れる様子が目撃された。町の人々は将校を見ると、足早に通りすぎた。戦前はタクシーと自家用車が出張族や観光客を柱廊のついた優雅な玄関で降ろし、トランクは裏にまわされた。食料やリネン類の搬入搬出も裏庭で行われた。いまもゲシュタポの本業が行われるのは裏庭だ。日夜、トラックが裏庭に入ってきては、恐怖で言葉も出ない男女と子供を将校たちが家畜のように荷台から降ろし、名簿を確認しながら古い通用口から地下の独房へと追い立てた。

酒蔵や商店、空き家になった別荘から略奪した高価な品々や娼婦などの「お楽しみ」も、通用口から運びこまれた。裏口は四人で警備していた。ふたりが台に立って裏庭と脇道ににらみを利かせ、残りのふたりは必要に応じてゲートを開け、名前を照合するために待機していた。見張りのひとりにじろじろ見られ、ナンシーは目を伏せた。目に宿る憎悪の光を見咎められるわけにはいかない。もはやナンシーの血は闇に、骨は毒に変わって、指で触れるだけで見張りを殺せそうだった。

「いつもの女とちがうじゃないか」見張りが文句を言った。「ヘッセ司令官はもっとぽっちやりしたのがお好みだ」

男の視線が身体を舐めるのを、ナンシーは感じた。

「ソフィーは具合が悪いんですよ」ジュリエットが言った。うんざりしたような、刺々しい口調で。天性の女優なのだろうと、ナンシーは思った。そうでなければ娼婦は務まらないのかもしれない。「この娘でいいと、ヘッセ司令官がおっしゃったんです。司令官をお待たせするつもりなの、あなた?」

見張りは肩をすくめて日誌に書きこんだ。「司令官用の鶏肉、搬入済み」

ジュリエットはそそくさと夜の闇に消えた。兵士が片手を伸ばして指を鳴らすので、ナンシーはハンドバッグを渡した。兵士がバッグを開けた。口紅。香水。アルミホイルに包まれたコンドーム二個。兵士は中身を検めると洟をすすってバッグを返し、ゲートから通用口へとナンシーを案内した。この道を通ったSOE工作員は、ナンシーがはじめてではない。ナンシーがパラシュート降下する直前には、モーリス・サウスゲートという男が逮捕されていた。同時期にこの通用口から闇と霧のなかへと消えたふたりの通信士は、いまも敷地内のどこかで生きているのだろうか。ナンシーはアンリを思って拳を握り、爪を手のひらに食いこませた。

扉を入ってすぐの壁に、掲示板がボルトで留められていた。横目で見ると、フルニエと自分の人相書きが貼ってある。この建物にふたりを連行した者には、いまや途方もない額の賞金が約束されていた。兵士は掲示板には目もくれずに先に立って歩き、重い長靴で床を踏みならしながら使用人用の狭い階段を上がり、かつては宿泊客用に設えられ、現在は将校が使っているエリアに案内した。重厚な板張りの壁に巨大な鏡がいくつも並び、ステンドグラスのシェードから電球が光を投げかけた。数えきれないほどの自分の鏡像のあいだを、ナンシーは進んだ。兵士は大軍となり、ナンシーも大軍となり、ふたりの足音は厚い絨毯に吸いこまれた。

兵士が扉を開け、薄ら笑いを浮かべてナンシーにあごをしゃくった。テーブルから五人の男が顔を上げた。ベームはいない。思ったとおりだ。あの男は骨の髄までＳＳだ。清らかな肌をフランスの娼婦に汚させはしない。男たちが驚きと渇きの入り混じる目で、ナンシーを見上げた。

部屋には娼婦がひとりいた。金髪の女が耳の先まで真っ赤になった二十歳そこそこの若者の膝に乗って身体をくねらせ、背中を愛撫して、年配の男たちを笑わせていた。

いちばん近くにいた将校がナンシーの腰に手を回して引きよせ、もう一方の手で乳房をまさぐり、腹をなで、ガーターベルトの上から太もものつけ根に指を這わせた。ナンシーの顔を見ようともせずに。

「新しい娘をよこすとは、マダム・ジュリエットも気が利くな」

ナンシーは将校の帽子を取って自分の頭に載せると、身を屈めてその薄くなった脳天にくちづけた。

「新しいだけじゃなくて強いのよ」吐息混じりに言って、将校に身体を押しつける。男たちが笑い、将校は綿の下着のゴムをまさぐった。「もう一杯いかが？」

男が手を離したので、ナンシーは赤ワインが入ったカラフェのまわりに十数個のグラスが並ぶサイドテーブルに向かった。若い将校はとうとう堪えきれなくなったらしい。身体を起こして娘の首にくちびるを這わせ太い指で乳房をこねまわすと、娘はくすくす笑い、うめき、膝の上でもだえた。男たちは一様に顔を赤くし、高まる欲望に汗ばみ、じれったそうにしている。目は娘に釘付けだ。

ナンシーは香水瓶の中身をワインに空け、カラフェをぐるぐる回してからグラスに注ぐとひとりひとりの前に酒を置き、さきほどの、こちらも太い指をした将校の隣に戻ってグラスを掲げた。

「総統に乾杯！」こんな体たらくでも刷りこみには勝てないらしい。若者の膝であえぐ娘に視線を吸いよせられながらも、将校たちはグラスをつかんで掲げ、「総統に！」と繰り返してからワインを飲んだ。

ナンシーはワインがくちびるに触れるのを感じた。飲んでしまいたい、澱(おり)まで飲み干したい衝動に駆られたが堪えた。ベームはこの建物内のどこかで、ナンシーを待っている。

さすがはSOEというべきか、ことは一瞬で済んだ。太い指をしたナンシーの将校が息を詰まらせ、喉をつかんだ。別のひとりは席を立ち、ドアに向かってよろよろ二歩進んだところで、寄せ木細工の床に敷かれた赤と青の絨毯に倒れて痙攣した。

ここではじめて、将校はナンシーをまともに見た。肉づきのいいその顔がショックと怒りでゆがみ、ついに人相書きの女と認識した表情を浮かべたので、ナンシーはせいせいした。将校が拳銃を手探りしたが、ナンシーはとめようともせず、彼のベルトからコンバットナイフを抜いて喉を切り裂いた。

娼婦はショックで声も出ず、両手で顔を覆って部屋の隅に逃げた。ナンシーはテーブルに突っ伏した将校のベルトを外して、自分の腰に巻いた。ベルトは西部劇に出てくるガンベルトのように、腰に落ちついた。若い将校はすでに事切れていた。最後のひとりがどうにか拳銃を持ち上げたが、発射する前に嘔吐しながら横向きに倒れた。

ナンシーはのたうちまわるその身体をまたいで窓辺に行き、カーテンを開けると光を背にして暗闇に手を振った。どこからでも丸見えだが、もはや逃げ隠れする必要はない。

闇が、虚空が、ナンシーを捕らえていた。「奈落をのぞくときは、奈落もまたこちらをのぞき返しているのだ」――こういうサディスティックな戯れ言が好きなのはニーチェではなかったか。昔はヤワな言い草だと思っていた。パリの酒場でジャーナリストたちが酔いに任せ、危険人物を取材した自慢話を交わすときに口にするようなセリフだと、ばかにしていた。だがいまはわかる。奈落はナンシーだった。ベームのスパイを撃ち殺したときに、ナンシーは奈落を飲みこんだのだ。奈落はこの狂った男たちを〝のぞき返して〟いるのではない――男たちのもとに出向き、丸飲みにしようとしていた。

53

脇道の先でエンジンが轟くと警備の兵士たちはあわてて銃を取ったが、遅かった。町の静寂は人々が平和に寝静まっていたからではなく、期待に息を殺していたせいだった。一行は憲兵の詰め所から盗んだトラックで裏庭に突っこんだかと思うと、ファンが運転席から飛び降りるなりナンシーを通した見張りを撃ち殺し、ロドリーゴは助手席のステップに立ったまま軽機関銃をぶっ放してマシンガンに配置されていた兵士を仕留めた。ファンは勘に任せて発砲しながら、早くも右手の緩やかな階段を駆け上がっている。ルネが裏口をバズーカで粉砕するのを、ナンシーは笑みを浮かべて見下ろした。

建物が揺れ、ナンシーのうしろでサイドボードのグラスがカタカタと鳴った。娼婦が悲鳴を上げた。トラックの背後からさらに六人の男が現われ、壊れたゲートを通り抜けると、四人が見張り台についた。粉々になった扉から半ば裸のドイツ兵たちが転げ出し、執拗な機銃掃射にあえなく倒れた。

ナンシーは死体をまたいでドアに向かい、拳銃と弾を確認してから廊下に出た。訓練のようだ。あのときはインヴァネスの森を歩きながら教官が引き金を引くたび、茂みや戸口の裏から出てきた的が目の前でバタバタと倒れた。ナンシーは腰の位置から二発ずつ連射し、羽目板張りの廊下の角を曲がろうとしていた哨兵をふたり仕留めた。とある部屋から将校が目を瞬き、金縁めがねの細いつるを耳にかけながら寝ぼけまなこで現れた。ナンシーに気づくやいなや両手を挙げ、口を開く。その胸にすかさず二発撃ちこむと、男は出てきたばかりの部屋に吹き飛んだ。ナンシーは廊下を進んで、男を見下ろした。くちびるはまだ動いているが、マルセイユの下町で少年の最期を看取ったときと同様、告解は聞き取れない。めがねのうしろで目がぱちくりした。ナンシーは額を二発撃ち、立ち去った。奈落に食われたナチスがまたひとり。拳銃をホルスターにしまって、ナイフに持ち替えた。

敵は裏口への攻撃に気を取られていたから、遭遇する哨兵の半数はナンシーに背を向けていた。背後から喉を切り裂くのだから、しくじるほうがむずかしい。ナイフが血でぬるぬる滑るので、パルチザンの歌をハミングしながらドレスで手のひらと柄をぬぐった。アンリとホテルのバーで待ちあわせているかのように、玄関ホールの大階段を下った。くすんだ緑の制服を着た男たちが、右往左往している。厨房のほうから、叫び声と銃声が響いた。ということは、レジスタンスはすでに建物内に侵入したのか。急がなければ。一階へ。執務室へ。軍曹の動きは速かった。

裏口へと部下を急き立てていた軍曹が振り返りざま、ナンシーとにらみあう形となった。軍曹の動きは速かった。拳銃やナイフを抜く暇はないと見てとり、殴りかかってきた。

ナンシーはその拳を左の腕で受け、全身の肉と骨が震えるのを感じながらコンバットナイフを腹に突き立て、上に切り裂いた。さきほど将校から奪ったこのナイフは、フェアバーン・サイクス社製のナイフに勝るとも劣らない逸品だ。SOEに支給されたフェアバーン・

サイクスのナイフを、ナンシーは着任直後になくしてしまったのだが、すぐにロンドンから代わりの品が送られてきた。バッキーおじさんに感謝しなければ。

支配人の執務室。あいつはきっとそこにいる。高い窓から建物中央の中庭を望み、金庫に三重にロックがついた部屋にいる。近づいていくと扉が開き、ほとんど白に近い金髪の若い将校が、重たそうな紙製のトランクを抱えて出てきた。肩越しに振り返り、部屋の誰かと話をしている。ナンシーは若者の顔面を撃った。銃弾がトランクに跳ね返るのを避けたかったのか、単純に顔を吹き飛ばしたかったのか、理由は自分でもわからなかった。

その死体をまたいで部屋に入った。ベームがいた。これは驚いたというふうな慇懃な笑みも、最後にマルセイユで会ったときと寸分変わらない。今夜寝る前に読むものを選んでいたかのように、ベームは本が整然と並ぶ本棚の前に立っていた。

「ミセス・フィオッカ！　今日もご主人の安否を確認しにいらしたのですね。こんなふうに登場したところを見ると、クルセで持ちかけた取り引きに応じるつもりはないようだ」ベームは軽く頭を振った。「正直、驚きました。ご主人をあんな目に遭わせておいて、普通なら自分の命と引き替えにしてでも助けたいと思いそうなものだが」

ベームが英語で話しかけるのでナンシーも英語で答えたが、どこか言葉がしっくりこないような、不思議な感じだった。

「あんたがあの人を殺したと、アンヌから聞いたわ」

ベームはひどく顔を曇らせた。「なるほど。だがちがうんだ。ミセス・フィオッカ、ご主人のように役に立つ人間を殺してなんになります？」

アンリ。タキシードの上着を肩にかけた姿が、目に浮かぶ。ナンシーは拳銃をホルスターに収めた。

「あなたについてはいろいろ聞いていますよ」

頭がくらくらした。消えることのない濃く激しい怒りが、希望、そして愛とせめぎあった。

「アンリはここにいるの？」

「ここにはいません。だが安全な場所にいる。とても安全な場所にね」

もういい。ベームの黒い心臓をえぐり出せば真実はわかる。ナンシーは彼の顔を切りつけようとナイフを振り上げ、飛びかかった。なんの意外性もない攻撃だ。ベームは一歩退いて本棚に背中を預け、右手でナンシーの手首をつかむと、逃げられないように左手で腰をがっちりと押さえた。ふたりの力が拮抗し、切っ先が震えた。

「もちろん、ご主人はいまのあなたに会ってもあなたとわからないだろう」歯を食いしばり、ベームが言う。「お前はもはやナンシー・ウェイクではない。そうだろう？」ナンシーはナイフに動けと全身全霊で念じたが、ほんのわずか切っ先がベームの肌に近づいただけだった。

「あるいは、自分の本性に目覚めたか。お前は母親が言ったとおりの人間。お前を愛する者たちへの天罰だ。薄汚れた醜い罪人。生きる価値もない」

ベームとアンリが親友のように膝をつきあわせている様子が、目に浮かんだ。母親がナンシーに投げつけた言葉、家を出るまで来る日も来る日もナンシーの血に染みこませた毒について語らう様子が。家を出たナンシーは二度と振り返らず、ひたすら遠くへ遠くへと逃げつづけた。

「モン・コロネル！」ロビーでルネが叫んだ。「ＳＳの援軍が来る。行くぞ！」

　ロビーでふたたび爆発音が上がり、ベームはナンシーを突き飛ばした。ナンシーはよろめいて床に膝をつき、見上げるとベームが頭に銃口を向けていた。

「お前の真の姿をアンリに見せるのはやめておいたほうがいい」

ナンシーがにらみつけるとベームはしっかりと銃を向けたまま、愉快そうに鼻を鳴らした。

　ふたたびナンシーを呼ぶルネの声がした。

「このシンボルの意味がわかるかな？」ベームが聞いた。

　ナンシーは視線を床に落とした。ナンシーがひざまずいている絨毯、戸口で殺した男の血が飛び散る絨毯に鉤十字（スワスティカ）が散っていたが、色はよくある黒と赤ではなく、緑と金だった。

「起源はチベットだ」ベームがつづけた。「太陽の象徴。究極の男性性。総統は、われわれが総統の期待に応えるべくつねに切磋琢磨するようにと、このシンボルを選ばれた。総統はわれわれみなの父なのだ。父親が出ていったとき、お前はいくつだった？　いまのお前を見て、父親はどう思うかな？」ふたたび、慇懃な笑みを浮かべる。「それはそうと、お前のせいで仲間が大勢死んだぞ。お前は自分の不始末でアンヌに拠点の位置を暴露されたばかりか、こともあろうにその後、精鋭二十人を率いてここに自爆攻撃をしかけた。煙が立ったという報告を受けると同時に、私はショード・ゼーグの野営地への攻撃を命じた」

勢いよく扉が開いた。ルネがリボルバーを構えて立っていた。ベームが振り向いたが、ナンシーはルネが発砲する前にナイフをつかんでベームに飛びかかり、顔に切りつけた。

「くそっ！」ルネがすんでのところで銃口を上げたので、すでに弾倉から飛び出していた銃弾はナンシーの背中にめりこむ代わりに窓を粉砕した。

頬骨に沿って顔を切り裂かれ、襲いかかられた拍子によろめいたベームは机の角に手首をぶつけ、銃を取り落とした。頬に手をやり、声を上げた。たちまち指のあいだから襟へと血がしたたる。再度切りつけようとしたナンシーを、ルネが腰から抱え上げ、罵詈雑言を吐き散らすのをかまわず部屋から連れ出した。

「いいかげんにしろ！」ルネはナンシーを怒鳴りつけて廊下に下ろし、背中を小突いてロビーに急き立てた。「お遊びは終わりだ！」

硝煙、死体。ルネが手榴弾を放って道を開け、爆発するたびにナンシーを右へ左へと引っ張って保護した。鏡が粉々に割れ、羽目板が裂け、石と漆喰が音を立てて崩れ、周囲に煙と埃の濃い灰色の雲が立ちこめる。ルネがふたたびナンシーを引っ立て、ナンシーは腹を撃たれ足元で痙攣している男につまずいた。ロビーへ。ルネがもう一発、両開きの正面扉に向かって手榴弾を転がすと爆音で聴力が麻痺し、キーンと甲高い耳鳴りがしつこく響いた。

ルネはナンシーを引っ張って燃えさかる扉のあいだを抜け、通りに出たところでふたたび抱え上げると、すでに血でぬらついているトラックの冷たい金属の荷台に放りこんだ。横ではフランクが運転席のキャビンにぐったりともたれ、腹からはみ出た臓物を手で押し戻そうとしていた。ナンシーは彼の膝から機関銃をひったくると、追ってきた数人のドイツ兵に向けてタタタタと発砲した。追っ手は倒れ、倒れなかった者は身を隠す場所を求めて散った。ナンシーがふたたびフランクに注意を向けたのは、モンリュソンの町外れについてからだった。若者はもはや動かず、その見えない瞳で自分たちが残した地獄を見つめていた。

54

地元の作業員が割れた窓にベニヤ板を打ちつけたところで、ベームの執務室に副官のロールバッハが入ってきた。まだ朝の九時にもならないのに、ベニヤ板のせいで室内は夕暮れどきのように薄暗い。

伍長の遺体は片づけられたが、絨毯にはまだ血が染みついていた。ロールバッハはしみを見下ろし、踏まないように慎重に歩を進めた。

「死者三十八名です、少佐殿」

八時間前に新しい補佐役に名乗りを上げたロールバッハは、これまでのところなかなかの仕事ぶりだった。ベームが傷の手当を受け、趣を変えた顔をひげ剃り用の鏡でためつすがめつ眺めているあいだに情報収集し、目撃者に話を聞き、作業員を指揮して建物の安全確保に務めた。

二階の廊下でヘラーの遺体を発見したのは、ベームだった。愛弟子は胸を二発撃たれ、さらに額を撃ち抜かれて死んでいた。フィオッカ夫人が将校用会議室からベームの執務室に移動するあいだに処刑したのだ。ヘラーの死は衝撃であり、痛手だった。その勤勉さと頭脳には一目置いていたし、第三帝国の栄えある未来を築く礎であるヘラーのような男が、あまりに多く命を落としていた。それもフィオッカ夫人のような変質者と東欧の人間とも呼べない虫けらどもによる、愚かで意固地な抵抗運動によって。

できるだけ早いうちに遺族を弔問してほしいと、妻に頼んでおこう。ヘラーと彼が象徴するものをともに悼むのは、両家にとってふさわしいことだ。

作業員に下がってよいと指示し、彼らが無言で出ていくと、ベームはふたたびロールバッハに話しかけた。

「マキの野営地はどうなった？」軽い口調で尋ねたが、昨日の一件を成功と見なせるか否かはロールバッハの答えにかかっていた。

「夕刻の爆撃で、拠点そのものを粉砕しました。陸上部隊に先立ち現地入りした没収部隊が、多くの戦闘員を生け捕りにし、彼らから聞き出した情報をもとに周辺地域に隠匿されていた武器を大量に発見しています」

没収部隊はベームの発案で、攻撃を指揮した武装親衛隊のシュルツ隊長も諸手を挙げて賛成した。パラシュートによる物資投下の取り締まりには、シュルツも手を焼いていたのだ。ならばレジスタンスが物資を隠し、もう安全だと油断するのを待ってからまとめて押収したほうが、効率がいい。

「陸上部隊は？」

暗くなってから攻撃を加えたほうが有利だとの提言にも、シュルツはうなずいた。日中は、地域を知り尽くしたレジスタンスのほうが明らかに優勢だ。けれども闇のなかでは、その優勢にも陰りが出る。これもベームの発案だった。

「最終的な数字はまだ確認されておりませんが、現時点ではマキに百人ほどの死者が出た模様。負傷者はそれ以上で、マキはちりぢりになりました」ロールバッハは満足感をにじませ、報告した。「しかしシュルツ隊長が野営地の残骸を視察中に負傷したマキに襲われ、重傷を負っています。助かる見こみはないかと」

「それは痛いな」ベームが静かに応じた。

ベームの傷は消毒され、縫合されて包帯を巻かれ、ずきずきしていた。ドイツの歴史ある大学では決闘の刀傷を負ってこそ一人前の男と見なされるが、海外で学んだベームは名誉の傷に恵まれることなく成人した。それがいまごろ手に入ったのだから不思議なものだ。フィオッカ夫人が切り裂いた頬には、申し分のない傷が残っていた。

「全体的な作戦について、ロールバッハ、君の意見を聞きたい」

ロールバッハは急に意見を求められてびくりとしたが、一瞬考えてから歯切れよく答えた。

「圧勝です、少佐殿。マキの敵ではないことを、武装親衛隊は身をもって証明したのです。白ねずみが奇襲を決意し精鋭を引き連れ野営地を留守にしたのも、幸運だったと言えましょう」

ベームはしばしヘラーを思った。ロールバッハがいよいよ本領を発揮した。「とはいえ、一部の将校が低俗な欲求を満たすために警備の基本をないがしろにしていたことには驚きを禁じ得ません」小脇に抱えたフォルダーから、一枚紙を抜きだした。「規則をこのように変更してはいかがかと」

テーブルに置かれた紙に、ベームは目を走らせた。なるほど理に適（かな）っている。上に報告書を提出するときは、いくつか案を失敬させてもらおう。確かに昨夜の作戦は勝利に終わった。あのいかれ女がナイフを手に飛びかかってきたときは、つかのま勝利を疑ったのだが——。

55

ナンシーの奇襲部隊は敵の注意を引きつけ、谷間に逃走経路を確保するにはどうにか間にあったが、時間とともに被害の全貌が見えてきた。数カ所の隠し場所から大量の武器が消え、野戦病院は壊滅状態で、医薬品は没収され、ナンシーのバスも倉庫も破壊された。そして男たちが死んだ。

ナンシーの背嚢はトラックに置いてあったから、帰りつくとすぐに娼婦のドレスを脱いでズボンと長靴に着替えた。攻撃が終わっていないことを悟ったのはそのときだ。一同がトラックを離れると同時に、マシンガンの弾が燃料タンクに命中。燃えさかる火が恥の意識のように、ナンシーの頬を熱くした。フランクはこの炎で火葬され、ルネとナンシーは夜明け前に現場に戻ると黒焦げの亡骸(なきがら)を道端に埋めて、十字架の形に石を並べた。

日が昇ると生き残った者たちは本道を避け、数人ずつ川の両岸に広がる森のなかの曲がりくねった山道を抜けて、オーリヤック付近の合流地点を目指した。ときおり上空をヘンシェルの爆撃機が通り、ひとりかふたりに当たれば儲けものとばかりに森に向かってマシンガンを乱射した。すべて外れた。タルディヴァとフルニエは、ルネとともに合流地点にたどり着いたナンシーと目をあわせようともしなかった。ガスパールの拠点が襲撃されたときとは様子がちがった。武勇伝をぶち上げる者も祝う者もいなかった。あたりには敗北の悪臭が立ちこめ、男たちは失った武器、近隣の村への報復、本部を攻撃されたゲシュタポの仕返しに苦しむことになるモンリュソンの人々についてぼそぼそと言葉を交わすのみだった。

ナンシーは朽ちかけた納屋の隅に腰を据え、フルニエとタルディヴァも近くを寝床にした。憔悴し、声を潜めて話をしているふたりのそばで、ナンシーはほとんど誰とも口をきかずに壁を見つめていた。思うのはアンリのことだった。どうすれば彼を取り戻せるのか。そもそもどうしたら、生死がわかるのか。デンデンが合流したら無線で物資を要請し、数日のうちにゲシュタポ本部に戻って自分の首を差し出そう。けれどもその前に、償いをしなくては。スパイに潜入されてわずか数時間のうちに、ナンシーは部下を置き去りにした。アンリが拘束されたその日から、夫の安否がわからないつらさは鈍い痛みとなってナンシーから片時も離れなかったが、それがクルセの夜からは激痛に変わって昼も夜も彼女をさいなんだ。その痛みがナンシーに一線を超えさせ、男たちの命を奪ったのだ。それを、誰もが知っていた。

デンデンと再会できたのは二日後だった。ガスパール率いるやつれ果てた男たちの最後尾に、デンデンはついてきた。顔を見た瞬間、負傷したのではないかとナンシーは不安になった。それほど疲労と悲しみで面変わりしていたのだ。

「無線機はないよ、ナンシー」納屋でナンシーを見つけるやいなや、デンデンは開口一番、そう言った。「もうだめだと思ったときに、自分の手で壊した」

「ってことはあんた、もうなんにもないんだな」ガスパールが、ナンシーの前の地べたにどしんと座った。「ロンドンのお偉方の後ろ盾がなきゃ、からっけつか。食いものはない。武器もない。戦闘員もなくしたときた」

ナンシーは生き残った精鋭たちを見まわした。一様に打ちひしがれ、落胆している。

「あんたはおれたちと行動をともにするべきだった」たたみかけるように、ガスパールは言った。「あのクソアマに拠点の位置をばらされた挙げ句、直後に選り抜きの戦士を狂った任務に狩り出しやがって。あいつらがいちばん必要だったときによ」

誰ひとり、タルディヴァもフルニエも、デンデンでさえ、異論を唱えようとはしなかった。

「そう。私にはもうなにもない。私はクズよ」力なく、ナンシーはうなずいた。「でも私たちには任務がある。地上部隊と――」

デンデンが派手に顔をしかめながらブーツを脱いだ。「あれは中止になった。いつもの嫌がらせ工作に戻れってさ。戦闘員も武器もちりぢりになっていなければの話だけど」

「死者百名、負傷者二百……」ガスパールがつづけた。

「しつこいぞ」デンデンが怒鳴る。「ナンシーも、わかってるって」

ガスパールが血相を変えてデンデンのほうに向きなおると、ナンシーは身構えた。ベームに殺されるまでもなく、内輪もめで死ぬのか。ガスパールがデンデンに襲いかかり、ナンシーがガスパールにつかみかかり、フルニエがナンシーに飛びかかる。デンデンを罵倒しようというのだろう。ガスパールが口を開いた。口を開いて、閉じた。血の気の多すぎるガスパールですら、戦意を失っていた。ナンシーがみなを打ちのめしたのだ。

両手で頭を抱えていると、誰かが肩に触れた。顔を上げた。タルディヴァが水筒を差し出している。ナンシーは水筒を受け取り礼を言ったが、タルディヴァは無反応だった。償うしかない。どうにかして埋めあわせるしかない。今日の、いまのこの瞬間、自分の心の痛みよりもアンリよりも大切なのは償いだ。そう悟ると、なにもかもがいやになった。この場に転がって死ねたら、どんなにいいか。だが逃げ道はない。もはや殉教者よろしくベームに首を差し出すことはかなわない。償いはナンシーの任務だった。遂行するしかない。

「デンデン、暗号表はまだある？」

デンデンが顔も見ずにうなずいた。

「それなら無線機を取ってくる。サン・タマンに一台あるって言ってたわよね？　三月に捕まった女の子が持っていた無線機が」

「あんな遠くまで行けるわけがない」ガスパールが言い、立ち上がった。「やつらの様子を見てくる」

ガスパールが納屋から出ていくのを待って、デンデンが口を開いた。「ああ。バイクに乗せてくれたやつとサン・タマンの広場のカフェでひと休みしたときに、店にいたブルーノって男から無線機を隠してあるって聞いた。だけどナンシー、足がないよ。トラックは全部押収された」

「それなら自転車で行く」ナンシーは言い募った。

「サン・タマンまでは百キロ以上あるんだよ」

「ちょっと山を越えるだけじゃない」奪われた地図など見なくとも、遠いことはわかってい
る。この地域の道路に関してはガスパールに負けないくらい詳しいつもりだ。デンデン、フ
ルニエ、タルディヴァが用心深そうに顔を見あわせた。
「自転車なら調達できる」ややあって、フルニエが言った。
「だけど、どうして君が行くんだ?」デンデンが聞いた。「誰かに行かせればいいじゃない
か。ドイツ軍に荒らされていない武器庫があるかどうか確かめなければならないし、無傷の
武器庫があるなら、戦闘員に銃や手榴弾を配らなければ」
「デンデン、私の手帳はまだ持ってる?」
デンデンは尻ポケットから手帳を引き出して見せた。
「それがあるなら、大丈夫。あなたとフルニエとタルディヴァとでなんとかなる。でも検問
所を通れるのは私。私しかいない」
デンデンは手帳をポケットに突っこむと、両手を伸ばしてナンシーの手を取った。「ナン
シー、そこらじゅうに君の人相書きがベタベタ貼られてるんだぞ」
「検問所であいつらが見るのは私の顔じゃない。地元の女よ。自分がどうしようもなく愚か
なことをしでかしたのはわかってる。私がすべて台なしにした。だから償いをさせて」
ナンシーは背嚢に手を差し入れ、ゲシュタポ本部の襲撃で着た娼婦のドレスを引っぱり出
した。血が乾いてごわごわしている。「タルディ、これをもっと品のいい服に作り替えられ
る?　私を戦争未亡人にしてくれる?　パラシュートの寝間着を取り戻せるなら、全財産を

投げ打ってもいいのに」

タルディヴァが煙草に火をつけた。「パラシュートならまだ一枚、背嚢に入ってる」

「やってくれる、タルディ？」

名前を呼ばれて、タルディヴァは一瞬ひるんだ。

「やるよ、モン・コロネル。朝までかかるから、あんたは顔を洗って寝ろ。それじゃ地元の女どころか、おとぎ話に出てくる魔女だ」

血染めのドレスを受け取ると、タルディヴァは納屋から出ていった。ナンシーはパラシュートの寝間着を思いながら見送った。あの寝間着を、タルディヴァは敬意と連帯と友情の印に縫ってくれた。そんな贈り物を、ナンシーは失った。寝間着を失い、部下をむざむざ殺された。奪われたものは取りかえさなければ。

フルニエも立ち上がり、デンデンの肩に触れた。「デニス、仕事に取りかかろう」

デンデンはうなずいた。「ちょっとだけ待って」フルニエが肩を落として出ていくのを待って、口を開いた。「ベームを仕留めた？　あいつがクルセで持ちかけた取り引きのことも、アンヌが言ったことも聞いたよ」

問われると、にわかに話すのが楽になった。「いいえ。あの男が言うには、アンリはまだ生きてる。でもいまはそれどころじゃない。ベームと片をつけるまでは、アンリを探しまわるわけにいかない」

デンデンが立ち上がり、肩に触れた。「かわいそうに」

「ジュールは生きているの？　見かけないけど」

デンデンは遠い目をした。「生きてる。でも口はきいてくれない。ガスパールがあんな……とにかく、睡眠を取って」

そう言い残して、デンデンも消えた。


翌朝目を覚ますと、冷たい地べたで眠ったのと前日のゲシュタポ襲撃でできたあざのせいで身体がずきずきした。横にワンピースが置いてあった。ナンシーは山から谷間の川へと流れ落ちる氷のような小川に、身体を洗いに行った。雨が土壌に染みこんで浄化され、ミネラルを蓄えてふたたび泉に湧き出るには何百年もかかると聞いたことがある。爪に入りこんだ血をほじり出し、肌がピンク色になるまで全身をこすると、タルディヴァが洗って縫い直したワンピースに着替えた。隠匿してあった絹のパラシュートを使い、質素で慎み深いデザインに変わっている。サイズは少し大きくなったが、ショード・ゼーグで見た女たちがつけていたような飾り帯（サッシュ）が添えられていた。食糧難でぶかぶかになったワンピースをサッシュできりりと締めるとは、お洒落にうるさいフランス人らしい。髪を耳のうしろになでつけて、靴を履いた。軍靴でもハイヒールでもない。検問所を通らなければならないときに履く、中途半端な高さのヒールのついたボール紙製の貧弱な靴だった。

空き地のあちこちで火を熾し朝食を作っていた男たちが、驚いた顔をした。軍服姿に慣れていたので、突然、普通のフランス女の格好をして現れた彼女にギョッとしたのだ。納屋の脇でデンデンとタルティヴァが、鉄製フレームの自転車を挟んで立っていた。「フルニエが届けてくれたよ」近づいていくと、デンデンがわざとらしく明るい声で報告した。自転車を届けてはくれたけれど見送るつもりはないのねと、内心、ナンシーは独りごちた。「それと、こんなのがあった」デンデンが老眼鏡を渡した。「いま使っているのが割れたら困ると思って、予備に買っておいたんだ。ブルーノに会ったカフェのある広場の名前を思い出そうとしているんだけど……どうしても思い出せない」

デンデンは広場の特徴を説明しはじめた。午後の光が家々の壁に降りそそぐ様子、カフェで受けたもてなし。ナンシーが腕に手を置くまで、とうとうとまくしたてた。

「大丈夫、ちゃんと見つけるから」

ぺらぺらしゃべりつづけるのは彼女の身を案じているからなのだと、ナンシーは気づいた。壁にもたれていたタルティヴァが身体を起こし、ポケットからなにやら出した。十字架のネックレスだった。それをナンシーに見せ、なにも言わずに彼女の首につけた。ナンシーはつかのま十字架に肌を焼かれるのではと身構えたが、金属がひやりと当たっただけだった。

「タルディ、神様を信じているの？」

タルディヴァは目をあわせようとはしなかったが、その声に怒りはなかった。「信じようとしてみたが、いつもうまくいくとはかぎらない。だが戦争未亡人に見えたいんだろ？　戦争で旦那に死なれたら、神にすがると思うよ」

56

集中しなさい、ナンシー。サン・タマンは市が立つ日だった。人混みにまぎれられそうだが、人目が多ければ、見咎められる危険も増す。あのいまいましい人相書きのせいで。デンデンがくれた老眼鏡をかけると顔が少しやつれた感じになったが、視力に影響はなかった。めがねをかけ、粗末な部類に入る服に身を包み、最新流行とはいえない帽子をかぶったナンシーを、男たちの目は素通りした。

たいした人出はなく、中心の広場ではドイツ兵が四隅で灰色の壁にもたれて、くつろいでいた。ナンシーは頭のなかで、デンデンから聞いたカフェの特徴を反芻した。小さな広場だよ、と彼は言った。川が近くに流れ、中央に栗の木がある――。ということは片側に教会があり、向かいに役場がある丘の上のこの広場ではない。

屋台で足をとめ、出所の怪しいじゃがいもと貧相なキャベツを買って、網の手さげ袋を膨らませた。これで、買い物帰りの女に見える。自転車を取りにいき、兵士たちの前を押して通って南から広場を出た。兵士には目を向けず、ただ目の端で捕らえて通りすぎた。どのみち兵士はナンシーに目もくれなかった。

道は川へと急な下り坂になった。狭い舗道に人影はなく、家々は冷やかによろい戸を閉めきっていた。目当ての広場を示す手がかりを求め、ナンシーはあたりをうかがった。川まで下りたら、どちらに曲がればいいのか。デンデンは川のあたりの景色についてなにか言っていなかったか。勘で決めるしかない。ならば左。左に広場がなければ、派手にポケットをたたいてみせればいい。買い物に出て、なにかを買い忘れたふりをして引き返すのだ。

夏の雨で水かさの増した川が、古い石造りの橋の下をごうごうと流れていた。笑みが漏れた。兵士を満載した装甲車が通れるほど幅がないので、レジスタンスはこの橋を爆破しないでおいたのだ。きっと五百年後も、橋はここにあるのだろう。景色を眺めるふうを装い、ナンシーは足をとめた。対岸には家畜に船を引かせて歩くための細い道が通り、その向こうは森になっている。こちら側の右手は川と町を囲む古い壁のあいだにねじこまれるようにして、やはり家畜用の道が通っている。

ならば左に行ってみよう。赴任したのが市街地でなくて、本当によかった。男たちがバスを調達してくれるまでは、じめじめした森のなかで腐って死ぬのではないかと思っていたが、少なくとも森ではこんなふうに半開きの窓に左右から見つめられ、閉まった扉の向こうでどんな密談がかわされドイツ軍への歩みよりや協力がなされているのかと疑心暗鬼にならずに済む。

二棟の朽ちかけた倉庫の前をすぎ、さきほどの広場の教会をちらりと見上げた。木造の家に囲まれた古い広場を軒先に揺らめく緑に目を留めながら抜け、角を曲がると、そこがデンデンの言っていた広場だった。

説明どおりの、絵に描いたようなフランスの田舎町の広場だった。高い建物がもたれあうようにして並び、片側には古い神学校の壁がつづいている。中央の栗の木もずいぶん古そうで、幹は太く節くれだっているが、それでも夏の空にみずみずしい緑の葉を茂らせている。葉がそよ風にさらさらと揺れ、ナンシーは北部に押しよせる幾千の部隊を、上陸部隊に参加した男たちを思い、胸に新たな希望が湧き上がるのを感じた。

広場から一本入った狭い路地に自転車を立てかけ、手さげ袋を肘にかけた。カフェは開いていたが、ナンシーは合言葉も暗号も知らない。デンデンの話に出てきたハンサムな若者――ブルーノ――はおそらく徴用でドイツに連れていかれたか、山中のレジスタンスに合流しているだろう。ナンシーはカフェに入った。

うらぶれた、小さな店だった。テーブルが六つに、亜鉛メッキのカウンター。三人いる客は全員が老人で、バーテンダーがひとりいた。バーテンダーはたくましい腕をした赤ら顔の大男だが、正直者にしては、ずいぶん肉づきがよいのではないか。ナンシーはマルセイユでつきあいのあった闇市の男たちを思った。いずれもはした金と引き替えに人様の喉を掻き切るような人でなしだが、ナチスにすり寄るには血の気も負けん気も強すぎた。用心しなければならないのはスーツを着てブリーフケースを持ち、ピカピカの靴を履いているような連中だ。

ナンシーはブランデーを注文し、金を払うと一気に飲み干して、グラスをとんとカウンターに置いた。

「ブルーノはまだここで働いてる？　古い友達から伝言をことづかっているんだけど」

バーテンダーは汚らしいタオルでグラスを拭いた。「おれが預かる。今度会ったら、伝えてやるよ。会えれば、の話だが」

ナンシーはまっすぐに彼の目を見た。「待たせてもらおうかしら。ひょっとしたら彼が来るかもしれないから」

バーテンダーは肩をすくめてから、やや不自然なくらい何気なく、こうつづけた。「あいつが売るって言ってた自転車なら、裏にあるぜ。見るかい？」

自転車を見るくらいなら死んだほうがましだった。動けないほど疲れ果て、確かめてはいないが、おそらく足首から血が出ている。

「ぜひ！」ナンシーは明るく応じた。

男が言ったとおり、裏庭には古い自転車が一台置いてあった。周囲の建物から人が見ていないともかぎらないので、ふたりは自転車に屈みこむようにして話をした。ナンシーはサドルに触れて、顔をしかめた。

「ブルーノは二週間前に連行された」バーテンダーが言った。「客がゲシュタポにカネをもらっていないとは言い切れない。みんな二十年来のつきあいだが、このご時世だ」

ナンシーは自転車を見下ろしたまま腕組みをした。「ブルーノが無線機を持っていると聞いたの。うちのをなくしてしまって」

バーテンダーが頭を反らして両手を挙げ、そんな値段ではとても売れないというふうに首を振ると、あごがぶるぶる震えた。「ダメだね、マダム。ここにはないんだ。だがシャトールーに一台ある。少なくとも一週間前は、あった」

「八十キロも離れてるじゃない！」

「おれが知るかぎり、いちばん近いのがあそこだ」薪の山から黒猫が現れ、男の脚に身体をすり寄せた。男は屈んで猫の耳のうしろを掻いた。「シャトールーの通信士が検問を突破しようとして、背中から撃たれたんだ。エマニュエルという男を当たりな。本名は知らんが、そう呼ばれてる。イギリス人だ」

シャトールー付近でエマニュエルとやらが活動していることは初耳だった。まあいい。SOEは必要に迫られないかぎり、周辺地域のネットワークにいる工作員の顔ぶれなど教えない。

「住所はわかる？」

バーテンダーは住所を教え、猫を戸口から追い払うと、ナンシーを伴い店に戻った。ブルーノの自転車のことは友達に伝えておくとナンシーはほがらかに言い、自分の自転車をとめた路地に向かった。

ここからまだ八十キロも漕ぐのか。歩く気力もないのに。見下ろすと、やはり足首から血が出ていた。住所と名前だけを手に、地域の通行証も持たず、ナンシーを見たら大喜びで引き金を引くゲシュタポの群れのなかを八十キロ。首尾よくシャトールーにたどり着いても、今度は山のなかまで自転車を漕いで戻らねばならない。

「でもやるしかない。私がやるしかない」

言葉がぽろりと飛び出した。まずい。いよいよ頭がいかれかけているのだ。英語で言わなかったのがせめてもの救いだ。ナンシーはよたよたと自転車にまたがり、地面を蹴った。

57

山に帰りたかった。マキがにらみをきかせているおかげでもはやドイツ軍がよりつこうともしない、鬱蒼とした森のなかの曲がりくねった山道が恋しかった。サン・タマンからシャトールーに至る道は、どこもわがもの顔のドイツ兵がうようよしていた。最初のふたつの検問所は向こうに気づかれる前に気づいて方向転換したが、三つ目の検問所はマロンからディオールにつづく田舎道の急カーブ沿いにあったから、正面から突っこんでいく形になった。田舎道の検問所で暇をもてあましていた兵士たちにとって、十二時間自転車を漕ぎつづけて疲れ果て、よろめきながら近づいてきたナンシーの尋問は格好の気晴らしだった。

「マダム、通行証を！　行き先は？」

ナンシーはただ目を見開き、無言で伍長を見上げた。こいつなら、送信所の見張りと同じように喉への一撃で倒せそうだが、あいにく仲間がふたりおり、片方はすでに拳銃に手を置いている。ナンシーは丸腰だ。声をかけてきた伍長の喉を潰して銃を奪い、こいつを仕留めれば、三人目はきっと取り乱すから、取り乱した隙に撃ち殺すか、飛びかかって目を潰す。成功率は？　二十パーセントもないだろう。

だからわっと泣き出した。

「兵隊さん、どうか通してください。通行証は持っていません。私、息子をシャトールーの母に預けて働いているんです。その子が病気だっていうの!」

伍長は頭を振った。この階級にしては、ずいぶん歳が行っているようだ。子供と、子供の身を案じる妻がいてもおかしくない。

「お願いです、兵隊さん! あの子はまだ五歳なんです。名前はジャックで、本当にいい子なんです。それがひどく衰弱して、ママに会いたいって泣いているっていうの」よほど疲れているのだろう。病気の子供がまざまざと見えた。不安におののく祖母と、隙間風の入る狭いアパルトマンも見えた。ナンシーはむせび泣いた。自然と泣けてきた。手さげ袋の貧弱な野菜を、兵士に見せた。

「マダム・カレルが、勤め先の奥様が、これでスープでも作ってあげなさいってくださったんです。ムッシュはポーレット、ジャックのところに帰りなさい、お前がいなくてもうちは一日くらいどうにかなるが、幼い子供は母親の愛がなければ死んでしまうと言って送り出してくださいました」

声が涙でうわずると、伍長は肩越しにふたりの仲間を振り返った。ふたりとも困っている。泣き落としがだめなら伍長の喉笛を潰すしかない。ナンシーはチャンスをうかがいつつ架空の息子の名を呼び、さめざめと泣いた。

伍長が咳払いをして、ナンシーの肩をたたいた。

「わかったわかった。ジャックはきっと元気になる。早く行きなさい」

ナンシーは三人に感謝の言葉を浴びせながら、ペダルに足を乗せた。しゃっくりが出た。「神のご加護を、ムッシュ！」しゃっくりの合間にどうにか言うと、よろよろ漕ぎ出した。

町には低い家並みが広がり、中央の広場をもつれ曲がりくねる狭い路地が取り囲んでいた。二度人を呼びとめて道を聞いたが、二度とも相手の顔には疑念と恐怖が浮かんだ。見まわりの兵士に見咎められることはなかったが、すでに午後も遅く、数時間後には道ゆく人も減るだろう。そうなれば、ナンシーの姿は人目につく。

フランス人だろうがドイツ人だろうがパトロール中の兵士に怪しまれていると気づいたときは、自分から近づいていって話しかけろというのがＳＯＥの教えだった。煙草の火をもらえ。時間を聞け。そうすれば相手はガードを緩める。だがいまはそこまで接近する気になれなかった。遠目にはどこにでもいるフランス女に見えるかもしれないが、近づけば、敵は血と汗のにおいに気づくだろう。やつれた顔を不審に思うだろう。暖かな午後の陽射しが、建物のあいだに長い影を投げかけていた。ナンシーはなるべく影から出ないように、身体を縮めて自転車を押した。

ようやく見つけたその家は、うらぶれた界隈にあった。ナンシーは裏に回って路地の突き当たりに自転車をとめ、友達のように裏庭から近づいた。裏口をノックすると、レースのカーテンを細目に開けたりよろい戸の隙間からのぞいたりしている近所の人々に姿が見えるように、わざと扉から離れて待った。小さな家だった。一階にひと部屋、その上にもうひと部屋が載っているだけのマッチ箱みたいな家だった。

視線を感じた。誰かがまちがいなく見ていた。それがリボルバーを手にしたゲシュタポではなく、エマニュエルであることを祈るしかない。じりじりと時間がすぎた。留守なのか。市街地に派遣される工作員は、隠れ家を二、三軒持っているのが普通だ。いっそゴミの山の陰に身体を丸めて寝てしまおうか。最初にナンシーを見つけるのは敵か味方のどちらだろう。運任せも悪くない。

「おいおい、冗談じゃないぜ」どこかで聞いた声がした。

五センチほど開いた扉から、インヴァネスでともに訓練を受けた赤毛のそばかす面が見つめていた。マーシャル。最後に見たときマーシャルは、ズボンを足首まで下ろされた格好で本部事務所前の旗竿に縛りつけられ、ナンシーがランニング中に胸を押さえるのに使った包帯で猿ぐつわをかまされていた。

回れ右して帰りかけた。一度ならず二度も屈辱を味わわせたのだ。この男がナンシーに力を貸すわけがない。やはり神は存在するのか。ナンシーが精根尽き果て最後の望みを失いかけたそのときに、よりにもよって因縁の相手を目の前に遣わしたのは、神のちょっとした悪戯なのか。

だがナンシーには回れ右する力すら残っていなかった。

一秒。二秒。三秒。言葉が出ない。行く当てもない。

永遠とも思える時間がすぎたあとでマーシャルは扉を開け放ち、一歩下がった。ナンシーは機械的に彼につづいて天井の低いみすぼらしい台所に入り、扉を閉めた。

「マーシャル」と、静かに声をかけた。「私が統率しているカンタルのマキが、無線機を必要としているの。大打撃を受け、物資の再補給を申請しなければならないのよ。あなたのところには予備の無線機があるそうね」

マーシャルはテーブル横の木の椅子にどさりと座り、ナンシーを見上げた。怒りと憎悪が嵐の前の静電気のように空気に満ちるのを、ナンシーは感じた。

「この腹黒いクソ女。よくのこのここに来て、無線機をよこせなんて言えたもんだ。おれの手でゲシュタポに突き出してやる」

ナンシーは向かいに腰を下ろした。これ以上、脚が身体を支えてくれるとは思えない。

「好きにして。でも部下のために、ロンドンに支援要請はしてよね。投下地点のコードネームは、『マゼンタ』でまだ通じると思う。そこに物資を落としてもらえれば、ドイツ軍より先にうちの戦闘員が回収できるかもしれない」

ナンシーは頭を抱えて、待った。マーシャルは身じろぎもせず立ち上がりもせず、押し黙っている。ナンシーはタルディヴァを、フルニエを、斃れたジャン・クレールとフランクを思った。もうひと押ししなければ。彼らのために。さあ、ナンシー。

「マーシャル、これは個人的な話じゃないの。戦争の行方がかかっているの。恨みを晴らしたいなら、ナチスを始末してからにして」

神がみずからの存在を証明したいなら、いまがチャンスだった。自分のしたことを、ベームへの私怨を晴らすために大勢の戦闘員の命を犠牲にしたことを棚に上げ、偉そうにマーシャルに説教するとは偽善も甚だしい。神がいるなら、きっとこの場でナンシーを打ち倒す。きっと……きっと……だが怒りの雷は落ちなかった。ナンシーの身体を引き裂く閃光はなく、彼女を地獄に引きずりこむ悪魔もいなかった。ただマーシャルがじっと見ていた。

「お前がふざけた真似をしたせいで、おれは一カ月も後れを取った。やっとフランスに戻れたのは、Dデイの一週間前だ」

人間が、ここまで疲労できるものなのだろうか。ここまで疲れ果てた状態で、どうして動き、口がきけるのだろう。

「甘ったれるんじゃないわよ！　私をさんざんな目に遭わせて、あれくらいで済んだんだから、ありがたいと思いなさいよ。あの薔薇の花だって耳に挟むんじゃなく、ケツに突っこんでやればよかった」本音が出た。呼吸を数えるのよ、ナンシー。「謝ってほしいの、マーシャル？　いいわ。私が悪かった。でもあれが当然の報いだったことは、あんたも私も知っている。力を貸して」

座ったままもぞもぞ身体を動かし楽な体勢になろうとしたが、だめだった。両脚をすさまじい痛みが貫いた。太ももの内側はこすれて赤剝けになり、背中が痙攣した。目を閉じて痛みをやりすごし、ふたたび目を開けると、マーシャルが見ていた。

「どこから来た？」

「敵襲で組織がちりぢりになり、オーリヤック近くで合流したの。そこから私は山を越えてサン・タマンに行った。でもサン・タマンの連絡員のところに無線機はなく、あんたを当たれと言われた」

「ここまで撃たれずに車で来たと言うのか？」マーシャルが眉を上げた。

「車やトラックは全部奪われたから、自転車で来た」

マーシャルがやにわに席を立ったので、ナンシーは襲われるのかと身構えたが予想は外れた。マーシャルは古ぼけた食器棚の扉を開け、瓶を一本と埃をかぶったグラスをふたつ取り出した。赤ワイン。百薬の長。マーシャルがグラスに注いだ酒を、ふたりは一気に飲み干した。きついアルコールに胃が驚き、身体の奥がぽっと熱くなった。

「無線機はある。持っていけ」ややあって、マーシャルが言った。「今夜ロンドンに発信するときに、支援要請も伝えてやる。合言葉は？」

ナンシーはしばし考えた。デンデンはBBCのフランス語放送を聞くために、ラジオを調達するだろう。ただのラジオに送信機能はないから、メッセージは送れないが――。

「SOEにはラジオで『エレーヌは友達とお茶を飲んだ』と言うように伝えて」ナンシーのコードネームを耳にすれば、デンデンはピンと来る。放送を聞いていれば、少なくとも投下地点に偵察隊を出すはずだ。

マーシャルはふんとうなずき、グラスにおかわりを注いでから腕時計を見た。「外出禁止令が出ているが、それでもこのあたりは夜になってから移動したほうが安全だ。上にベッドがある。しばらく休んでいけ」

休戦か。異存はない。

「ありがとう」

マーシャルがうなずき、二階を指さした。ナンシーは酒を飲み干すと、痛みを堪えて短い階段を重い足どりで上った。こんなに身体がきついのは、パラシュート降下の訓練をはじめて受けた日以来だ。あのときはマーシャルにいきなり飛行機から湖に突き落とされ、無様な姿をさらしたのだった。

階段の上で扉を開け、ベッドの端に腰を下ろすと、安堵と疲れが地中海の砂浜をやさしく洗う波のように押しよせた。足を見下ろすと、頭の声で誰かがきっぱりと言った。靴を脱ぐのよ、ナンシー。考えて、やめた。脱がないほうがいい。指を動かすと、血がびちゃびちゃするのがわかる。かかとがずたずたに裂けているのだ。貴重な休息時間を、傷の手当に使いたくない。だから靴は履いたままにした。パラシュートの端布で作った大きなハンカチがポケットに入っていたから、それを出してふたつに裂いた。スカートを腰までまくり上げて太ももの内側を見ると、血まみれの惨憺(さんたん)たる有り様だ。ナンシーはベッドの上でバランスを取りながら、二枚に裂いたハンカチを左右の太ももに巻いた。たいした包帯にはならないが、シルクが肌にひんやりと気持ちよく、こうしておけば眠っているあいだに傷がこすれあうことはないだろう。

目を閉じ頭を枕にあずけようとしたところで、裏口が勢いよく開くのが聞こえた。切羽詰まった様子の低い声がしたかと思うと、誰かが階段を駆け上がってきた。やめて、お願い。

来ないで。

マーシャルが部屋に駆けこんだ。「計画変更だ、ウェイク」

「いっそ殺して」

「殺したいのは山々だ」マーシャルは答えた。見れば部屋の向こう端で、壁のくぼみから古めかしい衣装簞笥をがたがたと引き出している。「無線機がほしいなら、起きて手伝え」

人使いが荒い。ナンシーは起き上がるとよろよろ壁際に行って、簞笥の反対の端をつかんで動かした。

「なにがあったの？」

「懇意にしている憲兵が警告に来た。どこかのいかれた工作員がモンリュソンのゲシュタポ本部に乗りこんで隊員を血祭りに上げたらしい。それで、同じ目に遭ってはたまらんとこらのゲシュタポが震え上がり、誰彼かまわず締め上げているんだそうだ。誰かがこの家を垂れこむのは時間の問題だ」

マーシャルは簞笥と壁の隙間に手を入れて、壁を探り、やにわにベルトからナイフを抜いたかと思うと壁紙を切り裂いた。壁紙がめくれたところで梁と梁のあいだに手を差しこみ、なにやら取り出した。無線機でありますように、とナンシーは願った。茶色い革のかっちりとした箱は、特大のスーツケースのようにも見える。「もう行ったほうがいい」

「ストラップはないの？」

マーシャルは簞笥のいちばん下の引き出しを開けると、バックルつきのストラップを二巻きベッドに放った。ナンシーはそれを革のケースの金具につなぎ、マーシャルは箪笥を元の位置に押しこんだ。表で二度、クラクションが鳴った。

「やつらが来るぞ。銃は？」

「持ってない」

突然、銃声が響き、ドイツ語で叫ぶ声がした。

ナンシーは表側の窓に駆けよった。「ゲシュタポが四人、民兵が三人。別のふたりがあなたの見張りを追いかけてる」

「行け、ウェイク」マーシャルはマットレスをナイフで切り裂き、奇術師が握り拳からハンカチを引き出すように手榴弾のベルトをするすると引っ張りだした。

「手榴弾じゃなくてリボルバーをちょうだい。射撃がうまいのは知ってるでしょ。全員倒して、ふたりで逃げられるわ」ナンシーは手を差し出した。

マーシャルは手榴弾のベルトを腰に巻いた。

「逃げられるわけがない。家が完全に包囲される前に行け」ナンシーのためらいを見て取ると深く腰を折り、マットレスの端に額をつけた。「ナンシー、こわかったんだよ、おれ。インヴァネスで。あんたの姿を見た瞬間、フランスから脱出したときのことをバラされるんじゃないかって思って。だけどいまはもうこわくない」身体を起こした。「これで話は終わりだ。行けよ、さあ」

拳が玄関をたたいた。

ナンシーは革のケースを持ち上げ、背嚢のように背負った。重さでひっくり返りそうになった。マーシャルが表の窓を押し上げ、手榴弾のピンを抜いて通りに落とした。

「危ない！」

爆音が耳をつんざき、家が揺れ、通りで誰かが罠にかかったウサギのような悲鳴を上げた。木の窓枠がぱらぱらと銃弾を浴びて、裂けた。

マーシャルはうしろによろめき、なんとか踏みとどまった。

「撃たれた？」

「かすり傷だ。早く行け」

下の階で軍靴が響く。叫び声もする。マーシャルはふたつめの手榴弾のピンを抜いた。

ナンシーは裏手の窓に触れ、ぐいと押し上げてまたいだ。身体をひねり一旦窓枠にぶら下がってから、庭に飛びおりた。裏の門にダッシュすると同時に裏口が開いた。

「とまれ！　とまらんと撃つぞ！」

とまれるわけがない。耳を銃弾がかすめ、ナンシーは裏通りに飛び出した。あたりには誰もいない。背後で三発目の手榴弾が炸裂し、銃声がひとしきり響いた。振り返っても意味がない。待つのも無駄だ。マーシャルは罠にはまったねずみだった。ゲシュタポか民兵団の応援が来る前に、この界隈から逃げなければ。自転車は立てかけたところにあった。ナンシーはサドルにまたがり、痛みに息を飲んだ。そしてペダルをぐいと踏みこんだ。

58

夕闇が迫り、這々の体で三キロほど――なんて情けない――漕いだところで、もうだめだと覚悟した。およそ五百メートル前方に明かりが見えたのだ。こんな田舎道にまで検問所を置いているのか。自転車を隠し、道から離れた場所に身を隠して待とう。そう考えた瞬間、背後で犬が吠えた。漕ぐのをやめて振り返った。道の両側で懐中電灯の明かりがいくつも鬼火のように跳ね――やつらは犬まで連れている。

助けがほしいのに、友はもうひとりもいない。道から百メートルほど外れたところに農家が見えた。薄闇のなかに、明かりの灯った窓だけがぼんやり見えた。新しい友達を作らなければ。

女はナンシーをひと目見るなり扉を閉めようとしたが、ナンシーは扉に全体重をかけて隙間に足を滑りこませ、痛みにうめいた。扉に足を挟まれていた。

「あら、ごめんなさい！」女が言った。

ナンシーは目を瞬きながら、女を見た。二十代に入ったばかり。女というよりまだ少女だ。きれいなシニョンに結った髪は清潔で、綿のワンピースは色あせているがアイロンがかかっている。絵に描いたようなフランスの田舎の美人妻だ。

「お願い、なかに入れて」ナンシーはすがった。「フランスのために私を助けて」

女が十字架のネックレスを下げているのを見て、タルディヴァにもらったネックレスに触れた。

「同じキリスト教徒のよしみで」

女の透きとおるような肌に、化粧っ気はなかった。その表情に恐れと疑念が浮かび、それから腹をくくったのだろう、小さなあごがかすかに引き締まった。

「地下室に隠れて」扉が開いた。

転がりこむとそこは台所で、階段が見えた。女は階段の下で床の扉を引き上げており、気づけばナンシーは早くと急き立てられて短いはしごを下り、漆黒の闇に包まれていた。足元は踏み固められた地面で、りんごと藁のにおいがする。頭上の扉の板の隙間から細く光が漏れていた。気をつけないと扉に頭をぶつけそうだ。地下室の天井は低く、まっすぐ立つことさえできない。ナンシーは這ってはしごの裏に隠れ、腰のストラップを外した。無線機の重みが肩から消えると同時に身も心も軽くなり、焼けるような痛みを感じた。無線機はどさりと落ちて地面を四、五センチへこませ、そのこだまのように、小さな農家の玄関をどんどんとたたく音が聞こえた。ナンシーは膝を抱えた。女が玄関に出ていくのにあわせて、頭上の明かりが揺れる。ナンシーは息を殺して待った。

「こんばんは」

「こんばんは、奥さん。女が来ませんでしたか？　非常に危険な女なんです」ドイツ人の声。

ゲシュタポだ。「ついさっき、お宅に近づいていくのをうちの者が目撃しましてね」

女の声は落ちついていた。「それならたぶん私です。鶏が小屋に入っているかどうか確かめに出たんです。キツネが出るもので」

なまりを心持ち強調しているのに、ナンシーは気づいた。

「ですが、奥さん……ちょっと家のなかを見せていただきたい」

「どうぞ、隠し立てするものはありませんから」その口調には、押し殺されたいら立ちがちょうどいい案配に混じっている。

軍靴が台所に入り、女の木靴がこつこつとあとにつづいた。

「そこの下にはなにが？」

「食料です。いまじゃ食料があることのほうがめずらしいけれど」

扉の上にゲシュタポが立った。

「開けていただけますか、奥さん」

息がとまった。扉が引き上げられ、ナンシーを突き出すかのように明かりがはしご下の地面を四角く照らし出した。

「ちょっと拝見します。奥さんはそちらに下がっていてください」

懐中電灯がつき、光がナンシーから最も遠い隅を探った。木箱がふたつ。中身が半分ほど入った麻袋がいくつか。

二階への階段がきしみ、懐中電灯の明かりがすっと地下室から消えた。

「誰かいるのか？」ドイツ兵が警戒心も露わに大声を出す。革のホルスターから拳銃を抜く気配がした。

「ママン？」子供の、女の子の声がした。「どうしたの？　そのおじさん、誰？」

「大丈夫だから、ちびちゃん、ベッドに戻りなさい」母親はあやすように答えると、声にわかに怒りをにじませてつづけた。「お引き取りください。娘がこわがるじゃないですか」

男は無言だ。

「四歳の子供が非常に危険な女だっていうんですか？」

咳払いにつづき、拳銃がホルスターに収まる音がした。

「まさか、奥さん。だが不審なものを見聞きしたら、すぐご一報いただきたい」

「もちろんです」

足音が遠ざかり、玄関が開いて、閉まった。ナンシーは潜めていた息を長々と吐いた。頭のなかに『赤毛のアン』の一節が浮かんだ。腹心の友って、あたしが前に考えていたほどぽっちりじゃないわ。笑みも浮かんだ。実家のポーチの下に隠れ、細い光の筋を頼りにこの一節を読んだときに感じた希望のときめきを思い出した。

頭上で女がおしゃべりを再開するかのように、大きな声で言った。

「恐怖のあまり死んだりしてないわよね？　あいつらが戻ってこないともかぎらないから、出てくるのはもう少し待ったほうがいい。夕食を用意するわ。ところで、私の名前はセレスト」

きれいな名前だと思ったのを最後に、ナンシーはうつらうつら眠りに落ちた。

頭上で扉がぎいと開くまで、ナンシーは自分が熟睡していたことすら気づかなかった。無線機を——いまいましいことに一トンはありそうだ——持ち上げ、引き攣り震える脚でよたよたと台所に上がった。

食卓には食器がふたりぶん用意されていた。ナンシーはそろそろと腰を下ろすと、セレストが白い陶器の皿にシチューをよそって席につき、焼き立てのパンを切るのを眺めた。よだれが湧いた。

「さあ食べて、マダム」

遠慮している余裕はなかった。鶏とニンジンと小玉ねぎのシチューは美味しく、パンはふんわりやわらかい。まさに至福。これ以上の幸せは考えられない。

「それで、あなたが非常に危険な女なの？」セレストがナンシーよりも落ちついて食事をはじめながら、尋ねた。「あ、やっぱり答えなくていい。私は知らないほうがいい。あなたがあいつらと互角にやりあっているなら、それでいい」

ナンシーはもぐもぐやりながらうなずき、満足して飲みくだした。「旦那さんはどこに？」

「死んだわ。ドイツが侵攻してきたときに殺されたの」

「お気の毒に」

セレストは応えず、しばらくは部屋にスプーンが皿に当たる音だけが響いた。

「どうにかやってるわ。でも農場を維持するのは本当に大変で。がんばるしかないけど。子供のために」

階段の床板がきしんだ。ナンシーは暗い疑念にとらわれ、はっと振り返った。親切に迎えてくれたのも食事を出してくれたのも、すべては残酷な悪戯で、本当はまだゲシュタポが家に潜んでいるんじゃないか。けれども階段に立っていたのは、ゲシュタポの捜索を妨害した少女だった。棒切れのように痩せ、黒い髪が腰のあたりまで伸びている。淡い青の寝間着を着た少女はテディベアの前足を持って、ぶらぶらさせた。

「ママン？」

「寝てなさい、マリア！」

少女は下くちびるを突き出した。「お腹が空いたの。眠くないし」

セレストは片手を挙げた。「ご飯は済んだでしょ。寝なさい。早く」

マリアが放り投げたテディベアが、階段を下まで転がり落ちた。マリアは怒りに任せ、階段を踏みならして二階に戻った。ナンシーとセレストの頭上で扉がバタンと閉まった。

セレストが立ち上がると、ぬいぐるみを拾って埃を払い、暖炉脇の揺り椅子に座らせた。悪いことをしたと反省しながら夜明けに忍び足で下りてきて、クマが一晩床に放り出されていなかったことにほっとするマリアの姿を、ナンシーは想像した。

「非常に危険な女はあの子のことね」ナンシーはにっこりした。

セレストが席に戻ってスプーンを取った。「だといいわ。このまま気の強い子に育ってほしい。小さな子をひとりで育てるって本当にきつい。あの子は私を暴君みたいに思ってる。私はどうにか食べていこうと必死なだけなのに」

ナンシーの脳裡に見慣れた母の姿が浮かんだ。学校から帰って玄関のドアをたたきつけるように閉め、コートを脱ぎ捨ててお母さんお母さんと叫ぶと、食料棚から母が振り返る――。食料棚が空っぽで、母の服がひどく色あせ擦り切れていることに、ナンシーははじめて気づいた。

泣きたくなった。「あなたはいいお母さんよ」

セレストはもちろんよというふうにうなずいた。「食事は済んだ？　服を脱いでくれたら、洗濯するわよ。あなたは身体を洗って、傷の手当をして。服が乾くまで少し寝て、それから出発するといい」

59

太ももの包帯は二十五キロほど持ちこたえたが、上り坂になったとたんによれて丸まり、赤剝けになった肌が露わになった。足首の包帯は八キロでだめになった。一、二。一、二。オークの黒々とした木陰を右のペダルを踏み左のペダルを踏んで、でこぼこの田舎道をじりじりと進む。大気はひんやりとしているが、森は異様に静まりかえって鳥のさえずりすら聞こえず、木々の葉をさらさらと揺らす風もなかった。自分の息遣いだけが聞こえた。

登りはきつかった。平地なら、リズムに乗って自転車を漕げる。反復するリズムがあれば痛みもやわらぐが、険しい山道ではそうもいかない。車輪の一回転一回転が拷問だった。無線機のストラップが肩に食いこみ、背中はケースの角が当たって擦りむけた。それでもあと何キロあるのか先が見えない。しかも先は九割方が上り坂なのだ。

さまざまな記憶の断片がひらめき、何度もめぐった。戦前、朝食の席で新聞を読みながら、コーヒーカップをテーブルに置くアンリ。アントワンが自分の頭を撃ち抜いた、暗い月夜のあの瞬間。自由フランス軍の秘書。頰に流れる血を押さえたベーム。一、二。一……二……もうすぐ十字路に出る。山道が、舗装された幹線道路と交差する。斥候隊に出くわすだろう。二キロほどでまた山道に入れるが、それまではいつ見咎められてもおかしくない。

木陰でも、気温が上がってきた。幹線道路に出ると、勾配がまた少しきつくなった。太ももの内側から足首へと血が幾筋も肌を伝い、汗のように流れた。空を仰いだ。農家を出たのは夜明け前で、すでに太陽は天頂を超えている。となると漕ぎはじめて七時間になるのか。五分のようにも永遠のようにも思えた。

背後でガソリンエンジンの低い音がした。ちっ、ドイツ軍だ。

目から汗をぬぐい、左右を見た。両側とも土手のように隆起し、道沿いの用水路は浅く雑草が茂っている。背後に迫る者たちが誰であれ、革張りの箱を背中にくくりつけた女を追っていないことを祈り、前に進むしかない。地元の女、隣村を訪ねようと三キロほど自転車を漕いできた女を装うしかない。顔を上げて、ナンシー。肩を引いて。笑って。楽しそうな顔をしなさい。激痛の波が全身を襲った。エンジン音が大きくなったかと思うと、車両がナンシーに追いつき、追い越した。深緑、カンバス地の幌、巨大なホイール、タイヤが蹴立てた土埃の低い雲。ナンシーは顔を上げ、ひたすら前を見て漕いだ。

幌つきのトラックが三台。ナンシーをはねないように少しよけただけで、スピードを落としもしなかった。三台目はドイツ兵を満載し、灰色のヘルメットと緑の軍服を着た兵士たちがベンチに向かいあってぎゅうぎゅうに座っていた。右手の手前にいた兵卒、まだ二十歳にもならないような若者がナンシーにほほ笑みかけ、手を挙げて小さく振った。ナンシーも笑みを返した。トラックが次のカーブを曲がって見えなくなるまで、ほほ笑みつづけた。

幹線道路を折れてふたたび田舎道に入ると、ところどころが未舗装で、ときには砂利道になり、突然水たまりが顔を出すこともあった。道は上っては下り、下っては上った。自転車はぐらつき、夏の雨に穿たれた穴や荷馬車の轍(わだち)にはまって跳ねた。陽射しが陰りはじめると、暗くなるのは時間の問題だった。畑を通る一本道がカーブを描いて滅多にないほど急な下り坂になり、前方に浅く幅の広い川が見えた。夏の嵐でちぎれた太い枝が一本、片づけられずに道に転がっていた。

その枝に前輪を取られ、ナンシーは頭から投げ出された。なすすべもなく斜めに宙を飛び、左半身から地面にたたきつけられて、息ができなくなった。

一秒か、それとも二秒だったのか。気を失った。もう何時間も前から頭のなかが死んだように真っ白で、正確な時間はわからない。大地に横たわっていると、心が安らいだ。丘から百メートルほど下った川辺で、聞こえるのはせせらぎのみ。日が落ちるとともに大地は冷え、やっと吹きはじめた微風が、水のなかで動く手のように木の葉をそっと揺すった。

「ナンシー」

アンリだった。出かけていたんだっけ。帰ってきてくれてうれしい。

「ナンシー」

そうだ。思っていたより早く、昨日の夕暮れ近くに帰ってきたのだ。飛びついて腰に両脚を巻きつけると、彼は苦笑した。それでも求めあう気持ちは強烈で、ふたりは寝室に上がるのももどかしく、居間の上等なソファーで服も脱がずに愛を交わした――。

「ナンシー、私の愛しい人」

それからどこへ？　もちろん、港のオテル・デュ・ルーヴル・エ・ぺだ。あのホテルなら、残照の海を行き来する船を眺めながらテラス席で食事を楽しめる。漁師が籠に入れて持ってきたロブスターを、厨房でシェフが料理してくれるのだ。食事のあとは？　そうだ。メトロポールで踊ったのだ。あそこのバーテンダーは一杯のカクテルが芸術であることを、本当の意味で理解している。バーテンダーの大まじめな顔を見ると、どうしても笑ってしまうのだが、彼が創り出すカクテルの素晴らしさときたらもう——それにメトロポールはいつだって楽団も最高。一度、リタ・ヘイワースを見かけたっけ。モーリス・シュヴァリエとは二度すれちがった。

「話を聞くんだ、ナンシー」

アンリの愛車のスポーツカーでエンジンを調子よく響かせ、高台の家に帰った。どんなに飲んでも、アンリの手はいつも揺るぎなくハンドルを握っている。男性が車を運転するのを見るのが、ナンシーは大好きだった。家に帰って、また愛しあった。今度はベッドで愛を交わし、ひんやりとした白いシーツのあいだで彼の腕に抱かれて眠った。

「ナンシー、起きるんだ」

薄目を開けた。バルコニーに出るフランス窓を背に、アンリは立っていた。そのうしろでレースのカーテンが、風をはらんで膨らんだりしぼんだりする。おかしい。ナンシーには風が感じられないのに。なんていい男なんだろう。私のアンリは。なんていい人なんだろう。

「いやよ、あなた。起きろなんて言わないで」

アンリは無言で見つめていた。悲しいことでもあったのだろうか。こんな晴れた日に、なぜ暗い顔をしているのだろう。

「目を開けなさい、ナンシー」

「いやよ……」

目の表情はやさしいままに、口調が険しくなった。「冗談で言っているんじゃない。ナンシー、目を開けるんだ」

開けた。マルセイユが消えていた。アンリも消えていた。ナンシーは真っ暗なオーヴェルニュ地方の川辺の道に倒れていた。無線機を背中にくくりつけ、内ももには血が乾いてこびりつき、筋肉は引き攣り、脇腹はあざだらけでどす黒くなり、喉が渇いて死にそうだった。誰かが泣いていた。胸が潰れるような声を上げ、なりふりかまわずむせび泣いていた。一分ほど耳を澄ましてようやくそれが自分の声だと気づいて、ナンシーは驚いた。

アンリ、私のせいでめちゃくちゃよ。私がなにもかもだめにしてしまった。ごめんなさい。本当に愚かだった。私は……なにがしたかったんだろう。木々も大地も闇も答えない。アンリ、自分があんなものを目にすることになるなんて思いもしなかった。まさか自分があんなことをするなんて。私は大勢を殺した。私のせいで人が大勢死んだ。あの娘も……ああ、私はいったいどんな人間なの。どうしたらいいの。私がしたことのせいで、ドイツ軍は子供たちを殺した。

やがてむせび泣きはやんだ。なにも変わっていなかった。ナンシーがいるのは占領下のフランスだった。死者は生き返らず、生者はナンシーを待っていた。

身体を起こして膝立ちになり、無線に押しつぶされそうになりながらどうにか立ち上がると、自転車を起こした。

彼女を目にした瞬間フルニエは青ざめ、毒づいた。道の百メートルほど先に立っていたふたり組の見張りがナンシーに手を貸そうとして邪険に追い払われ、仕方がないので両側から付き添っていた。ナンシーが出発した納屋から八百メートルほど離れた農場に作った拠点に彼女が無事たどり着くまで、トラップにかからないように目配りしながら導いた。とまり方を忘れたかのようにナンシーが農場を突っ切ろうとするので、タルディヴァが自転車のハンドルを押さえた。ナンシーは空ろな瞳で、ただ彼を見返した。

「なにをぼさっとしてる。早く介抱してやれ」タルディヴァがわめいた。

駆けより、サドルから抱き上げようとしたフルニエをナンシーは押しやった。弱々しい仕草だったが、それでもフルニエは一歩退いて、ナンシーがゆっくり自分で自転車を降りるのを、両手を広げて待った。服は裂けて汚れ、血が縞になってこびりついている。

デンデンが肩からそろりと無線機を持ち上げた。腕が解放されると同時に、ナンシーは崩れ落ちた。フルニエがナンシーを抱きとめ花婿のようにそっと抱え上げると、肩越しに振り返って医者を呼べと叫びながら宿舎に向かった。

60

「ナンシー、起きて！」

アンリの声ではなかった。ということは、まだ死んでいないのだ。あれはアンリの声ではないし、死んだら痛みは感じないはず。

「デンデン？」

「そうだよ、たったひとりの愛する人、僕だよ。具合はどう？　動ける？」

ナンシーは目を開けると、慎重に肘をついて少し身体を起こした。痛みが変化していた。稲妻のような激痛は消えて、鈍痛に変わっていた。見れば、そこそこ清潔な薄い綿のシャツを着せられ、足首と太ももには包帯が巻いてある。ナンシーは小さな真四角の部屋で木製の簡易ベッドに横たえられ、身体の下にはウールの毛布が何枚も重ねられていた。床は木で、窓にはガラスがはまっていない。明るい陽射しのなか、デンデンが枕元で三本足のスツールに座っていた。

「よかった。生きてて」デンデンが深々と安堵のため息をついた。「眠りの森のなんとかさんみたいに見目麗しい昏睡状態に陥って、ここに埋めることになるんじゃないかって心配したんだよ。感動ものの弔辞も書きはじめたところだ」

ナンシーはほほ笑んだ。「どれくらい眠ってた？」

「二日とちょっと。朦朧と起き上がって水を飲み、アンリはまだ来ないのと聞くのを勘定に入れなければだけど」

デンデンの足元に本が一冊と、水差しが置いてあるのに気づいた。

「デンデン、あなた看護師さんごっこをしてたの？」

デンデンが足首を組んだ。「新しいいかした無線機で猛烈にメッセージを打ちまくる合間に、ちょっとね。君が戻ってから二度、ＳＯＥのおじさまたちが物資を投下してくれた。素敵なものをあれこれ詰めてね。ずいぶん高級そうな殺菌クリームが入っていたんで、お医者さんとふたりがかりで君のずたずたになった美肌にすりこんだんだけど、どんな感じ？」

しばし考えた。「暑い日に飲む冷たい水みたいな感じ、かな。いつからうちに医者がいるのよ？」

「タナンっていうんだ。専属で働いてくれてる」

ナンシーはうなずいた。タナンはＤデイ当日に負傷者の手当をしてもらおうと、ガスパールが「拉致」したレジスタンスのシンパだ。老境に差しかかった白髪の男で、阿鼻叫喚のなかでも静かにきびきびと働いていた。あの医者がいるなら心強い。

手を差し出すと、デンデンが手首を握った。ナンシーはベッドの端から脚を下ろし、身体を起こして座った。筋肉を火花が貫き、首に手をやると、肩にも包帯が巻いてあった。

「それで、戦況は？」

「その話ね！」デンデンはコップを渡し、水で割ったワインを注いだ。「いい知らせと悪い知らせ、どっちが聞きたい？」

「さっさと話して」ナンシーはごくごくワインを飲んだ。

「了解。ドイツ軍は敗走中で、連合国軍は南部に上陸」身体を乗り出し、手をナンシーの膝に置く。「マルセイユは解放されたよ。でも聞かれる前に話すけど、ゲシュタポがいまも拘束していると思われる人たちについては、まだなんの情報もない」ナンシーはもうひと口ワインを飲んだ。「そういうわけで、第三帝国軍は父なる祖国がソ連に蹂躙される前に帰ろうと必死で退却している。ソ連は侵略軍の蛮行に復讐したくて、うずうずしてるからね。血の雨が降るよ」

デンデンは言葉を切ると、横を向いて首を揉んだ。

「それで……」

「それでだ。知りたいなら教えるけれど、SOEは僕らに、SS大隊の退却を阻止してほしいみたい……いや、死ぬ気で阻止しろって。コスヌ・ダリエの町で『永久停止』に追いこんではどうかと言ってきた。猶予は三日らしい」

SS大隊？　冗談じゃない。

「うん、大隊。しかも戦車(パンツァー)が一台か二台ついてくる」

「『永久停止』の具体的な意味については説明がなかったんでしょ？」

デンデンがおかわりを注いだ。「良好とはいえない通信環境で、しかも暗号を使ってやり取りするから、微妙なニュアンスを汲み取るのはむずかしいね。ただ、僕らが捕虜を取れる状況にないのを上はよくわかっているから、たとえ相手が投降しても皆殺しにしろという含みだろう。大量の死体を埋めても目をつぶるつもりなんだよ。とはいえアメリカ軍が颯爽とやってきて公式に後始末をしてくれるまで、捕虜を生かしておくこともできる」

ナンシーはコップをデンデンに返して立ち上がろうとした。激痛が神経回路を回転花火のように転がったが、なんとかへたりこまずに堪えた。軍服——ズボンと上着——がドアにかかっているのに気づいた。医者ばかりか洗濯屋まで調達したのだろうか。

ナンシーはよろよろドアに近づくと、着替えは自分でできるので、お気遣いなくとデンデンに目で伝えてから尋ねた。「それで、ロンドンからの手に汗握る提案に、みんなはなんて言っているの？」

デンデンは鼻を鳴らした。「諸手を挙げて喜んでいるのはルネだけさ。パンツァーにバズーカをぶっ放せるからね。残りの反応は……ぱっとしないね。戦争はもう終わったも同然。みんな家に帰りたいんだよ。ドイツ軍は負けたんだ。なのにどうして、家族に二度と会えなくなるかもしれないのに、自分の首を危険にさらす？　実際のところ、タルディヴァは興味をなくしてると思う。フルニエはどっちに転ぶかわからない。彼のお父さんがクレルモン・フェランで自動車の修理工場をやってるって知ってた？　フルニエは工場に戻りたいんだ。それと物資が足りているいま、ガスパールはイギリスの指図を受けるのに嫌気が差してる。そうそう、あいつはまた勝手に出世した。今度は大将だってさ」

ナンシーは肩を揺すって上着に腕を通した。ポケットに洗濯済みの靴下が入っていた。

「ウェイク大佐、なぜ靴を履いてるんだ？」

「部隊に発破をかけるの。それからガスパールが出世したなら、私もそうする。今後はウェイク元帥と呼んで」


ガスパールはナンシーの元帥就任に不服だったが、抗議する暇はなかった。ナンシーがぱりっとした軍服姿で死からよみがえったキリストよろしく農家から歩み出た瞬間、戦闘員たちの心は彼女のものだった。

フルニエが庭を突っきってきて、ナンシーの横に立った。タルディヴァもあとにつづき、前を通りすぎざまウィンクをして、フルニエの反対側に立った。だがガスパールは頑として動かない。

「もう終わったんだ！　フランスは自由だ！」新しい肩書きを告げ指示を下したナンシーに向かって、ガスパールは叫んだ。「ドイツ軍は退却している。なぜそれを邪魔する？　やつらを追い出すのが、そもそもの目的だろうが？」

ガスパールの背後で、男たちが不安げにもぞもぞした。家族のもとに帰りたい。だが新しい武器を手にしたいまは、反撃したい気持ちもある。ふたつの衝動が彼らのなかでせめぎあった。まだ戦意のほうが強い、とナンシーは踏んだ。

「どうぞお帰りくださいと見送るつもり？」ナンシーはガスパールをひたと見据え、全員に聞こえる声で問いかけた。「それでいいの？　勝手に踏みこんできて国土を奪い、同胞を殺した連中をアメリカとイギリスに始末させて、あなたはそれで平気なの？　まるでパレードでもするように戦車を引き連れて帰っていく大部隊を黙って通すの？　どうぞ帰ってソ連と戦ってくださいと手を振るの？　ドイツはソ連をさんざんな目に遭わせたのよ？　あなたたち、それでも男なの？」

ガスパールひとりに語りかける芝居をやめて、腕を広げた。

「ガスパールの言うとおりよ。一緒に戦えと無理強いすることはできない。でもこれだけは言っておく。ここでやめたら、フランスは平和を取り戻しても、あなたたちはいつまで経っても自分と折りあいをつけられない。無事に家に帰ったところで、ドイツ軍がフランスの土を踏みにじり引き上げていくのを抵抗もせずに見送ったと知りながら、奥さんや娘さんの目を見られる？　英米軍がフランスを解放するために戦っているのに、あなたたちは、だっておうちに帰りたかったんだもんってママに泣きつくの？　人々の心に誇りを返してあげなくていいの？　ともに苦しみともに戦ったフランスの女たちに、誇りという名の贈り物を捧げなくていいの？　信じる気持ちを返してあげて。あなたがたの手で、自由を女たちのもとに届けるのよ」

喝采が響いた。

61

つづく二十四時間、ナンシーはタルディヴァの運転で地域に点在する野営地をまわり、同じような演説を十回ほどぶった。やがて男たちは完全に戦意を取り戻し、コスヌ・ダリエ近くの丘の上の城に三々五々集まってきた。

城の大広間で暖炉を囲み、配給の缶詰を食べている仲間に、デンデンがSOEからの最新情報を伝えた。彼らは前日に農場を出て、まだタペストリーまでかかっている十七世紀の城を合流地点兼拠点と定めていた。

ドイツ軍の略奪はおざなりだった。絵画を数点盗み、いくつか椅子をたたき壊したものの、オークの巨大なダイニングテーブルは重くて動かせなかったらしい。

デンデンは広間に入るなり足をとめ、梁がむき出しになった高い天井に躍る火影や、暖炉の凝った彫刻に見とれた。「悪いけど、フルニエ、高地にあった君の掘っ立て小屋とは別世界だね」

フルニエは苦笑いして首を振った。

「なにか知らせがあったの、デンデン？」ナンシーが尋ねると、デンデンが歩みより数枚の紙を渡した。

ナンシーは紙にざっと目を走らせてから、みな――ファン、ガスパール、フルニエ、タルディヴァ――に見えるようにテーブルに広げた。

ガスパールが洟をすすった。「明日か」

ナンシーはうなずいた。「みんなに指示を出して、諸君。それから、今夜は身体を休められるように気を配ってあげてちょうだい」


午前三時、デンデンはナンシーが部屋で鉛の格子がはまった窓からコスヌ・ダリエの町を見下ろしているのを見つけた。

「奥方様!」

「宿舎にしちゃ、悪くないわよね?」ナンシーは月に照らされた丘に背を向けた。「でも眠れなくて。ベッドがやわらかすぎるのよ」

デンデンがベッドに腰を下ろして跳ねると、スプリングがきしんだ。「一杯どう? 噂によれば、ドイツ軍は酒蔵を開けられなかったんだって。君も僕も金庫破りは得意でしょ。城主も目をつぶってくれると思うよ」

「今夜はやめとく。でもハンサムな男の子と酒盛りがしたいなら、どうぞ楽しんで」

デンデンは鼻を鳴らし、仰向けに寝ころんだ。

「明日は戦闘だと思うと、性欲も萎えるよ。明日にはこの子も撃たれて死んじゃうかもしれないなんて思っていたら、気になる男の子といても楽しめない」頭のうしろで手を組んだ。

「君の作戦、うまくいくのかな」

ナンシーは窓によりかかり、腕組みをした。「わからない。一か八かよ。自分の役目は忘れてないわよね？」

「もちろんだよ、ダーリン。明日はとびきりのヒーローになるつもりなんだから。それで、誰かひとりでも生き残ったら酒蔵を開け、新しい彼と一緒に勝利の美酒に酔いしれる」

話半分に聞いていた。誰にも見られていないと油断し、デンデンがジュールをちらちら見ているのをナンシーは知っていた。デンデンは隣に横になると、ナンシーの肩に腕を回し、その頭を胸に抱いた。

「ナンシー？」

髪をなでている。

「なに？」

「実はロンドンからの知らせで、まだ話してなかったことがあるんだ」と言い、ためらった。ナンシーはくちびるを噛んだ。「べームね」と、ささやくように尋ねた。

「そうなんだ、ダーリン。どうやらこの大隊というのが、複数の部隊の生き残りの寄せ集めで、地域のゲシュタポも一緒に退却するらしい」ひと息ついて、さらにつづけてなにか言おうとしたが、ナンシーがその胸に手を置いて押しとどめた。

「大丈夫よ、デンデン。もうひとりで暴走したりしない。少なくともこれが片づくまではね。片づいたら、あいつを探す」

デンデンはナンシーの頭のてっぺんにキスをした。「よかった。君がいないと困るから」

それきりふたりは言葉を交わさず、やがてデンデンの寝息が聞こえた。ナンシーは眠れないまま、月が投げかけるぼんやりとした影が部屋で追いかけっこをするのを眺め、やがて起きる時間が来た。はじまりのときが。

62

ドイツ国民には失望した。総統のごとき指導者を戴くに値しない腰抜けども。ベームは恩知らずの祖国へとがたがた向かう軍用車両（キューベルワーゲン）の後部座席で、腑抜けな将軍以下総統の期待に背いた将校たちに囲まれ座っていた。シュルツ隊長のようなまっとうな軍人が殺され、こんな軟弱者ばかりが生きながらえるとは、人生はなんと残酷なのか。車両の揺れにあわせて、将校たちのメダルがちゃりんちゃりんちゃりんとぶつかった。

噴飯ものだ。ベルリンにいればお役に立てるものを、ふたつの大隊の生き残りを寄せ集めた退却軍に入れられ、歩兵および戦車（パンツァー）五台と言うような速度で引き上げることになるとは。連合国軍はなぜ勝利したのか。ドイツと共通の利害で結ばれていることを、英米はなぜ理解しないのか。奸計（かんけい）をめぐらすユダヤのマルクス主義者どもに乗っ取られたソ連を、団結して打ち負かさねばならないのは自明のはず。それをやつらは——優等人種を多く抱えるあの英米は協力を拒み、かわりに獣じみたスラブ人と手を組んだ。心底、失望した。あれほど汚らわしく度し難い所業があるだろうか。スラブ人どもは死体から武器を漁る体たらくで、どうして生き延びられたのか。この途方もない苦悩の前では、ケンブリッジで当代きっての俊英と席を並べ、修めた心理学も役に立たない。これまでに得た知識が正しいならば、フランスは何カ月も前に抵抗をやめていたはずなのだ。あれほど長いこと寛容に接してやったのだから、フランスはドイツを受け入れ称えるべきだった。血統を重んじ、優生学と純血主義について進んだ考えを持つイギリスは、最初からドイツと手を組むべきだった。だがどちらの国も期待を裏切った。

いつか東部戦線でわが軍の司令官に会うことがあったら？　顔につばを吐き、肩章をむしり取った上で、その役立たずなみじめったらしい脳味噌を路上にぶちまけてやろう――。

向かいに座る将校の顔を眺めながら想像をたくましくし、ベームは喜びに打ち震えた。怒りをたぎらせていれば、少なくともなかなか癒えない頰の傷のことを考えずに済む。突然向かいの将校が咳きこんだかと思うと、その口の端からたらたらと血が垂れた。将校は驚いた顔をし、それからちょっとした悪口に気を悪くしたような表情になったかと思うと前のめりに倒れた。カンバス地の幌に、弾痕が見えた。

車が急停止し、パラパラと銃声が聞こえた。外で指令が飛ぶ。ベームは同乗者たちを押しのけるようにして、うしろの扉から道に飛び降りた。

「隠れるんだ、貴様ら！」銃撃を受けているのだとおぼろげに理解し、ベームはあわてふためく歩兵たちに向かって叫んだ。道は両側とも急斜面で用水路は浅い。兵士は逃げ惑った。

「車両の陰に隠れるんだ！　弾が来る方向を見定めてから反撃しろ」

一メートル先で小隊を逃がそうとしていた軍曹が喉を撃たれ、流れ出る血を手で押さえてよろめきながら、ベームの前を突っ切るようにして倒れた。血しぶきを浴びないように、ベームは脇によけた。

百メートル後方で軽機関銃の銃声がひとしきり響き、見れば用水路で三人の兵士がのたうちまわっていた。小走りで最前列に行くと、このいまいましい退却を主導しているはずの戦車指揮官と大佐が下の者の目もはばからず怒鳴りあっていた。

「どういうつもりだ？」ベームは険しい声で尋ねた。「なぜ車列をとめた？」

戦車指揮官が敬礼した。「少佐殿、大佐が反撃し負傷者を助けろとおっしゃるのです」

ベームは大佐に向きなおった。あごが小さく、髪が黒い。劣等人種。ＳＳは決して入隊を認めないだろう。

「奇襲をかけられたんですぞ、大佐。戦場を敵に選ばせてはいけません。すぐに町まで進軍すべきだ。幸い連合国軍は一日遅れを取っている。祖国の防衛に役立つ望みがわずかでもあるならば、マキに爆破される前に橋を渡らねばならない」

大佐の顔が真っ赤になった。「たまたま軽機関銃を数丁手に入れた百姓どもの前から逃走しろというのか」

すぐうしろで轟音が響き、ロケット弾が発射されたときの平坦な反響が聞こえた。三人が陽射しを手でさえぎって振り向いた瞬間、隊列の中央で車両が爆破され、炎上した。

「百姓どもはバズーカまで手に入れたようですぞ、大佐」

大佐がくるりと背を向けた。「前進！　ただちに前進！　町に向けて出発！」

戦車指揮官がはじかれたようにパンツァーに戻ると、同じ指示を無線に怒鳴りつけるその声が聞こえた。隊列があわててガタガタと動き出す。髪や服に火のついた兵士たちが降りられずにいるのもかまわず、中央付近で炎に包まれた車両を戦車が押しのけはじめた。前進する車両の横を、歩兵隊が併走した。

ベームは大佐につづいて将校用車両に乗りこんだ。大佐はベームをにらみつけたが、それでもベームがドアをたたきつけるように閉めるのを待ってから、出発を指示した。

夜明け前から鐘楼に陣取り、デンデンは静かな広場を見下ろしていた。なかなか絵になる町だ。南のモンリュソンから森を抜けてきた道が広場へとつづき、広場は石造りや木骨造りの、いずれも三階建ての建物に囲まれている。一階には食料品店や肉屋、金物屋に酒場など小さな町らしい商店が軒を連ねるが、今日はみなよろい戸を閉めて休業だ。北の角で広場を見わたす古風で質素な町役場の石段は、何世代にもわたって誕生や結婚や死を届け、証明書や配給カードを取りにきた人々の足で擦り切れている。その町役場の扉にも、今日は錠が下りている。

広場の裏手には織工をはじめさまざまな職人の工房や住居が並び、その裏に行くと家屋は減って小さな農場が増える。町の四方は果樹園だ。広場の北東に建つ教会は、豚飼い農家から実業家に転身し鉄道会社を起こした地元の男が百年ほど前に淡い色の石を使って建て替えたもの。宗教的権威が世俗の権威である町役場と肩を並べて人々を見守り、そのあいだを通る大通りは広場を抜けて橋へとつづく。

双眼鏡をそのままぐっと北に振り向けると、ガスパールとロドリーゴが美しい石の橋にしかけた爆薬を確認しているのが見えた。この地域ではひときわ幅のある橋だ。これも豚飼いの贈り物で、架けかえられるまでは三百年間、もっと細い橋が町に尽していた。半径三十キロ圏内で、戦車が通れる橋はここしか残っていない。格好の標的を遺してくれるとは、篤志家の豚飼いはよほど先見の明があったのだろう。

ロンドンから最終指令が届くとすぐに、ナンシーは伝令を町にやって住民を避難させた。だがみなが町を出たわけではない。二年前からマキの活動を黙認してきた町長は、私にもライフルをよこせ、位置につかせろと言い張り、憲兵六人を買収した。いまはタルディヴァの指揮下で町役場の角に積まれた砂嚢のうしろに控えている。住民の一部は財産を守ると言って残り、若い娘たちは城か町役場で負傷者の世話を買って出た。残りの人々は今日という一日が終わったら自分の暮らしになにが残っているのか予想もつかぬまま、子供の手を引き持てるだけの食料と水を持って山に入った。

最初に目に入ったのは、遠くの谷でフロントガラスに反射した光のきらめきだった。やがて大蛇のような隊列が、その全貌を現した。戦車を数えて、デンデンは息を飲んだ。五台もある。くそ。歩兵の足並みもそろっているようだ。もっとくたびれているのを期待していたのだが。しかもおそろしく数が多い。

デンデンは尻ポケットからフラスクを出し、ぐいっとあおった。

「ジュール、ウェイク元帥に伝えてくれ」と言い、推定される兵士と車両と戦車の数をまくしたてた。「伝えたら、位置につけ」

ジュールに伝令役を命じたのはナンシーらしい配慮だった。谷間に車列が現れるのを待ちながらぎこちなく二言三言交わしただけだが、デンデンはジュールの態度がやわらぐのを感じた。声に一抹の後悔が混じるようになった。つらい記憶がよみがえる一方で心が軽くなり、デンデンはジュールとナンシーの両方に感謝した。

ジュールが立ち上がった。「幸運を、デニス」さっきまでは「大尉殿」だったのが「デニス」に変わった。

「君にも幸運を祈るよ、ジュール。気をつけて」

ジュールがそれきり無言で螺旋階段を駆け下り消えると、デンデンは涙で視界が曇っているのに気づいて目を瞬いた。

町から八百メートルの地点で隊列が停止するのが見えたのは、そのときだった。

「よしよしいい子だ……」デンデンはささやきかけた。「ママとパパのところへ走っておいで」

突然、火の手が上がった。ということは、ルネはバズーカとともに、首尾よく最初の位置についたのだ。よし。

「おいでおいで町においで。そっちは危ないだろう？　さあおいで」

一分後、唐突に隊列はふたたび動き出し、速度を上げて前進した。デンデンは双眼鏡を置き、旗――旗といえば聞こえがいいが、ナンシーのバスから回収した赤い枕の切れ端を棒にくくりつけた代物――を取ると、窓の羽板のあいだから突き出した。

遠くで爆発音とタタタタという銃声が聞こえる一時間も前から、ナンシーは鐘楼をにらんでいた。ついに赤い旗が出た。

「行くわよ、諸君」

教会と役場のあいだの道は砂嚢の山で塞がれ、その西側をタルディヴァの部隊、東側をナンシーの戦闘員たちが守っていた。ナンシーは砂嚢にリー・エンフィールド小銃を置いて、くちびるを舐めた。エリザベス・アーデンのＶ・フォー・ヴィクトリーのかすかにぴりっとした味がした。

ドイツ軍も愚かではない。まず先遣の戦車が一台、耳を聾するエンジン音を響かせ広場に乗りこんだ。広場のなかで見ると、現実離れした大きさだ。そのあとから歩兵隊がなだれこむ。ルネの弟子のひとりが橋の西側で立ち上がり戦車のキャタピラにバズーカを命中させると、残りの戦闘員は援護射撃に回り、歩兵を狙い撃ちして広場の隅へと後退させた。

手榴弾が炸裂し、ふたりの歩兵が吹き飛んだが、戦車はものともせずに進みつづけた。

「なんだよ！　なんでまだ動いてるんだよ？」ナンシーの隣でフアンが発砲し、弾が切れると慣れた手つきで再装塡した。

二台目の戦車がごろごろと広場に入り、一台目の隣に並んだ。二台の怪物が広場の中央、ナンシーたちから三十メートルほどの位置で停止し、さらにうしろから新たな歩兵の群れが雲霞のごとく押しよせた。隊列が、ふたたび前進をはじめる。自分たちに向かって砲撃してくることはないと、ナンシーは踏んでいた。道路や橋を破壊してしまっては元も子もない。

だがナンシーたちを轢き殺して進まないとはかぎらない。

ルネの弟子が橋の西側で、ふたたびすっくと立ち上がった。

「しっかりね」ナンシーは若者にささやきかけた。装塡し、狙いを定めて、撃つ。装塡し、狙いを定めて、撃つ。戦車のすぐ前で歩兵を誘導していた下士官を、ナンシーは仕留めた。

倒れた男を潰して、戦車は前進した。

　爆風とともにバズーカがうなりを上げた。砲弾が二台目の戦車の下に転がっていって炸裂し、ナンシーの視力を奪った。ふたたび見えるようになると、戦車は停止していた。砲塔から黒煙が上がり、ハッチが開いて、兵士がふたり咳きこみながら這い出した。そのひとりを仕留める。一台目はなおもナンシーたちに向かって一直線に進み、広場には歩兵があふれて、戦車の陰から撃ってくる。何人倒しても埒が明かない。あとからあとから新たな歩兵の波が押しよせ、一台目の戦車が率いる最大の歩兵隊がナンシーの部隊に容赦なく銃弾を浴びせると、男たちがばたばたと倒れた。

「退却！」ナンシーは叫ぶとライフルをブレン軽機関銃に持ち替え、狙いを定めて短く掃射した。敵はすでに側面と背後から攻撃をしかけようと、裏道に兵を配置しているはず。撃退しようにも、ナンシーが裏手の家屋に配した人員はほんの数人だ。

　ファンがよろめいて倒れた。肩を撃ち抜かれていた。

ナンシーは西に目をやった。タルディヴァも退却している。砂嚢のバリケードを踏み越えようとするドイツ兵の群れと、タルディヴァ率いる不屈のマキたちは素手で戦っていた。ナンシーは腰の位置から発砲して目の前の敵を仕留めつつ、ファアンを自分の背後に隠そうと、襟首をつかんで引きずった。訓練されたとおりに身体が動いた。轟音と閃光。すさまじい騒音で意識は麻痺し、直感が頼りだ。一台目の戦車が目の前に迫り、三台目がごろごろと広場に入ってきた。

ファアンが叫んだ。「行って！」

ナンシーはファアンの襟から手を離すと、一目散に教会へと走った。くそっ。やはり裏道に回られたか。鐘楼の扉を開けた。突如、死角から傷だらけの顔をした軍曹が機関銃を手に現れた。機関銃が弾詰まりを起こすと、軍曹はナンシーにつかみかかった。ナンシーは胸に下げた軽機関銃には触れずにナイフを抜いて横に一歩よけ、刃に向かって突っこむ格好になった男の喉を切り裂いた。

鐘楼に入り、細い螺旋階段を駆け上がる。靴についたファアンの血で足が滑り、あわてて板をつかもうとして今度は手がドイツ兵の血で滑ったが、すぐに体勢を立て直してダッシュした。騒音が耳を聾した。戦車が放った砲弾がバリケードを直撃して砂塵が空へと舞い上がり、鐘楼を土台から揺るがした。

跳ね上げ戸から鐘楼に転がりこむ。肺は悲鳴を上げ、火がついたように全身の筋肉が痛い。双眼鏡を手に待っていたデンデンが、振り向いた。

「伏せろ！」

埃っぽくでこぼこした床板に、ナンシーは言われるがまま伏せた。デンデンが拳銃を抜いて発砲した。二発。うっと息を飲む気配に身体をひねって振り返ると、背後にいたドイツ兵の胸に黒っぽいしみが広がった。ぎょっとして足を蹴り出すと脛に当たり、兵士は階段を転げ落ちた。ナンシーは跳ね上げ戸をたたきつけるようにして閉めた。なぜ気配を感じなかったんだろう。

「重石を！」デンデンが怒鳴る。

動きなさい、ナンシー。ジュールとデンデンが夜明けに運び上げていた砂嚢をつかんで、戸の上に押しやった。

「やっとふたりになれたね」デンデンがにやりとした。「恩に着るわ」

ナンシーはその手から双眼鏡を取った。デンデンは応えず、ただうなずくと広場に視線を戻した。ナンシーは戦況を把握しようと、双眼鏡を目に当てた。下では砂嚢に覆いかぶさるようにして、マキが何人も死んでいた。

「なにをぐずぐずしてんの、ガスパール。この役立たず」独りごちて、関節が白くなるほど双眼鏡を握りしめた。ガスパールの男たちは二手にわかれ、広場の外から橋へと距離を縮めている。橋は最後の砦だ。

「いまよ。爆破して」

ベームと大佐は車を降りると町の西側の丘を上り、頂上に陣取った。将校たちはあとにつづいて駆け上るか、あるいは大佐の命令に従って丘を離れた。

大佐の機嫌は刻々とよくなっていた。「負け犬どもを集めても、橋は守れんよ。さっきのバズーカはまぐれ当たりだ。勇気は認めるが、いかんせん物資も人員も足りていない。これは君の功績だろうね、ベーム君?」

ベームは応えず、双眼鏡で戦闘を見つめていた。

「聞いたところでは」相手が質問の意味を理解していないと思ったかのように、大佐はつづけた。「ショード・ゼーグ近郊の拠点を壊滅寸前に追いこんだ攻撃は、君が下準備をしたそうじゃないか。実に見事。あれでマキはちりぢりになった。再補給によほど苦心したと見えて、無線機を取ってこいと、こともあろうに女をシャトールーまで行かせたそうだ!」

ベームは双眼鏡を下ろして、大佐を見た。「女は無線機を確保したのですか?」

大佐は肩をすくめた。「おそらくはな。しかし町から生きて出られたはずはないと、地元の人間が証言している。聞いていないのか?」

「連合国軍が南部に上陸して以来、通信が滞り気味でして」ベームは答えた。あの女なのか。モンリュソンで会ったときは、完全に常軌を逸していたが。あれほどいかれた人間が無線を背負い、口八丁手八丁で検問をかわしながら農村地帯を移動できるだろうか。やはり、あの女ではないだろう。

「橋を爆破するつもりだ」ベームは言った。

大佐は慇懃に笑った。「いやいや。橋を爆破できるほどの爆薬があるなら、われわれが到着する前に吹き飛ばしているさ！　あのお粗末な防御を見ればわかる。あれでは橋は爆破できん」町の方角に頭をくいっと傾げた。「万が一吹き飛ばされても、半日あればかわりの橋をかけられる。われわれには人手も材木もじゅうぶんにあるからな。それにこのあたりの川はさほど深くない」

ベームの頭をさまざまな思いが駆けめぐった。無線を手に入れたのが、あの女だったとしたら……。

「女が無線を手に入れたというのはいつの話ですか？」

「報告があったのは一週間前だ。おお！」

「なんです？」ベームが視線を動かした。

「橋で小さな爆発があった。いま煙が散っているところだ。あんな量の爆薬では封筒も開けられん。あわれなものだ。橋はびくともせず、連中は命からがら逃げ出した」

少人数の男たちが橋を走っていくのが見えた。そのあとをドイツの大軍が追う。マキの戦闘員が橋から対岸の道路へと前のめりに倒れた。

大佐が声を張った。「進軍再開の号令をかけろ。三十分以内に、全員あの橋を渡りおえるように。進め。戦車が修理可能かどうか調べて、報告しろ」

ベームは血のなかに感じた。不穏なざわめきを。広場を見わたした。見張りもほとんど立てずに放置された砂嚢のバリケード、お粗末な橋の爆破。橋に最大のダメージを与えられそうな場所に爆薬をしかけることすら、彼らはしなかった。やる気があるのか。ショード・ゼーグの野営地への奇襲は成功した。大成功だった。しかしあの山岳地帯に潜伏していたマキは千人を下らないはず。見つけた死体は百にも満たない。

やる気があるのか……。

目がなにかを捕らえた。鐘楼の窓から、旗が突き出ていた。

「罠だ！」ベームは叫んだ。

大佐の顔がゆがみ、慇懃な懐疑の表情に変わった。ドイツ軍は町の中心部になだれこんでいた。銃を下ろし、もはや発砲している者はいない。二台の戦車が橋を渡っており、後続の三台は広場で順番を待っている。数人の技師が、早くも炎上した戦車の被害を調べていた。広場の中央で。ベームは胃が縮まるのを感じた。砲塔の旋回範囲は百八十度だが、周囲の建物の上階からバズーカで攻撃されたらひとたまりもない。

「進軍をやめさせろ！　退却するんだ！」ベームは顔につばを吐きかける勢いで大佐を怒鳴りつけた。

遅かった。

ガスパールがダミーの爆弾を爆発させて逃げるのを、ナンシーは見守った。ガスパールの隣を走っていた若者が倒れた。くそっ。くそっ。くそっ。

「ナンシー！　いい感じだ！」

デンデンが腕を引っ張るので、双眼鏡をふたたび広場に向けた。いまや広場はドイツ軍の車両と兵士で、足の踏み場もないほどだ。前方の戦車二台が橋に差しかかり、歩兵がまわりに群がった。

「まだよ！」

「いや、そろそろ……」

「待って、デンデン」

二台目の戦車が川を渡ろうとギアを上げて橋に乗り出すと同時に、五台目にして最後の戦車が広場に入った。うしろに軍用車両(キューベルワーゲン)が連なり、道路を塞いでいる。

「いまよ！」

デンデンが鐘のロープに飛びつくと、重々しい鐘の音が町じゅうに鳴り響いた——。

地獄が到来した。

広場を取り囲む三階の窓がいっせいに開き、屋内で息を潜めていたマキが眼下のドイツ兵に銃弾の雨を降らせた。同時に橋が吹き飛んだ。立てつづけに起きた爆発が鐘楼を揺さぶり、デンデンとナンシーに粉塵を浴びせた。デンデンが歓声を上げた。川から空に向かって土と石つぶての巨大な噴水が上がり、粉塵の雲が広場に吹きよせた。

粉塵が散ると、橋が消えていた。急流に二台の戦車が並んで横倒しになり、周囲で兵士たちがもがいていた。ガスパールが対岸の砦から、川に落ちたドイツ兵に機銃掃射を浴びせる。対岸に泳ぎ着いた数人のドイツ兵はすでに武器を捨て、溺れている仲間を恐怖のあまり助けることもできずに、両手を挙げて土手に立ち尽くしている。

デンデンがふたたび歓声を上げた。広場に残った三台の戦車に、バズーカ砲が炸裂した。一台の戦車の砲塔がぐるりと旋回し、肉屋に砲弾を撃ちこんだ。石造りの壁や床が粉々に砕けたかと思うと、広場にひしめくドイツ兵の上に建物全体が崩れ落ちた。兵士たちが戦車指揮官に向かって怒号を浴びせる。今度は広場の反対側から、バズーカが戦車に二発打ちこんだ。兵士たちは波が引くように逃げていき戦車の開口部から煙が噴き出した。ルネは無事、二番目の位置についたらしい。

悲鳴が大きくなりつつあった。歩兵たちは手を火傷したかのようにライフルを投げ捨てて壁に張りつき、あるいは地面に伏せた。ナンシーは南に目をやった。フルニエが広場にまだ入っていない最後尾の軍用車両を停止させ、敗残兵を集めている。歩き方で、フルニエとわかる。ブレン軽機関銃を胸に吊し、ライフルを担いで隣の男と言葉を交わしている。敗残兵は全員が両手を挙げて降参し、道端に武器が散らばった。

「もういい」ナンシーはつぶやいた。目を瞬いて、頭を振った。「デンデン、もうじゅうぶんよ。勝負は決まった」

デンデンがロープを押さえると、鐘の音がとまった。砲火の嵐が散発的な銃声に変わり、やがて最後にパラパラと数発聞こえて、やんだ。静まりかえった。デンデンとふたりで扉から砂嚢をどけ、ナンシーはぎこちない足取りでのろのろと螺旋階段を下りた。足首からまた出血していたが、痛みは脳の霧のなかに封じられてまったく感じない。鐘楼から見たかぎり、広場に一見してゲシュタポとわかる男はいなかった。うしろの車両にいるのか。それともSOEがまちがった情報をよこしたのか。疑念と希望のせめぎあいの、なんとつらいこと。デンデンもついてきた。階段の死体も扉脇の死体も無視してふたりは広場に出ると、川に背を向けた。タルディヴァがすでに将校を選りわけ、部下にドイツ軍の武器を回収させていた。家々からマキの男たちがあふれ出し、降伏し縮こまっているドイツ兵に銃を向けた。タルディヴァが近づいてきた。

「おめでとう、ウェイク元帥」

ナンシーは死体を見わたした。マキも数名いるが、戦場に閉じこめられて死んだドイツ兵の数とは比較にならない。ここにもゲシュタポはいない。あれは、何分間の出来事だったのか。三分？　それとも五分？

「武器の回収が済んだら、埋葬班を組織して」ナンシーはタルディヴァに指示した。「町長は無事？」

タルディヴァがうなずいた。

「よろしい。埋葬場所は町長と相談して。将校は留置場に入れるか、城に連行し——」

「ナンシー！　危ない！」フルニエの声がした。

ナンシーはくるりと振り返った。少佐。ドイツ軍の少佐が川から醜い亡霊のように忍びより、三メートルの距離で銃口を向けていた。ここが私の死に場所らしい。ナンシーは観念した。死ぬ前に、こいつらがたたきのめされるのを見られてよかった。

一発の銃声が響いた。ナンシーはうっとたじろいだが、痛みはなかった。まさかこの距離で外した？　ちがった。少佐の右目が消えていた。少佐は前のめりにぐらつき、地面に崩れ落ちる前に絶命した。百丁の銃が構えられ、カシャカシャと弾が装塡される音が響いた。震える捕虜たちに、マキが銃を向けていた。ナンシーは両手を挙げて走った。

「やめなさい！　私は無事よ。こっちを見なさい！　私たちは勝ったの！」

どう転んでもおかしくない。男たちは猛り立っており、このなかに友の農場が焼かれるのを見たことがない者、縁者が行方不明になっていない者はひとりもいない。女や子供が殺された話を聞いたことがない者、この数カ月、ゲシュタポが繰り広げた暴虐を知らない者はひとりもいない。それでもだめだ。いまは。ナチスを打ち負かしたのに、自分たちがナチスになってしまってはだめだ。

ナンシーは全員に見えるように、戦車によじ登った。さあ、ナ、ン、シ、ー。言、葉、を、見、つ、け、な、さ、い。あと一度だけ。両手を広げた。

「マキの諸君！　聞いて！　この者たちは捕虜よ。あなたがたは勝利した。解放を勝ち取った。フランスは自由よ。あなたがたの祖国を踏みにじった軍隊は、こうして足元で慈悲を請うている。男になりなさい！」お願い。お願いだから聞いて。どうか私の言葉に耳を傾けて。今日のこの日は勝利のためにある。祝うためにある。この先何十年も男たちを恥じ入らせる捕虜虐殺の日にするわけにはいかない。「聞いて！　あんたたちはそんじょそこらの男じゃない！　マキの男でありなさい！」

ひとり。ふたり。ゆっくりとひとりずつ、彼らは銃を下ろした。ナンシーの右手でドイツの軍曹、十七歳になるかならずの少年が泣き出し、その隣でマキの銃口を見上げていた年かさの男が少年の肩に腕を回した。銃口がどけられた。

ナンシーは広場を見まわしてから、川の向こうに目をやった。命を救ってくれた銃弾は対岸から来た。ライフルを下ろしたガスパールが、挨拶がわりに片手を挙げた。

63

捕虜は武器を没取されて少人数のグループにわけられ、大半が町から城へと連行された。グループにはそれぞれ、連合国軍が来る前に酔っ払って血なまぐさい復讐に走る心配がないとナンシーが見こんだマキのメンバーが護衛についた。ゲシュタポについてはまだ報告がない。歩兵のなかに隠れているのだろう。すぐにわかることだ。アメリカ軍が来る前に、ひとりひとり目を見て検分してやる。けれどもいまは勝利の日が殺戮の夜になだれこまないように、秩序を保たなければ。

城に帰還するとナンシーとフルニエは大広間のテーブルでブランデーの瓶を挟み、今後数週間のあれこれを取り決めた。すでに近隣の町や村から、解放の祝賀会にマキの代表を送ってほしいと声がかかっている。デンデンはどこか広間から遠く離れた塔にこもり、猛烈なスピードでモールス信号を打ちつつ最新情報を送受していた。

「ドイツ軍の報復で犠牲者の出た村を最初にまわりましょう」ナンシーは提案した。「次に命を落とした戦闘員の故郷を」

ナンシーは上着のポケットから手帳を出して、差し出した。

「なんだそれは？」フルニエが尋ねる。「伝達事項はレイク大尉に渡したんだろ」

「犠牲者の記録よ」ナンシーは手帳をフルニエに渡し、グラスにブランデーのおかわりを注いだ。「名前と住所が書いてある。ずっと持っていたの」

フルニエはうやうやしく手帳を受け取ってポケットにしまい、酒を飲み干した。「町に行く。変わりがないかどうかパトロールしてくる。おやすみ、元帥」

「おやすみ」

そうは言ったがベッドには入らなかった。銃や爆発物を集め、隠匿してある武器をどこかの子供が見つける前に回収し、ロンドンから届いた資金の残りを犠牲者の遺族やレジスタンスのメンバーに分配する方法を考え出さなければならない。それが済んだら首実検に取りかかる。

廊下をあわてて走る足音に、思わず顔を上げた。ジュールだった。

「マダム・ナンシー、隊列を指揮した大佐を捕らえました。タルディヴァが食料庫に監禁しています」

「了解。ほかには？」

「大佐と一緒にゲシュタポの男がいました。デニスに指示されたんです……ゲシュタポについてなにか聞いたら、あなたに、あなただけに知らせろと。でもほかの連中にも漏れたみたいで。そいつは厩舎にいま……」

最後まで聞かず、ナンシーははじかれたように立つと、銃に手をかけ部屋を飛び出した。

厩舎に近づくと、五人ほどのマキのメンバーがふたりの見張りに食ってかかっていた。見張りがナンシーに気づいて、脇にどいた。

「君たち」と、何気なく話しかける。「そろそろ寝なさい。寝る前に傷の手当を忘れずに。消毒するのよ。いまさら敗血症で死んだら浮かばれないでしょ？　ここは私に任せて」

効いた。男たちはすっと消えて、見張りが目で感謝を伝えた。ナンシーは中庭の壁からランタンをひとつ下ろした。その男はアンリの消息を知っているのか。空ろな目で知らないと答えたら反射的に撃ち殺してしまいそうで、それがこわい。この連中は、自分が何人殺したのか覚えているのだろうか。ナンシーは扉を開け、閉めてからランタンを掲げた。新しい飼い葉と革のにおいがした。ゲシュタポの男は手足を縛られ、飼い葉袋を頭にかぶせられて馬房の扉にもたれていた。こんなふうに拘束されるのがどんなことだか、ナンシーにはわかる。彼女はランタンを脇のフックにかけた。

飼い葉袋をどけ、下からベームが目を瞬きながら見上げたときの衝撃はすさまじかった。これも神が落とした小さな爆弾なのか。この男は知っている。答えを聞き出してやる。そう思ったとたんにこわくなった。生まれてはじめて、ナンシーは恐怖にすくんだ。足元から地面が消え、崩れ落ちずにいるのがやっとだった。

意識がベームを認識する前に、手は拳銃を抜き銃口を彼の側頭に押しつけていた。

「アンリは生きているの？」一銃弾がゆっくりと回転しながら銃口から飛び出して頭蓋骨を粉砕し、やわらかい脳味噌のなかを突き進み、背後の藁に血と骨のしぶきが飛び散るさまが目に浮かぶ。

ベームはナンシーを見つめた。ナンシーが答えを待つ構えであるのを見てとると、縛られた両手を軍服のサイドポケットに入れた。

「教えよう。だがひとつ頼みがある」指で封筒の端をつまんで、引き出した。「これを娘に渡してくれ。渡すと誓え」

「いいわ」

ベームが縛られた手を差し伸べるので、ナンシーは銃を頭に向けたまま封筒を受けとり、ズボンのポケットにしまった。

「話して。アンリは生きているの？」

「答えはお前のポケットにある。娘への別れの手紙だ。なぜならお前は私を処刑するから。何カ月も前に私がお前の夫を処刑したように。父親と姉が面会に来てまもなく、お前の夫は死んだ。酷い話だが、おあいこだ」

藁に飛び散る脳味噌のイメージは生々しく、自分がまだ引き金を引いていないことにナンシーは驚いた。

ベームはなおもナンシーを見つめていたが、その顔には出会って以来はじめて見せる表情……戸惑いが宿っていた。

「殺せ。マダム・フィオッカ、私はお前の夫を殺害した。拷問を命じた。何週間も責めさいなんだ。それはもう、ひどく苦しんだよ。その後は彼を救うチャンスをちらつかせて、お前を苦しめた。お前が苦しんだことはわかっている。この目で見て知っている。前にも一度、私を殺そうとしたではないか。なにをいまさらためらうことがある？」

ナンシーはその声に絶望を聞いた。撃鉄を戻し、リボルバーを腰のホルスターに収めた。

「やめとくわ、ベーム。あんたは法廷で裁かれる。この手で殺してやりたいのはやまやまだけど、そんな身勝手な真似はできない。そうでしょ？　夫を殺され、妻を殺され、子供を殺され、あんたの話を聞きたい人たちがこの世には山ほどいる。だから米軍に引き渡す」

ベームは祈るように指を組み、ナンシーはそれが震えるのを見た。ランタンをつかむと、ベームをひとり暗闇に残して立ち去った。

64

ミス・ベームへ

私の名前はナンシー・ウェイク。南フランスのレジスタンスと行動をともにしている工作員です。私たちはさきほどあなたのお父さまを拘束しました。身柄はアメリカ軍に引き渡します。この手紙を渡してほしいとお父さまに頼まれました。中身は読んでいないのでわかりませんが、おそらくはより偉大なドイツを作る夢に殉じるとか、あなたとあなたの未来を守るためにむずかしい決断をくだしたといったことが書かれているのでしょう。

お父さまは怪物です。あれだけ恵まれた教育を受けながら成長が途中でとまり、人の命について、愛についてなにも理解していません。お父さまが仕えた体制を私は戦争がはじまる前に見ましたが、そこにあったのは無慈悲と、そして強さの仮面をかぶった残虐でした。残虐は強さではありません。強いふりをした弱さ、他人をずたずたに傷つける類の恐怖を押し隠すための弱さです。お父さまは愛国者を名乗るでしょう。でも私は彼が卑怯者であることを知っています。

お父さまは私の夫を拷問した上、殺害しました。私の友達も殺しました。お父さまは家に温かく迎えるべき英雄ではないのです。仲間と一緒になって、数えきれないほどの私のような女や数えきれないほどのあなたのような少女に、筆舌に尽くせぬ苦しみを味わわせたのですから。彼らが科学と愛国の仮面に隠れてどれほどの暴虐を行ったのか、そのすべてがわかるのはずっと先のことでしょう。

あなたはまだ幼い。この苦しみの責任は、あなたにはありません。けれどもあと何年かすれば決断を迫られます。怒りと不安に絡め取られ、真実に目をつぶったまま一生をすごすのか。それとも真実を見据え、未来を築く一員として強く生きるのか。あなたはどちらを選ぶのでしょう。

お元気で。

ナンシー・ウェイク

65

翌日、正午近くになって到着したアメリカ軍は、陽気にてきぱきと捕虜を連行していった。物資も置いていった。ほとんどは食料だが、コスヌ・ダリエの住民のために大量の燃料と、ガスパールが吹き飛ばした橋を建て直す建築技師もふたり残していった。午後のなかばには、パリ解放の知らせが届いた。

ベームら捕虜がいなくなると緊張はやわらぎ、昼すぎには町長が祝宴を催すと発表した。ボタンホールに花を差し女の子を連れたマキの男たちが城に勢ぞろいし、城主も彼らを追い出すどころか酒蔵のワインを振る舞おうと駆けつけた。

アメリカ軍と挨拶を交わし、ロンドンからの最新の指示を確認したのち、ナンシーは部屋に引き取り眠ろうとした。アンリがこの世にいないのはわかっていた。何カ月も前から薄々そうではないかと思い、その思いは自転車で無線機を取りにいったときに確信に変わった。それでも昨夜ベームに告げられるまでは、直視できずにいた。いまはもう、身も心も空っぽだった。ナンシーは何カ月も前にアンリに別れを告げ、知らず知らずその死を悼んでいたのだ。

「元帥、しけた顔はだめだよ」夕暮れどき、デンデンが顔を上気させ、ニカッと笑いながら弾む足取りでやってきた。

ナンシーはベッドに肘をついて身体を起こした。「ジュールと仲直りしたのね？」

デンデンの笑みが引き攣った。「まあね。友達に戻った。だけどジュールにそういう気はもう……」

「聞くんじゃなかった。ごめんなさい」

デンデンは頭を振った。「お気遣いなく。彼がそう決めたなら仕方ないよ。さあ、いい子だから髪をとかして。びっくりさせることがあるんだ」

ナンシーはもぞもぞベッドから這い出して、ブラシと口紅を探した。あのコンパクト。捨てるんじゃなかった。丁寧にお願いすれば、バックマスターがまた買ってくれるだろうか。この城の奥方は、いったい何度この鏡を見ながらダイヤモンドのネックレスをつけたのだろうか――。化粧台のしみだらけの鏡をのぞくと、見返した顔は驚くほどナンシー・ウェイクに似ていた。

「ねえ、デンデン。あれはまぐれ当たりだったの？」

「なんの話だい、かわいこちゃん？」

「鐘楼で、私を殺そうとした男を一発で仕留めたでしょ？　あなたは射撃の成績がいつだって最低だった。それでも引き金を引いた。教科書どおりの素晴らしい狙撃だった。反射神経も文句なし」

デンデンは肩をすくめた。「知ってのとおり、僕は銃が嫌いだ。教官には、そこんとこをしっかりわかってもらわなきゃならなかった。だからといって射撃が下手とはかぎらない。状況次第さ」

「ありがとう」

ナンシーがブラシを置くと、デンデンはその手を取って廊下に連れ出し、ちょっとそんなに引っ張ったら痛いじゃないのという抗議も聞かずに腕を引っ張って大階段を下り、玄関前の石段にぐいと押し出した。ナンシーの肩を押さえ、自分は少しうしろに控えて立つ。

「お礼はもういいから。ほら見て」

フルニエ、ファン、ルネ、タルディヴァとガスパールが石段で待っていた。ファンは三角巾で腕を吊り、ガスパールはスーツを着ている。眼帯をしていても今日のガスパールは羽振りのいい中年の実業家、モンリュソンの洒落たレストランで連れの女性のためにドアを押さえ、チップをはずむタイプに見えなくもない。ひょっとしたら今まで考えたことがなかっただけで、それが本来の顔なのかもしれない。戦前は電器店を経営していたという噂も聞いている。手にはコスヌ・ダリエで摘んだ花で作った大きなブーケがあった。ガスパールは照れくさそうに花束を突き出し、軽く頭を下げた。

「どうぞ、マダム・ナンシー」

ナンシーは花束を受け取り、握手した。ガスパールは顔を赤らめ、続いてデンデンに手を差し出した。

デンデンはその手を軽く握った。「じゃ、はじめようか」

ガスパールが咳払いをして、声を張り上げた。「ウェイク元帥に敬礼！」

こうして祝宴がはじまった。

手に手に国旗や自分たちの村や町の旗を持ったマキのメンバーが、隊列を組んで裏の門から入城した。なかなか壮観だった。小突きあったり照れ笑いをしながら、男たちは続々と行進してきた。石段の前に集結し、やがて中庭を一杯に埋めた。旗が風に勢いよくはためいた。デンデンが身を屈め、耳元でささやいた。「これが終わったら、しこたま飲めるよ！」

ガスパールが進み出た。「元帥に万歳三唱！」

割れんばかりの歓声がナンシーを圧倒した。

大広間は立錐の余地もなかった。梁には旗が飾られ、巨大なオークのテーブルをどうにか運び出したあとに、新しいテーブルがいくつも据えられていた。マキとその客人たちは大いに飲んで食い、連合国軍の国歌を歌い、さらにはその替え歌を歌った。ずるずるワインをすすり、町の女たちに行儀がなってないと耳をぶたれて顔を赤らめ、センチメンタルな気分になってまた歌った。上座では男たちが身の振り方を語りあった。タルディヴァとフルニエは正規軍に入隊しなおすつもりで、ガスパールは政界入りを考えていた。デンデンはとりあえずパリがどれだけ「解放」されたのか見にいくつもりだと、むっつり言った。そこへルネが、おれも子供の本を書く夢を叶えるためにパリに出るんだと宣言したから、誰もが仰天。ルネとデンデンはモンマルトルのアパルトマンで一緒に暮らそうと意気投合し、ルネはオーストラリアから来た白いねずみが手に汗握る冒険を繰り広げる最初の傑作のあらすじを、詳細に語りはじめた。デンデンがこうしたら話がもっと面白くなるといくつも際どいアイデアを出し、それをルネがはねつけるのを聞くうちに、ナンシーは広間の奥に見覚えのある顔を見つけた。

「ギャロウ！」

ナンシーは仲間を放り出して彼に抱きついた。ギャロウはしばしナンシーを抱きしめてから押しやり、しげしげと眺めた。軍服を脱いだギャロウは、自動車旅行に来たイギリスの旅行者にしか見えなかった。ツイードの上下に革靴で決めていた。

「いつこっちへ？」ナンシーは尋ねた。

「着いたばかりだよ、ウェイク大尉。悪いが、元帥と呼ぶ気はない」

ナンシーがふくれっ面をすると、ギャロウは噴き出した。

「ロンドンから君に伝言がある。目にもの見せてやったな、実にあっぱれ。バックマスターの言葉だ」

「うれしいわ」ナンシーは答えた。心からそう思った。

ギャロウがにわかに真顔になった。「二、三日、身体が空かないか？　見るかぎり、ここは落ちついたようだし、僕は車で来ている。マルセイユを見にいかないか？　朝にでも」

ナンシーは周囲を見まわした。ナンシーが率い、気遣い、ともに戦った男たち、ナンシーと行動をともにした男たちは勝利の美酒で顔を赤くしている。誰かが何度目かの「ラ・マルセイエーズ」を歌いはじめると全員が起立し、胴間声を張り上げて壁を震わせた。行くならいまだ。

「いまから行ける？」

ギャロウがナンシーの肩をぽんとたたいた。「車を取ってくる」

ナンシーがドライブウェイに出てギャロウの車を見つけると、デンデンが横に荷物を置いて後部座席に収まっていた。「ダーリン、パリは後まわし。僕も行くよ」

66

爆破された橋や障害物に行き当たるたびに迂回を余儀なくされ、連合国軍の隊列がすぎるのを待たなくてはならなかったわりに、マルセイユには思っていたより早く着いた。道すがら、三人は積もる話に花を咲かせた。フィリップはパリ北部の収容所にいるところを半死半生の姿で発見された。マーシャルも三発食らいつつあの家を脱出し、近所の屋根裏を匍匐前進で抜けて生き延びた。死んだ者たちについて、ギャロウは詳しく語ろうとしなかった。

とうとうマルセイユの外れに着き、つづいて住宅地を抜け、心の準備ができないうちに、ナンシーはかつて暮らした通りにいた。気づけばギャロウが家の向かいに車をとめようとしていた。ギャロウはナンシーとデンデンを降ろし、事務処理があるから一時間くらいで戻ると言い残して走り去った。向かいの魚屋や興味津々で出てきた近隣住民への挨拶もそこそこに、ナンシーは家に向かった。庭には雑草が茂り、扉には鍵がかかっていた。

「こじ開けようか？」デンデンが様子をうかがいながら、尋ねる。

ナンシーは頭を振ると、玄関前の石段の、枯れかけたオリーブが植わった植木鉢に手を伸ばし、乾いた土に指を突っこんだ。取り出した鍵を、鍵穴に入れて回した。扉を押し開け、なかに入った。デンデンがあとにつづいた。

よどんだ空気が鼻を突いた。

デンデンが息を飲む。「ひどいことを」

家は抜け殻だった。ナンシーが去ったあとで誰が住んだにせよ、その人物は家財を一切合切持ち出していた。アンリが選び抜いた絵画と書籍が消えていた。ナンシーの洒落たコーヒーテーブルさえもがなくなっていた。ドイツ軍将校の車の屋根にくくりつけられて運ばれ、マルセイユとスイス国境のあいだのどこかで道端に捨てられたテーブルが目に浮かんだ。持っていけないものは捨てる連中なのだ。部屋の隅にゴミや埃が溜まり、キッチンには腐った生ものにおいが充満していた。二階の部屋もすべて空っぽで、カーテンは引きちぎられ、踊り場には誰かが放火しようとした形跡があった。

「最低だな」デンデンが言った。

ナンシーはなにも感じなかった。アンリが死んだいま、家は壁の集まりにすぎない。

誰かが玄関をたたくので、ふたりで下りていった。ナンシーは幸福な暮らしの残骸に長居したくないだろうと察して、ギャロウが戻ってきたのか。扉を開けた。ギャロウではなかった。

「クローデット！」

「奥様！」メイドは顔を上気させ、息を切らした。「お戻りだと、近所の人が教えてくれたんです」

訪ねてきたのが知人とわかると、デンデンはナンシーにはじめて見せる固い表情で階段に行き、腰を下ろした。

メイドは一年半で十歳は老いていた。頭に巻いたスカーフに気づいた瞬間、ナンシーは胸が詰まった。ドイツ兵と関係を持った裏切り者と後ろ指を指され、罰を受けたのだ。マルセイユに来る道すがら通った町でも見かけた。広場に集められ下着姿で髪を刈られる女たちを、野次馬が罵っていた。別の町で民兵団のメンバーたちが首に「売国奴」の看板を下げられ、街灯から吊されているのを見て、その前を通る男女のなかにほんのわずかでもドイツに協力しなかった者はどれだけいるのだろうと、ナンシーはいぶかった。もういい。ドイツ軍は去った。戦時中はいろいろなことがある。

「入って、クローデット」メイドは石段でためらった。「クローデット、アンリが死んだことなら知ってる。だから悪い知らせを伝えるのに二の足を踏んでいるなら、心配ないわよ」

安堵とともに、クローデットの肩が少し落ちた。「ご存じかどうか知らなかったもので……私……なかには入りたくないんです、奥様。でもお話ししなければならないことがあるんです。ほかの人がお耳に入れる前に。奥様がお発ちになってから二、三日して、ゲシュタポが実家に来たんです」

ナンシーは戸口にもたれ、腕を組んだ。「背の高い男？　四十代なかばで、金髪の？　イギリスで教育を受けたと自慢した？」

クローデットはうなずいた。

「ベームね。知ってるわ。それで？」

クローデットはナンシーと目をあわせられずに擦り切れた靴を見下ろし、一気に話した。

「奥様のことを知りたい、全部教えろと言われました。お屋敷を訪ねてきたお友達についてはなにも話しませんでしたが、そもそもそっちには興味がないみたいで。奥様のことばかり根掘り葉掘り……だから覚えていること見聞きしたことを、私、洗いざらい話しました。お父さんが家を出ていったこと、お母さんと折りあいが悪くて奥様が家出したこと。好きな本、好きな酒場、知っていることはすべて話しました」洟をすすり上げ、手の甲で乱暴に涙をぬぐった。「こわかったんです。私だけじゃなく、母や弟にまでなにかされるんじゃないかって」

ナンシーはゆっくり深呼吸をした。あいつはこの賢いメイドから情報を仕入れたのだ。アンリはひとことも話していないのだ。

「ごめんなさい、奥様」

目頭が熱くなるのを感じた。ナンシーをあんなにも苦しめた光景、彼女の秘密をアンリがベームに明かしている図はまやかしだった。アンリは拷問に耐えた。口を割らなかった。ベームはおびえたこの娘から、すべてを聞き出したのだ。夫への誇らしさで胸が高鳴った。

「気にしないで、クローデット」

それ以上、言葉が出てこないのでステンドグラスの扉を閉めようとすると、閉まらないようにクローデットが押し返した。

「お渡しするものがあるんです」

クローデットがバッグを引っかきまわすのを、ナンシーはいらいらしながら見つめた。

「サン・ジュリアンの私の実家宛に、旦那様が送られたんです。奥様がいつか戻られるかもしれないと思って、取っておきました」

封筒。アンリの筆跡でナンシー・フィオッカ様とある。

クローデットの指先で震えている封筒を、ナンシーは見つめた。どうにか手に取ると、ささやくように礼を言って扉を閉めた。階段に行きデンデンの隣に腰を下ろしたが、封を切ることができない。デンデンが見かねて封筒を取り、封蠟を破ると、黙ってふたつ折りの紙を差し出した。

ナンシーへ
手紙を書かせてもらえることになった。この手紙が健やかな君のもとに届くことを願う。連れていかれるまで時間があまりないので、手短に書こう。しかし、ふたりですごした日々のことをどうして手短に書けるだろう。愛していると書くこともできる。事実、私は君を愛している。君と一秒をともにできるなら、ここで千年すごしてもいい。心からそう思う。けれども君は昔も今も行動の人だから、私も自分がしたことを教えよう。ナンシー、最後の晩餐はなにがいいかと聞かれたので、一九二八年もののクリュッグを一杯所望した。ベームが持ってきたところだ。愛しいナンシー、君の健康に乾杯しよう。
恐れはない。私がこの世でなによりもほしいのは君の幸福であり、私がこの世で最後に口にするのは君の名だ。

ありったけの愛をこめて。いつまでも。

アンリ

フランスに来て泣いたのは、これが二度目だった。泣いて泣いて、脇腹が痛くなるまでしゃくり上げたが、今回はひとりではなかった。デンデンが肩に腕を回し、最悪のときがすぎさるまできつく抱きしめてくれていた。


ギャロウが戻ってきたときも、ふたりはまだ親の帰りを待つ子供のように階段に座っていた。ナンシーは立ち上がると手紙を丁寧にポケットにしまい、玄関を開けた。

屋内の惨状をひと目見るなり、ギャロウは顔をしかめた。「ひどいな。こんな歓迎を受けるなんてかわいそうに」

ナンシーの背後でデンデンも立ち上がり、玄関ホールに置いてあった背嚢を持ち上げた。

「ただの建物よ、ギャロウ」ナンシーは言った。「売るわ。パリに戻るの。しばらくデンデンとルネと三人で、酒場をはしごするつもり。ここに住む気にはなれないし」

「退屈はさせないよ」デンデンが言って脇を通り、玄関前の石段に出た。

ギャロウは両手をポケットに突っこんで、肩をすぼめた。「目の保養にはならないが、町をぐるっと見ていくかい？　車もあることだし。明日の朝、マキのところに送っていくよ。

知ってのとおり、オーヴェルニュじゅうの村が君を祝宴に招きたがっている。彼らのために、まだあっちにいてもらわないと」

ナンシーがちらりと見ると、デンデンもうなずいた。

石段に出て、扉を閉めた。いいだろう。マキの男たちが市民生活に戻って落ちつくのを見届け、ゆっくり別れを惜しむことにしよう。

「今回の任務が終わったら、パリで大使館の仕事を世話できると思う。君たちに興味があればの話だが」ギャロウはつづけた。「大使館の事務なんて退屈だろうが、戦争の混乱を鎮めるにはいくら手があっても足りない」

「サーカス芸人から大使館員とは、ずいぶんな転身だな」デンデンは自嘲気味に言った。「ギャロウ、ブランデーに困らないだけの給料をくれるなら、その話、僕は乗るよ」

車に戻った。デンデンは後部座席に滑りこみ、ギャロウは突然戦前の騎士道精神が戻ってきたかのようにナンシーのためにドアを開け、三人は傷ついた町をゆっくりと見てまわった。最悪の事態を免れた様子の大聖堂は、爆撃で見る影もなく破壊された港を高台から見守り、大勢の漁師とその妻の祈りを一身に集めていた。暮れなずむ大空のもと、海ではぽつりぽつりと小さな漁船が魚の入った網を引き上げようと、大きな船や軍艦の残骸のあいだを縫うように進んでいた。

ギャロウの運転でなめらかに町を行く車の窓に頬杖をついて身を乗り出し、ナンシーは思いをめぐらした。この混乱を鎮めるには、それこそひとつの世代がまるまる必要だろう。再建は、記憶と忘却の固い礎を築くための遅々としたつらい仕事は、まだはじまったばかりだ。法律を書き、規範を構築しなおし、平和の土台となる善意と敬意と慈悲を取り戻すのは並大抵の苦労ではないだろう。忍耐と譲歩を強いられる仕事は、恐怖と興奮に満ちたオーヴェルニュの日々とは大ちがいだ。

ギャロウがギアを変え、車は旧市街に沿って走る道をエンジン音も高らかに上った。瓦礫の山で、老婆と少女が原形を留めているレンガを拾っては手押し車に積んでいた。家を建て直すのに使うのだろう。さびた手押し車には、すでにレンガのきれいな山ができている。

「とめてくれる？」

ギャロウが車をとめると、ナンシーは降りた。

「どうした、ナンシー？」

ナンシーは手をかざしてまぶしい夕陽をさえぎり、忙しそうなふたつの人影を指さした。

「手を貸そうと思って」

そう言い残すと、瓦礫だらけの坂を上りはじめた。

ギャロウは身体をひねって後部座席のデンデンに話しかけた。「どうする？」

霞がかった群青色の空に浮かぶナンシーのシルエットを、デンデンは見つめた。ナンシーは老婆と少女に声をかけ、さっそく屈んでレンガを拾っている。

デンデンがため息をついて車を降りると、ギャロウもエンジンを切って倣った。デンデンは夕陽に目を細め、胸ポケットからサングラスを出してかけた。「どうするもこうするもないよ。ついていくのさ」

ふたりはナンシーのもとへと、坂を上っていった。

著者あとがき

本書の執筆に当たっては出来事が起きた順序と日付を変え、いくつかのエピソードを創作し、実在の人物を数名割愛し、複数の人物を合成してキャラクターを創った。ここで、ナンシー・ウェイクおよび彼女とともに戦った人々とその家族に敬意を表して史実に加えた変更の一部を明らかにし、ナンシーについて理解を深めたい方々のために参考文献を挙げたいと思う。

ナンシー・ウェイクは一九一二年にニュージーランドの首都ウェリントンで誕生した。一家でオーストラリアに移住したのち、両親が離婚。母方のおばの援助でアメリカに飛び、そこからロンドンを経由してパリに渡り、記者としてハースト・ニュースペーパー・グループに勤務した。ナチスとの戦いを決意したのはウィーンとベルリンで取材を行った際にユダヤ人の迫害を目撃し、強い嫌悪を覚えたことがきっかけだった。

一九三六年、休暇先の南フランスで裕福な実業家アンリ・フィオッカと出会い、第二次大戦が勃発するとすぐに滞在していたイギリスからフランスに戻った。小説ではマルセイユの港が爆撃で壊滅的被害を受けた一九四三年一月に披露宴を行ったことにしたが、実際には一九三九年十一月三十日にアンリと結婚した。マルセイユ港の爆撃を、ナンシーは離れた場所から目撃した。開戦直後よりレジスタンス組織のパット・オレアリーとイアン・ギャロウが確立した逃亡ルートにおいて連絡係を務め、亡命者と脱獄囚の国外脱出に尽力し、どんな検問もすり抜ける才能ゆえにドイツ軍に「白ねずみ」とあだ名された。ナチスに拘留されたギャロウの脱獄資金を用立て、逃走を助けたのもナンシーだ。賄賂に使った金について問い糾されたときは、本当に酒場の飲み代だとしらを切り、郵便局に苦情を申し立てている。

ゲシュタポににらまれ電話を盗聴されていると知って四二年にマルセイユを離れ、数週間立ち往生した後、ピレネー山脈経由でスペインに逃れた。走っている汽車から飛び降りて狙撃され、現金と宝石、パスポートなどの書類をすべて失ったのは実話だ。ナンシーがマルセイユを離れてまもなく、アンリ・フィオッカはゲシュタポに連行された。家族に懇願されてもナンシーに関する情報を明かさず、アンリは拷問の末、四三年十月十六日に殺害された。ナンシーが夫の死を知ったのは、フランスが解放されたあとのことだった。

イギリスに逃げ延びたものの自由フランス軍に入隊を断られたナンシーは、ギャロウの口添えで特殊作戦執行部（SOE）に採用された。訓練中にデニス・レイクと出会い、ヴィオレット・サボーとふたりで教官のズボンを無理やり脱がし、ズボンを旗代わりに旗竿にくくりつけた（サボーはフランス出身の女性工作員。フランスで潜入活動中にナチスに捕らえられ、一九四四年に処刑された）。成績表を盗み見ようと（レイクではない別の友人と）教官の部屋に侵入したが、優秀だったため手を加えることはしなかった。一九四四年春、フランスにパラシュート降下。このとき一緒に潜入した工作員のジョン・ハインド・ファーマー（コードネーム「ユベール」）とは終戦まで行動をともにし、マキと緊密に連携を取った。ふたりを迎えたアンリ・タルディヴァとは、生涯の友になった。自伝の一節でナンシーは、ガスパール（本名エミール・クロドン）が仲間と自分の殺害を企てているのを耳にして彼らを問い詰め、ユベールともどもアンリ・フルニエと組むことを決意し、数日後に無線を持ったデニスと合流した経緯を語っている。だが戦争が終結へと向かうなかで、ガスパールとも良好な関係を築き、ナンシー、ガスパール、タルディヴァ、デニス・レイクはフランス政府よりレジオンドヌール勲章シュヴァリエに叙された。ナンシーと密に協力したレジスタンスの闘士は、ほかにもローラン（本名アントワン・ロルカ）、バズーカ（本名ルネ・デュサック）など大勢いる。

連合国軍がノルマンディーに上陸を果たしたDデイ当日、ナンシーはルネ・デュサックをモンリュソンの隠れ家から連れ出す任務についていた。フランスでの活動中にいくつもの橋を爆破したが、地域に詳しい読者には描写からぴんと来たであろう「ガラビ橋」はそのなかに含まれない。マキのメンバーがナンシーにバスを贈ったり、ガスパールの拠点がドイツ軍の奇襲を受けたりといった出来事は順序を変更した。ナンシーが素手でドイツ兵を殺したのも、からくも暗殺を逃れたのも、男たちを率いて戦場で戦い、女スパイの処刑を命じたのも本当にあった話だ。ナンシーが自分で処刑する覚悟があることを示してはじめて、男たちは命令に従いスパイを殺害した。建物内に侵入して将校に毒を盛った事実はないが、アンリ・タルディヴァが率いたゲシュタポ本部奇襲作戦にも参加した。七十二時間で五百キロを走破した圧巻の自転車の旅を、後にナンシーは最大の戦功のひとつに数えている。その結果として、レジスタンス組織は新しい無線機と暗号を必要としているという極めて重要なメッセージを自由フランス軍の工作員を通じてロンドンに伝えることができた。パリ解放から五日後の四四年八月三十日、マキがナンシーの誕生日を祝って行進したのは事実。ナンシーはほかにも数多くの作戦を指揮し、退却中のドイツ軍部隊を捕らえて護送しアメリカ軍に引き渡した。小説で描いたコスヌ・ダリエの戦いはフィクションであり、こうした活躍を象徴的に脚色したものだ。

マルセイユでアンリ・フィオッカを拷問し殺害したゲシュタポは、ナンシーの捜索に血道を上げた。オーヴェルニュ地方全体に人相書きを貼り、賞金の額をつり上げ、たびたびマキにスパイを潜入させようと試みた。ベームのキャラクターはこうしたゲシュタポを象徴する人物として、筆者が創作した。もっともベームとちがい、ナチスが占領下のフランスで個人や村々に対して行った残虐行為は創作ではない。

さまざまな創作や改変を行ったものの、ナンシー・ウェイクの勇気とリーダーシップと個性がどんな小説にも収まりきらない驚嘆すべきものであることは強調しておきたい。

戦後、ナンシー・ウェイクは再婚相手のジョン・ファーマーと四十年をともにし、その年月のほとんどをオーストラリアですごした。夫の死後はヨーロッパに戻り、二〇一一年にロンドンで死去した。本人の希望どおり、その遺灰はモンリュソンから八キロ離れたヴェルネ村の近くに撒かれた。

ナンシーは『The White Mouse』、デニス・レイクは『Rake's Progress』のタイトルでそれぞれ自伝を執筆している。モーリス・バックマスターがSOEの活動を振り返った一九五八年の傑作『They Fought Alone』は、いまも入手可能だ。ラッセル・ブラドンによる評伝『Nancy Wake』は出版以来、高い人気を保っている。H・R・エドワードの優れた学術書『In Search of the Maquis: Rural Resistance in Southern France』は南仏におけるレジスタンス活動の実態を今に伝え、ラッセル・ミラーの『The Oral History of Special Operations in World War II』は前線で活躍した多くの勇気ある工作員の証言を集めて読者を引きつける。

ダービー・キーリー、イモジェン・ロバートソン
二〇一九年、ロサンゼルスおよびロンドンにて

訳者あとがき

一九四〇年代初頭、ドイツ占領下のフランス・マルセイユでゲシュタポを翻弄し、「白ねずみ」と渾名されたレジスタンスの運び屋がいた。その名はナンシー・ウェイク。

一九一二年にニュージーランドに生まれオーストラリアで育ったウェイクは、母親に反抗して十六歳で家を出た。少女はニューヨークに渡り、ジャーナリストとして身を立ててヨーロッパを飛び回り、取材先のウィーンでユダヤ人に対する非道な暴力を目撃したことからナチスへの怒りを募らせ、レジスタンスの活動に身を投じる。マルセイユの裕福な実業家と結婚してからは社交界の花形という身分を隠れ蓑に、夫の資産を武器として抵抗運動を支援した。ナチスに最重要指名手配犯として賞金をかけられ、やがて追っ手が迫ってイギリスに逃亡。彼女はゲシュタポに拘束された夫を救おうと英特殊作戦執行部（ＳＯＥ）の工作員となり、南フランスに潜入してレジスタンス組織の若者たちを一人前の兵士に鍛え上げ、実戦を指揮し、連合国軍の勝利を陰で支えた。自分がマルセイユを出てまもなく夫が拷問の末に処刑されたことを知ったのは、フランスが解放された後のことだった——。

これだけの波乱万丈を、作家や映画・テレビの製作者が放っておくわけがない。実際、ナンシー・ウェイクの半生は何度も書籍や映画、ドラマの題材となり、ドキュメンタリーも作られた。二〇〇一年にケイト・ブランシェット主演で映画化されたセバスチャン・フォークスの戦争小説『シャーロット・グレイ』も、主人公のモデルはウェイクだ。本書『解放 ナンシーの闘い』はウェイクの生き様を語り継ぐ最新の試みであり、一九年には草稿の段階でオスカー俳優のアン・ハサウェイ(『レ・ミゼラブル』『インターステラー』)が映画化権を獲得して話題となった。

ストーリーの主軸は、もちろん戦時中の活躍だ。正義感は強いが、やや短慮でレジスタンスの支援もどこかお遊び気分だった人妻が、夫への愛とナチスへの憎しみを胸に苛酷な訓練に耐えて情報機関の工作員となり、イギリスに敵対心を持つフランスのレジスタンス組織というさらに苛酷な男社会でリーダーシップを獲得していく様は、ひとりの女の成長物語として読ませる。

占領下のフランスの暮らしやレジスタンスの内情も、興味深い。ノルマンディー上陸作戦の顚末は小説や映画で語られてきたが、地道にゲリラ戦を展開して作戦を支えたレジスタンスにはなかなか光が当たらない。ましてやそこで女性が重要な役割を果たしたことは、さほど知られていないだろう。SOEがフランスに派遣した工作員はおよそ四百七十人で、うち三十九人が女性だった。ナンシーと訓練を共にしたヴィオレット・サボーや無線通信士のヌーア・イナヤット・カーンなど、ゲシュタポに逮捕され強制収容所で処刑された者も少なくない。

ウェイクが統率に手を焼く抵抗組織マキは、実戦経験のあるメンバーがほとんどいない烏合の衆だった。彼らに対して彼女が「徴用から逃げたり、森のなかでくすぶっていたり、身体を張ってナチスをフランスから駆逐したりするよりも、村で女の子を追いかけまわして年寄りに苦い顔をされるのが似合いの年ごろ」という印象を抱くくだりがあるが、当時ドイツはフランスの若者を事実上強制的にドイツの工場で働かせていた。『ナチ占領下のフランス沈黙・抵抗・協力』（渡辺和行著　講談社選書メチエ）によれば、ドイツ行きを拒めば食糧の配給切符をもらえなくなり、行ったら行ったで多くが懲戒キャンプに送られ、重労働と栄養不足に苦しんだ。そのため忌避者が続出し、三〜五万人が山に入ってマキに参加したという。またスペイン内戦で敗れた反ファシズム勢力がピレネーを越えてフランスに逃れ、マキに加わる例もあった。本書でナンシーの右腕となるファンたちスペインの三人組は、こうした事情を持つ若者だったのだ。

戦争までのウェイクの経歴や、史実と創作の違いについては、著者が「あとがき」で説明している。ここではニューヨーク・タイムズ紙やガーディアン紙の報道を手がかりに、本書が描かなかった「その後」のウェイクを追いたいと思う。

フランスの解放を見届けたウェイクはイギリスの政府機関にしばらく勤務した後、故郷オーストラリアに戻った。一九四九年、五一年にオーストラリア自由党から国会議員に立候補したが二度とも僅差で敗れ、五七年にイギリス空軍のパイロットだった男性と再婚した。六六年にふたたび連邦議会選挙に挑戦したが、政界進出の夢は叶わなかった。八五年に自伝『The White Mouse』を出版して注目を集めたものの、一時は七千人の戦闘員を率いたフランスでの日々に比べて、後半生はかならずしも能力を存分に活かせたとはいえないようだ。「(戦時中は)息もつけないほど忙しかったのに、そんな日々は火が消えるみたいに終わってしまった」と追想している。

夫の死後、九十歳を目前にしてウェイクはイギリスに戻った。ロンドンのホテルを住まいとし、毎朝かならずバーに下りて来ては一杯のジンで一日を始めたが、生活は苦しかったようで、勲章の数々を売りに出している(ホテルの宿泊費をチャールズ皇太子が肩代わりしたという話もある)。「勲章なんて取っておいてもしかたない。死んだらたぶん私は地獄行きだから、勲章も業火に焼かれて溶けてしまう」と、彼女は語った。戦争については「私はあまりいい人間ではなかったの。(敵を殺しても)食事が喉を通らないなんてことはなかった」と振り返った。

映画やテレビドラマで人生を脚色されてもたいていは大らかに受け入れたが、夫アンリ以外の男が相手の恋愛描写は頑なに拒否した。赴任地で不倫をしたことなど一度もないと八七年にドキュメンタリーで断言した上で、「今から思えば、惜しいことをしたものよね」とつけ加えた。「でもほら、ひとりをえこひいきすると、あっという間に噂になって、われもわれもと押しかけるでしょ?」

威勢のよさは最後まで衰えず、ナンシー・ウェイクは二〇一一年に九十八年の生涯を閉じた。

本書はふたりの作家の合作であり、著者名「イモジェン・キーリー」はイモジェン・ロバートスンとダービー・キーリーを合わせたものである。イギリス出身のロバートスンは、英国推理作家協会賞（ＣＷＡ賞）歴史小説部門の最終候補に三度挙がった実力派ミステリー作家。ケンブリッジ大学でロシア語とドイツ語を学び、テレビ・ラジオ番組の製作に携わった後に作家に転身し、日本でも創元推理文庫から『闇のしもべ』と『亡国の薔薇』が紹介されている。最新作として、労働党副党首を務めたトム・ワトソンと共同で書いた政治サスペンス『The House』が二〇二〇年十月に出版されたばかりだ。相方のダービー・キーリーはハリウッドで活躍する気鋭の脚本家で、代表作はAmazonプライム・ビデオのブラックコメディー『パトリオット～特命諜報員ジョン・タヴナー～』。本書映画版の脚本もキーリーが手掛けている。新型コロナウイルスの感染拡大で映画の製作も計画通りには行かない昨今だが、アン・ハサウェイがフランスの地に降り立つのを楽しみに待ちたい。

ちなみにハイヒールを履いてパラシュート降下したというのは、実話だという。戦場に身を投じた型破りなヒロインの物語を、手に汗握って読んでいただければ幸いだ。

雨海弘美

LIBERATION by Imogen Kealey
Copyright © Darby Kealey 2017
First published in the United Kingdom in the English language in 2020 by Sphere,
an imprint of Little, Brown Book Group, London.
Japanese translation rights arranged with Little, Brown Book Group
through Japan UNI Agency,Inc.,Tokyo

集英社文庫

解放（かいほう） ナンシーの闘（たたか）い

2021年1月25日　第1刷

著者　イモジェン・キーリー
訳者　雨海弘美（あまがいひろみ）
編集　株式会社 集英社クリエイティブ
東京都千代田区神田神保町2-23-1　〒101-0051
電話　03-3239-3811
発行者　徳永　真
発行所　株式会社 集英社
東京都千代田区一ツ橋2-5-10　〒101-8050
電話　【編集部】03-3230-6095
【読者係】03-3230-6080
【販売部】03-3230-6393（書店専用）
印刷　中央精版印刷株式会社　株式会社美松堂
製本　中央精版印刷株式会社

フォーマットデザイン　アリヤマデザインストア　　マークデザイン　居山浩二

ISBN978-4-08-760770-3 C0197